산의
영혼

산의
영혼

THE SPIRITS OF THE HILLS
FRANK S. SMYTHE

프랭크 스마이드

안정효 옮김

수문출판사

차례

산의 영혼

머리말

이 책에서 나는 활자화된 어휘라는 매체를 통해 산이 지닌 의미와 인간에게 산을 오르도록 영감을 불어넣는 이유를 살펴보려 노력하였다.

등산이라고 하는 참으로 구체적인 활동 밑에 깔린 이상주의를 아직 산을 '발견'하지 못한 사람들로서는 알아들을 수 없는 언어, 또는 그 주제에 전혀 접근조차 하지 못하는 언어로 설명한다는 것은 어려운 일이다. 어휘는 기껏해야 하나의 양상을 보여줄 따름이고, 우주에 대한 인간의 관계에서 바탕을 이루는 정신적 진리를 겨우 엿보게 해주는 그 이상의 아무런 힘을 가지지 못한다.

"왜 산을 오릅니까?" 같은 질문에 대해서는 오직 구체적인 경험과 그런 경험 속에 스며있는 관념의 표현에 입각해서만 대답할 수 있으며, 하얀빛이 사실은 여러 빛깔로 이루어졌듯 그 경험이 많은 부분으로 엮어졌기 때문에 명상적인 양상을 띠게 될 때는 아름다움의 작은 조각이라도 언어로 해석하는 일이 불가능하다. 이 책의 많은 부분은 모든 창조 뒤에 숨겨진 신의 사랑과 목적을 진실로 받아들일 각오가 되어있는 사람들만이 이해할 수 있을 것이다.

고생과 난관과 위험을 무릅쓰고 산을 오르려는 충동에 있어서 사람들은 지극히 복잡한 동기에 의해 자극받는다. 그러면서 이 동기들은 하나의 초점을 이루기도 하는데, 아름다움이 바로 그것이다.

등산은 아름다움의 탐구이다. 우리 주변에는 어디에나 아름다움이 존재하는데, 우리가 시야를 넓히면 넓힐수록 그만큼 더 많은 아름다움을 우리는 파악한다. 인간에게는 아름다움이 음식이나 물처럼 필수품이다. 아름다움이 없다면 인간은 정신적으로 존재할 수 없다. 음악이나 미술이나 문학이나 종교, 그 어떤 형태일지라도 인간은 아름다움을 누려야만 한다.

산은 아름답다. 산은 그 선과 형태와 색채에 있어서 아름다우며, 그 순수함과 소박함과 자유로움에 있어서도 아름답다. 산은 우리에게 안식과 만족과 건강을 가져다준다.

그뿐 아니라, 육체적·이성적·정신적인 한 주체로서의 인간에게는 스스로 결정하는 숭고한 능력이 주어졌는데, 이 능력 자체는 인간을 창조주와 같은 위치로 상승시킨다. 따라서 인간은 자신을 육체적·이성적·정신적으로 발전시킬 의무가 있다. 이 발전을 위해서는 산이 인간에게 이상적인 매체 노릇을 한다.

어떤 사람들에게는 산이 매력을 주지 않는다. 또 어떤 사람들에게는 육체적이거나 물질적인 제한된 매력을 제공한다. 등산이란 어리석은 장난이며, 인간이 자신에게 주어진 삶을 그런 식으로 위험에 빠뜨릴 권리가 없다고 주장하는 사람들도 있다. 산이란 멀리서 구경하는 것만으로도 충분하고, 산을 오른다는 것은 천하고 격세유전적인 현상이라고 그들은 말한다.

개인적인 신념을 바탕으로 한 관념에 탐닉하거나, 그로부터 파생된 유사한 다른 관념으로 어떤 관념에 대응하는 것은 어리석은 짓이다.

등산이란 행위는 구체적인 어휘로 정의를 내릴 수 있다. 하지만 그 밑에 깔린 동기가 본질적으로 개인적이어서 그런 해석만 가능하기 때문에 정의를 내릴 수는 없다.

따라서 이 책에서 나는 이미 언급한 제한된 범주 내에서 산에 대해 내가 느끼는 바와 같이 산이 나에게 의미하는 바를 기록하였다. 만일 내가 관념에 탐닉하고 독단주의에 빠지게 된다면, 그것은 내가 느끼고 믿는 바를 다른 사람들이 진실이라고 받아들여야 한다는 조바심을 내기 때문이 아니라, 인간이므로 그럴 수밖에 없다는 단순한 이유 때문이다. 진실은 진리뿐이고, 그 진리는 오직 하느님만이 알고 있다.

집 안에서 기계화된 생활을 하는 오늘날에는 인간이 그가 발명한 것들의 힘과 낭비에 의해, 그리고 그의 생활방식에 의해 함정에 빠지고 노예가 되고 위험에 처해 있음을 우리는 깨닫기 시작했다. 인간은 대조적인 것들을 갈망하고, 집단 암시와 최면에서, 그리고 편협하고도 고루한 종교적·사회적·정치적 이념과 신조에서 자신을 해방시켜 스스로 활력을 되찾기를 갈망하고, 대자연의 아름다움과 웅대함에 둘러싸인 보다 순수한 대기 속에서 육체적 안녕과 이성적 위안과 정신적 성장을 추구하기를 갈망한다.

지난 한 세기 동안 그토록 빠른 발전을 이룬 자연의 아름다움이 지닌 가치에 대한 평가는 필연적인 발전으로, 그것은 인간의 발전에서 한 부분을 이룬다. 그렇다고 전적으로 새롭기만 한 발전은 아니다. 산에서 기쁨을 발견해온 사람들은 항상 있었다. 그러나 100년이나 그보다 더 오래전에 자행된 육체적·정신적 잔인성들과 부당한 일들을 냉정한 마음으로 아무렇지도 않은 듯 방관할 수 있었던 사람들은 우리들이 지금 대자연을 감상하듯 그렇게 감상하기는 어려웠을 것이다. 그들은 준비가 되어있지 않았다. 우리에게는 우리 나름대로의 불행이 있고, 가장 추악한 형태의 물질주의가 오늘날에도 존재해 사람들로 하여금 살육을 벌이고 인간의 비참한 삶에 대해서 냉담해지도록 만든다. 우리는 아직도 도덕의 여명기를 헤쳐 나아가는 투쟁을 벌이고 있다.

그러나 지난 시대의 신조는 더 이상 진리처럼 들리지 않고, 개인적인 경험을 통해서 얻는 지식에 대한 우리의 욕구를 더 이상 충족시켜주지 않는다. 우리의 우주에 영감을 불어넣는 완벽한 원동력과 변천을 가능케 하는 것은 오직 신의 사고뿐이라는 사실을 우리는 과학을 통해 점점 더 터득하게 되었다. 우리는 그것을 난관이나 위험과 맞서는 우리의 투쟁에서 느낀다. 우리가 고생하며 위로 올라가는 동안 모든 근육의 움직임에서 그 기막힌 리듬이 발견된다. 이런 이유들로 해서 산은 우리의 내면에서 가장 훌륭한 요소를 이끌어내는 힘을 가지고 있으며, 우리는 산에 올라야만 완전한 행복을 만끽할 수 있다.

더웬트워터 호수 DERWENTWATER

1
어린 시절

내가 기억하는 가장 오래된 장면은 높다란 돌담 아래쪽 길을 따라 날마다 유모차에 실려 오간 일이다. 그 돌담은 나를 매혹시켰다. 나는 그 돌담 너머를 보고 싶었다. 때로는 그 돌담이 그늘지고 차갑고 잿빛이었고, 또 어떤 때는 빛이 환히 비치고 유쾌했으며 태양의 열기를 반사했다. 그 돌담은 이해할 수 없고 엄청나고 신비한 것이었다.

그 후에도 그 돌담을 보았는데, 나는 그것을 한눈에 알아보았다. 그것은 아주 평범한 돌담이어서 높이가 겨우 2미터 정도였지만, 그것을 보자 옛 추억들이 왈칵 몰려왔으며, 어린 시절의 경이와 낭만이 그곳을 감쌌다. 산에서처럼 돌멩이들이 몇 개 차곡차곡 쌓여 이루어진 돌담.

돌담처럼 사소한 무엇이 사고와 행동의 흐름이 나아갈 길을 결정한다는 것이 가능한 일일까? 산에 대한 사랑은 후에 습득하는 취향인가, 아니면 과거의 어떤 삶 속에 뿌리를 박은 유전적인 것일까? 어떤 사람들은 그 사랑을 지니고 태어나는가? 나는 그렇다고 생각하고, 나도 그런 행운을 타고 난 사람들 가운데 하나라고 믿는다.

돌담 근처의 길을 따라 전차들이 어지럽게 지나다녔다. 나는 무서운 소리를 내는 전차가 싫었다. 또한 무시무시하게 썰렁거리는 소음을 내며 전차가 달려오면 그것은 나를 죽이려 쫓아오는 괴물처럼 보였다. 그러나 돌담은 언제나 견고하고 꼼짝도 하지 않고 편안하고 다정하고 조금씩밖에는 변하지 않은 모습으로 그냥 그 자리에 버티고 있었다.

내가 처음 본 산은 켄트의 노스다운스였다. 그것은 세상에서 가장 높은 산이었다. 그 산 위에 올라가 세상이 끝나는 아득한 곳의 푸르스름한 빛을 바라보며 나는 그렇게 생각했었다.

나는 늘 혼자 지내기는 했지만 외톨이는 아니었다. 산책을 나갈 때마다 나에게는 항상 동행이 되어준 스패니얼 종의 개, 지미가 있었다. 우리는 함께 숲속을 탐험하거나, 과수원 끝에서 토끼를 기르는 집에 몸을 숨기고 그 녀석들이 들락날락거리는 것을 구경하기도 했다. 그리고 요정들도 있었다. 우리는 9월의 어느 날 해질녘 풀밭에 이슬이 맺히고, 방앗간 개울을 따라 엷은 안개가 걸려 있을 때 요정들을 보았다.

일곱 살 때 나는 건강이 어찌나 나빠졌는지 부모님은 나를 스위스로 보내야 했다.

답답한 기차 안에서 잠을 못 이루며 하룻밤을 보낸 다음, 나는 조심스럽게 창 가리개를 들어 올리고 창문 하나를 내렸다.

내리막길이어서 우리는 빠른 속도를 내고 있었다. 맑고 차가운 공기가 후덥지근한 내 얼굴에 닿았다. 위쪽으로는 산과 숲이 솟아올라 있었다. 동이 트느라 별빛이 스러지는 중이었다.

기차가 모퉁이를 쏜살같이 돌아 산과 숲을 시원하게 벗어났다. 나는 갑자기 공간과 거리를 의식하게 되었다. 내 앞에 평원이 펼쳐졌다. 그러나 내 피를 이상하게 설레도록 만들고, 생명력 자체가 약동하게 만든 것은 평원이 아니라, 그 너머로 새벽빛 속에서 눈에 살짝 비친 알프스였다. 구름으로 뒤덮인 그 산들은 너무나 높고 아득했으며 까마득하게 멀어, 처음으로 그 산을 응시한 어린 나에게는 마치 하느님이 땅을 하늘로 솟아오르게 해 자신의 모습을 보여주고, 그것을 천국으로 향하는 첫걸음으로 삼으려 하는 듯싶었다.

산의 영혼

몽트뢰에서 기차를 갈아탄 우리는 협궤 철도를 따라 샤토 뫼스로 향했다.

우리는 그 후 여섯 달 동안 커피와 따끈한 롤빵과 마룻바닥에 윤을 내는 약 냄새가 나는 호텔에서 지냈는데, 그 후 나는 그 냄새를 결코 스위스와 연결 지어 생각하지는 않았다.

화창한 여름이 고요한 가을로 이어졌다. 로셰르 뒤 미디의 둥그런 윤곽과 계곡을 따라 아래위쪽으로 목초지와 숲으로 뒤덮인 산의 모습, 나는 그 모습에 익숙해졌다. 그러나 내 짐작으로는 이 가운데 어느 것도 굼플루의 우뚝한 바위봉우리와 비교가 되지 않았다. 나에게는 그것이 세상에서 가장 높고 험한 봉우리였다.

숲에서 산책을 하기도 했고, 목초지의 비바람에 낡아빠진 통나무 오두막들의 벽을 등지고 한가하게 피크닉을 나가기도 했지만, 그럴 때마다 산을 오르고 싶은 나의 욕망은 강해지기만 했다. 기회가 찾아온 것은 집안에서 나보다 나이가 많은 식구들이 높이가 1,800미터쯤 되는 몽크레이를 오르기로 결정했을 때였다.

우리는 일찍 출발했다. 풀밭이 이슬에 젖어 축축한 9월의 조용한 어느 날 아침, 샬레(프 chalet 스위스 높은 산에 돌로 지붕을 인 통나무 집. 목동이 오두막으로 이용)에서 피어오르는 엷은 푸른빛의 연기가 안개처럼 퍼지고 있었다.

우리는 내가 이미 알고 있는 오솔길을 택했지만, 곧 되돌아온 지점에 이르렀다. 그 너머는 미지의 땅이었다.

숲의 그늘진 곳은 모질게 추웠지만, 빽빽이 늘어선 소나무들 사이로 곧 태양이 얼굴을 내밀어 갈색 양탄자 같은 솔잎을 비추었다.

그날 아침에는 산이 내 폐 속에 있었고 산의 내음이 내 코 속에 있었다. 그리고 못이 엉성하게 박힌 내 부츠 밑에서도 산의 감촉이 느껴졌다. 더 이상 나약한 인간이 아닌 나는 새로운 힘이 넘쳐흘렀다.

나는 느리기는 해도 가이드의 발걸음을 나도 모르는 사이에 확실히 흉내

내고 있었는데, 이 길잡이는 정식 가이드가 아니라 열여섯 살 소년이었다. 오르막길에서 발가락에 힘을 주면서 걷거나 자주 멈춰가면서 길을 재촉하면 사람이 지친다는 것을 나는 깨달았다. 위로 올라가는 비결은 리듬이었다. 그것은 걸음을 옮길 때마다 확실하게 그리고 분명하게 단호함을 가지고 비탈을 밟아야 하고, 양쪽 엉덩이를 차례로 꾸준히 힘주어 끌어올리며 체중을 이 다리에서 저 다리로 서서히 옮기는 식이었다.

푸석푸석하고 가파르기도 하며 솔잎으로 뒤덮이기도 한 오솔길을 산 중턱까지 구불구불 올라가느라 그늘진 골짜기를 횡단하기도 하고 햇빛이 비치는 산마루 아래쪽을 기어오르기도 했다.

그것은 열이 나고 힘이 드는 일이었다. 가냘프고 나약하고 자그마한 내 몸은 땀으로 흠뻑 젖었다. 그러나 나는 이것을 감사하는 마음으로, 심지어는 기뻐하는 마음으로 받아들였다. 만일 거리가 너무 짧고 쉬운 등반이라면 몽크레이는 올라갈 만한 가치가 없는 산일 것이다. 중요한 것은 왕국이지 왕관이 아니고, 정상까지 오르는 과정이지 정상 그 자체가 아니다.

숲은 끝이 없는 것 같았고, 늑대나 마녀만 없을 따름이지 동화 속의 숲 그대로였다. 그러나 비틀어진 몇 그루의 소나무만 남고 드디어 숲은 끝났으며, 우리는 감미롭고 시원한 산들바람이 불어오는 켄트의 구릉지대에서 자라는 것과 조금도 다름없는 탄력성을 지닌 젊고 질긴 풀밭으로 뒤덮인 목초지로 나왔다.

이 목초지는 초록빛이었는데, 봄철의 생생한 초록빛이 아니라, 자연이 더 이상 젊음을 유지하려 발버둥치지 않고 숙명적인 1년의 주기에 스스로 만족해 초연해지는 계절인 가을의 성숙한 초록빛이었다.

나는 위를 올려다보았다. 비탈이 솟아올라 평편한 이마를 이루었고, 그 위로 날아가는 구름이 머리카락처럼 나부꼈다. 그것은 내가 이미 본 아름다움, 즉 캔트의 구릉지대 같은 아름다움이었다. 구릉지대에는 부드러운 위엄이 있어서, 확실하면서도 잠들어 있는 힘의 이야기를 전한다. 그러나 이곳에는 무언가 다른 것, 무언가 험악하고 도전적인 것이 존재했다. 아름다움은 더욱 빼어나서, 한계에서 스스로 떨쳐버리고 일어났으며, 보다 크고 웅장한 풍경을 펼쳐놓았다.

목초지에는 갈색 오두막이 한 채 있었다. 비바람에 낡고 소의 냄새가 나는 그곳에 거주하던 목동은 우리가 마실 따뜻하고 영양분이 많은 우유를 가져다주었다. 그 근처에서 우리는 햇빛이 비치는 장소에 철사처럼 질긴 풀들이 자라는 곳에 앉아 휴식을 취했다. 소의 목에 달린 워낭이 우리의 귓전에서 딸랑거리며 울렸다. 그리고 산들바람이 우리를 스쳐 지나갔다.

오두막 위쪽으로는 길이 없었다. 우리는 풀밭이 뺨처럼 부풀어 오른 곳을 올라가며 길을 찾아내야만 했다. 이것은 맹렬한 등산이었다. 나는 계집애처럼 두려움을 느꼈다.

갑자기 안개가 끼면 어떻게 하나? 몽크레이 따위는 아랑곳하지도 않으며 하늘에서 한가하게 흘러가는 저 하얀 구름들이 모여들어 내려온다면 어떻게 하나? 비탈진 풀밭은 항상 위험했다. 한 번 미끄러지면 멈출 수가 없어 자꾸만 굴러 내려가는데 ―항상 절벽은 있기 마련이어서― 그러다 절벽의 가장자리에 다다르면 끝장이었다.

우리 가이드는 이 불안감을 눈치 챈 모양이어서, 절대적으로 안전할 것이라고 우리를 안심시키고는 공격을 하기 위해 단호하게 앞으로 돌진하였다.

만일 내 기억이 정확하다면, 몽크레이의 꼭대기 부분은 풀이 덮인 토산土山으로, 그 모양은 원추형이었고 높이는 수백 미터나 되었다. 끝도 없는 듯 싶었지만 우리는 이 산을 올라갔고, 결국 우리 앞으로는 더 이상 비탈이 뻗어나가지 않았다. 우리는 자그마한 돌무더기 옆의 정상에 올라섰다.

정상은 절정이나 심한 절망을 의미하지 않았다. 그곳에 다다른 것은 자연스러운 사건의 흐름에서 한 부분을 이룰 따름이었다. 나는 소년다운 열광을 보이며 환호성을 지르거나 모자를 공중에 흔들어대지도 않았다. 나는 약간 어리둥절하고 당황스러운 마음으로 그곳에 서 있었다. 그것은 내가 기대하거나 상상한 바가 아니었다. 전에 내가 본 여러 사진에서는 등산가가 정복을 당한 자의 목을 밟고 있는 정복자처럼 한쪽 발을 앞으로 내밀고 극적인 자세를 취하며 서 있었다. 나는 그런 행동을 하나도 하고 싶지 않았고, 승리와 자축과 찬양의 감탄사를 연발하는 그들의 합창에 끼어들기도 원치 않았으며, 샌드위치를 풀어 마구 먹어치우고 싶은 마음도 느끼지 않았다. 나는 꼼짝도 하지 않고 조용히 앉아 내 주변의 풍경을 모든 감각을 통해 흡수하고, 무수한 산봉우리들을 편안히 둘러보거나 단 하나의 언덕에 시선을 고정시킨 채 흐뭇하게 휴식을 취하고, 내가 전혀 알지 못했던 자유를 만끽하고, 내 주변의 모든 것에서 새로운 미덕과 새로운 힘을 이끌어내고 싶었다.

*

겨울이 지나갔고, 그와 더불어 스케이트와 썰매를 타는 놀이도 끝났다. 눈이 녹자 우리는 글리옹으로 갔다. 몽트뢰 위쪽 산 중턱의 이 마을은 제네바 호수와 사보이의 언덕들과 산마루가 네모나고 요새처럼 보이는 당 뒤 미디를 굽어보는 곳이었다.

호텔 근처의 풀로 뒤덮인 가파른 비탈에는 크고 작은 바위들이 있었다. 나는 이 바위들을 잡아 뽑아서 비탈로 굴러내려 보내 밑에 있는 숲으로 들어가게 하는 것이 두려움과 더불어 기쁨을 준다는 사실을 깨달았다. 한 번 힘을 주면 바위가 넘어가고, 또다시 넘어가고, 점점 더 빨리 굴러서, 몇 초 후에는 땅바닥에 평화롭게 꽂혀 있던 무엇이 파괴력을 지니고 날아가는 포탄으로 변해서, 하늘로 뛰어오르고 땅에 닿아 흙을 다져놓고는 다시 뛰어

오르며, 속도와 힘과 파괴력이 점점 더 늘어나서는 무시무시한 추진력을 과시하며 숲으로 뛰어들어 크고 작은 나무들을 짓이겨 산산조각으로 부서놓았다.

어느 날 고생을 몹시 한 다음 나는 지금까지 내가 밀어낸 그 어느 바위보다도 더 큰 것을 땅에서 겨우 비틀어 잡아 뽑았다. 그러나 바위의 밑동이 넘어가는 순간 갑자기 쉬익 하는 소리가 들리더니, 바위 밑에 패인 구덩이 속에서 독사 새끼들이 꿈틀거리고 있는 것이 보였다. 나는 뱀을 혐오하고 무서워해 정신없이 도망을 치고 말았다. 그 이후 나는 더 이상 돌을 굴러 내리는 장난을 치지 않았다. 이 에피소드에는 무언가 배울 바가 있다.

나중에, 글리옹과 레자방의 들판에는 수선화들이 만발했고, 내가 알기로는 다른 어느 곳의 물보다도 구름과 빛깔에 대해 민감했던 제네바 호수의 물은 날이면 날마다 구름 한 점 없는 하늘에서 빛난 태양의 빛을 받아 선명한 진보랏빛을 띠었다.

5월에 우리는 벵겐으로 갔다.

나는 레스토랑 메뉴와 광고지와 치즈 포장지와 그림엽서와 철도 포스터에서 융프라우의 사진을 이미 수없이 보아온 터였다. 적어도 모양에 있어서 그 산은 낯선 면이 없었지만, 융프라우는 모양이 아니라 하나의 존재, 하나의 개성이었다. 그리고 날마다 해가 뜨고 질 때마다 태양과 구름의 작용이 눈과 얼음의 색다른 아름다움을 노출시켰다.

오후에는 늘 얼음사태가 쏟아졌다. 벵겐에서 보면 얼음사태는 폭포에 걸린 얇고 하얀 물줄기 같았다. 그것은 해를 끼치지 않을 것처럼 보였다. 라우터-브루넨의 참호 같은 골짜기의 한쪽 끝에서 다른 쪽 끝으로 메아리치며 요란하게 진동하는 굉음이 그 사태 때문이라는 사실은 믿기 힘들었다.

벵게른알프에서 나는 처음으로 등산가들을 보았는데, 이 진정한 등산가들은 호주머니에 샌드위치를 넣고, 어깨에는 방수포를 두르고, 손잡이에는 에델바이스(edelweiss 작고 하얀 꽃이 피는 대표적인 고산 식물) 줄기를 조각하고 아래쪽 끝에는 금속을 붙여 장식한 지팡이를 들고 샤토 뵉스 주변의 산들을 오르는 관광객들과는 사뭇 달랐다.

영국인인 그들은 가이드를 대동했다. 그들은 모두 햇볕에 그을었지만, 가이드의 검게 탄 얼굴에는 어떤 영원한 요소가 있었고, 비바람에 시달려 주름진 얼굴의 움푹 들어간 두 눈은 눈 부신 빛에 자주 노출되었으며 끊임없이 경계하는 듯한 인상을 드러냈다.

나는 그들이 가지고 다니는 피켈(pickel 도끼와 쇠꼬챙이를 결합한 지팡이)을 눈여겨보았다. 이 묘한 도구를 나는 그때 처음 보았다. 나는 훗날 언젠가는 나도 저런 피켈을 하나 움켜잡고 파란 얼음에 그것을 휘둘러 박으리라 마음속으로 다짐했다. 내 눈에는 그 등산가들이 평범한 인간으로 보이지 않았다. 나는 한두 해 전에 그림 형제와 안데르센의 동화에 나오는 주인공들에게 부여했던 낭만적인 요소들을 이 등산가들에게 부여했다. 융프라우 옆에 있으면서 정상이 네모난 묀히를 올랐노라고 누군가 말했다. 그 높은 정상을 올랐다는 사실이 거의 믿어지지 않을 지경이었지만, 그 이야기를 믿지 않아야 되겠다는 생각도 내 머리에는 떠오르지 않았다. 어린아이가 불신하는 것은 바보들과 악당들뿐인데, 그 등산가들의 모습을 보면 바보나 악당 같은 면모가 하나도 없었다. 여러 면에서 그들은 평범한 사람들이었다. 그들이 관광객들의 옷차림과는 묘하게 대조를 이루는 약간 초라한 옷을 걸치고 있는 것이 사실이기는 했지만, 모자는 상당히 평범한 것이었고, 가이드는 칼라를 달고 넥타이까지 했다. 그들은 보통 사람들과 마찬가지로 잡담을 하고 웃고 떠들었으며, 흔해 빠진 맥주를 굉장히 많이 마셨지만, 누가 뭐래도 그들은 묀히를 오른 사람들이었다.

나중에 우리는 베른으로 갔다. 교묘하게 덮개를 씌운 보도와 곰을 가둔 구덩이와 한 시간마다 묘한 행진을 벌이는 시계탑! 다른 때였다면 나는 이

옛 도시에 대해 기쁨을 느꼈을 것이다. 그러나 나는 이미 사랑하게 되어버린 산에서 멀리 있었다. 베른은 보다 평탄했고, 나무와 집과 사람 같은 평범한 것들로 이루어져 있었다. 아침에 나에게 반갑다고 인사하는 산봉우리도 없었다. 나는 위안을 받을 수 없었다.

영국으로 돌아가자 켄트의 산들이 아주 작아 보였지만, 그 인상은 그리 오래가지 않았다.

내 방의 창문을 통해 나는 잔잔하기 짝이 없는 메드웨이의 구불구불한 물줄기, 그리고 과수원 너머로 봄철이면 앵초꽃들이 그토록 만발하며 자라던 미어워드와 워터링베리의 언덕들과 해들로의 괴이한 탑을 볼 수 있었다.

그 풍경에 나는 스위스의 추억들을 연결 지었다. 때때로 나는 언덕 위로 치솟아 오른 거대한 산이 눈에 선하게 보였다. 그러면 나는 아무도 오른 적이 없는 정상을 향해 올라가고 또 올라갔으며, 소나무 꼭대기를 스치는 바람과 목초지에서 소들이 울리는 시끄럽게 딸랑거리는 워낭소리와 저음으로 끊임없이 우르릉거리는 격류의 음향이 다시금 귓전에 들려왔다. 나의 산은 높다란 구름과 마찬가지였고, 때로는 구름만큼도 현실적이지 못해 꿈 같은 것으로 이루어져 있었다.

만성기관지염과 인플루엔자와 (두 차례의) 폐렴과 심장 팽창증세에 시달려가면서 오랫동안 갖가지 학업상의 어려움을 겪고 난 다음, 나는 결국 버캠스테드 기숙학교에서 밤에는 기숙사에서 지내지 못해 통학을 하는 남학생에 대한 별명인 '낮벌레'가 되었다.

내가 첫 여름방학을 맞았을 때 전쟁이 터졌다. 1914년 8월 4일, 우리 가족은 집을 하나 세로 얻어놓은 콘월의 틴타젤로 내려갔다. 군용열차들이 지나가게 하려고 걸핏하면 대피선으로 기차가 쫓겨 들어가고는 했기 때문에 그 여행은 더디고 불확실한 것이었다. 자연스럽지 못한고 열띤 분위가 사방에 충일했다.

선전포고가 된 다음, 나는 빨간색으로 칠을 한 군인들을 장난감 대포로 열심히 쓰러뜨려가면서 놀았는데, 그 대포에는 어찌나 강력한 용수철이 부착되었는지 때로는 용감하게 내민 군인들의 가슴팍이 찌그러지기도 했고, 심지어는 가까운 거리에서 대포알에 맞으면 머리통이 날아 가버리기도 했다. 우레처럼 요란하게 전진하는 기병대와 깃발과 깃털장식이 모두 완벽하게 줄을 맞추고, 북소리와 대포소리가 울리고, 훈장들을 타고 —영웅의 배를 쏘아 창자가 나오게 하는 것은 흉측한 것이었으므로— 영웅들은 항상 총에 맞고…. 전쟁이란 굉장히 재미있는 놀이였다. 나는 여름방학 전에는 전쟁이 끝나지 않기를 바랐다. 비록 우리가 준비되어 있지는 않았지만, 영국인 한 사람이면 독일군 열 명은 문제가 없으리라고 사람들은 말했다. 항상 의로운 편인 영국은 어떤 외국 군대라도 물리칠 수 있었다. 나는 전에 1~2년가량 다닌 적이 있는 예비학교에서 얼굴이 뻘건 해군 소속의 어떤 남자가 하는 강연을 들은 적이 있었다.

그러나 틴타젤에 있는 우리 집은 전쟁의 두려움으로부터 멀리 떨어져 있었다. 그곳은 산속으로 깊이 파고들어간 바위 계곡이었다. 계곡은 아래위로 다 경치가 좋아서 아래쪽 끝으로는 깊은 V자 사이로 천천히 출렁이는 푸른 대서양이 보였다. 그리고 위쪽 끝은 넓은 골짜기였다. 내가 시선을 자주 돌린 것은 이 골짜기였다. 태양이 빛날 때는 골짜기가 광채로 가득 찼으며, 그 위로 구름의 그림자가 달려가 골짜기의 어귀 너머로 사라졌다. 그러나 바다에서 안개가 슬그머니 들어와 회색 손가락으로 휘감아버리면, 산이 어디에서 끝나고 하늘이 어디에서 시작되는지 더 이상 알 수 없었다.

집 뒤쪽에는 소나무 숲이 있었는데, 나는 자주 그 숲 언저리에 앉아 부드럽게 쓸고 지나가는 바람소리에 귀를 기울이거나, 스위스에서 내가 산과 연관 지어 생각하는 버릇이 든 냄새를 깊이 들이마시곤 했다.

내가 암벽 등반에 처음 탐닉한 것은 틴타젤에서였다. 그 등반은 아서 왕

산의 영혼

의 성 근처에 있는 따뜻하고 붉은 바위로 이루어진 작은 절벽 올라가는 것
이었다. 나의 등반에는 침착하거나 용의주도한 면이 하나도 없어서, 경솔
한 학생의 경솔한 모험이긴 했지만 두려움과 기쁨이 이상하게 뒤섞인 완전
히 새로운 감정을 나에게 가져다주곤 했다.

우리는 버캠스테드로 돌아갔다. 평온하고 작은 그 마을은 전쟁으로 인
해 놀라움과 흥분의 소용돌이에 빠져 있었다. 그 고장의 나이 많은 유지들
은 벌써 공공의 안전을 위한 위원회를 조직해놓고 있었다. 그들이 보호하
겠다고 나선 대상이 정확히 누구이고 무엇인지는 아무도 설명하지 않았
다. 그들은 '공중空中에 대해서 관심이 있는' 후손에게 전해줄 만한 발표를
하나 했다. 즉 공습이 개시되면 주민들은 집 안에 있어야 한다는 충고였
다. '폭탄은 거의 언제나 지붕에서 미끄러져 떨어지기 때문에' 집 안이 훨씬
더 안전하다는 말이었다.

하이스트리트에서는 신병 모집을 위한 집회가 열렸는데, 그 집회에서는
너무 늙어 전투를 할 수 없을 정도로 나이가 많은 사람들이 마을의 젊은이
들에게 조국을 위해 목숨을 바칠 것을 간곡히 권했다. 그리고 어디를 가나
독일 스파이들이 우글거렸다. 몸집이 자그마하고 남에게 해를 끼치지 않는
우리 독일어 선생도 체포되었지만, 그가 혐의가 없어 결백하다고 판명되어
석방되자 모두들 놀랐다. 보어전쟁의 유물로 그곳에 보관되어 있던 고물
모젤 소총들을 혹시 '적'이 탈취하려 시도하는 경우에 대비해 학교의 병기고
에는 밤마다 보초가 섰다. '국가안보'를 위해서 이루어진 이 조처의 결과로,
병기고라면 부랑자들을 위해 훌륭한 안식처라고밖에는 생각하지 않았던
어느 늙고 죄 없는 뜨내기가 하마터면 비참한 죽임을 당할 뻔했다.

나의 학생시절은 행복하지 못했다. 그것은 나 자신과 교육제도와 전쟁
때문이었다. 그 당시에 유행한 교육제도는 우선 경쟁을 부추기고 낙오자
는 사람 취급도 하지 않았다. 나는 낙오자였다. 학교에는 여러 학년이 있

었으며, 각 학년에는 일정한 수의 남학생들이 있었고, 수업은 고전과 과학 분야가 따로 구분되어 있었다. 각 학년에서는 대부분의 과목을 수강했지만, 학년별로 학급의 구애를 받지 않고 수강하는 프랑스어, 독일어, 수학 같은 별도 과목들도 있었다. 학기말에 그 학년에서 한 학생의 위치를 결정 짓는 것은 그 학년의 모든 과목에서 받은 점수의 합계였으며, 이 총점으로 학년말에 한 학년을 올라가느냐 마느냐를 결정했다.

교육방법이 의도적으로 경쟁의 본능을 확대하고 이용하는 것이 과연 바람직한지 어떤지는 매우 회의적인 문제이다. 경쟁이란 다른 사람들을 희생시키는 대가로 목적을 획득하는 것을 의미한다. 사내아이라면 분명히 지식을 습득해야 하긴 하지만, 지식을 습득하려는 원동력 노릇을 하는 것이 과연 그 지식에 의해서 친구들보다 높아지려는 욕망이어야 할까, 아니면 지식으로서의 지식에 대한 욕망이어야 할까? 경쟁의 본능보다 더 뿌리 깊고 기본적인 창조의 본능을 발전시키는 것이 더 좋지 않을까? 경쟁은 물질적인 출세에 대한 욕망으로 인해 더럽혀지지 않은 지식의 추구로 활성화되는, 무지와 싸우려는 내적인 경쟁이어야 하지 않을까? 이것은 비현실적인 이상일까? 나는 그렇게 생각하지 않는다. 경쟁적인 시험에 바탕을 둔 현재의 제도는 소년시절 동안에 경쟁의 본능을 자극하고, 이런 이유로 인해 행정적인 직책들을 수행하기에 정신적으로 적합한 자 또는 지적인 바탕이 훌륭한지 여부를 판단하는 데 있어서 그것이 조금이라도 쓸모가 있느냐 하는 데에 대한 어떤 심각한 의심까지 모두 젖혀둔다 하더라도, 인간의 가치를 판단하는 유일한 수단 역할을 한다는 것은 개탄할 만한 일이다.

경쟁은 본능의 여러 가지 나쁜 결과들의 원인이 된다. 그리고 지식의 추구에 있어서 막차 역할을 하도록 의도적으로 그것을 이용하는 교육제도는 그 자체의 이성들을 무너뜨린다. 미래의 교육방법은 경쟁의 본능이 아니라 창조의 본능을 도모해야 할 것이다.

교육이 가능한 한 보편적이어야 한다는 것은 건전한 원칙이라 할 만하다. 그런가 하면 올바른 각도로 도움을 주는 격려라면 모든 창조적인 힘의 뿌리에 비료로서 작용하기 때문에 뒤떨어진 아이가 어떤 분야에서라도 뛰어난 면을 보인다면 그 성향은 마땅히 권장해야 한다.

나는 두 과목에 흥미를 느꼈는데 영어와 지리가 그것이었다. 이 두 과목에서 내가 받은 점수는 그 학년에서 첫째였거나, 거의 최고에 달했다. 하지만 다른 과목에서 워낙 한심한 점수를 받았기 때문에 그 두 과목의 점수로는 상쇄하지 못했다. 따라서 결국 내가 받게 된 점수는 다음 학년으로 올라가게 해줄 만큼 충분히 높지 않았다.

나는 한 학년에서 2년을, 그리고 또 한 학년에서 2년을 보냈으며, 학년마다 이렇게 이중으로 공부해서 모든 과목의 똑같은 과정을 거쳐야 했는데, 영어와 지리도 예외가 아니었다.

결국 나는 '현대식 5학년'이라는 완곡한 표현으로 알려진 유급 반으로 들어가 다른 낙오자들과 더불어 나머지 학생시절을 보내야 했다.

'현대식 5학년'으로 추방된 모든 학생의 종합성적을 보면 두뇌의 힘으로는 그들이 밥벌이를 절대 할 수 없을 터였으므로, 차라리 손을 사용하는 재주를 가르쳐주는 것이 더 좋으리라는 생각이 들 정도였다. 그래서 우리는 갖가지 물건들을 만들었다. 나무토막을 깎거나 금속조각을 망치로 두들겨 예술적이거나 쓸모 있는 형태를 만들어놓느라고 우리는 일주일마다 여러 시간씩 보냈다.

나는 나태와 해이에 대해 그들이 한 이야기는 모두 정당한 근거가 있는 것이라고 믿는데, 그 까닭은 선생님이 가르치는 내용이나, 칠판에 써놓은 글자들이나, 깎아내고 망치로 두드려야 할 나무와 쇳조각들이나, 이틀에 한 번씩은 꼭 미술실의 가구가 놓인 위치를 바꾸지 않고는 못 배기던 열성적인 욕망을 위시해 미술선생이 보여주던 갖가지 자질구레하고 괴팍한 행동에 대해 전혀 흥미를 느낄 수 없을 때면 내가 공상 속으로 빠져 들어가곤 했기 때문인데, 내 공상은 항상 산에 관한 것이었다.

나는 학교 도서관에서 등산에 관한 모든 책과 탐험 중에서도 특히 세계의 냉혹한 산악지대를 탐험하는 내용을 담은 대부분의 책을 읽었으며, 용돈이 생기기만 하면 지도를 사느라 거의 다 써버렸고, 북부 웨일스, 호수지역, 스코틀랜드, 스위스의 지도를 손에 넣으면 그것을 들여다보느라 몇 시간씩 보내곤 했다. 나는 『알프스 등반기Scrambles Among the Alps』를 읽으며 스위스의 지도를 가지고 에드워드 윔퍼의 발자취를 추적했다. 상상 속에서 나는 마터호른의 음산하고 험난한 정상과 레제크랭의 흉포한 능선과 콜 돌랑의 가파른 얼음을 올라갔으며, 다시 안전하게 내려오곤 했다. 알프스는 이미 나의 것이었다.

때때로 나는 아시아의 지형도를 가로질러 제멋대로 펼쳐진 갈색 덩어리인 히말라야를 살펴보았다. 에베레스트, 칸첸중가, 고드윈 오스틴(K2—역주) 그리고 낭가파르바트. 나는 그런 곳들을 모두 알았고 그 높이도 다 알았지만, 학교 시험에서 점수를 딸 수 있는 것은 에베레스트에 대한 지식뿐이었다. 나는 스위스에서 가장 높은 산이 무엇이냐는 질문을 받았고, 내가 즐겨 읽던 『알프스 등반기』에는 미샤벨호르네르산맥에서 가장 높은 봉우리가 스위스 전체에서 가장 높은 봉우리이기도 하다는 내용이 적혀 있었기 때문에 자신만만하게 "돔"이라고 대답했다. 그러나 애석하게도 그 지리 시간에서는 몽블랑이 정답이었다. 나는 이 문제를 따지다 심한 꾸중을 들었고 학년 전체에서 꼴찌 점수를 받았다.

내가 높은 산을 본 지도 여러 해가 지났지만, 산에서의 모험과 탐험에 대한 열망은 따분하고 마음에 들지 않는 학생시절 동안 점점 더 강해지기만 했다. 따라서 내가 '저능하고 해이한' 두뇌로 지식을 흡수하려 시도할 때면 흔히 내 생각은 머나먼 어느 나라나 아주 높은 산꼭대기에서 헤매고 있기

리웨드 정상 THE SUMMIT OF LLIWEDD

가 보통이었다.

별로 멀지 않은 어디에서인가는 '잔인한 살육'이 벌어지고 있었다. 어떤 악의 존재가 숨이라도 쉬는 듯 둔감한 진동, 즉 살육의 음향을 노스처치 커먼의 골짜기에서도 들을 수 있었다. 그리고 소리가 들리지 않을 때에도 그 존재를 느낄 수는 있었다. 일요일이면 그 목적을 위해 특별히 초빙한 나이 많은 성직자들이 교회의 설교단에서 열변을 토하고 애원하기도 했다. 우리는 인간의 어떤 땅을 향해 나아가고 있다고 그들은 말했는데, 그 땅이 공짜로 얻을 수 있는 것이 아니라는 사실은 분명했다. 머지않아 우리는 조국에 봉사해야 하며, 어쩌면 조국을 위해서 죽을지도 모를 노릇이었다. 그것은 성전聖戰이었다. 우리는 악과 암흑의 대군을 맞아 싸워야 하는 그리스도의 군사였다. 정의는 우리 편이었다. 하느님은 승리를 우리에게 가져다 줄 터였다. 따라서 우리 모두는 하느님께 기도를 드려야 했다. 그리고 날이 갈수록 교회의 벽을 따라서 줄지어 늘어놓은 검정 테를 두른 카드들이 점점 더 많아졌다.

만일 당장 전쟁이 터지면 그리스도 교회의 대표자들은 어떻게 할 것인가? 1924년에는 양떼를 통제할 수도 없었으려니와 목자들도 역시 겁에 질려있었다.

어느 소년이 있었다. 온몸이 팔과 다리밖에 없는 듯 온통 가느다랗고 길쭉하기만 해서 우리는 그를 '거미'라고 불렀다. 그의 머리카락은 모래 빛깔의 걸레처럼 터벅거렸으며, 들창코에다 얼굴에는 주근깨가 앉고, 파란 두 눈은 유머와 장난기가 엿보였다. 비록 '5학년 상급반'이라고 하던 '6학년' 학생이기는 했어도, 놀기 좋아하고 쾌활한 성격 때문에 그는 항상 말썽에 얽혀들고는 했다. 별로 보기 드문 일은 아니었지만, 어느 토요일 오후 나는 나태하고 해이하다는 죄목으로 학교에 붙잡혀 있었다.

화창한 오후여서 크리켓경기를 하기에는 이상적인 날씨였는데, 나는 프랑스어 불규칙동사를 몇 장 베껴야 했다. 어쩌다보니 내 옆에 '거미'가 앉게 되었다. 그는 나에게 머리를 돌리고는 귀엣말을 속삭였다.

"이런 식으로 오후 내내 이곳에 갇혀서 지낸다는 건 별로 재미없는 일이 야. 너도 알잖아." 그의 눈은 보기 드물게 진지한 표정을 담고 있었다. "내 기분 같아선…."

그러나 그날의 담당선생이 그가 하는 이야기를 듣고는 우리 보고 떨어져 있으라고 명령했기 때문에 '거미'의 기분이 어떠했었는지 나로서는 알 길이 없다. '거미'가 그 화창한 오후를 즐길 수 없었던 것은 참으로 안타까운 일 이었다. 그 까닭은 몇 달 후 교회의 벽에 검은 테를 두른 카드가 몇 장 더 나붙었을 때 그의 이름도 그곳에 끼어있었기 때문이다.

그 무렵에는 학교에서 보내는 많은 시간이 군사훈련에 배당되었으며, 장 교훈련단에서도 많은 사람들이 이빨과 손톱을 날카롭게 갈기 시작했다. 우리는 동그란 과녁 대신 인간의 모습을 표적으로 삼아 사격 연습을 했다. 의심할 나위도 없이 전쟁이 끝난 다음에는 인간의 모습이 동그란 과녁으로 대치되었을 것이다. 과녁과 인간의 형체를 겨냥하는 행위란 서로 어떤 차이 가 있었을까? 학교의 장교훈련단이 소년들에게 전쟁의 기술을 훈련시키기 위한 집단이 아니어서, 훈련단의 유일한 목적은 명령과 기강의 습성을 가르 치기 위한 것이라고 말한다면 그 주장은 단순한 거짓말 정도가 아니라 이 치에도 닿지 않는 말이다. 그들은 전쟁도구를 몸에 부착한다. 그들은 전쟁 흉내 이상도 이하도 아닌 야외훈련 기간을 거친다. 그들은 소총 사격술과 야전 복무규칙을 배운다. 그들은 모형 기관총을 휴대하고, 영국 공군의 비 행 편대와 합동작전을 펼친다. 안내책자에 이런 내용을 게재할 배짱이 있 는 학교가 과연 하나라도 있을까. "이 학교의 설립 취지 가운데 하나는 여 러분의 아들을 군인으로 만드는 것입니다. 열세 살이 넘는 소년들에게 이 학교에서는 살인 기술을 가르치겠습니다. 이들은 스스로 사고하는 능력을 키울 시간을 갖기 전에 훌륭한 기초를 닦게 될 것입니다. 그렇지 못하면 여러분의 아들은 같은 인간끼리 죽이는 행동을 혹시 못마땅하게 생각할 수도 있기 때문입니다. 그보다도 더욱 나쁜 것은 이들이 조국을 위해 죽는 것보다 사는 길을 선택하게 될지도 모른다는 사실입니다. 심지어는 평화주의자가 될지도 모른다는 생각을 하면… 끔찍한 일입니다." 외국인들은 평화를 지키겠다는 우리의 의도를 계속 고수하도록 강요했다. 어느 독일인이 나에게 이렇게 물었다.

"당신네 나라에서는 청년들을 군인으로 만들기 위한 훈련을 시킵니까, 안 시킵니까?"

"시킵니다."라고 나는 대답했다. 할 말은 그것밖에 없었다. 그것이 사실이었기 때문이다. 그에 대해 솔직하지 못한 이유가 무엇인가?

나는 바닷가에서 휴양을 하며 성장했다. 그것은 '바다 공기'가 가져다주는 좋은 효과 때문이었다. 바다 공기와 시골 공기 사이에 어떤 차이가 있다는 것인지 나는 끝내 알아내지 못했다. 나에게 그것을 깨우쳐줄 과학자가 혹시 있을까?

그러나 1915년 우리는 람스게이트에서 바다 공기가 생각했던 것만큼 몸에 이롭지 않다는 사실을 깨달았다. 걸핏하면 그곳 하늘에서는 무엇이 쏟아지고는 했는데, 격렬하게 폭발하고 파괴하는 것들이 쏟아졌다. 그것들 가운데 하나가 무자비하게도 일요학교의 아이들 몇 명 가운데서 터져버렸다. 길바닥에는 작은 팔과 다리들, 작은 몸뚱어리들이 여기저기 흩어져 있었다. 그래서 우리는 북부 웨일스의 란더드노와 콜윈베이 만湾 사이에 있는 펜린베이의 작은 마을로 바다 공기를 찾아갔다.

그곳은 스노도니아에서 멀리 떨어져 있었다. 쉽게 갈 수 있는 가장 높은 산이라곤 콜윈베이 위에 있는 것으로, 높이가 신기하게도 피트로 계산해서 꼭 1,000이었다. 나는 거의 그 꼭대기까지 길을 따라 자전거를 밀고 올라갔다. 그것은 산이라고 하기도 어려워 그냥 높은 지대라고나 해야겠지만, 그래도 영국에서 내가 처음으로 올라간 해발 1,000피트의 산이었다. 나는 자전거를 놓아두고 가장 높다고 판단되는 지점까지 들판을 가로질러 건너가서 그 높이까지 올라왔음을 확실히 해두었다. 그 후 영국의 산 위에서 수백 차례나 점심을 먹게 되었을 때와 마찬가지로 나는 일단 정상에 다다른 다음에 엉성하게 쌓은 돌담 아래에 앉아 점심식사를 했다. 신선한 바람이 내 머리 위 돌담을 스치며 불어댔고, 태양은 연기 같은 구름 속으로 사라졌다 다시 나타나곤 했다. 풀은 보다 낮은 지대의 것들처럼 윤기도 없이 철사처럼 질기며 아무렇게나 자랐고, 키 작은 나무들은 비바람에 시달려 강인했다. 고적한 곳이었다. 나는 아무도 보지 못했고, 어떤 목소리도 듣지 못했다.

경치가 좋았다. 무척 이상한 이야기이지만, 등산을 계획할 때는 볼 만한 경치가 있으리라는 생각이 내 머리에 전혀 떠오르지 않았었다. 지도를 살펴보는 동안 나의 유일한 관심은 그 지역에서 가장 높은 곳을 올라간다는 사실뿐이었다. 나는 경치를 감상하기 위해서가 아니라 그냥 산을 오르기 위해 올라갔으며, 그곳에서 보게 될 경치는 전혀 고려하지도 않고 걸어 올라갔다. 그래서 경치는 하나의 발견, 예기치 않은 소득이었다.

거의 20년이 지났는데도 그 광경은 기억 속에 선명하게 남아있다.

내가 점심식사를 한 지점에서부터 산은 돌담으로 아무렇게나 이어져 나갔으며, 나무들과 오두막들이 여기저기 흩어져 있는 가운데 북쪽의 콘웨이 계곡을 향해 펼쳐졌다. 그 계곡 너머는 스노도니아의 산이었다. 보다 가까운 산은 싱싱한 초록빛이었지만, 스노도니아의 산은 그 빛깔이 진자줏빛이었으며, 햇빛이 침투할 수 없을 정도로 높은 수증기 층을 형성한 구름덩어리들이 부분적으로 가리고 있었다.

이 산을 처음 본 순간 내 의식은 그 사이에 있는 거리를 뛰어넘었으며, 동시에 평온을 찾고 평온을 발견했다. 나는 번갯불의 섬광같이 짧은 순간에 산악지대의 지평선이 지닌 힘과 아름다움, 산이라고 하는 존재의 완벽성, 구름과 바람이 차지한 광활한 공간의 기쁨, 아름다움과 창조의 결합을 인식했다. 나는 눈부신 햇살의 자식들을 자궁 속에 담은 채 천천히 지나가는 구름을 보았다. 나는 밀물과 썰물처럼 흘러가는 빛깔들을 보았다. 나는 신神의 현絃으로 켜는 화음을 들었다.

그 산들은 밟아보고 싶은 크나큰 욕망이 나를 사로잡았다. 나는 그 산들을 내 발밑에서 느껴보고, 내 주변과 위아래로 그 산들을 둘러보고 싶었다. 나는 그것들을 움켜잡고 내 몸을 힘주어 끌어올리고 싶었으며, 빗물에 몸을 적셨다가 다시 햇빛에 말리고 싶었으며, 땀을 흘리고 추위에 떨고 고생을 하고 휴식을 취하고 싶었다. 그곳에는 내가 추구해야 할 무엇이 존재했다. 하지만 그것을 추구해야 한다는 사실만 알 뿐, 그것이 무엇인지는 알지 못했다.

내가 나이를 더 먹어 보다 깊은 인상을 받을 만한 감수성을 지니게 되었기 때문에 웨일스의 산을 처음 보았을 때 나는 7년 전 스위스에서 본 그 무엇보다도 더 많은 것을 터득할 수 있었다. 고적함과 정적, 그리고 그런 것들과 연관된 요소를 추구하는 사람은 누구라도 그가 원하는 바를 영국의 산에서 발견할 수 있다.

나는 샌드위치를 먹고 점심식사를 한 다음, 높은 지대를 따라 산책했으며 위험하게 자전거를 아무렇게나 몰면서 멀고도 가파른 비탈을 타고 콜윈 베이까지 내려가서 남학생이 한껏 먹을 만큼의 크림빵을 차를 곁들여 다 먹어치웠다. 산의 공기가 나로 하여금 허기를 느끼게 만들었기 때문이다.

하루인지 이틀 후에 나는 펜메인모어를 올랐다. 나는 강풍이 부는 가운데 산기슭까지 자전거를 타고 갔다, 오솔길이 하나 있기는 했지만, 그 무렵에 나는 모험을 충분히 즐길 수 없다는 생각에서 길이라면 코웃음을 쳤었다. 그래서 학생다운 혈기를 가지고 나는 히스(heath 거친 잡초와 작은 야생화들만 있는 황야)가 뒤덮인 산허리를 곧장 기어 올라갔다. 이내 정상에 도달한 나는 한껏 기분이 좋아 숨을 헐떡이면서 그곳에 누웠다. 남쪽으로 들판이나 나무나 길이 하나도 눈에 띄지 않았다. 나는 정말로 산 위에 올라와있었으며, 이것이 영국에서 내가 등정한 최초의 산이라고 스스로 생각했다. 나는 카르네드레엘린으로 뻗어나간 산과 황무지를 갈망하는 눈으로 둘러보았고, 그런 다음에는 기분 좋게 자전거를 타고 내려와 다시 펜린베이로 돌아갔다. 그날은 기막힌 하루였다.

그다음 여름방학 때 내가 본거지로 삼은 곳은 포트마독 근처의 보르트이 제스트라는 작은 마을이었다. 이번에는 자전거를 이용해 하루에 다녀올 수 있는 거리 내의 모든 산을 탐험해보기로 작정했다.

내가 처음 오른 높은 산은 모일히보그였다. 나는 에베글라슬린까지 자전거를 타고 가서, 여관에 맡긴 다음 곧장 산중턱으로 기어오르기 시작했다. 경험이 부족했던 터라 나는 가능한 한 빨리 산을 서둘러 올라갔지만, 이곳은 펜메인모어와는 영 달랐고, 젊음의 열정은 얼마 안 가서 육체의 약점으로 인해 발목 잡혔다. 나는 역설처럼 여겨지는 "천천히 서둘러라."라는 말 속에 숨겨진 지혜를 발견하였다. 나는 또한 몸을 급하게 움직여 근육에 불필요한 부담을 주는 것은 잘못이며, 발뒤꿈치의 둥그런 부분이나 발가락으로만 밟으면서 올라가는 것도 어리석은 짓이기 때문에 가능한 한 발의 많은 부분을 비탈에 대고, 다리는 무릎에서부터가 아니라 엉덩이에서부터 움직여야 한다는 사실도 깨달았다.

내가 출발했을 때는 눈부신 아침이었지만, 물기가 질퍽한 긴 등성이를 터벅터벅 넘어가는 사이에 산꼭대기 주위에서 일찍부터 형성된 엷은 안개의 부피가 점점 늘어나더니 급기야 하늘을 뒤덮어버렸다. 부슬비가 뿌리기 시작했다.

나는 쉽고 뻔한 길을 따라 올라가 정상에 다다르는 것은 만족스럽지 않았다. 그래서 절벽지대를 관통하는 골짜기를 루트로 선택했다. 이것은 내가 도전하는 첫 번째 본격적인 산이라, 등반도 첫 번째로서 어울릴 만한 방법을 통해 이루어져야만 했다. 골짜기의 입구는 큰 바위들이 가파른 비탈을 이루었다. 그 비탈을 올라가는 사이 내 마음속에서는 점점 더 벅찬 홍분이 끓어올랐다. 골짜기의 입 속으로 나는 들어갔다. 양쪽으로 솟아오른 축축한 바위들이 마치 싸늘한 입김을 나에게 불어대는 듯싶었다.

자꾸만 자꾸만 나는 위로 기어 올라갔다. 그러다 갑자기 나는 이제 더이상 헐거운 바위들로 이루어진 비탈을 올라가고 있지 않다는 사실을 깨달았는데, 나는 바위 그 자체 위에, 즉 살아있는 산의 한 부분 위에 서 있었다. 나는 잠깐 멈춰서 위를 올려다보았다. 내 위쪽으로는 뚜렷하게 갈라진 골짜기의 벽들이 안개를 뚫고 그 속으로 사라졌으며, 그 벽들 사이의 바닥은 무시무시하게 가파른 경사였다. 나는 아래를 내려다보았다. 그러자 내가 이미 올라온 골짜기의 바닥이 더욱 가파르게 보였고, 바위들로 이루어진 최초의 비탈은 저 아래 까마득히 멀리 있었다. 내 눈에 보이는 것이라곤 비가 베일처럼 내리면서 가려버린 황량한 산중턱의 좁은 수직 바위틈뿐이었다.

나는 겁이 났다. 상당히 갑작스럽게 나를 엄습한 두려움은 합리적인 사고의 산물이 아니라, 이성의 골격이 어긋나버린 완전히 비논리적 와해로부터 유래한 허망하고, 오싹하게 만들고, 동물적이고, 원시적인 감정이었다. 혹시 발이 미끄러지면 어쩌나? 나는 미끄러지는 장면을 상상해볼 수 있었다. 움켜잡으려 미친 듯 허우적거리고, 미끄러지고, 갑자기 밖으로 튀어나가 밑으로 떨어지고, 한쪽 벽에 부딪쳐 역겨운 충격을 느끼고, 그러고는 다른 쪽 벽에 부딪치고…. 나는 내 몸뚱어리가 부서지고 찢어지며, 내가 그토록 즐겁게 올라온 바위 비탈에 부딪치고, 그러고는 양장점의 마네킹처럼 제멋대로 주체할 수 없이 우스꽝스럽고 구르고 또 굴러 내려오고, 반쯤 멈추었다가는 다시 구르고는 마침내 털썩 떨어져 더 이상 움직이지 않고 축 늘어져 널브려진 채로 —죽음의 모험과 신비 속에서 삶의 희망과 포부를 잃기도 하고 얻기도 한 다음— 생명이 없어 멍한 눈이 되어 움직이기를 멈추는 장면을 머릿속으로 그려보았다.

나는 철수했는데, 내가 힘들다거나 위험하다고는 전혀 생각지 않고 기어오른 바위들이 철수하는 동안 이제는 빗물에 젖었기 때문인지는 몰라도 힘들기도 하고 위험해 보이기도 했다. 나는 정신없이 아무것이라도 붙잡고 매달리려는 행동을 억제해야만 했다. 그곳은 물론 한심할 정도로 등반이 쉬운 골짜기였다. 모일히보그를 아는 어떤 암벽 등반가도 이 글을 읽으면 의아해 하겠지만, 이것은 한 소년의 모험심과 그가 받은 인상을 진실하고 꾸밈없이 기록한 내용이다. 나는 결국 다른 루트를 통해서 정상에 이르렀다.

등산에서는 경험이 두려움을 제거할 수 없는데, 만일 그렇게 한다면 경험많은 등산가는 아무도 살아있지 못할 것이다. 두려움은 등산가의 체질에 있어서 본질적인 한 부분을 이룬다. 이 두려움은 천국이 아니라 지옥의 산물이며 절대로 일어나서는 안 되는, 내가 방금 서술한 그런 종류의 두려움이 아니라, 통제할 수 있는 두려움, 신중함이라는 다른 이름으로도 알려진 두려움, 경험과 맞서는 대신 그에 합류하는 두려움이다. 등산은 만유인력의 법칙에 대한 도전이다. 그런 이유로 해서 등산은 결코 경계를 게을리 할 수 없다. 두려움에서 해방된 안전한 등반은 등산가로 하여금 우주의 갖가지 아름다움을 즐길 수 있도록 해준다. 산 위에서 고의적으로 두려움을 자극하는 행위란 정신적으로 그리고 육체적으로 자극을 주기 위해 몸에 마약을 주입시키는 것만큼이나 잘못된 것이다. 두려움이란 우발적으로 발생시키든 의도적으로 발생시키든 우주의 첫 번째 조건인 사랑에 위배되기 때문에 그것은 잘못이다. 두려움이란 삶과 희망과 기쁨을 짓밟고 파괴하는 힘이기 때문에 정신적인 자극제로 또는 경쟁의 본능을 뒷받침하기 위해서 두려움을 추구한다는 것은 오직 정신적 그리고 육체적 재난을 유발할 따름이며, 산위에서 중요한 모든 것들에 대한 리듬을 등산가가 잃게 만드는 두려움은 산에서 보내는 하루의 조화 속에서 갑작스럽고 가혹한 부조화를 일으킨다. 두려움은 경쟁의 본능과 결합하고, 산 위에서는 즐거움의 모든 정상적인 한계들 너머로 등산의 능력들을 밀어낸다는 것을 의미한다. 등산이란 고취시키는 활동이요, 대자연과의 교류이다. 등산을 두려움이 지배적인 요인 작용하는 투쟁으로 몰락하도록 내버려두어서는 절대로 안 된다.

산에서 두려움을 경험하는 사람이라면 계속 전진함으로써 공포를 정복하려 애써서는 안 되고, 돌아감으로써 그 두려움을 제거해야 한다. 이것은 전진을 계속하는 것보다 더 많은 정신적 용기를 필요로 한다. 두려움은 파괴하고 즐거움은 창조하는 힘인데, 이 두 가지가 어떻게 공존할 수 있단 말인가? 등산은 즐길 수 있는 무엇, 소중히 여겨야 할 무엇이어야 하며, 두려움이라는 매개체에 의해 짓밟히는 무엇이 되어서는 안 된다. 바다의 수면에서부터 에베레스트의 정상에 이를 때까지 등산은 고의적으로 자극되는 두려움의 피해로부터도 해방되어야 한다. 따라서 우리는 신중함으로 두려움을 제거해야 하고, 산에서 돌아와 진심으로 우리의 등산이 즐거웠노라고, 그러니까 정복이라는 어떤 애매하고 물질적인 동기에 이끌려 행하는 고달픈 일로서가 아니라 대자연과의 행복한 관계로서 즐겼노라고 말해야 한다.

이렇듯 여기저기 돌아다니고 산책을 하던 초기 시절 이래 나는 점점 더 영국의 산을 사랑하고 존경하는 습성을 얻게 되었다. 알프스와 히말라야를 오르는 사람들은 알프스와 히말라야의 웅장한 산을 본 다음 컴벌랜드나 웨일스의 작은 언덕에서 과연 볼 만한 것이 있겠느냐는 질문을 자주 받을 것이다. 그것은 높이나 규모의 문제가 아니기 때문에 그들은 비교가 어렵다고 대답할 것이다. 그들은 조국의 산에 대한 사랑이 마음속에 얼마나 깊

산의 영혼

이 뿌리박고 있는지 아는데, 그것은 말로 표현할 수 없는 사랑이다.

알프스와 히말라야에서의 등산은 영국의 산들에 대한 나의 애정과 존경심을 강화시키는 역할을 했으며, 영국의 바위산과 히스가 자라는 황무지에서 보낸 하루가 얼마나 소중한 것이었는지 나는 알고 있다.

그런 산 위에 있을 때 내 마음속에서는 새로운 행복과 힘이 태어났다. 나는 그곳의 바위를 오르다 심각한 사고를 당했지만 신의 섭리 덕분에 구원받은 적이 한두 번이 아니었다. 나는 온갖 날씨 속에서도 그런 곳에서 길을 찾아냈다. 그리고 가장 좋았던 것은 육체와 이성을 통해 산의 영혼을 발견하고 해석하고자 하는 모든 사람에게는 단순한 신체적 능력보다 훨씬 더 중요한 것, 즉 산에 대한 '느낌'을 터득했다는 점이었다. 그 까닭은 등산가가 행복과 건강을 발견하고, 우주의 힘과 그 힘을 이끌어가는 무한한 능력과 하나가 될 수 있는 것은 바로 이 발견과 해석을 통해서이기 때문이다.

2
젊은 시절

기차가 아를베르크 터널을 향해 가파른 비탈을 낑낑거리며 올라갔다. 춥고 더딘 여행이어서 난방장치도 얼어붙고 객실 내부에도 고드름이 매달렸다. 펠드키르히에서는 세관원들이 따분하게 짐을 검사하는 동안 우리는 하차를 당한 채 덜덜 떨면서 기다려야 했다. 우리는 그만하면 따뜻하다고 할 수도 있었지만, 바깥이 추워 얼음의 꽃잎들과 잎사귀들이 창문들을 장식했다.

달빛이 밝은 밤이었다. 땅에는 눈이 덮였고 듬성듬성 시커먼 무늬를 이룬 소나무들이 가끔 지나갔다.

나는 얼음이 켜를 이룬 창문을 밑으로 끌어내렸다. 그러자 냉기가 거의 액체처럼 흘러 들어왔다. 기차의 밑에서 피어올라오는 수증기를 통해 나는 산 위에 한껏 움츠러든 채 빛나는 달과 아래쪽 계곡의 연약한 주홍빛 불빛들을 볼 수 있었다.

1921년 12월이었다. 나는 12년이 지난 다음 다시 높은 산들이 있는 곳으로 돌아왔다. 그렇게 함으로써 나는 커다란 야망 하나를 실현시킨 셈이었다. 얼마나 오랫동안 알프스를 꿈꾸어 왔던가? 신의 섭리는 삶의 어두운 옆길들을 환히 비추도록 산의 환상을, 황금빛 명상의 길을 마련해놓았다. 그래서 나는 추위 따위는 아랑곳하지도 않고 산봉우리와 숲을 멍하니 쳐다보았다.

우리는 인스부르크에 도착했다. 길거리에는 어느 모퉁이나 굶주림과 가난이 도사렸고, 기술로 먹고 사는 계층의 사람들은 형편없는 음식 한 그릇을 얻기 위해 무료 급식소 앞에 줄줄이 늘어서있었다. 비록 오스트리아가 호주머니 속이 텅 비어있기는 해도, 티롤 사람들은 과거의 인정 많고 쾌활한 정신을 그대로 유지하려 노력했다. 저녁이면 카페는 추운 집에 불도 때지 못하는 사람들로 붐볐다. 춤을 추는 사람들도 많아서, 빵 굽는 사람들이 모여 춤을 추었고, 집배원들이 춤을 추기 위한 모임도 있었고, 심지어는 굴뚝 청소부끼리도 춤을 추기 위해 모였다. 흥겨운 시간은 밤늦게까지 계속되었다. 그러나 춤을 추던 사람들이 집으로 돌아갈 때쯤에는 오스트리아 화폐인 크라운이 영국의 파운드에 비하면 몇 백이나 몇 천쯤 가치가 떨어져 있곤 했다.

삶은 이런 식으로 계속되어, 폐허의 한가운데 즐거움이 존재했고, 경쾌한 농담과 참혹한 가난이 나란히 공존했으며, 전장에서 일어날 수 있는 온갖 끔찍한 역경 속에서 참된 용기가 발휘되기도 했다.

그런 용기를 발휘하게 된 이유를 —적어도 인스부르크에서는— 멀리 가지 않아도 찾아낼 수 있을 터였다. 마리아 테레지엔 슈트라세를 걸어가다 보면 까마득하고 꿋꿋하고 변할 줄 모르는 산들이 시야에 들어왔다. 그 산들은 길거리 거의 어디에서나 볼 수 있었고, 북쪽으로 가면 차갑고도 푸른 인강Inn River의 물이 영원한 질서와 리듬의 증인으로서 산봉우리와 빙하와 설원의 이야기를 하느라 졸졸거리며 돌멩이들을 타고 넘어가는 풍경을 볼 수 있었다. 참담하던 그 시절에는 이런 풍경을 관조하는 것이 사람들에게 큰 도움이 되었으리라. 산은 음식과 따스함을 마련해주지는 못하지만, 고뇌에 찬 마음이 편안하게 닻을 내릴 안식처는 제공해준다. 인스부르크에서는 사람들이 운명을 놓고 속을 썩이느니보다는 그 운명을 받아들이는 것이 더 좋으며, 과거에 대해 탄식을 하거나 미래에 대한 회의를 토로하기보다는 스키나 썰매를 타는 편이 좋다고 늘 가르쳤다. 대자연에 귀를 기울이고 마음을 여는 사람이 행복을 누리기 때문이다.

인스부르크라면 나에게는 친구들과의 다정한 분위기, 유쾌한 저녁 시간과 부담 없이 주고받는 인사 따위의 즐거운 추억들이 얽힌 곳이다. 고색창연한 호프키르헤 성당, 카페들마다 불을 환히 밝힌 겨울 저녁의 시내 풍경, 그리고 연기와 수증기가 엷은 푸른빛으로 낙서를 해놓은 사이사이로 도시를 굽어보는 황금빛 산봉우리들. 그곳은 아름다움의 고장이기도 했다.

나는 브란트요흐를 올라가려 했지만 별로 멀리 가지 못했다. 신설이 내리자 햇빛이 그 위로 곧장 쏟아졌고, 축축하고 부드러운 눈이 덩어리를 이루어 커다란 수레바퀴처럼 비탈을 굴러 내려왔다. 나는 등산의 이론과 실제에 대한 여러 가지 책을 읽었으므로 눈이 위험하다는 사실을 알고 있었다. 나는 후퇴했고, 그날의 나머지 시간은 햇볕을 쬐고, 인스부르크를 내려다보고, 한가하게 거닐면서 보냈다.

강습을 전혀 받지 않은 나는 스키를 타는 기술을 혼자 힘으로 익혔다. 그러던 1922년 1월의 어느 날, 나는 인 계곡에서 샤르니츠까지 솔슈타인사텔을 횡단했다.

그곳은 높이가 1,800미터밖에 안 되는 작고 평범한 고개였지만, 깊고 엉겨 붙는 눈을 거쳐 힘든 골짜기를 올라가 그곳에 다다른다는 것은 힘든 일이었다. 나는 내가 처음 넘게 된 고개의 꼭대기에 다다라서 반대 쪽 미지의 비탈을 조심스럽게 미끄러져 내려가던 흥분을 생생하게 기억한다.

나는 침묵의 의미, 즉 겨울철 높은 산의 침묵을 발견했다. 그것은 내 폐가 들먹이는 소리, 내 콧구멍과 목에서 씨근덕거리는 숨결의 소리, 스키폴이 가볍게 꽂히고 뽑히는 소리, 스키의 바인딩이 삐거덕거리고 스키가 획획 스치는 소리 따위의 나 자신이 내는 음향 외에는 완전하고 절대적인 침묵이었다.

눈이 내리며 내는 소리는 보이지 않는 손가락 끝이 대지를 부드럽게 어루만지고 탐색하는 소리 같았다. 거리감의 인식도 사라졌다. 곧 나는 나무들에게 둘러싸였다.

내가 오후 내내 그리고 결국 저녁때까지 스키를 타고 샤르니츠로 가는 동안 눈은 내리고, 내리고 또 내렸다.

*

나는 그 당시에 나름대로의 등산 경험을 상당히 거쳤다.

나의 다음번 원정은 스투바이탈에 있는 풀프메스에서 출발했다. 나는 슐리케르샤르틀을 횡단하기로 계획을 세웠다. 그 고개로 접근하려면 칼크쾨겔의 험악한 석회암 봉우리 아래쪽의 계곡을 올라가야만 했다. 지난 사흘 동안 폭설이 내려 눈이 거의 1미터나 쌓여 있었다. 스키의 도움을 받아도 올라가기가 결코 만만치 않았다. 나는 걸음을 옮길 때마다 무릎까지 푹푹 빠졌다.

눈부신 아침이었다. 바람 한 줄기 구름 한 점 없었다. 세상에는 소리가 없었다. 바람이 불지 않는 가운데 눈이 내려 소나무에 내려앉았기 때문에 가지들이 거의 바닥에 닿을 정도로 늘어져 있었다. 눈의 무게에 눌려 이리저리 휘어진 나무들은 눈에 띄지도 않을 정도였다. 그리고 모든 것 위에서는 차가운 기운이 공평하게 군림했다. 살을 에거나 뼛속까지 파고드는 냉기가 아니라, 고요하고 꼼짝도 하지 않으면서 활력을 불어넣고, 습도가 전혀 없고, 투명한 냉기였다. 그리고 신기하게도 찬란한 햇빛이 무한한 에너지를 세상으로 쏟아놓았지만, 그래도 눈의 결정체는 단 하나도 녹이지 않았다.

나는 너무 느린 속도로 전진하고 있었다. 계곡이 좁아지는 전방에 눈이 잔뜩 쌓인 칼크쾨겔의 절벽과 테라스(terrace 확보와 휴식할 수 있는 제법 넓은 바위 턱)가 가로막고 있었으므로 그날로 고개를 넘을 수 없으리라는 사실을 곧 깨달았다. 나는 사태를 본 적이 없었지만 글로 그 내용을 접했었다. 나는 구할 수 있는 것이라면 기술적인 내용이든 서술적인 내용이든 가리지 않고 등산에 대한 문헌을 닥치는 대로 모조리 읽었다. 그리고 나는 폭설이 쏟아진 직후에는 좁은 계곡으로 섣불리 들어가지 말라고 겨울에 등반을 하거나 스키를 타는 사람들에게 경고하는 글을 읽은 기억이 났다. 그래서 슐리커 목초지의 오두막들이 있는 곳에 다다른 나는 그곳에서 휴식을 취하며 점심식사를 하고 난 다음 풀프메스를 거쳐 인스부르크로 돌아가리라 작정했다.

어느 오두막의 통나무 벽이 쾌적한 양지를 마련해주어서, 나는 스키를 벗어 깔고 앉아서 배낭에 담긴 것들을 뒤져 꺼냈다. 식사를 하는 동안 햇볕이 나를 따뜻하게 해주었다. 뒤쪽 오두막에서는 희미한 건초 냄새가 났는데, 그 냄새는 내가 기대고 있던 통나무들로부터 태양이 이끌어낸 송진 냄새와 섞여 기분 좋은 향기를 이루었다. 나는 배가 고팠을 뿐 아니라 건강과 활기가 넘쳐흘렀던 터라 음식이 그토록 맛있을 수 없었다.

그때 나는 둔감한 무엇이 서둘러 달려가는 듯한 소리를 들었는데 그것은 계곡의 보다 높은 곳에서 들려오는 것 같았다. 그것은 시끄럽지는 않았지만 힘차게 진동하는 굉음이었다. 나는 그것이 눈사태라는 사실을 곧장 깨달았으며, 그 광경을 볼 수 있는 자리까지 눈을 헤치고 나아갔다.

그 분설 눈사태는 칼크쾨겔의 어느 바위 봉우리에서 쏟아지고 있었다. 그것은 봉우리 정상 근처의 어느 지점에서 시작된 다음, 바위 턱에서 바위 턱으로, 테라스에서 테라스로 떨어져 내리며 얼어붙지 않은 눈을 엄청나게 휩쓸어 내리고 있었다. 가벼운 가루로 이루어졌다는 특성 때문에 산 중턱에서는 멀리까지 바깥쪽으로 뿜어 나오기도 했고, 더 아래쪽으로 내려가면서 그 분출작용은 떨어지는 덩어리들의 부피에서 발생되고 눈 그 자체에서 터져 나오는 바람의 힘까지 가세하게 되었다. 그래서 멀리서 본 사태의 모양은 아래를 향해 빠른 속도로 내려가면서 급속도로 점점 더 힘과 무게가 늘어가는 무겁고 흰 기체의 거대한 덩어리가 폭발하는 광경 같았다.

그것은 웅장하고 흥미 있는 광경이었다. 그 힘이 주는 인상은 쓸려 내려가는 둔감한 소리로부터 나지막하게 폭발하는 굉음으로 서서히 높아지던 음향에 의해 증폭되었다. 마침내, 아래쪽 비탈들로 쏟아지기 전의 마지막 절벽을 사태가 뛰어넘을 때는 계곡을 가로질러 바깥쪽을 향해 수평을 이루며 어찌나 엄청난 속도와 폭력을 과시하면서 터져 나갔는지 나는 건너편 비탈 수백 미터 위쪽에서 자라는 튼튼한 소나무들이 서인도제도에서 허리케인을 만난 종려나무들처럼 휘는 것을 보았다.

사태의 음향은 가라앉았지만, 눈이 계곡을 가득 채우고 맹렬하게 휘몰아치며 하늘로 치솟아 올랐다. 그러더니 사태로 인해 만들어진 기류에 실리기라도 했는지, 눈구름들이 계곡을 달려 내려왔으며, 잠시 후에 나는 진눈깨비로부터 피신처를 찾지 않으면 안 되었는데, 그 진눈깨비는 몇 분 동안이나 계속 쏟아지면서 하늘을 분설로 어찌나 두텁게 뒤덮어버렸는지 태양의 모습이 완전히 사라지고 말았다.

만일 내가 계곡을 계속 올라갔더라면 나는 눈사태에 깔려버리고 말았을 것이다. 나는 겨울에 등반을 하거나 스키를 타는 사람이 직시해야만 하는 하나의 위험에 대해 굉장한 인상을 받았다. 눈의 작용에 관한 지식은 적어도 어느 정도까지는 이 미묘한 주제를 다룬 수많은 저서와 논문을 읽어서 습득할 수 있겠지만, 그 중요한 하나의 사례가 여기에서 제시된 셈이었다. 석회암 봉우리들이 대부분인 산악지대의 좁은 계곡과 새로 내린 폭설, 이것들이 눈사태를 발생시키는 두 가지 본질적인 요소를 마련했다, 그렇지만, 만일 눈사태에 대한 글을 내가 전혀 읽지 않았다면, 평화롭고 화창한 아침에 아무 탈도 없을 것처럼 보이는 그 계곡 안에 도사리고 있던 위험을 어떻게 알 수 있었겠는가?

참으로 이상한 일이지만, 한두 주일쯤 후 나는 방금 서술한 것과는 전혀 다른 유형의 또 다른 사태를 하나 목격했다. 이번에는 습설 눈사태였는데, 그것은 인 계곡을 굽어보는 봉우리인 자일레에서 영하의 날씨에서 쏟아져 내렸다.

그날은 찌푸린 날씨여서, 내가 브레너 고개를 올랐을 때는 그 산의 방향인 남쪽에서부터 무거운 습기를 머금은 구름과 거센 바람이 빠른 속도로 이동해오고 있었다. 스키를 타고 가기에는 쾌적하거나 쉬운 날씨가 아니었으므로, 나는 스키를 벗어 두고 봉우리의 마지막 부분은 걸어서 올라갔다. 올라가는 사이에 날씨가 점점 따뜻해져 내가 정상을 떠날 때쯤에는 푄Föhn 바람이 본격적으로 불어왔고, 눈은 습기가 많아져 진득거렸다. 시간을 절약하기 위해 나는 고생스러울 같아 올라오는 동안에는 피했던 가파른 눈비탈의 지름길로 내려가기로 했다. 이 비탈은 높이가 200미터쯤 되는 듯했는데, 튀어나온 바위들이나 중간에서 가로막는 절벽들이 없었고 뻗어나간 경사가 완만했다. 그래서 하산을 하는 가장 빠르고 편리한 방법은 글리세이딩으로 미끄러져 내려가는 것이라고 판단했다. 독자도 잘 알겠지만 글리세이딩은 선 자세로 제동활강을 하면서 내려가는 방법도 가능한데, 이 경우에 등산가는 피켈을 균형도 잡고 제동 수단으로도 사용할 수 있다. 물론 앉은 자세로 활강해 내려가는 방법도 있다. 양쪽 모두, 비록 감자를 담은 자루를 비탈에서 아무렇게나 굴러 내리는 것 같은 자세까지는 되지 않더라도, 보통 마지막에 가서는 앉은 자세를 취하게 된다.

나는 앉은 자세로 내려가겠다는 결정을 내렸는데, 이 방법을 선택한 이유는 내가 경험이 부족한 데다 눈이 푹신하다는 사실을 고려해서였다. 겨우 몇 미터를 내려갔을 때 나는 눈을 '지나서' 내려가지 않고, 눈과 '함께' 미끄러지고 있음을 깨달았는데, 눈은 앞쪽과 양쪽 옆, 심지어는 뒤쪽에서까지도 놀라운 속도로 쌓여 올라오고 있었다. 나는 피켈을 꽂은 다음 죽어라고 손잡이에 매달림으로써 내 몸을 멈추게 하려고 했다. 하지만 눈은 계속 미끄러졌고, V자를 거꾸로 엎어놓은 형태를 취하며 빠른 속도로 넓어져 결국 그 폭이 50미터에 달했다.

가까운 곳에서 내가 눈사태를 처음 목격한 것이 바로 이때였다. 그것은 어떤 바위나 절벽에 의해서 중단되지 않은 비탈에서는 해를 끼치지 않는 단순한 현상처럼 보였다. 미끄러지는 눈 더미들이 비탈의 아래쪽자락에서 튕겨 나와 그 너머에 있는 평탄하고 눈으로 덮인 지면에 바위 부스러기들이 쏟아져 쌓인 것을 보게 되었을 때까지는 눈사태가 얼마나 강력한지 나는 깨닫지 못했다.

눈사태는 거의 아무 소리도 없이 그리고 너무나 자연스레 시작되었다. 우선, 그것이 위험하리라는 사실은 전혀 내 머리에 떠오르지 않았다. 다만, 멈추는 것이 좋을 듯한 생각이 들었으며, 아무리 단순하고 막히는 것 없는 비탈이라 하더라도, 무방비로 몸을 가누지 못하는 상태에서 경사면을 미끄러져 내려가는 것은 모든 상황에서 통제력을 전제로 삼는 등반기술에 위배되는 것으로서, 어딘가 근본적으로 잘못된 행동이었다.

나는 눈이 쓸려 내려간 자리를 따라 아무 어려움도 없이 주저하지 않고 내려갔다. 그때까지만 해도 나는 눈사태의 잠재력을 깨닫지 못해서, 눈이 조금 깔린 풀밭 비탈쯤은 아무 위험도 없으리라 단단히 믿고 있었다. 그러나 눈사태로 인해 휩쓸려 내려온 바위 부스러기들이 쌓인 곳에 다다르자 자신만만했던 마음이 달라졌다. 내가 스스로 빠져나온 100톤가량 되는 눈이 수백 톤이나 어쩌면 수천 톤에 달하는 덩어리로 커져서, 수십 명의 사람을 깔아뭉개 질식시켜버리기에 충분할 정도로 넓고 깊고 무겁게 물기를 머금은 채 단단히 뭉쳐진 눈이 여기저기 2미터에 달하는 높이로 쌓여 있는

12월 DECEMBER

것이 보였다. 나는 마음속으로 두려움과 고마움이 뒤섞인 기분을 느끼며, 놀라 휘둥그레진 눈으로 둘러보면서, 어떤 참담한 유머를 의식하고 이런 혼잣말을 한 기억이 난다. "두 번째 교훈은 여기서 끝날 뻔했군."

등반을 할 때마다 내가 위에서 서술한 것처럼 큰 사건들이 일어나진 않았지만, 그래도 산을 오를 때마다 새로운 아름다움이 펼쳐지고, 새로운 경험이 생겨났다. 나는 경험도 없고 동반자도 없었기 때문에 멀리 또는 높이 갈 수 없었다. 그래서 나는 제펠트와 이글스 위쪽의 비탈에서 혼자 스키를 배우기 시작했다. 나는 스키를 단순히 산을 올라가고 고개를 넘는 수단으로만 간주해 너무 조급한 마음이 들었기 때문에 체계적으로 배울 수 없었다. 내가 가장 큰 기쁨을 느끼며 기억하는 등반은 스투바이탈의 풀프메스에서 발트라스트요흐까지 그 고개의 북서쪽으로 능선을 따라간 것이다.

폭설이 내린 다음 심한 추위가 몰아쳤기 때문에 새로 내린 눈의 표면이 수정처럼 어찌나 완벽한 결정체를 이루었는지 마치 유리가루를 뿌려놓은 것처럼 보였다.

풀프메스에서 기차를 내리자 구름 한 점 없는 아침이었다, 스투바이탈은 음지였고, 완벽한 겨울날을 예고하는 적막하고 냉혹한 날씨였다. 눈으로 덮인 산봉우리들이 반사하는 햇빛이 그늘진 계곡 안을 비추었고, 그래서 나는 달이 없는 밤의 별빛처럼 그림자를 만들지 않으면서 모든 것을 감싸 안는 듯 희미하고 창백한 빛 속에서 등산로를 터벅거리며 올라갔다.

산을 올라가는 사이에 내 혈관 속으로는 피가 점점 더 뜨거워지면서 흘렀고, 차가운 공기 속에서 건강한 운동을 한 결과로 얻어지는 활력의 광채가 나의 온몸을 감돌았다.

전방에서 해가 떠올랐다. 햇살은 우선 숲으로 뒤덮인 능선들을 비추었다. 그러자 눈이 잔뜩 쌓인 나무들이 은빛 광채로 눈부시게 테를 두른 모습으로 두드러지게 드러났다. 그런 다음에 태양은 숲 위로 이동해가면서 줄줄이 늘어선 소나무들 위로 빛을 쏟아 내려 길고 고운 그림자를 드리웠고, 다이아몬드 가루를 뿌린 새하얀 양탄자처럼 푹신하고 울퉁불퉁 깔려 있는 하얀 눈의 자태를 노출시켰다.

햇살의 유혹을 받아 나는 휴식을 취하기로 했다. 나는 스키를 벗어 포개 놓고는 그대로 깔고 앉았다. 나는 배낭을 뒤져 먹을 것을 꺼냈다. 내가 식사를 하는 동안에 따뜻한 햇살이 나에게 쏟아졌다. 나는 내 몸처럼 따뜻해지고 생기가 돌도록 힘차게 두 발을 서로 두드려댔다.

침묵이 흘렀다. 대기에는 정적이 가득했고 숲은 잠들었다. 하늘을 어지럽히는 구름은 하나도 없었다. 태양은 눈의 수정체를 단 하나도 흩뜨려놓지 않으며 타올랐다.

발트라스트요흐에 다다른 나는 등성이를 따라 북동쪽으로 방향을 바꾸었다. 그 등성이는 헐벗지는 않았지만 소나무가 듬성듬성하게 자라고 있었다. 눈이 흩뜨린 곳이 없어, 그쪽으로는 아무도 스키를 타고 지나간 흔적이 없었기 때문에 나는 스스로 길을 찾아내야만 했다. 나는 소나무에 기대고 앉아 지도를 자세히 살펴보았다. 나는 이쪽 길로 가도 그만이고 저쪽 길로 가도 그만이었다. 너무나 편한 지대였으므로 어느 쪽으로 가도 괜찮았지만, 나는 어울리지 않을 정도로 심각하게 앞으로 내가 취해야 할 행동을 따져보았다.

이제 해가 높이 떴다. 시간은 한낮이었다. 바람은 미동도 하지 않고, 광활하고 수정처럼 맑은 하늘을 어지럽히는 구름도 없었다. 그날은 나의 하루였다. 나는 동물 같은 만족감을 탐닉하며 한껏 햇볕을 누리고, 한가하게 거닐고, 식사를 하고, 담배를 피우고, 낮잠을 잤다.

나는 등성이를 따라 가다 나중에는 밑으로 내려가면서, 처음에는 소나무들이 점점이 박힌 비탈을 넘는 과정에서 방향을 돌리다 주의를 소홀히 하는 바람에 넘어질 때마다 눈 속에 커다란 구덩이를 남겨놓았고, 다음에는 폴로 제동을 걸어가면서 가파르고 좁은 길을 따라 미끄러져 내려왔으며, 움직이게 하거나 움직임을 막는 데만 신경을 쓰면서 밑으로 내려오고 또 내려왔는데, 그것은 천천히 율동적으로 위를 향해 걸어 올라가는 과정보다 훨씬 재미없고 불확실하고 덥고 정신없는 일이었다.

나는 숲에서 벗어나 목초지로 나왔다. 해가 지고 있었다. 햇살은 이제 더이상 부지런히 구석구석 찾아들지 못하고, 기운이 빠진 듯 침침하다. 그 따스함 속에 잠시 머무른 계곡들이 그늘로 들어갔다. 대기는 신기할 정도로 고요했다. 크고 작은 나뭇가지들 위에 얹혀 하루 종일 휴식을 취한 눈이 여전히 휴식을 취하고 있었다. 하늘에 구름은 없었지만 오묘한 색채들이 흘러 넘쳐서, 동쪽으로는 짙은 쪽빛이요, 중천은 연한 자줏빛과 초록과 담황색이 감도는 엷은 푸른빛이었으며, 서쪽은 황금빛이었다.

나는 잠깐 멈추었다. 산 너머로 해가 기울었다. 동쪽의 쪽빛이 짙어지면서 하늘을 타고 서둘러 올라가며 몇 개의 빛나는 별을 뒤에 심어놓고 지나갔다.

힐끗 위를 올려다보니 내가 올라온 산에서 빛이 물러나고 있었다. 그리고 북쪽에서는 인스부르크 위로 성벽처럼 줄줄이 늘어선 봉우리들이 한쪽끝에서 다른 쪽 끝까지 활활 타올랐다. 평화스러운 석양이었다.

그렇게 하루가 끝났다.

*

인스부르크 다음은 키츠뷔헬이었다. 이 마을 위쪽의 언덕에서는 남쪽에 있는 회에타우에른산맥이 시야에 들어왔다. 그곳에서부터는 그로스베네디거의 정상 위로 다른 정상들이 솟아올라 있었다.

나로서는 '파란 날'이라고밖에는 묘사할 수 없는 그런 날이 있었다. 높은 산에서는 대기의 묘한 현상으로 인해 파란 빛깔이 뒤덮여 먼 곳의 경치들이 영롱한 기운을 띠어 거의 비현실적이라고 할 만한 분위기를 마련해주는 날이 가끔 있다. 내가 그로스베네디거를 처음 본 것은 어느 파란 날이었다. 그 지방 사람들의 이야기로는 그 산을 스키로 올라갈 수 있다고 했다. 나는 대학 친구인 G. N. 휴이트 씨와 (지금은 부르크 씨의 부인이 된) 그의 누이에게 함께 등반을 하자고 설득했다. 우리는 가이드를 고용할 여유가 없었다. 우리는 가이드를 원치 않았다. 가이드는 우리의 모험을 망쳐놓을 것만 같았다. 그 등산은 모험, 내 삶에서 가장 큰 모험이었기 때문이다.

2월 하순에 키츠뷔헬에 해빙기가 닥쳤다. 마구 쏟아지는 비를 맞으며 우리는 투른 고개를 넘었지만, 비가 내리는 것쯤으로는 세 모험가들의 열정이 식어버릴 까닭이 없었다.

우리는 고개에서 핀츠가우탈에 있는 미테르실로 내려왔으며, 시간에 맞춰 기차를 탈 수 없었기 때문에 포기하고 노이키르헨까지 15킬로미터를 터벅터벅 걸어갔다. 어느덧 날이 저물었지만 우리는 마음을 단단히 먹고 부슬비 속을 헤쳐 나가며 '일클리 황무지에서'와 '여섯 사람, 다섯 사람, 네 사람… 풀을 깎으러 갔다네' 같은 노래로 참담한 마음을 가볍게 해보려 노력했다.

우리는 길을 잃었지만, 다행히도 노이키르헨에서 1킬로미터쯤 되는 곳에서 여관을 하나 발견했다. 그곳 특유의 여관들이 없었다면 티롤은 아주 딴판의 고장이 되었을 것이다. 그곳 여관들의 기분 좋은 특징 하나는 대형 난로로, 보통은 식당 한쪽 구석에 놓여 있었다. 그 난로에 등을 돌리고 서 있으면 —특히 하루 종일 무거운 배낭을 지고 돌아다닌 다음에는— 기분이 좋다.

친절한 주인, 편안한 침대, 소박한 음식과 깨끗한 여관. 산악지대에서 나는 호텔보다 여관을 더 좋아한다. 이런 여건들을 갖춘 여관이 티롤에는 여러 곳이 있으며, 여기에서는 국적이 어디이건 방랑자는 잡다한 근심걱정과 20세기의 복잡한 삶을 떨쳐버릴 수 있어서, 그는 여관에 앉아 담배를 피우고 포도주를 마시며, 자신이 100년 또는 그 이상을 과거로 돌아가는 상상도 한다.

이튿날 아침 우리는 일찍 일어나 6시에 출발했다. 비가 그치자 핀츠가우탈이 안개 속에 휩싸였다. 우리는 노이키르헨에 도착해 식량을 구입했다.

안개가 어찌나 짙었는지 우리는 오버슐츠바하탈의 입구를 찾아내는 데 어려움을 좀 겪었다. 우리가 오솔길을 올라가는 사이 갑자기 환한 빛이 비추었다. 그리고 아주 순식간에 안개가 흩어져 달아났다. 우리의 위쪽으로 믿어지지 않을 만큼 높은 곳에서는 낫처럼 예리한 모양의 눈이 햇빛을 받아 반짝였다. 그곳을 밟는다는 생각이 환상적이라고 여겨졌다. 춥고 그늘지고 안개에 휩싸인 계곡에서 우리는 왕이 앉아있는 자리로 눈을 돌리는 거지들이나 마찬가지였다.

몇 시간 후 우리는 숲을 벗어나 눈 덮인 목초지로 나왔는데, 그곳에서 우리들은 오버슐츠바하 빙하의 얼음 절벽을, 그리고 더 멀리 떨어진 그로스 가이거의 꿋꿋한 봉우리를 볼 수 있었다.

우리는 햇빛을 받으며 점심을 먹었다. 마음이 초조했다. 우리는 퀴르징거 산장에 도착해야만 했는데, 지도에는 그 길이 가파르고 복잡하게 표시되어 있었다.

나중에 보니 그 길은 짧은 거리만 사용할 수 있는 것이었다. 스키와 다른 거추장스러운 짐을 지고, 우리는 바위에 고정시킨 쇠줄에 매달려 바위 턱을 따라 기어갔다. 눈이 가득 찬 골짜기가 앞을 가로막았다. 그 위로는 태양이 한껏 빛났는데, 경험이 부족한 우리가 보기에도 눈은 푹신하고 물기에 젖어 조금이라도 충격을 주면 눈사태를 일으키리라는 것은 분명한 사실이었다.

오버슐츠바하 빙하를 올라가서 산장까지 우회하는 방법 이외에는 선택의 여지가 없었다. 그러나 그렇게 할 시간이 없었다. 산장까지 직선 루트를 따라 올라가려는 시도로 인해 우리들은 소중한 2~3시간을 또 보내야 했다. 해가 기우는 중이어서 그런지 햇빛에는 이미 황금빛이 감돌았다.

우리는 후퇴했고, 이미 서리가 켜를 이루고 얼어붙은 눈 비탈을 달려 내려오다시피 했다. 다행히도 빙하 밑에 있는 목초지에 오두막 몇 채가 있었다. 그래서 우리는 이 오두막들 가운데 한 곳에서 밤을 보내기로 작정했다.

다른 오두막들보다 훨씬 훌륭해 보이는 것이 하나 있었다. 우리들은 좀 도둑처럼 침입해 들어가, 스토브와 취사도구와 침구와 넉넉할 정도의 장작을 보상으로 얻었다. 우리들은 '실내 온도'를 거의 열대 수준으로까지 높임으로써 쾌적하게 몸을 풀었다. 우리는 요리를 해 먹으며 그날 겪은 일들을 되새겼다. 바깥은 굉장히 추웠고, 구름이 없는 하늘에서 별들이 떨며 반짝였다. 우리는 담요를 가지고 있지 않았으므로 불이 수그러들기만 하면 당장 덜덜 떨며 잠이 깨었기 때문에 밤새도록 불을 지펴야 할 필요가 있었다.

일찍 일어난 우리는 동이 트자마자 빙하를 향해 단단히 굳은 눈 비탈들을 다시 올라갔다. 우리는 이 빙하를 건너 어제 보아두었던 통로랄까 골 같은 곳을 향했다. 그 골이 어쩌나 한참 이어졌는지 가파르고 짧은 한 곳의 비탈을 제외하곤 거의 다 스키를 타고 올라갈 수 있었다. 골을 통과하고 났더니 빙하가 매끄러워 굴곡이 없었으며, 그곳을 올라가 퀴르징거 산장까지 우회해 돌아가는 것은 쉬운 일이었다.

산장은 삭막한 곳이었다. 우리는 담요나 땔감을 하나도 찾아낼 수 없었다. 더구나 우리는 먹을 것도 부족했다. 노이키르헨에서 식량을 좀 구입하긴 했지만, 우리의 식욕은 그것을 한심할 정도로 거의 다 먹어치우고 말았다. 남은 것이라곤 '쇳덩어리'라고 할 만한 것이 전부였다. 그렇긴 해도 우리는 산장에서 하룻밤을 지내고 나서 이튿날 그로스베네디거의 등반을 완

산의 영혼

새벽바람 DAWN WIND

수하고 싶은 유혹을 느꼈다.

하지만 갑자기 날씨가 나빠진다면 어쩌나? 폭설로 우리가 산장에 갇혀 하산할 수 없게 된다면? 우리는 위험한 처지가 되고, 경험 부족이 심히 불리한 결과를 가져오리라. 담요도 없고 땔감도 없고, 식량도 없으니 낮은 기온에서 오랫동안 생명을 유지한다는 것은 불가능한 일이었다. 후퇴를 하는 수밖에 달리 도리가 없었다. 그것은 슬픈 결정이었다. 날씨는 기막혀서 구름 한 점 없고, 바람 한 줄기 불지 않았다.

우리는 산장의 문턱에 잠시 동안 앉아있었다. 우리 주변 어디에나 설원과 빙하들이 꼼짝도 않고 펼쳐져 나갔다. 그런 여건에서는 그토록 조심스럽게 그리고 그토록 야심만만하게 우리가 계획했던 등반을 포기한다는 것은 비위가 뒤틀릴 일이었다. 그렇지만 우리는 후퇴하겠다는 결정을 후회할 입장이 아니었다. 그것은 합리적인 결정이었고, 가장 뻔한 결정이었다. 날씨와 도박을 한다는 것은 결코 유리한 내기가 아니었다. 높은 산을 오르고자 하는 나의 첫 시도가 실패로 끝났지만 나는 낙심하지 않았다. 나에게는 가지고 돌아갈 추억거리가 많았다. 나는 훌륭한 동료애를 알고, 처음으로 빙하를 밟고, 높은 산의 아름다움을 보았다. 꽤 여러 해 동안 등산을 하고 난 다음인 이제 나는 알프스의 높은 봉우리로 가서 첫 모험을 돌이켜볼 때면 단순히 즐겁기만 한 성공이 가져다주는 것보다 훨씬 깊은 감동을 느끼게 된다. 훌륭한 모험은 승리냐 패배냐 하는 관점에서 가늠해서는 안 된다. 등산이 위대한 것은 성공이 아니라 행동하고 경험하는 속에서 값진 진리를 얻는다는 것이다.

훨씬 더 어려운 곳에서 이루어진 많은 성공적인 등산이 내 기억 속에서는 어느 높은 봉우리를 오르려다가 성공을 거두지 못한 첫 번째 시도만큼 선명하게 새겨져 있지 않다. 내 주위에 빙하와 봉우리와 설원이 불변의 존재처럼 꼼짝도 하지 않고 햇빛을 받아 빛나는 가운데, 수천 미터나 되는 언덕을 기분 좋게 스키를 타고 내려가게 되리라는 기대에 젖어, 퀴르징거 산장 밖에서 따스한 햇볕을 받으며 편안하게 스키를 깔고 앉아있던 때가 마치 어제의 일처럼 생생하게 기억난다. 나는 귀를 곤두세우고 돌아보던 침묵을, 그리고 어떤 완벽한 멜로디의 날개를 타고 내가 그 속으로 솟구쳐 날아오르는 듯싶었던 끝없는 하늘을 기억한다.

*

내려갔다. 빙하로 내려가고 빙하를 내려갔다. 계곡을 내려가고, 목초지를 내려가고, 숲속의 길을 내려갔다. 그리고 저녁에는 마침내 노이키르헨으로 내려갔다.

젊음! 젊은 시절의 방황, 희망과 두려움 그리고 젊은 시절의 경험과 무경험은 얼마나 즐거운 것인가. 또한 젊음의 산은 얼마나 영광스러운가.

3
낮은 산

낮은 산과 높은 산을 비교하는 것은 바람직하지 않다. 히말라야의 웅장함은 부정할 수 없는 노릇이다. 그런가 하면 영국의 산들이 지닌 웅장함 역시부정할 수 없다. 안개가 자욱한 9월의 어느 날 내가 본 스노돈은 칸첸중가 못지않게 속세에서 벗어난 모습이었다. 숫자로 표시된 고도는 거의 아무런의미가 없다. 등산에서 최대한의 즐거움을 얻기 위해서는 가장 평범한 산에서부터 시작해 경험의 산을 올라야 한다. 하지만 그것이 아니라, 차라리 경험의 산을 내려온다는 것이 더 옳은 표현이리라.

나는 등산 훈련을 적어도 일부나마 영국의 산에서 쌓았다는 것을 다행으로 생각한다. 만일 내가 알프스에 열심히 도전했다면 배우는 바가 더 많았으리라는 사실은 의심할 나위가 없지만, 등산에서는 균형의 감각이 적어도기술만큼은 중요하며, 영국의 산이 가르쳐주는 가장 소중한 교훈은 단순한 높이 그 자체가 그리 중요하지 않다는 점이다. 세계에서 아주 높은 산들을 밟아본 등산가는 고마움을 느끼며 영국의 산으로 돌아온다. 크기나아름다움에 입각해서 비교해보려는 생각 따위는 그의 머리에 전혀 떠오르지도 않고, 자주 그런 일이 있듯 악의는 없더라도 무식한 사람들로부터 히말라야나 세계에서 가장 높은 수준에 달하는 어떤 다른 산맥을 경험한 다음이어서 이런 산들이 우습게 보이지 않느냐는 질문을 받게 되면 등산가는자신의 마음속에서 스스로 비교를 해보려 한 적이 전혀 없었기 때문에 적절한 해답을 찾아내지 못한다.

에베레스트의 8,848미터와 스노돈의 1,085미터는 상징적인 조건에 불과하다. 한계가 있어야 되지 않겠느냐는 주장이 나올지도 모르지만, 이 주장까지도 불합리한 경우가 있다. 개미 둑이 중요한 것은 인간에게가 아니라 개미에게다. 그렇지만, 인간을 보면 산에 대한 그들의 사랑은 이성보다 오히려 본능에 의해서 이루어지는 것이며, 그들은 산을 보면 그 이유는 알지 못하면서도 어떤 특정한 방법으로 반응을 보인다. 나는 '이성'에 광신적으로 집착한 나머지 본능을 멸시하는 사람들을 이해하지 못한다. 미래에는 인간의 사상과 삶에 있어서 본능이 이성과 보다 긴밀하게 결합될 것이며, 인간이 지닌 운명적 목적 —그러니까 보다 차원이 높은 기능들의 발달에 기초를 둔 의식— 을 한 부분이 아니라 그 전체를 파헤치고자 하는 새로운 철학이 발전되고 있음을 현재의 사상적인 조류가 암시하지 않는가?

산으로 말할 것 같으면, 산이 제공하는 신선한 공기와 햇빛, 탁 트인 전망, 건강한 본능 등이 있어 사람들이 왜 산을 사랑하는지 설명하기는 쉽다. 그렇지만 산에서 얻게 되는 혜택을 그런 식으로 추정하는 데는 어딘가 아주 진부한 구석이 엿보인다. 정말로 중요한 것은 산에 대한 우리의 감정인데, 이 감정을 우리는 본능적인 것으로 분류한다. 이 본능적인 감정을 받아들이는 자세는 잘 꾸며놓은 갖가지 미사여구와 물질주의에 뿌리를 박은 사이비 논리적 관념을 바탕으로 삼은 '이성'보다는 훨씬 더 광범위하고 행복한 인생철학을 용납하지 않을까?

상대적 가치관을 스스로 구축하는 것은 독자 자신이 알아서 해야 할 일이다. 나 자신으로 말할 것 같으면, 만일 산을 재발견하는 기회가 주어지는 경우에 이미 운명이 나에게 설정해준 방법 외에는 다른 어떤 길을 선택하지 않을 것이다.

파도처럼 밀려오는 따뜻한 공기에 실려 다니는 풀잎과 야생 백리향의 내음은 산에 대해 내가 가지고 있는 가장 오래된 기억들 가운데 하나이다. 나는 이 냄새를 켄트의 구릉지대에서 보낸 행복한 어린 시절과 연관 지어 생각한다. 그 시절부터 나는 낮은 산보다 높은 산을 더 좋아하거나, 높은 산보다 낮은 산을 더 좋아하는 취향이 몸에 배지 않고, 그냥 산을 사랑했으며, 그냥 산을 오르거나 산속에 들어가 있고 싶어 했다.

그렇다고 해서 내가 항상 낮은 산만 오르고 낮은 산에서만 지내는 것으로 만족하리라는 의미는 아니다. 인생에서는 다양성이 양념이나 마찬가지이다. 경험을 쌓는다는 것은 인간이 스스로 지고 있는 첫 번째 의무 아니겠는가? 내가 납득시키고자 하는 점은 낮은 산에 간다 하더라도 나는 높은 산에 오를 때 못지않게 행복하다는 사실이다.

나를 한 장소에서 다른 장소로, 이 산에서 저 산으로 옮겨가게 만드는 것은 또 다른 힘, 또 다른 충동 때문이다. 그리고 만일 산이 하나도 없다면, 드높은 구름이 떠돌아다니는 광활한 평야나 사막보다 더 좋은 무엇이 존재하겠는가? 추억이란 슬프고 우중충한 것이며, 어두운 뒷골목에서 혼란에 빠져 정신없이 방황하는 망령들이나 마찬가지일 수도 있지만, 어떤 망령들은 머리를 높이 들고 의기양양하게 행군하며, 산에 대한 추억들은 의기양양하게 대군大軍을 이룬다.

어떤 등산가들은 천성이 게으르다. 그들은 운동을 하려는 목적으로 걷는다는 것을 끔찍하게 생각한다. 그래서 그들은 산을 오른다.

의심할 나위도 없이, 어떠어떠한 시기에 산을 넘어 어느 어느 만큼의 거리를 걷는 행위가 지난 장점들에 대해 사람들은 많은 이야기를 하고 싶겠지만, 게으른 남자인 나로서는 전혀 그 장점을 알아낼 수 없었으므로, 나는 그 장점이 무엇인지 누구든 나에게 이야기해주었으면 좋겠다. 게으름 탓으로 나는 장거리 도보여행이라곤 꼭 한 번밖에 해본 적이 없었는데, 그 거리가 대략 80킬로미터가 되었고, 소모된 시간이 24시간 정도였다. 그리고 하루에 산봉우리를 여럿 넘은 적도 꼭 한 번밖에 없다. 그런 시도를 다시 벌이기에는 내가 너무 게으르다.

80킬로미터 도보여행은 몇년 전 서리의 산악지대를 넘은 것이다. 휴 슬링스비와 내가 애시태드를 출발한 것은 고요하고도 적막한 저녁으로, 박스힐의 등성이에서는 개똥벌레들이 날아다녔다. 어쩌면 뼛속 깊이 박힌 어떤 편견 때문인지도 모르겠고, 어쩌면 나의 성장과정과 연관이 있거나 아니면 민족과 국가에 대한 뿌리 깊은 자부심 때문인지는 모르겠으나, 혹시 내가 고향으로 삼기 위해 땅을 선택하는 무한한 권리를 얻게 된다면, 나는 영국의 전원을 선택할 것이다. 역시 본능의 작용이요, 현실적인 해석이나 분석의 능력을 갖추지 못한 감정의 작용으로 인한 선택이리라. 영국인에게 고향이라면 집과 길거리와 그가 사는 마을이나 도시에서 그치지 않고, 영국의 전원이 곧 그의 고향이다. 전원이 영국인에게 얼마나 큰 의미를 지니느냐 하는 것을 이해하기 위해서는 6월의 달 밝은 밤에 우리들이 걷듯 그대는 전원을 도보로 걸어 다니며 보아야한다. 그러면 그대의 감정이 어떠하건, 그대가 아무리 민족주의를 한심하다고 생각하건, 그대가 아무리 평화를 신봉하는 사람이라 해도 사람들이 왜 영국을 위해 죽어갔으며 앞으로도 목숨을 바칠 각오가 되어있는지 이해할 것이다.

눈이 덮이고 나면 스키를 타기에 너무 좋게 풀이 짧게 자라던 큰 언덕인 박스 힐을 넘어 우리들은 버포드브리지호텔로 여유 있게 내려가 몸을 푼 다음 호텔 주인과 테스트 크리켓경기에 대한 이야기를 나누었다.

그런 다음에 란모어 공유지와 네틀리히와 올베리 구릉지대를 넘어 '순례자의 길'옆에 있는 작은 교회 세인트마르타로 갔다. 그곳에서는 멋진 경치를 볼 수 있었다. 우리는 그곳에서 서서 해스콤에서부터 홈베리와 리이트 힐까지 달빛이 비춘 언덕들을 둘러보았고, 해스콤과 허트우드 힐 사이에 있는 위얼드 지방의 평지를 보았다.

계곡 속에 깔려 있던 투명한 안개의 띠가 능선 꼭대기를 선명하게 노출시켜, 산등성이가 질서정연하고 검은 파도처럼 하나씩 차례로 솟아올라 있었다. 그리고 그 모든 것들 위에는 크나큰 평화로움이 군림했다. 전원풍경에는 절대적인 침묵이 전혀 존재하지 않았으므로, 그것은 침묵이 아니라 평화였다.

동이 텄을 때 우리들은 블랙히드 공유지에 다다랐다. 그곳의 새벽은 극적인 요소를 전혀 과시하지 않고 찾아와 강렬하고 요란하게 몰려드는 색채도, 대담한 분출도, 알프스의 새벽이 지닌 드라마와 화려함을 흉내 낼만한 면도 없었다. 그것은 흐릿한 눈을 뜨고 서서히 정신을 차리는 듯한 새벽이었다.

우리는 졸렸는데, 팔다리가 쑤시거나 기진맥진했다는 의미에서 피곤한 것은 아니었지만, 시골 지역을 직선으로 전진하기가 힘들다는 기분을 느낄 정도로는 졸렸고, 그래서 얼마 후에는 우리가 상당히 엉뚱한 방향으로 나아가고 있음을 깨달았다. 그래서 우리들은 잠시 쉬겠다는 생각으로 자리에 앉았는데….

우리가 잠에서 깨어난 것은 4시간 후였다. 해가 솟아오른 지도 한참 되어서 이슬이 빠른 속도로 스러지는 중이었고, 신선한 대기에는 새들의 노랫소리가 가득했으며, 히스와 가시금작화가 가벼운 산들바람에 흔들렸다.

우리는 아침식사를 하고 가던 길을 재촉했다. 처음 도착한 여관에서는 알프스 등반의 전통에 따라 또다시 아침식사를 했는데, 이번에는 더 많이 먹었다.

그날 하루 종일 우리는 허트우드 힐과 피치 힐과 홈베리 힐과 라이트 힐 같은 언덕들을 거쳐 한가하게 걸었다. 몇 킬로미터를 갔느냐 또는 그 거리를 몇 시간 만에 종주했느냐 하는 따위는 우리와 아무 상관이 없는 문제였다. 우리는 기분이 내키면 걷기도 하고 쉬기도 했다.

사람들의 눈이 영국의 아름다움을 홈베리에서보다 더 많이 누릴 수 있는 높은 산은 별로 없다.

햄프셔에서부터는 언덕이 능선에서 능선으로 이어져 나갔고, 그다음에 따라오는 기나긴 구릉지대는 찬톤베리링에서 한 차례 솟아올랐다가 다시 브라이틀링 갭에서 끊어졌다. 북쪽으로는 테임스 계곡과 칠턴스가 나왔다. 동쪽으로는 북부 구릉지대의 긴 단층애斷層崖가 웨스터햄과 세븐오크스, 우로탐과 메이드스톤을 향해 펼쳐져 나갔는데, 그곳이 바로 내가 어린 시절을 보낸 북부 구릉지대였다. 언덕을 사랑하는 사람들은 홈베리의 정상보다 높은 곳을 찾아갈 필요가 없다. 그곳에서 그들은 높이란 거의 아무런 의미가 없고, 중요한 것은 산 그 자체라는 사실을 깨닫게 될 것이다. 비록 단순히 100미터나 200미터밖에 안 된다 하더라도, 높은 곳이란 소중한 무엇이며, 삶을 보다 숭고한 차원으로 끌어올리는 것이라는 사실을 낮은 산은 우리에게 가르쳐준다. 어디에서 흙 위에다 또 흙을 쌓아올린다고 해도 그 흙더미가 산처럼 그토록 오묘한 변화를 이룩할 수는 없으며, 그토록 큰 기쁨을 가져다줄 수도 없다. 그보다 더 큰 것, 바로 산의 영혼이 존재한다!

*

또 다른 도보여행은 쿨린 산군의 주능선을 따라가는 것이었다. 스카이 섬은 독특한 곳이었다. 그런 우울한 색채가 산에 그토록 크나큰 신비감과 매혹을 부여하는 곳은 또 없으리라. 그리고 변덕스러운 날씨의 영향을 그토록 많이 받는 산은 영국의 그 어느 곳에서도 찾아볼 수 없으리라. 12시간 사이에 등산가는 억수처럼 퍼붓는 비와 폭풍처럼 휘몰아치는 바람과 맞서 격렬한 싸움을 벌이다가는 어느 바위 턱에 편안하게 모로 누워 위쪽 반

스카이섬의 로흐 슬라핀 LOCH SLAPIN: ISLE OF SKYE

려암으로 천천히 피어올라가는 연기를 쳐다보며 파이프를 피우기도 한다. 자연은 자신이 귀여워하는 자식에게 옷을 입히는 데 있어서는 낭비를 아까워하지 않는 자나 마찬가지이기 때문에 이 변덕스러운 날씨는 하루하루가 모두 다르다. 자연은 한없이 이렇게 옷을 입혀 보기도 하고 또 저렇게 입혀 보기도 한다. 자연은 산봉우리에 구름을 걸쳐 보기도 하고 황무지를 가로질러 안개를 씌우기도 한다. 바람과 비를 가만히 내버려두는 경우도 별로 없다. 자연이 휴식을 취할 때도 가끔씩은 있는데, 그러면 스카이섬은 미동도 하지 않고 고요한 바다 위에서 잠을 잔다.

제임스 벨과 내가 주능선을 종주한 것은 날씨가 잠잠하던 기간 동안이었다. 우리는 자정이 조금 넘어 글렌브리틀 골짜기에 있는 메어리캠벨의 펍을 떠났다. 스카이섬의 귀찮은 골칫거리인 등에와 모기들은 잠이 들었고, 고요한 대기에는 대지의 향기와 산의 형언할 수 없는 정기로 가득했다.

우리가 가르스바인을 터벅터벅 올라가는 사이 날이 밝아왔다. 그리고 산들이 서서히 모습을 드러내면서 별들이 희미하게 사라졌다. 희미한 거울 같은 바위 위에 입김처럼 보이는 헤브리데스제도가 차츰 모양과 형체를 갖추어갔다.

자연이 반쯤은 정신을 차리고 반쯤은 잠든 채 비스듬히 누워, 현실과 꿈 사이에서 새벽빛의 섬세한 숨결 위에 떠 있었다. 그러나 마침내 솟아오른 태양은 산을 가볍게 밟고 일어서서, 불길을 사납게 뿜어대는 것이 아니라 부드럽게 비춰주었다.

위로 우리들은 올라갔는데, 처음에는 히스가 이슬에 젖은 언덕들을 지나갔고, 다음에는 마구 흩어져 쌓인 바위들을 넘었고, 마침내 울퉁불퉁하고 커다란 바위산을 올라가 가르스바인의 정상에 이르렀다. 그곳에서 우리는 휴식을 취했다. 거의 1,000미터 아래에 바다가 있었는데, 꼼짝도 않는 푸른 마룻바닥 같은 바다에는 증기선 한 척이 외롭게 떠 있었다. 그 배가 어찌나 장난감 같았는지 돌멩이를 집어던지면 가라앉을 듯싶었다.

가르스바인에서부터 쿨린 산군이 멋지게 포물선을 이루며 스구르난길리
안을 향해 둥그렇게 휘어졌다. 아마도 서른 개의 산봉우리는 넘어야 할 것
만 같았다. 그것은 참으로 멋진 등반의 하루여서, 가파른 바위투성이를 따
라 가다 어느 바위 탑을 넘기도 하고, 양쪽에 있는 퇴석이 깔린 골짜기로
날카롭게 바람을 가르는 소리를 내며 돌멩이들이 굴러 떨어지는, 어느 그
늘진 바위에 사이로 내려가기도 했다. 그리고 양쪽으로는 항상 빛나는 지
평선과 황야와 언덕과 바다가 보였다.

우리는 기진맥진한 몸으로 스구르난길리안의 첨탑 같은 등성이를 기어
내려왔다. 나는 애타는 그 갈증을 결코 잊지 않을 것이며, 뜨거운 내 얼굴
을 담갔던 황야의 개울물을, 그리고 갈증에 타오르던 내 입 안에 담긴 차
갑고 토탄 맛을 풍기던 물의 감촉과 맛을 더욱 잊지 못할 것이다. 나는 우
리가 얼마나 오래 걸었는지 잊어버렸지만, 17~18시간쯤 되었으리라 생각
한다. 그 후 누군가가 그 거리를 12시간 아니면 그 이내에 종주했다. 영국
에서는 쿨린 산군의 종주가 가장 멋진 당일치기 등산이다. 다음에 다시 종
주를 하게 된다면 나는 게으른 내 천성에 맞게 한가로이 걷고 싶다.

영국의 산이 지닌 매력은 거의 무한한 다양성이다. 나는 남부 구릉지대에
서 황홀한 따스함을 즐기며 야외에서 잠을 자보기도 했고, 에베레스트의
가장 혹심한 폭설에 맞먹는 눈보라가 휘몰아치는 허리케인이 눈앞에 닥쳐
온 가운데 벤네비스의 얼음에 뒤덮인 고원에서 엉금엉금 기어가보기도 했
으며, 그곳의 가파른 측면에서 얼음과 눈을 깎아나가느라 몇 시간씩을 보
내기도 했다. 나는 클로그인-더르-아르두의 험준한 슬랩들과 기머그래그
의 깨끗하고 기분 좋은 측면들 위에서 몸의 균형을 유지하며 요크셔의 고원
지대를 이리저리 돌아다니기도 했다. 그리고 도보여행, 등반과 등산은 그
맛이 서로 달랐다. 영국의 산에서는 자연이 스스로 꾸며놓은 일에 결코 만

족할 줄 몰라 색채와 거리감과 분위기를 바꿔가며, 자꾸만 본디 모습을 감추고 사라진다. 그렇지만 자연의 매력은 애교를 부리거나 변덕스러운 매력이 아니다. 자연의 분위기에는 피상적인 변화를 무시하고 자연을 흠모하는 사람들의 마음 깊숙이 파고드는 영구한 무엇이, 꿋꿋하고 숭고하고 위엄을 지는 무엇이, 사람들이 사랑할 수 있는 소박하고 평화롭고 인간적인 무엇이 흐른다. 우리나라의 이 산들은 규모가 낮을지는 모르지만, 그러면서도 천국에 거의 닿을 정도이다.

4
어느 낮은 산

봄철의 어느 토요일 나는 한가했는데, 내가 보내는 주말의 아름다운 점이 바로 그것이었다. 나는 그냥 등산을 하고, 일주일 동안 나를 붙잡은 일들을 잊어버리고, 잠시나마 고적한 평화 속에서 시간을 보내고 싶었다.

바덴에서부터 기차여행을 한 나는 치겔브뤼케에서 내렸다.

나는 숲길을 따라 위로 올라갔다. 푹신하게 쌓인 낙엽들이 발밑에서 바스락거렸다.

한 시간 전 기차가 남쪽으로 달려가는 동안 나는 알프스의 모습을 보았었다. 그때는 눈에 보이지 않는 손가락이 들고 있는 작은 손수건처럼 우윳빛 안개를 통해 희미하고 까마득하게 한 줄로 늘어섰던 산들이 이제 현실이 되었다. 그 산들 위에 덮인 눈은 꿈에 나오는 무엇이 아니라, 어떤 고도 이상의 산기슭에는 골고루 깔려 있고, 햇빛이 비추지 않는 움푹한 곳마다 차갑게 뒤덮인 진짜 눈이었다.

너도밤나무들과 자작나무들과 관목들이 끝나자 소나무들로 이어졌고, 낙엽과 썩은 나무의 냄새가 사라지면서 대신 송진 냄새가 났다.

잠시 후 나는 숲을 벗어나 그 위에 있는 목초지로 나아갔다.

그곳에서는 비바람으로 낡은 갈색 산장이 하나 서 있었는데, 그것은 서섹스에서 잘 구운 벽돌로 작은 농가를 발견하는 것만큼이나 자연스러운 일이었다.

설선은 겨우 몇 미터만 더 올라가면 시작되고 거의 뒷문에 닿을 정도로 불규칙한 손가락들처럼 뻗어내려 왔지만, 산장의 긴 측면을 따라 폭이 2미터쯤 되는 풀밭이 펼쳐졌으며, 그곳에서는 첫 크로커스(crocus 이른 봄에 피는 노랑, 자주, 흰색의 작은 튤립 같은 꽃)가 피어 푹 젖은 풀잎들 사이로 겁에 질린 듯 빼꼼히 내다보고 있었다.

나는 두 개의 나무 빗장을 벗겨낸 다음 문을 열고 산장 안으로 들어갔다. 어두침침한 안은 소와 건초 냄새가 났다. 내가 덧문들을 풀자 삐걱 소리를 내며 활짝 열린 그 문들로 따뜻한 오후의 햇볕이 집 안을 가득 채웠다.

산장의 한쪽 끝을 벽돌로 막아 분리시킨 공간에는 불을 지핀 자리에 재가 쌓여 있었다. 그리고 그 위쪽의 연기로 시커멓게 그을린 대들보에는 굵은 철사를 구부려 만든 고리가 달려 있었다. 천정에는 줄을 잡아당겨 열게 만들어놓은 뚜껑 문이 달려 굴뚝 노릇을 했다.

탁자 하나, 긴 의자 하나, 소의 젖을 짜는 의자 두 개가 가구의 전부였다. 한쪽 벽에는 장작으로 쓸 소나무가 한 무더기 쌓여 있었다.

침상은 위쪽에 있었는데, 건초가 반쯤 채워버린 아늑하고 작은 다락을 올라가려면 삐걱거리는 사다리를 이용해야 했다.

내가 주말을 보내는 거처는 그랬다. 나는 세상에서 가장 사치스러운 호텔에서 가장 비싼 특실을 내준다 해도 그 오두막과 바꾸고 싶은 마음이 없다.

그날 저녁은 해가 느릿느릿 게으름을 피웠다. 오랫동안 나는 풀밭에 앉아있었다. 아래쪽 마을에서는 많은 사람들이 일을 하며 돌아다녔지만 그들은 나를 쳐다보지 않았다. 어둠이 천천히 계곡을 채우면서 크로커스들이 차츰 꽃잎을 다물었다. 바람은 전혀 일지 않고, 대지는 파도가 밀려오기 전의 광활한 모래밭처럼 넓고 고요했다.

태양이 땅으로 축 늘어지듯 느릿느릿 기울었지만, 머나먼 산봉우리에 닿은 다음에는 마치 이제는 드디어 비밀을 알아냈으니까 어서 모습을 감추고 싶다는 듯 훨씬 빠른 속도로 떨어지는 것 같았다.

얼마동안 태양의 따뜻한 기운이 남아있었다. 나는 햇살이 산장의 통나무 벽에서 뿜어 나오고 발밑의 풀밭에서 파도처럼 일어나는 기분을 느꼈다.

위쪽으로는 눈이 마치 산호인 것처럼 분홍빛이었으며, 밑에서는 검은 손으로 시간이 거리를 재고 있었다.

어찌나 고요한 저녁이었는지 물기에 젖은 풀잎들이 나지막이 속삭이거나 빨아 마시는 소리가 들려오는 것 같았다. 나는 또한 저녁기도를 알리는 교회의 종소리가 계곡에서 울리는 것을 들었다. 대기는 어찌나 정체해 있었는지, 역설적인 이야기가 될지도 모르겠지만, 나는 어느 깊은 웅덩이에서 물이 파문을 일으키는 것처럼 내 주변에서 바람이 구겨지며 떨리는 감촉이 느껴진다는 상상이 들었다.

대지와 하늘에는 놀랄 만한 것이 하나도 없어서, 폭풍의 전조를 알리는 요란한 색채도 없었고, 격렬한 대조를 이루는 것도 없었다. 그것은 대지가 핏빛으로 시뻘겋게 변했다가 다음에는 창백해지는 뺨을 신경질적인 하늘에 돌려대는 석양이 아니라, 평화가 평화로 이어지고 대지는 아무 근심걱정도 없이 잠들어도 좋은 그런 종말이었다.

나는 산장 안에 불을 지폈는데, 처음에는 쏘시개만 가지고 때다 불이 잘 붙은 다음에는 보다 큰 나무를 집어넣었다. 연기는 산장에서 떠나가기를 싫어했지만, 창문의 열린 틈들과 천정의 뚜껑 문을 조절해 잠시 후에는 연기를 살살 달래 겨우 바깥으로 내보냈다.

나는 알루미늄 냄비에 수프를 끓여 거기에 계란과 약간의 고기를 썰어 넣은 다음 천천히 스튜를 만들었다. 나는 불 옆에 앉아서 이 음식을 먹었다. 그런 다음 나는 냄비를 밖으로 가지고 나가 개울물이 흘러들어와 내려가게 만든 홈통에서 씻었다. 깨끗하게 씻은 다음에는 차를 끓이기 위해 거기에 물을 가득 담아 가지고 산장으로 들어왔다.

물이 데워지기를 기다리는 동안 나는 파이프를 피웠다. 몸이 노곤해지자 졸음이 몰려왔다. 파이프는 마땅히 그래야 하듯이 잘 빨렸다. 불도 활활 잘 타올라서 산장을 흥겹게 펄럭거리는 그림자로 가득 채웠고, 불타는 소나무의 냄새는 담배 냄새와 기분 좋게 어울렸다. 동물적인 편안함과 흐뭇함을 느낀 나는 내가 앉아있던 긴 나무의자를 왕좌와도 바꿀 생각이 없었다.

물이 끓었다. 나는 차를 만들었다. 차에서는 대지와 태양의 향기가 풍겨 나왔다. 아마도 그 차는 히말라야의 산비탈에 있는 어느 차밭에서 재배된 것인지도 모를 일이었다.

나는 장작 한 토막을 불 속에 집어넣고 그것이 타서 없어지는 것을 지켜 보았는데, 처음에는 활활 타오르던 사나운 불길이 보다 평화로운 불꽃으로 수그러들었다 하얀 재만 푸석푸석하게 남기며 사리질 때까지 지켜보았다. 잠시 후에는 재가 차가워진 다음 흩어져 대지와 공기의 한 부분이 되리라. 젊음과 중년, 노년 그리고 죽음. 나는 겨우 스물두 살밖에 되지 않았지만, 삶과 죽음의 의미를 어쩐지 알 것만 같았다. 비록 영혼의 불멸은 믿지 않는다 하더라도, 나는 대자연 속으로 다시 흡수된다는 생각 속에 생명이 기원하는 우주의 조화에 있어서 다시 한번 그 한 부분이 되고, 공기와 흙과 자연의 힘에서 한 부분이 된다는 생각에서 어느 만큼은 위안과 행복을 어쨌든 발견해야만 한다고 생각한다. 썩어가는 과정 속에도 영광이 존재한다.

불도 꺼지고 내 파이프도 꺼졌다. 나는 파이프에서 재를 털어내고, 하품을 하고, 기지개를 켜고는 날씨를 살펴보려고 밖으로 나갔다.

별이 총총한 밤하늘이 문에서 나를 맞아주었다. 저 아래쪽에는 불빛이 염주와 화관처럼 줄줄이 깔려 있었다. 별들과 불빛들은 가볍게 흔들리는 물을 통해 보이는 빛나는 모래알들처럼 다 같이 떨었다.

불 옆이 따뜻해 졸음이 왔지만 바깥으로 나서니 온기와 졸음이 삽시간에 가서버렸다. 배불리 먹고 편안한 몸을 별로 의식도 하지 않고 불 옆에 앉아 있던 나는 어느새 나의 가엾은 몸과 그 몸을 둘러싼 우주의 힘을 의식하게 되었다. 밤공기는 차가웠다. 허공의 찬기가 대지를 감쌌다. 풀잎은 더 이상 나지막한 소리를 내지 않고 단단히 얼어붙어 버렸다. 따스함이 존재했지만 앞으로도 그 따스함이 존재하리라는 증거는 아무것도 없었다.

구름도 없는 데다 하늘에 박힌 보석들을 어지럽힐 만한 수증기의 얼룩이 단 한 점도 없었다. 대기권이 어찌나 맑은지 지평선에 가장 가까이 걸린 별도 바로 내 머리 위에 있는 별 못지않게 밝았으며, 그 별빛을 배경삼은 산들이 뚜렷하게 윤곽을 드러냈다.

파란 전깃불처럼 반짝이는 별들을 물끄러미 올려다보던 나는 섬광처럼 지나가는 각성의 한 순간에 측정할 수 없을 정도로 경이적인 우주의 깊이를 의식했다.

따뜻한 다락의 건초는 냄새가 향기로웠다. 나는 그 속으로 깊이 파고 들어가 나 자신을 위한 둥지를 마련했다. 내가 눈을 감으려니까 빛나는 별 하나가 작은 창문을 통해 나를 쳐다보고 있었다.

밤에 나는 한 번 잠이 깼다. 나는 추위를 느끼기 직전이었는데, 떨릴 정도는 아니더라도 따뜻하다고는 할 수 없었다. 그 상태는 잠을 자도록 해주지는 못하고 신경이 날카롭게 곤두서도록 만드는 정도였다. 빛나는 별은 더 이상 나를 지켜보지 않았다. 밤은 죽어버린 듯싶었다. 이럴 때면 삶이 나약해지고 탄력성이 사라지곤 했다. 같은 건초였는데도 향기를 잃은 듯싶고 내 얼굴에 스치면 거칠게만 느껴졌다. 나는 그 속으로 더 깊이 파고 들어갔다. 그러자 곧 따스함이 슬그머니 나를 감싸는 기분을 느꼈고, 따스함과 더불어 졸음이 찾아왔다.

내가 잠에서 깨어났을 때는 창문을 통해 하늘이 엷은 푸른빛으로 보였다. 나는 건초에서 기어 나와 등산화를 신은 다음 사다리를 타고 내려갔다.

활활 타오르는 불빛이 비쳤을 때는 그토록 쾌적해 보였던 산장 바닥이 새벽의 냉혹한 빛 속에서 썰렁하고 살벌한 인상을 주었다. 바닥은 차갑기도 했고, 흙과 소와 여기저기 배어든 연기로 케케묵은 냄새가 났다.

산장 밖으로 나가니 하늘은 호박 빛과 자수정 빛과 초록빛으로 칠한 한 장의 거대한 포스터였으며, 그 위에 새벽이 황금빛 구름을 실로 삼아서 수를 놓았다.

처음 느꼈던 무기력과 초조가 이제는 사라졌다. 싸늘한 공기가 두뇌에서 잠을 몰아내고 몸을 새로운 기운으로 감쌌다. 나는 심호흡으로 모든 감각을 통해 새로 태어난 하루의 아름다움을 빨아들였다.

나는 재를 뒤집어 새로 불을 지핀 다음 아침식사를 요리해 먹었다. 그런 후 나는 몇 가지 안 되는 짐을 배낭 속에 꾸려 넣고 내가 사용한 장작 값을 계산해 그 돈을 탁자 위에 놓아둔 다음, 산장을 잠그고 산을 오르기 위해 위로 올라갔다.

새벽시간이 지나가자 태양은 벌써부터 서리가 만들어놓은 작은 화살촉들을 사방에 뿌려대느라 바빴다.

대기에는 힘이 가득했으며 햇살이 따스하게 내 얼굴을 비추어주었기 때문에 그날 아침에는 산이 내 마음을 들뜨게 만들었다.

나는 풀밭 지역을 지나, 얼어붙은 눈이 바람에 쓸려 구겨진 무늬를 이루고 땅바닥에 단단히 달라붙은 곳으로 나아갔는데, 등산화가 그 얼어붙은 눈에 닿자 가볍게 사각사각 소리가 났다. 내 체중에 눌린 눈은 찌그럭거리면서 가라앉았다.

나는 눈을 밟고 올라갔다. 태양이 나와 거의 같은 높이에서 멀리까지 뻗어나갔다. 나는 비탈이 내 앞에서 거대한 돛처럼 휘어져 푸른 하늘을 향해 올라가는 것을 보았다. 위쪽을 향해 올라가는 발걸음은 하나같이 다 똑같았지만, 그래도 단조롭지는 않았다. 내 폐는 공기뿐 아니라 대지와 하늘이

봄의 크로커스 SPRING CROCUSES

지닌 우주의 힘으로 가득 찼으며, 내 팔다리는 지칠 줄 모르고 자신만만하게 움직여 나를 점점 더 높이 아침 속으로 이끌고 올라갔다. 나는 솟아오르는 아침을 맞이하기 위해 올라갈 곳이 지붕밖에 없는 사람들을 생각했으며, 건강과 아침을 나에게 베풀어준 데 대해서 조물주에게 감사드렸다.

잠시 후 나는 아무 어려움도 없이 정상에 다다랐는데, 그곳에는 나무로 만든 측량용 삼각대가 있었다.

나는 정상에서 내가 올라온 눈 덮인 등성이들을 굽어보았다. 그 등성이들은 음침한 초록빛으로 깔린 한 장의 융단처럼 계곡 쪽으로 펼쳐져 내려간 숲의 위쪽에 있는 목초지에서 너덜너덜하게 찢어진 형태로 끝났다. 산 중턱은 색조가 먼 바다의 커다란 파도와 사뭇 비슷하다. 속은 위압적이고 진한 녹색이었으며, 부피가 좁아진 맨 꼭대기 부분은 빛이 희미하게 통과해 보다 엷은 초록빛이었다. 산꼭대기는 거품을 일으키며 깨지는 듯싶었다.

그러나 이것이 모두가 아니었다. 내가 선 위치에서 북쪽과 남쪽으로 호수들이 보였는데, 북쪽으로는 까마득히 취리히 호수가 낮은 지대의 안개를 통해 하얗게 빛이 바랜 듯 아련히 나타났으며, 남쪽으로는 웅장하게 펼쳐진 발렌슈타트 호수 바로 부근에서 하늘이 울면서 홍수 같은 눈물을 쏟아놓기라도 한 것처럼 새파랗기만 했다.

내가 도달한 봉우리는 별로 높은 곳이 아니었다. 1킬로미터쯤 떨어진 곳에 더 높은 정상이 있었다. 그곳에 다다르기 위해서는 어느 정도의 거리를 내려갔다가 지루하게 우회를 하거나, 아니면 두 개의 봉우리를 연결하는 능선을 타고 가야했다. 첫 번째 루트는 따분한 것은 물론이려니와 그날 늦게 쏟아질지도 모르는 눈사태들 때문에 위험할 수도 있었기 때문에 나는 시도하지 않기로 작정했다. 그래서 나는 능선으로 관심을 돌렸다. 능선은 좁고 양쪽 모두 깎아지른 데다 벼랑 끝에 돌출된 눈 더미들이 많았으므로, 구경을 하기에는 아름다웠어도 나 같은 풋내기가 시도하기에는 위험한 곳이었다.

눈만 덮이지 않았다면 그곳은 등산가에게 산책 이상은 거의 아무것도 제공하지 않을 산이었다. 눈은 그곳을 전혀 다른 곳으로 바꿔놓았다. 발 딛는 것을 확실히 한다는 정도만 가지고서는 충분치 않았다. 경험에 의해서만 예측할 수 있고, 기술을 가지고서만 안전하게 타개해나갈 수 있는 새로운 요소가 발과 땅 사이에 끼어들었다.

일단 능선으로 들어선 나는 피켈이 이제는 단순히 지팡이 노릇만을 하지는 않게 되었음을 깨달았다. 야구 방망이가 야구선수에게 필요한 만큼이나 그것이 나에게는 필수품이 되었다. 이제는 더 이상 단단하게 껍질이 굳어있지 않고 햇빛을 받아 푹신하게 변해버린 눈 속으로 나는 무슨 실험을 하듯 피켈을 박아 넣고는 조심스러우면서도 단호하게 발을 앞으로 내딛고 굴러보았다.

나는 이렇게 한없이 조심하면서 10분가량 한 발자국씩 앞으로 나아갔다. 그런 다음 나는 걸음을 멈추고 뒤를 돌아보았다. 눈 더미 돌출부보다 훨씬 아래쪽에서 내 발자국들이 한 줄로 능선의 가파른 측면을 따라 내가 떠나온 봉우리를 향해 뻗어나갔다. 측량사의 표지가 아주 작고 까마득하게 보였다. 나는 수영을 하다 처음 예상했던 것보다 자신이 훨씬 더 멀리 나와 있다는 사실을 갑자기 깨달은 사람 같은 기분이 들었다.

나는 그 능선을 따라 별로 멀리 나가지 못했다. 내가 후퇴하게 된 구실은 눈이 녹아내려 경험이 없는 내가 보기에도 머지않아 사태를 일으키리라는 사실이었다.

경험이 많은 등산가라면 경험을 통해서만 얻어지는 판단과 기술을 동원해 위험을 피하면서 정상까지 밀고 올라갔으리라. 젊고 경험도 부족했던 나는 그 두 가지 자질을 하나도 갖추지 못했지만, 산에 대한 제한된 지식으로도 나는 만일 계속해서 그냥 밀고 나아갔다가는 목숨을 내거는 셈이라는 소중한 사실을 깨달았다.

하지만 그 당시 나는 문제점을 조금이라도 세심하게 따져보지는 않았고, 너무 어렵고 위험한 어떤 일을 내가 시도했다는 것만 본능적으로 느꼈을 따름이다. 적어도 나는 의식에 있어서만큼은 지혜의 영향을 받은 것이 아니며, 목숨을 온전히 건지겠다는 생각에서 판단을 내렸다.

나는 아무 어려움도 없이 물러나기는 했지만, 첫 번째 봉우리로 돌아갔을 때는 나도 모르게 안도의 한숨이 나왔다.

나는 그곳에서 한참 머물렀다. 나는 얼마동안 발가벗고 누워서 태양이 발산하는 에너지를 온몸으로 흡수했다. 나는 눈을 감고 완전한 몸과 마음의 휴식을 취했다.

나는 옷을 입는 사이에 내일이면 다시 벽돌에 갇혀 사람들과 기계의 악취 속에서 호흡하지 않으면 안 되겠구나 하는 생각이 들었다. 그때 나는 젊고 반항적이었는데, 반항심은 산에서 보내는 시간을 그만큼 더 감미롭게 느끼게 만들어주었다.

몇 시간 동안 나는 산꼭대기에 누워서, 가능한 한 최후의 순간까지 하산을 뒤로 미루었다. 나는 배가 고프다고 느낄 때는 식사를 했고, 목이 마르다는 기분이 들 때는 알코올램프에 차를 끓여 마셨다.

거의 완벽하게 평온한 날씨여서 바람 한 점 일지 않았다. 동이 트는 것을 알린 구름의 꽃 신들은 벌써 사라졌고, 하늘은 높고 새파란 둥근 지붕처럼 보였다.

측량사의 표지에 달라붙은 깃털 같은 얼음조각들도 햇빛에 녹아 가볍게 스치는 소리를 내며 땅으로 떨어졌다. 주위에서 나는 물기에 푹 젖은 눈이 악몽의 손아귀에서 헤어나지 못하는 사람처럼 불안하게 뒤척이는 가벼운 소음들을 들었다.

일요일이어서 밑에 있는 여러 마을에서 교회의 종소리가 들려왔다. 스위스 사람들은 음악적으로 음률에 맞춰 종을 치지 않고 그냥 아무렇게나 쳐

댄다, 그 결과는 거칠고 음악적이지 못하지만 공간과 거리와 산의 존재는 그 거친 소리를 부드럽게 바꿔놓고, 심지어는 듣기 좋은 리듬까지도 그 음향에 부여한다.

그림자들이 움츠러들더니 길게 늘어졌다. 아침은 명쾌하고 눈부셨지만 오후는 어둡고 권태로웠다. 산봉우리들은 젊음과 활력을 잃고 하루의 경험을 거쳐 그만큼 더 늙고 훨씬 평화로웠다. 몇 시간을 회전하는 사이에 지구가 나이를 약간 더 먹은 것이다.

나는 햇빛의 포만으로 인해 어지럽고 졸린 기분을 느끼며 마지못해 몸을 일으킨 다음 하산하기 시작했다. 처음에는 물에 젖은 푹신한 눈을 헤치고 나아갔으며, 다음에는 목초지를 천천히 걸어 횡단했다. 마침내 따뜻하고 송진 냄새가 나며 잠들어있는 듯한 소나무 숲이 나를 맞아주었다.

나는 등산로를 뛰어 내려갔다. 어제 나는 주말을 앞에 놓고 그 길을 고생하며 올라왔다. 이제 그 주말은 거의 다 끝나가고 있었다. 짧막한 몇 시간 동안 나는 삶의 소박하고 현명한 것들의 샘을 퍼서 한껏 마셨다. 나는 마음이 흐뭇했다.

5
높은 산

모든 훌륭한 기술이나 철학의 큰 부분은 개인적인 경험에 바탕을 둔다. 다시 말하면, 다른 사람들의 경험은 벽돌 그 자체가 아니라 벽돌 사이에 바르는 회반죽일 뿐이다. 등산에서는 다른 사람들의 경험에서 굉장히 많은 것을 배울 수 있지만, 산에 대한 감정은 개인적인 문제이다. 사람들이 유행을 따라 등산을 하긴 하지만 산을 오르는 행위 자체는 유행이 될 수 없다. 불행히도 등산에 대한 접근 방법이 전혀 바람직스럽지 못한 경우가 많이 있으며, 오만하고 세속적인 면들을 드러내어 대자연의 성역을 모독하는 사람들에 대해 대자연은 때때로 불만을 아주 분명한 방법으로 표현한다. 그렇지만 등산을 하는 대부분의 사람들은, 비록 그들의 동기가 복잡하기는 하더라도, 그리고 비록 그들 자신은 그 추진력이 무엇인지 알지 못하더라도, 높은 곳을 향해 올라가도록 그들을 충동하는 어떤 추진력이 작용하기 때문에 산을 오른다.

산에 대한 우리의 사랑은 너무나 많은 경우에 그 참된 중요성이 터무니없이 과장되는 피상적이고 물질적인 동경들로 인해 흐려지기도 한다. 인간으로 하여금 산을 오르도록 충동하는 본능과 등산기술의 발전 사이에 이루어지는 균형을 유지하기란 쉬운 일이 아니다. 등산 클럽의 회지들을 훑어보면 그 주장이 옳다고 뒷받침해줄 만한 증거를 찾을 수 있을 것이다. 따라서 산을 사랑하기는 하더라도 현대 등반의 '세련된 면모들'을 경험하고

블뤼믈리살프호른의 눈 덮인 능선 A SNOW CREST: BLÜMLISALPHORN

자 하는 욕구를 지니고 있지 않은 사람들이 많다는 사실은 이상한 일이 아니다.

등산 자체는 접근 방식에 있어서 뚜렷한 경계선을 드러내고 있으며, 산을 체력의 문제로서만 생각하고, 다른 방법으로 올라갈 수 없는 암벽들을 피톤과 로프와 다른 기계적 도구들을 이용해 올라가거나 내려가고, 역겨운 소음이나 내면서 이리저리 날뛰며 돌아다니고, 알프스의 산장을 흙과 쓰레기로 더럽혀 놓고, 다른 사람들의 편안함과 즐거움과 안전 따위는 아랑곳하지도 않는 사람이라면 산에 대한 애정이 전혀 없는 자라고 가끔 회의적인 생각을 하는 등산가들도 많다. 등산처럼 고상한 취향에 있어서까지도 악의 면모가 저절로 드러나는 경우가 있는지 모르겠지만 알프스 등산의 특징으로 드러나는 상당히 많은 저속함과 무감각함은 피상적인 현상이며 문제의 본질과는 관계가 없다고 생각하는 것이 보다 너그러운 태도이리라. 주말을 보내겠다고 시골로 찾아가서는 전원을 더럽히고 쓰레기만 잔뜩 늘어놓고 오는 사람들이 영국에 있는 것이나 마찬가지로, 높은 산을 찾으면서도 그 산을 가장 잘 음미하는 방법을 터득하지 못한 사람들이 있기 마련이다. 산을 제대로 음미한다는 것은 교육과 경험의 문제이다. 다른 사람들과 경쟁을 벌이고, 명성을 높이고, 타당한 한계를 능가하는 기술과 인내심을 시험하고 싶어 하는 욕구는 참된 등산가와 산의 애호가가 성숙하는 데 있어서 하나의 과정에 지나지 않을 따름이다. 경험은 그런 접근 방법을 지배하는 물질적 여건의 무의미함을 노출시키고 산의 고귀함을 드높인다. 아름다움이 훼손되거나 다른 사람들의 즐거움이 방해받지 않는 한, 그 경험을 거친 등산가들이 보다 젊은 세대의 태도를 개탄해야 할 경우는 없다.

어떤 사람의 등산 방법과 등산에 대한 정신 자세가 아무리 한심하더라도, 그가 산을 오르지 않는 것보다는 오르는 편이 훨씬 좋다. 천성이 어딘가 잘못되어 있기 전에는 틀림없이 그는 경험을 통해 산에 대한 사랑을 발견할 것이며, 이 사랑은 그로 하여금 물질적이거나 회상적인 요소들을 떨쳐 버리고, 사상과 행동의 행복한 결합을 통해 대자연과 하나가 되게 만들어 준다. 따라서 보다 젊은 세대의 일부가 취하는 방법에 대해서는 경험 있는 등산가들이 너그럽고 공감하는 태도를 보이는 것이 더 바람직하지 않을까? 등산은 대자연에 대해 사람들이 지니고 있는 사랑의 구체적인 표현이다. 얇은 판을 붙여 합판을 만들어도 목재의 특성이 달라지지는 않는다. 안전이라는 목적을 위해 필요한 피복과 장비 따위의 물건들 외에 인공적이거나 기계적인 무엇을 잔뜩 동원한다는 것은 분명히 등반의 흥취에 위배되는데, 그 까닭은 인간과 산 사이에 끼어드는 모든 것은 참된 행복의 원천 노릇을 하는 대자연과의 개인적이고 직접적인 접촉을 망쳐놓기 때문이다.

어디에서 선을 그어야 할지 알기는 쉬운 일이 아니다. 특히 안전과 편의 사이의 선이 그렇다. 에베레스트에서 산소 도구를 사용한다는 것은 안전과 편의에 입각해서는 타당한 행동이겠지만, 감정이라는 면에 있어서는 많은 등산가들이 그런 것을 가지고 성공하느니보다는 차라리 그것을 사용하지 않고 실패하는 쪽을 더 좋아한다. 그들의 주장에 의하면 등산은 모험으로 남아있어야 하므로, 산소처럼 인위적인 요소는 아무것도 동원되지 말아야 하고, 만일 그것 없이 등산이 불가능 할 때는 그 등산은 시도하지 않는 편이 더 좋다는 이야기이다. 이것은 편의에 뿌리박은 보다 숭고한 철학이다.

등산이 자연스러운 모험으로 남아있으리라고 나는 믿는다. 등산은 대자연에 대한 사람들의 애정을 실질적인 방법으로 표현하고, 이것은 삶의 한 부분이며 발전의 한 가지 척도이기 때문에 기술이나 철학으로서의 등산이 도덕적으로 몰락한다는 것을 상상하기란 나로서는 불가능한 일이다.

어떤 영국인들은 영국의 산에서 등산을 시작하고, 다음에는 알프스로 장소를 옮기며, 알프스에서 보다 규모가 큰 다른 산맥으로 진출한다. 또 어떤 사람들은 가이드를 동반하기도 하고 아니하기도 해 알프스에서 수습기간을 거친다. 어떤 사람들은 바위를 더 좋아하고, 또 어떤 사람들은 눈과 얼음을 더 좋아한다. 어떤 사람들은 이것저것 조금씩 모두 경험하고 싶어한다. 그것은 모두 개인적인 취향과 기회와 편리의 문제이다. 만일 어떤 사람이 눈과 얼음보다 바위를 등반하는 쪽을 즐긴다면, 그 사람으로 하여금 바위를 오르도록 내버려두어라. 스스로 즐기지 않는 일을 왜 그가 해야만 하는가? 등산의 원칙을 우선 수립하고 나서 위험하고 즐겁지 못한 등산에 대치되는 안전하고 즐거운 등산의 바람직한 면을 언급한다는 것은 마땅하고 편리할지 모르지만, 어떤 하나의 방법에서 좋은 점보다는 오히려 나쁜 결과가 파생될 가능성이 있음을 자기 마음속으로 확고하게 믿기 전에는 어떤 접근 방법을 비난하는 행위란 정당화될 수 없다. 비판은 항상 건설적이어야 하지만, 많은 경우에 시기심에 의해서 발동된 파괴적인 비판을 너무나 자주 등산가들이 다른 등산가들에게 퍼부어댄다. 하느님도 아시겠지만, 나 자신도 그런 죄를 지은 적이 있다. 파괴적인 비판과 편견은 삶의 무서운 요물들이며, 생각과 행동 속으로 몰래 파고들기 위해 끝없이 기회를 노린다. 독자는 그 요물들을 이 책에서도 발견할 것이다. 나는 그것을 뿌리와 밑동까지 몽땅 뽑아버리고 싶긴 하지만, 포착하기가 너무나 힘들다. 나는 나 자신의 생각과 감정과 신념을 적어놓았을 따름이고, 다른 사람들이 그 신념을 채택하거나 거기에 동의하기를 기대하지 않는다는 것이 아마도 내가 세운 변명이었으리라.

나는 운이 좋아서 전쟁이 끝난 지 얼마 후 거의 2년을 스위스와 오스트리아에서 지냈다. 동행인을 구하지 못한 경우가 대부분이었고, 그렇다고 해서 가이드를 구할 경제적인 여유도 나에게는 별로 없었다. 다른 사람들을 걱정하게 만들면서 혼자 등산한다는 것은 옳지 않은 일이다. 나의 경우를 보면, 일류 가이드들의 꽁무니를 따라다니며 몇 시즌 동안에 배울 수 있을 만한 것보다 더 많은 교훈을 가르쳐준 것이 나 혼자서 돌아다니고 올라 다닌 경험이었다. 그러면서도 등산에 대해 내가 받은 교육이 가이드를 동반한 등산을 포함하지 않았다는 사실을 나는 항상 유감스럽게 생각해 왔었다.

인간은 등반하는 방법을 혼자 힘으로 깨우칠 수 있지만, 그가 빠른 시간에 기술을 향상시키는 방법은 다른 사람들의 기술을 배우는 길밖에 없다. 등반기술의 대부분은 실천을 통해서 습득이 가능하다. 내가 만난 최고 수준의 아마추어들은 기술에 있어서 내가 만난 최고 수준의 가이드들보다 뒤떨어진다. 가이드와 함께 등반을 한 것은 1934년 몽블랑에서 아돌프 레이와의 하루가 전부였는데, 그때 나는 선생님 앞에 선 학생과도 같은 기분을 느꼈다.

암벽 등반이란 어느 수준에 이르기까지는 담력과 민첩성에 의해 주로 좌우된다는 결론에 나는 다다르게 되었다. 나에게는 암벽 등반을 하기 위한 담력이나 민첩성, 두 가지가 다 갖추어져 있지 않다. 그뿐 아니라 나는 무서움을 타서 추락의 위험을 감수하지도 못한다. 안전하게 추락하거나, 어쨌든 그런 행동이 가능한 경우에는 추락의 피해를 최소한으로 줄일 수 있는 기술에 대해서 논문 한 편을 쓰고, 매혹적이고 실제적인 방법으로 그 이론을 시범을 통해 증명할 수 있는 사람의 담력이랄까, 아니면 무모함이랄까, 어쨌든 그런 면모를 나는 대단히 탄복한다. 등반에서는 추락하지 않는 것이야말로 중요한 일이며, 등반가가 취하는 모든 행동은 비록 실패를 감수하는 한이 있더라도 이 다행한 끝막음을 목적으로 삼아야 한다고 나는 항상 생각해왔다.

이 문제에 있어서 내가 느끼는 비겁함, 등반은 즐거워야 한다는 전제는 나로 하여금 산에서 추락 사고를 일으키는 것이 어디가 즐거운 일이냐 하는 의문을 품게 된다. 의심할 나위도 없이 추락 사고가 어떤 등반가들에게는 꼭 거쳐야만 하는 하나의 과정이다. 안타까운 점은 너무나 많은 사람들의 등반 활동이 이 과정에서 갑자기 종지부를 찍게 된다는 사실이다.

높은 산은 상냥하기도 하고 가혹하기도 하며, 사람을 괴롭히기도 하고 그러지 않기도 한다. 모든 산은 높든 낮든 사람들에게 우호적이다. 어느 산이 상냥하냐 아니면 가혹하냐를 좌우하는 요소는 그것을 오르는 여건에 달려있다. 악천후는 낮은 산을 괴롭히는 적으로 바꿔놓기도 하며, 높은 산은 어떤 특정한 조건하에서는 인간의 생명을 지탱해주지 못한다. 날씨가 화창하고 바람이 불지 않는 날이라면 에베레스트도 등반을 하기에 거의 즐거울 정도이고, 거기에다 호흡하기에 충분할 만큼 산소가 있다면 틀림없이 쾌적한 등반이 될 것이다. 그렇지만 현실적으로 보면, 산소의 결핍과 자주 발생하는 폭풍으로 인해 에베레스트는 무자비한 적으로 탈바꿈한다. 그 산은 육체를 거부하고 오직 영혼만을 받아들인다.

등산에 대한 경험이 있는 어떤 사람에게도 영국의 산들은 중대한 장애물 노릇을 하는 경우가 별로 없다. 하지만 높은 산에서는 문제가 달라진다. 날씨가 좋냐 나쁘냐 하는 것은 단순히 쾌적하냐 불쾌하냐 하는 차이가 아니라, 안전과 위험의 차이를 의미한다. 높은 산이라면 낮은 산보다 더 힘들고 더 많은 시간이 필요하다는 것을 의미한다. 마터호른의 동벽은 날씨가 좋고 조건이 맞을 때는 등반하기에 상당히 편하긴 하지만, 그렇더라도 몇 백 미터를 올라가야 하기 때문에 시간이 좀 걸린다. 날씨가 나쁘면 올라가는 데 몇 시간이 더 걸리며 등산가를 위험에 노출시킨다.

날씨는 높은 산에다 위엄성과 웅장함을 가미한다. 그렇기 때문에 높은 산은 낮은 산보다 참을성과 인내심을 더 많이 요구하고, 육체적인 기술과 인고하는 자질을 키워줄 뿐 아니라, 힘겨운 상황에 처했을 때 인내의 결단력과 포기와 협동정신을 발휘하는 자질도 배양해준다.

높은 산과 낮은 산에서 차이가 느껴지는 까닭은 조건에 대해 신속히 대응하는 반응으로 인해서이다. 날씨는 어떤 산이나 매력을 부여한다. 물기가 거의 또는 전혀 내리지 않은 산이란 사실상 죽어버린 산이나 마찬가지이다. 사막의 산도 그 나름대로의 아름다움을 지니고 있지만, 사람의 마음을 끄는 힘은 지니지 못한다. 날씨의 영향을 잘 받는 산에는 날마다, 때로는 시간마다, 또는 순간마다 볼 만한 무엇이 새로 나타난다. 대자연은 새로운 실험을 한없이 벌여 빛과 그림자와 색채로 새로운 무늬를 엮어낸다.

날씨는 내가 기억할 수 없을 정도로 주인공 노릇을 많이 해왔다.

내가 처음 올라간 높은 산은 클라리덴슈토크였다. 안개가 끼고 폭풍의 기미가 보이던 날 나는 스키를 가지고 그 산을 혼자 올라갔다. 그다음에는 퇴디를 올랐다. 살을 에는 듯 춥긴 했지만 날씨가 맑은 1922년 5월의 어느 날 아침이었다. 그 후 나로 하여금 날씨를 기억하게 만든 경우가 여러 차례 있었다. 그 가운데서도 두드러졌던 경우는 먹을 것도 없이 나를 사흘 동안이나 대피소에 가두었던 스투바이알프스에서 만난 폭설과 진눈깨비와 허리케인을 동반했던 슈레크호른에서의 몇 차례 뇌우와 몽블랑 남쪽 측면에서 만난 두 차례의 뇌우, 그리고 에베레스트에서 겪은 폭풍이었다.

다른 많은 경우에도 성공과 실패를 좌우한 요인은 날씨였지만, 이 폭군적인 자연현상에 의해 짓밟힌 일련의 불운한 등반 경험을 돌이켜보면서 나는 조금도 불만을 느끼지 않았다. 등반을 하면서 보내는 휴일을 승리와 패배라는 관점에 입각해 평가하는 행위란 많은 것을 그냥 지나쳐버리는 결과를 가져오며, 산 위에 또는 산속에 있다는 사실이야말로 가장 큰 기쁨을 가져다주는 요인이다. 어느 등반이 승리로 끝났느냐 아니면 실패로 끝났느냐 하는 점은 기억에서 부수적인 사항밖에 되지 않는다. 구름에 감싸인 채 사람들의 발길이 닿지 않은 에베레스트 정상을 남겨두고 롱북 계곡으로 걸어 내려간 일은 내 인생에서 위대한 경험 중 하나이다.

젊었을 때는 산이 나에게 너무나 많은 것을 의미했기 때문에 상대적으로

비에트슈호른에 몰려드는 구름 GATHERING STORM: THE BIETSHHORN

다른 것들이 희생되었다. 나는 실내 생활을 못마땅하게 생각했고, 도시라면 저주나 마찬가지였으며, 인습이나 다른 많은 것들에 대해 그것들이 세상만사에 있어서 차지하는 위치나 참된 의미가 무엇인지 전혀 따져볼 여유도 없이 걸핏하면 반발하곤 했었다. 나는 산을 그리워했으며 산을 오르고 젊음의 정열을 그 산에 쏟아놓고 싶은 열망을 느꼈다. 아득한 황무지나 고원지대가 길게 융기한 풍경은 나에게는 단순한 매료 그 이상의 무엇이었으며, 바위에 긁히는 등산화의 징이 가져다주는 느낌은 곧 낭만을 의미했다. 나는 기꺼이 산을 섬기는 종이 되었다.

스위스에서 공학을 공부하던 시절 나는 바덴 위쪽에 위치한 전망 좋은 곳들로 가끔 걸어 올라가서는 기계의 소음과 기름이나 땀의 악취를 잠시 동안 잊어버리곤 했었다. 마치 어제 가보기라도 한 것처럼 생생하게 기억나는 산마루가 한 곳 있었는데, 소나무로 반쯤 덮인 그곳에서는 멀리 알프스가 보였다. 저녁이면 가끔 나는 그곳으로 가서 오버란트의 설경을 비추는 황혼을 구경하곤 했다.

그 머나먼 산봉우리들을 보고 이상하면서도 벅찬 설렘으로 가슴이 얼마나 심하게 두근거렸던가. 까마득한 원경의 푸른 날개는 얼마나 많은 아름다움과 모험심을 나에게 실어다 주었던가.

땅이 3킬로미터쯤 솟아올랐다고 해서 왜 그토록 가슴이 두근거리는지 나는 알지 못했다. 그런데 나는 그 이유를 지금까지도 알지 못한다. 하지만 나는 이것만은 알고 있다. 그때는 높은 산이 내 삶의 전부였고, 지금은 그것이 내 삶의 일부라는 것 말이다. 보다 합리적이고 보다 성숙한 무엇이 젊은 시절 열정과 자리를 바꾸긴 했지만, 그래도 기차가 툰 근처의 산모퉁이를 돌아 오버란트가 시야에 들어오면, 나는 다시 소년이 된다.

모험심은 통제하지 않으면 경솔하고 쓸모없는 것이 된다. 안전한 등반은 우선 본능과 경험에 의해 좌우된다. 본능의 의미를 가지고 왈가왈부할 때가 아니다. 경험이 전혀 없는 등산가라도 등반기술에 있어서 잠재적이거나 유전적인 본능을 지니고 있을지 모르지만, 희귀한 경우를 제외하곤 본능이라면 경험에 의해 발달된 기능이다. 등반기술에 익숙하지 못했을 때 나는 가끔 다른 사람들의 경험을 못마땅하게 생각했었다. 등반에 수반되는 위험, 어려운 등반을 하기에 앞서 보다 규모가 작은 등반을 경험해야 할 필요를 사람들이 너무 번거롭게 들먹이고 과장한다는 생각에서였다. 전체적으로 볼 때 등산이라는 것이 노신사들의 친목단체 활동과 너무나 흡사해서, 고참들이 자신들의 업적을 스스로 찬미하고 우월성에 대한 욕구를 충족하기 위해 자신들이 겪은 동물적인 경험을 보다 젊은 사람들에게도 억지로 강요하는 듯싶었다. 15년 전만 해도 나는 등산을 굉장히 많이 알고 있다고 생각했었다.

나는 자주 단독등반을 했다. 내가 목숨을 건진 것이 오직 자비로운 신의 섭리 덕분이었던 경우도 몇 차례나 있었다. 내가 가장 유익한 교훈을 터득한 것은 스투바이알프스의 한 봉우리인 크라일슈피체를 홀로 종주하다 겪은 경험의 결과였다.

프란츠젠 대피소에서 하룻밤을 보낸 다음 나는 이튿날 아침 일찍 출발했다. 별로 힘들이지도 않고 나는 목표로 삼은 봉우리의 정상에 올랐다. 사람들이 자신의 어리석음을 설명하는 방편으로 '악마의 장난'이라는 표현을 잘 쓰긴 하지만, 어쨌든 나는 악마의 장난에 휘말려 그 봉우리를 넘어 다른 루트를 동해 반대편 빙하로 내려갔다.

바위 능선을 기분 좋게 따라간 나는 그 빙하에 도달하기 위해서는 몇백 미터를 내려가 크레바스(독 grevsse 빙하 지대의 갈라진 틈새)를 건너야 한다는 사실을 알게 되었다.

그 즉석에서 나는 내가 온 길로 곧바로 되돌아가야 했다. 그러나 남쪽에서 형성되는 뇌우에 붙잡힐지도 모른다는 생각에 기분이 별로 좋지 않았다. 물론 뇌우를 쉽게 따돌릴 수도 있어 그리 심각한 것은 아니었지만, 나의 반발은 악마의 장난으로 더욱 부추김을 당했다. 그래서 나는 빙하로 내려가겠다는 결정을 내렸다.

크레바스에 다다르기까지는 예상보다 훨씬 더 많은 시간이 걸렸다. 처음에는 비탈을 내려가기가 제법 간단했으며, 깨진 바위들 덕분에 100미터가량을 빠른 속도로 내려갈 수 있었지만, 그 밑에서는 얼음 비탈이 바위지대와 크레바스를 갈라놓고 있었다.

나는 얼음 비탈에서 스텝을 깎아본 적이 한 번도 없었다. 따라서 스텝을 깎는 기술에 관해 내가 읽어본 내용을 실천으로 옮겨볼 기회가 이곳에서 찾아온 셈이었다. 지금 생각하면 등골이 오싹할 노릇이지만, 나는 신바람이 나서 얼음 비탈을 내려가기 위해 발 디딜 자리를 깎아내는 일에 착수했다.

얼음 비탈은 특별히 가파르거나 길지는 않았지만, 그곳을 통과하는 데는 어느새 많은 시간이 소모되고 말았다. 결과적으로 내가 깨닫게 된 사실이지만, 얼음에 스텝을 깎는 것은 기술보다는 오히려 억센 힘이 더 중요했다. 그리고 대부분의 일을 해내는 것은 팔이 아니라 몸뚱어리와 두 어깨였다. 얼음 작업을 하는 노련한 사람을 보고 있노라면 훌륭한 시를 읽고 있는 듯한 기분이 든다.

나는 한심할 정도로 더디고 서툴렀으며, 쓸데없이 많은 힘을 동원했다. 나는 곧 팔에서 기운이 어찌나 빠졌는지 당장이라도 피켈을 놓고 싶은 심정이었다.

반쯤 내려간 다음 나는 되돌아갈 마음까지도 거의 먹었지만, 이제는 먹구름이 산봉우리 주위로 몰려들고 있었고, 물기를 잔뜩 머금어 호흡을 하기에 거북한 공기가 길게 되울리는 천둥소리로 떨고 있었다. 그래서 나는 전진을 계속했다.

나는 크레바스에 이르렀다. 그러나 뜻밖의 기분 나쁜 상황이 나를 기다리고 있었다. 능선에서 보았을 때는 혹시 그냥 걸어서 넘을 수 없다고 하더라도 쉽게 뛰어넘을 수는 있을 정도로 좁고 비교적 문제가 되지 않을 틈바구니 정도로만 여겨졌던 것이 내가 그 위쪽 돌출부에 도달해서 보니 예상했던 것보다 훨씬 더 큰 난관이었다.

그 지점에서 가장 좁은 곳이었기 때문에 단단한 스노브리지(snow bridge 크레바스 위에 눈이 다리처럼 얼어붙은 것)가 있기 전에는 다른 지점에서 그 크레바스를 건널 도리가 없었다. 바로 내 앞에 있는 것 외에는 스노브리지가 하나도 눈에 띄지 않았는데, 그것마저도 태양이 야금야금 녹이며 파먹어 썩어버린 눈을 혓바닥처럼 가늘게 잡아 늘여놓은 정도여서, 쉽게 상상이 가겠지만 고양이가 지나가더라도 제대로 지탱하지 못할 만큼 엉성한 것이었다.

나는 그 광경을 오늘날까지도 기억해낼 수 있는데, 하늘에는 황갈색 뇌운이 모여들었고, 전기를 잔뜩 머금은 수증기로 이루어진 거대한 기둥들 사이로 뚫린 창문을 통해, 어떻게 해야 할지 몰라 머뭇거리던 나를 태양이 뜨겁게 비추었다.

그리고 밑으로는, 깊이를 알 수 없는 베르크슈른트(bergeschrund 빙하의 거대한 균열지대. 크레바스) 속으로, 그 균열 속으로 햇빛이 사라지면서, 하얀빛이 파란빛으로, 그러고는 초록빛으로 점점 더 깊이 내려가서는 싸늘하고 희뿌연 새벽빛으로 바뀌었다.

베르크슈른트의 아래쪽 턱은 위쪽 돌출부에서 2~3미터쯤 떨어져 있었다. 베르크슈른트 자체의 폭은 구태여 따져볼 마음이 아니었다. 나는 그것을 쉽게 뛰어넘을 수도 있겠지만, 벌어진 틈을 건너 아래쪽으로 뛰어내리는 행동을 실천하는 것은 결코 쉽지 않았다.

내가 결정을 내린 것은 태양이 사라지고 천둥이 지금까지의 어느 천둥보다도 더 큰 소리로 울렸기 때문이다. 우선 나는 도약을 하기 위한 발판을 깎아냈고, 그런 다음 가능한 한 단단히 마음을 다져먹고, 필요한 경우에 눈과 얼음 속으로 그 끝을 박아 넣기 위한 만반의 준비를 갖춘 채 오른손에 쥔 피켈의 피크를 멀리 앞으로 내밀어 들고 뛰었다.

앞에서 이야기했듯, 그것은 대단한 도약이 아니라 내 힘으로 쉽게 뛰어넘을 수 있는 정도였다. 하지만 불행히도 뛰어오르는 순간 한쪽 발이 내가 얼음 비탈을 파내어 만든 작은 디딤대에서 미끄러졌고, 그 결과 내가 앞으로 뛰어나가는 추진력이 조금 감소되어, 계획한 만큼 베르크슈른트 아래쪽 턱에서 조금 더 먼 곳으로 떨어지지 못했고, 두 다리는 엉성한 스노브리지에 얹힌 채 몸뚱어리만 간신히 턱에 걸치고 말았다. 스노브리지는 내 발이 그 위에 얹히는 순간 무너져 내렸다. 그와 동시에 나는 피켈의 피크로 앞에 있는 눈을 찍었다. 내 몸이 단단한 눈 위에 안전하게 얹혔기 때문에 베르크슈른트 속으로 미끄러지지는 않았지만 내 발은 허공을 찍고 말았다. 다음 순간 나는 내 몸뚱어리를 안전하게 끌어올렸다. 그때 스노브리지 조각들이 베르크슈른트 속으로 떨어지는 소리가 들렸다. 그 조각들은 속이 빈 듯한 쉬익 소리를 내며 떨어졌고, 떨어져나간 고드름들이 경쾌한 은방울 소리를 한 번 냈을 뿐 쉬익 소리도 점점 희미해졌는데, 고드름이 짤그랑거리는 소리는 마치 그 밑에 살고 있는 악마들이 입맛을 다시며 칵테일을 흔들고 있는 듯한 음향이었다.

베르크슈른트에서는 그것이 전부였다. 글로 써놓으니까 실제보다는 훨씬 더 흥미진진한 이야기처럼 들리지만, 등반의 모험 또는 그 비슷한 것은 항상 그렇기 마련이다.

오후 늦은 시간이었다. 천둥소리가 요란했고, 하늘에는 먹구름으로 잔뜩 뒤덮였으며, 내 앞의 눈 덮인 빙하 속으로 빛과 그림자가 빨려 들어가 울퉁불퉁한 형체들을 매끈하게 뒤덮었다. 비록 사고를 일으키지 않고 해내긴 했어도 이 빙하의 하산은 그날 하루 동안 겪은 일들 가운데 신경을 가장 날카롭게 만든 사건이었다. 잠시 동안 허공에서 버둥거리던 두 다리의 기억과 스노브리지가 균열 속으로 떨어져 사라지면서 내던 소리가 섬찟섬찟 기분 나쁘게 머리에 떠올랐다. 빙하는 크레바스가 널려 있었다. 더구나 그 위에 눈이 덮인 데다 그런 곳을 식별할 수 있게 해주는 잔물결 같은 주름도 희미해진 빛으로 무미건조하고 변함없이 넓기만 한 하얀색만 남겨놓아 찾아내기도 힘들었다.

나는 한 번에 한 발자국씩만 밑으로 내려가면서 숨어있는 크레바스를 피켈로 두드려 찾아내느라 나중에는 어깨와 목의 근육이 굉장히 아팠다. 내가 조심한 보람이 있어서, 내 피켈은 몇 차례나 빵 껍질 같은 눈을 뚫고 들어가 그 밑에 숨겨진 텅 빈 공간을 찾아냈다. 경험이 많은 등산가가 내 꼴을 보았다면 불쌍하게 생각했겠지만, 나는 마침내 그곳을 벗어나는 길을 찾아내 즐겁게 모레인 지대로 내려갔다. 위험하고 종잡을 수 없는 눈을 그만큼 많이 겪은 다음이어서, 발밑에 돌멩이들의 감촉이 느껴지자 기분이 좋았다.

나는 잠시 휴식을 취한 다음에 변덕스러운 뇌우 속에서 프란츠젠 대피소로 서둘러 하산했다.

나처럼 경험이 부족한 사람들이 이와 비슷한 위기를 맞으면 너무나 자주 죽음으로 끝장을 보기 때문에 사람들이 한 번밖에는 죽을 수 없다는 사실이 어떤 면에서는 안타까운 일이다. 단독등반은 안정성에서 보면 추천할 만한 일이 못 되지만, 등반교육에 있어서는 그 경험을 통해 많은 것을 얻을 수 있다. 내가 알프스를 등반한 처음 2년 동안, 친구들과 함께 등반한 휴일은 어쩌다 한 번씩 있었을 따름이지만, 그 경험은 더욱 건전한 등반의 원칙을 나로 하여금 보다 가까이 접하게 해주었다. 단독등반은 최상급 코냑이나 마찬가지라서 그것처럼 잘 다루어야 한다.

높은 산에 익숙해지면 얕잡아보는 마음이 생기는 것이 아니라, 그에 따르는 경험을 통해 사랑과 존경심이 우러나게 된다. 그런가하면 높은 산은 모험이 활짝 열리는 길로 이력과 경험을 이끌어가는 힘을 지니고 있다.

암벽을 올라가는 것은 흥분까지 자아내는 경험일지 모르지만, 높은 산은 그것이 높고 힘들기 때문이 아니라, 등반의 자질을 더 많이 실험하는 계기를 마련해주기 때문에 보다 숭고하고 웅장한 무엇을 수반하게 된다. 그가 처한 환경에 대해 자신을 실험하고자 하는 것은 인간이 지닌 본성이다.

이런 이유로 해서 등산가는 새로운 루트를 개척하고 싶어 하는데, 그것은 '아무도 못해 본 일'이기 때문이 아니라, 그 일을 하는 데서 얻게 되는 기쁨 때문이며, 여기에는 그 정의에 있어서 미묘하긴 해도 뚜렷한 차이가 있다. 남들이 밟아보지 못한 산은 등산가의 마음을 끌어 그의 존재 전체를 꼼짝도 못하게 사로잡는 어떤 매력을 지닌다.

그러나 참된 등산가는 널리 알려진 루트들을 코웃음 치지는 않는다. 이미 만 번이나 남들이 올랐다 하더라도 그는 그 산을 오르고 그 행위를 즐긴다.

어떤 산을 오른다는 것은 그 산과 친해진다는 의미이다. 어떤 사람이 일반적으로 알려진 루트로 마터호른을 백 번 오를 수도 있지만, 그는 오를 때마다 새로운 관심과 아름다움을 발견할 것이다.

지금까지 아무도 밟아보지 못한 곳을 가보겠다는 충동은 인간의 마음 속에 깊은 뿌리를 내리고 있다. 그렇지만 이 충동이 지닌 이상주의는 편의주의라는 악마에 의해 못된 길로 접어들 가능성을 지닌다. 등반이란 여러 가지 면에서 개인적인 활동이지만, 그래도 등산가들은 산에 대한 사랑과 서로에 대한 우정을 통해 하나로 결속된다. 이런 이유로 등반에는 윤리적인 규범이 만들어졌다. 대부분의 등산가들은 등반이 기계적인 것들의 개입으로부터 해방된 활동으로 남아있어야 하며, 기계적인 방편들의 유용을 동원하는 관념들을 삼가야 한다는 데 견해를 같이하고 있다. 그 까닭은 산과 등반에서 인간은 우주의 힘을 개인적으로 접함으로써 기쁨을 발견하며,

핀슈터라르호른의 아이스 폴 AN ICEFALL: THE FINSTERAARHORN

기계적인 모든 것, 그러니까 산을 훼손시키고 인간과 우주의 힘 사이에 방벽을 마련해놓는 모든 기계적인 것들은 그 기쁨을 파괴하고, 그 대신 즐거움을 쫓아버리는 초조하고 들뜬 태도를 자극하기 때문이다.

올라갈 수 없는 산등성이를 쇠꼬챙이들을 박아가면 등반한다는 것은 즐거운 등반 방법이 아니다. 그러나 등반의 보조수단이라는 문제에 있어서 너무 이론만 앞세운다는 것도 현명한 일은 아니다. 등산가들은 피톤과 고정로프의 사용을 비난할지도 모르고, 마땅히 그럴 만도 하지만, 피톤과 로프(rope 밧줄, 등반 시 파트너 확보나 현수하강에 쓰는 줄)의 덕을 한두 번이라도 보지 않은 사람은 거의 없을 것이다. 항상 문제는 어느 정도로 선을 긋느냐 하는 것이다. 돌로미테에서 가장 빼어난 절벽 가운데 하나인 그로세 친네의 북벽을 훼손시킨 행위는 등반역사에서 두드러진 만행의 한 본보기이다. 그 행위는 당연히 그럴 만도 하지만, 대다수 등산가들로 하여금 역겨움을 느끼게 만들었다. 몇 달에 걸쳐 건축공사 같은 온갖 짓을 벌인 다음 결국 '초등'을 하기 위해 그 짓을 자행한 자들의 '승리'는 공허하고 무의미한 성공이었으리라.

정신이 제대로 박힌 사람이라면 같은 활동을 벌이는 다른 사람들의 기쁨을 일부러 짓밟아버리지는 않을 것이다. 가장 멋진 절벽 가운데 하나에 무수한 쇠못을 때려 박는 행위를 생각하면 추억이 더럽혀질 수밖에 없다.

산의 훼손을 옹호하는 그릇된 주장도 나오고 있다. 그까짓 산 하나가 도대체 무슨 큰 문제가 되는가? 상업적인 사고방식이 머리에 박힌 사람들은 이렇게 주장한다. 그렇지만 낙숫물이 바위를 뚫기 마련이다. 산을 사랑하는 다음 세대에 대해 우리들이 실천해야 할 분명한 의무가 있지 않겠는가?

린탈 마을에서 클라이텐 산장까지 케이블카를 설치하자는 제안이 나왔다. 나는 얼마 전에 마을의 호텔을 소유한 주인 여자와 이 문제를 놓고 이

산의 영혼

야기를 나눈 적이 있었다.

"그 케이블카가 보기에는 흉할지도 모르죠."라고 그녀는 말했다. "하지만 그것을 설치하면 이 계곡에는 더 많은 관광객들이 찾아와서 돈을 뿌리게 될 거예요. 경치로 말할 것 같으면, 다른 곳에 가도 볼 만한 곳은 얼마든지 있잖아요?"

나는 이 말을 스위스 정부에 전하고 싶다. 알프스를 사랑하는 사람들은 스위스 정부에 그 산들을 보존하고 보호하기를 바라며, 오스트리아와 프랑스와 이탈리아 정부에도 같은 기대를 하고 있다.

또 하나의 주장이 있는데, 그에 대한 답변을 하기는 쉽지 않다. 어떤 사람들, 특히 장애인들과 허약한 사람들로서는 달리 찾아갈 길이 없는 풍경을 철도와 도로가 그들로 하여금 찾아가서 볼 수 있도록 해준다는 주장이 그것이다. 이기적이고 광신적인 사람만이 자신의 만족을 위해 타인과 기쁨을 함께 누리는 것을 못마땅하게 생각한다. 내가 묻고 싶은 질문은 그렇다면 이 '요구'를 충족시킬 도로와 철도가 알프스에 충분히 설치되어 있느냐 하는 것이다. 가장 멋진 몇 가지 풍경이 지금은 철도와 도로 덕분에 감상할 수 있게 되었다. 그런데 더 많은 철도와 도로를 만들 필요가 있을까? 아름다움을 감상하기 위해서 노력을 기울일 마음의 준비가 되어있지 않은 사람들은 아름다움을 탐탁하게 여기지 않는 사람들이다. 이런 사람들을 위해서 과연 아름다움이 훼손되어야 하는가?

등산에 대한 관점은 세월에 따라 달라진다. 초기의 이성적인 열광, 위험을 코웃음 치는 무모함, 육체적·정신적 에너지의 비이성적인 발산, 관건과 배타성, 어색한 모서리들의 날카롭고 불편한 관점들이 서서히 부드러워지고 다시 틀을 잡아보다 단순하고 훨씬 이해하기 쉬운 형태를 갖추어간다. 여러 가지 다양한 실을 가지고 사고활동은 빈틈없고 조화를 이루는 무늬를 천천히 짜나간다. 짜증스러운 문젯거리들이 전체적인 틀 속으로 흡수되고, 하나하나의 실이 지닌 목적이 선명해진다.

나는 산에 오르면 행복해지고, 높은 산에 오를 때 가장 행복해진다. 그렇다고 해서 내가 낮은 산을 사랑하지 않는다는 이야기가 아니고, 사랑한다는 것이 곧 행복해진다는 것과 동일하지는 않다는 이야기를 하고 싶을 따름이다. 높은 산이 자아내는 행복에는 부글부글 끓어오르는 흥분 같은 요소가 존재한다. 나는 마치 다시 태어난 듯한 기분을 느끼고, 근심걱정도 사라진다. 낮은 지대에서는 크게만 여겨지던 걱정스러운 생각이 햇빛을 받은 이슬처럼 사라진다. 나는 발걸음이 가벼워진다. 내 몸뚱어리 자체도 평탄한 곳에서보다 덜 무거운 듯싶다.

나는 다음 세대가 기계적인 것들을 동원해 등산이 지니고 있는 이상을 파괴하리라고는 믿지 않는다. 등산은 지금과 마찬가지로 인간과 산 사이의 건전한 관계로서 존재하거나, 아니면 아예 존재하지 않게 될 것이다. 등산의 본질은 그것이 절반은 인간적이고, 절반은 기계적인 차원으로 변하지 않도록 자동적으로 막아준다. 등산은 모든 것을 베풀어주고, 또한 모든 것을 요구한다. 사람들이 대자연을 제대로 감상하는 길을 터득하면 대자연이 더욱 힘을 얻으리라는 것이 나의 신념이다. 어떤 사람의 종교나 직업이 무엇이든, 그의 신념이 무엇이든, 그가 지은 죄와 벌이 무엇이든 산은 그의 손을 잡아 한없는 행복으로 이끌고 올라가는 힘을 지니고 있다.

6
어느 높은 산

1

G. 그레이엄 맥피 박사와 C. W. 파리 그리고 내가 체르마트를 떠나 쉰빌 산장을 향해 출발한 것은 1934년 8월 말이 다된 어느 무더운 여름날이었 다. 그 산장에서 하룻밤을 보내고 나서 이튿날 츠무트 능선을 거쳐 마터호 른을 넘거나, 아니면 콜 투르낭슈로 오른 다음 이탈리아 능선을 거쳐 이탈 리아 산장으로 가서 두 번째 밤을 보냄으로써 종주를 완료한다는 것이 우 리들의 계획이었다.

날씨는 마음을 놓을 수 없었다. 우리는 폭설로 리스캄을 종주하려는 시 도를 포기하고 그렌츠 빙하로 쫓겨 내려온 터였다. 그때는 구름 한 점 눈 에 띄지 않았지만, 후덥지근한 습기를 가득 머금은 대기는 생명력과 활력을 잃었으며, 악천후가 닥쳐오리라는 기미를 보이던 하늘은 꺼풀을 덮은 강철 의 인상을 주었다.

일행 중 파리만이 전에 마터호른을 오른 적이 있었다. 나는 악천후로 인 해, 어느 아일랜드 등산가의 표현을 빌리자면 '출발도 하기 전에 발길을 돌 린' 경험이 세 번이나 있었다.

체르마트에서 쉰빌 산장으로는 우선 숲을 지난 다음에 목초지를 넘고 츠 무트 마을을 통과해, 마지막에는 츠무트 빙하의 옆을 따라 풀밭으로 덮인 산마루의 툭 튀어나온 아랫부분으로 가게 되어있었다.

이렇게 올라가는 동안 마터호른이 줄곧 풍경의 주인 노릇을 했다. 산의 생김새가 체르마트와 산장 사이에서 어찌나 급격하게 달라지는지, 체르마트나 고르너그라트에서 본 풍경에 익숙한 사람들을 츠무트 빙하 근처의 등산로 어느 지점으로 갑자기 옮겨놓는다면, 그들은 그 산을 알아보지 못할 것이다.

체르마트나 고르너그라트에서 본 마터호른의 모습은 그 산을 한 번도 본적이 없는 사람들에게조차 달리 묘사할 필요가 없을 정도이다. 그 단순하고 독특한 윤곽은 세계 어디에서나 흔히 눈에 띄는 낯익은 것으로서, 아마도 화가들이 그토록 자주 묘사한 자연의 대상은 또 없을 것이다. 측면들이 휘어지고, 마지막 부분이 유연하고도 우아하게 솟아오르고 뒤틀려서, 냉혹한 기하학적 비율을 오묘하게 아름답고 영감을 불러일으키는 그 무엇으로 전환시키는 이 위압적인 바위산을 처음 보게 되면 이상한 흥분에 빠지는 경험을 하게 된다.

마터호른은 다채로운 산이다. 같은 장소에서 그 산의 사진을 천 장 찍는다 하더라도, 똑같은 사진이 결코 두 장 나오지는 않을 것이다. 얼음과 눈이 엮어내는 아찔할 정도로 다양한 옷차림과 변화무쌍한 구름의 모습, 빛과 그림자가 서로 어울려 이루는 희롱은 묘사가 불가능한 차원의 아름다움과 웅장함의 갖가지 경험을 제공한다.

마터호른은 변덕스럽기도 하고 변덕스럽지 않기도 하다. 나는 젊은 신부처럼 눈부신 하얀 옷을 걸친 모습일 때의 마터호른도 보았고, 살아가야 할 목적이 아무것도 남지 않아서 거의 생명력도 없는 차가운 몸으로 불 옆에 웅크리고 앉은 노인처럼 핼쑥하고 핏기도 없고 수심에 찬 모습일 때의 모습도 보았다. 그렇지만 산의 아름다움을 강조하는 데 기여하는 요인들, 즉 눈과 서리와 햇빛과 바람과 비는 그 산을 갈가리 찢어놓기도 한다. 그 거대한 구조가 서서히 갈라지고 또 갈라져서, 그것이 바탕으로 삼는 빙하

마터호른의 새벽 DAWN MATTERHORN

들은 파괴의 흔적들을 지니고 있다. 그렇지만 이 파괴는 어찌나 서서히 이루어지는지 인류가 더 이상 존재하지 않게 될 다음까지도 이 당당한 산은 여전히 산산조각나지 않을 것이다.

체르마트로 찾아와 북동쪽에서 마터호른을 보고 감탄하는 백 명의 사람들 가운데, 체르마트에서 보거나 살 수 있는 그 산의 수많은 모형들을 한두 가지 자세히 살펴보고는 어디에서 보느냐 하는 각도가 달라짐에 따라 얼마나 미묘하면서도 전면적으로 모양이 달라지는지 깨닫는 사람은 많을지 모르지만, 북서쪽에서 남동쪽까지의 사분원四分圓에서 이 산을 보는 사람은 열 명도 되지 못한다.

체르마트에서 쉰빌 산장을 향해 걸어가는 2시간 동안 이 산은 가장 잘 알려진 날카로운 것에서부터 먼 바다의 파도 비슷한 모습으로까지 달라진다. 에드워드 윔퍼를 그토록 기만한 동벽은 더 이상 깎아지른 듯 가파르게 보이지 않고, 비교적 쉽고 균일한 각도로 솟아오르다 결국 '숄더'에 다다르고, 그곳에서부터 최후의 바위 탑이 위를 향해 불끈 치솟으며, 정상이 다 되어서는 마치 바깥쪽으로 뛰쳐나가는 듯싶다. 동벽이 난공불락이라는 표면적인 인상에 윔퍼가 얼마나 오랫동안 기만당했는지 지금은 이상하게 생각되는데, 그가 북서쪽에서 그 벽의 형상을 보고 그쪽에 올라가는 길이 있으리라는 사실을 깨달은 것은 순전히 우연에 의해서였다.

그러나 가장 쉬운 루트가 쉰빌 등산로에서 빤히 보였고, 겨우 한 번밖에 등반이 이루어지지 않은 북벽의 가장 힘든 루트 역시 보였다. 마터호른을 오르는 가장 쉽고 안전한 루트를 찾으려 했던 1865년부터 가장 힘들고 위험한 루트를 등반하는 데 성공한 1931년까지 우리는 이 산에서 등반기술의 발달을 한눈에 볼 수 있다. 1865년의 등반은 하나의 모험이었으며, 1931년의 등반도 하나의 모험이었다. 이제 등산가들이 따지는 문제는 1931년의 모험이 타당한 것이었느냐 아니냐이다.

여건이 좋을 때 동벽과 능선으로 마터호른을 오르는 노멀 루트는 특별한 기술을 요구하지 않는다, 마터호른의 북벽은 가장 쉬운 조건, 그러니까 한 시즌이나 심지어는 두세 시즌에 겨우 한 번쯤밖에는 마련되지 않는 특별한 조건하에서도 특수한 기술까지 넘어서는 훨씬 더 많은 것을 요구해, 냉혹하기까지 한 용기를 필요로 한다. 그곳을 등반하려 시도하는 사람은 죽음과 대치해 삶을 저울에 올려놓고 신의 섭리가 자신에게 유리한 쪽으로 저울을 기울이게 해주기를 바라는 격이다.

"기막힙니다! 젊음의 승리죠." 그 등반에 대해 어떤 사람들이 말했다. "불공정합니다! 시대를 반영하는 징후이긴 하겠지만…." 다른 사람들이 말했다. 따라서 그 모험의 저변에 깔린 동기와 가치관을 애써 검토하고 추정해보는 것은 흥미로운 일인지도 모른다.

등산은 대부분의 사람에게 일차적으로 행위와 연관이 있고, 성취와는 이차적 연관이 있는 행복의 느낌을 불러일으킨다. 그러나 만일 우리가 스스로 차원이 높은 시험에 임하게 하고 엄청난 역경을 거친 다음 승리를 거두었다는 인식에서 어떤 만족감을 경험하지 않는다면, 우리는 인간이라 하기도 힘들 것이다. 그렇지만 균형감각은 좋은 것과 나쁜 것을 구분하고 중요하지 않은 것에서 중요한 것을 식별하는 능력을 의미하기 때문에 삶에서 우리들이 얻는 가장 소중한 선물들 가운데 하나이다.

그 감각은 또한 인간적인 정과 생명의 거룩함을 앞세우는데, 그 까닭은 형평의 감각을 갖춘 사람이라면 어느 누구라도 전쟁이나 혁명, 또는 인간의 비참한 불행과 인위적으로 유발시킨 죽음을 다른 형태로 자행하는 행위를 즐길 수 없기 때문이다. 이성에 있어서는 형평의 감각이 육체의 갑상선과 같은 역할을 한다. 그런 감각이 존재하지 않는다면 갖가지 끔찍하고 불쾌하고, 심지어는 위험하기까지 한 사태들이 벌어질 터이며, 그렇게까지 되지는 않더라도 성장이 중단되거나 감퇴할 것이다.

기술에서 자유로운 발전을 제대로 받아들이면, 지금 인류의 활동을 뒷받침하는 정치적, 경제적, 사회적, 인종적 난관과 원한을 현대 등반의 어떤 양상과 결부 지을 수 있다. 이런 요소들은 하나같이 등반 활동에서 어떤 반향 —비록 희미한 반향에 지나지 않을지라도— 을 불러일으킨다. 이런 난관과 원한에 의해 비교적 영향을 받지 않은 등산가들은 등반에 관한 개념이 깃발을 휘둘러대는 민족주의이며, 조금이라도 더럽혀지게 내버려두느니보다는 인간과 산 사이의 관계로 국한시키는 편이 더 즐겁다는 사실을 안다. 등산은 국적과 상관없이 사람들을 기쁘게 해주는 활동이어서, 본질적으로 개념이 자유로운 것이며, 종교적, 정치적, 사회적 파벌과는 거리가 멀다. 동시에 그것은 스스로 오명으로부터 보호받기 위해 특정한 기초적 한계들을 설정하고, 경험을 통해 기술과 도덕규범을 수립했다. 따라서 산을 오르는 모든 사람은 —그렇게 하고 싶은 생각만 있다면— 최대한으로 안전을 도모하고 즐거움을 누릴 수도 있다.

만일 등산이 스포츠라고 한다면, 어째서 규칙이 없느냐는 질문이 나올 만도 하다. 그에 대한 대답은 규칙이 있긴 하지만 그 규칙은 경험과 상식과 공통된 이상이 형평의 감각과 결합해 발전된 불문율이라는 것이다.

이 세상에서 "위험하게 살아라."라는 슬로건보다 더 불합리한 표어는 없으리라. 산을 오르면 한 인간은 엄격한 자연법칙이라는 영역 안으로 스스로 걸어 들어가는 셈이지만, 그렇다고 그 법칙들을 자신의 이기적인 만족을 충족시키기 위해 미끼로 삼는다는 행위를 부수적으로 정당화시키지는 않으며, 특히 그렇게 함으로써 다른 사람들을 슬픔이나 곤경이나 위험에 빠뜨릴 때는 더욱 더 그렇다.

위험하게 살아간다는 것은 용기 있는 행동일지도 모르지만 용기에는 두 가지 종류가 있다. 짐승의 본성에서 찾아볼 수 있는 육체적인 용기와 산에서 연유하는 정신적인 용기가 바로 그것이다.

일반적으로 이야기하자면, 등산은 즐거움과 행복이 끝나는 곳에서 즐거움과 행복이 시작될지도 모른다. 그러나 단순한 이 말은 —분명 진실일지도 모르는데— 반박의 대상이 된다. "에베레스트는 어떤가?"라고 어떤 사람들은 말한다. 그리고 또 어떤 사람들은 이렇게 이야기한다. "만일 당신이 우발적으로 불쾌하거나 위험한 상황에 처하게 된다면 어떻게 될까요?" 에베레스트를 오른다는 것은 힘들고 괴롭고 심지어는 위험한 일인지도 모르지만, 혹시 기억력이 나를 속이지 않는다면, 나는 달나라로 가는 로켓 안에 들어앉아 있는 사람이 느낄 만한 만족과 육체적이고 정신적인 장엄한 희열을 느꼈다.

함정으로 끌려들어가는 것은 쉬운 일이다. 에베레스트는 세계에서 가장 높은 산이고, 그곳을 오른다는 것은 알프스를 오르는 것보다 훨씬 더 큰 위험을 감수할 가치가 있기 때문이다. 그러나 이론상으로는 이 말이 비논리적이다. 그 대상이 에베레스트이거나 아니면 던브리지 웰스의 암벽이기나, 어떤 등반을 그런 식으로 따진다면 그것은 장례식이라는 점잖은 절차까지도 없이 형평의 감각을 일부러 던져버리는 행위로 밖에는 여겨지지 않는다. 에베레스트는 하나의 모험이지만, 모험은 안전을 내동댕이쳐버리지 않고도 모험으로 남아 정당화될 수 있다.

정당화가 가능한 등반이란 항상 안전과 기쁨의 비탕 위에서 이루어진다. 정당화시킬 수 없는 등반은 성취할 대상이 위험을 감수할 만한 가치를 지닌 것이라는 구실을 내세우며 이 두 가지 미덕을 일부러 저버리는 것이다.

나는 '규칙'을 언급한 바 있다. 과연 어떤 규칙을 이끌어낼 수 있을까? 만일 유럽의 등산 단체들이 알프스에서 일어나는 사고에 대한 회의라도 연다면, 그 결과로 사고가 줄어들까? 그렇지 않다. 등산은 인간과 산 사이에서 벌어지는 개인적인 상황이다. 어떤 종류든 도덕성이 결부된 다른 일들처럼 그것은 양심의 문제이다. 만일 어떤 사람이 자신의 양심을 직시하고 진심으로 이런 말을 할 수 있다고 가정하자.

"나는 내가 마땅히 해야 할 일 이상을 하고 있으며, 내 기술이 못 미치는 대상을 일부러 추구해 목숨을 걸고 있다는 것을 안다. 비록 형편없는 인간이라 하더라도 만일 내가 죽는다면 나를 위해 슬퍼할 사람들이 있으리라는 사실을 나는 안다. 아무짝에도 쓸모없는 내 시신을 찾아내기 위해 다른 사람들이, 아마도 처자식이 있을 다른 사람들이 목숨을 내걸어야 한다는 사실을 나는 알고 있다. 나는 사랑으로 맺어진 부모님이 고통을 거치면서 나를 낳았으며, 사랑하는 사람들의 손에서 내가 성장했고, 어떤 사명을 완수하기 위해 내가 존재한다는 것도 알지만, 그래도 나는 등산을 위해 모든 것을 내걸 만한 가치가 있다고 느낀다." 그렇다면 그가 스스로 목숨을 버리고 저주를 받더라도 그냥 내버려둬야 한다.

뮌헨의 공학도인 프란츠와 토니 슈미트 형제는 뮌헨에서 체르마트까지 자전거를 타고 간 다음 1931년 7월 28일 마터호른의 북벽 밑 2,300미터에 캠프를 쳤다. 이튿날 북벽 관찰에 나선 그들은 마터호른 빙하로부터 한꺼번에 1,500미터나 불끈 솟아오른 복잡한 얼음에서 루트를 발견했다.

힘겨운 일을 개시하기에 앞서 힘을 비축하느라 하루 동안 휴식을 취한 그들은 2~3일가량 버틸 수 있는 식량과 비박텐트, 80미터가량의 로프와 빙벽과 암벽에서 사용할 갖가지 피톤과 카라비너를 꾸려 짊어지고 자정이 조금 넘은 시간에 캠프를 떠났다.

그들은 우선 동쪽 능선 기슭에 있는 회른리 산장으로 가서 산장지기에게 노멀 루트를 따라 올라갈 모든 사람에게 북벽에서 공격이 시도되므로, 그 루트에서 북벽으로 돌출된 지점인 '숄더' 근처에서 돌멩이를 굴려 떨어뜨리지 않도록 조심해야 한다는 경고를 해달라고 부탁했다.

그런 다음 그들은 북벽 밑의 마터호른 빙하로 내려가 위쪽 설원지대로 올라갔다. 그들은 베르크슈른트를 넘어 높이가 300미터쯤 되고 경사가 60

도쯤 되는 얼음을 올라가기 시작했다. 태양이 어느덧 그 산의 꼭대기를 황금빛으로 물들이고 있었다. 그 얼음은 위쪽 절벽에서 떨어져 내리는 돌멩이들과 얼음조각들에 노출되어 있었는데, 속도는 절대적인 것이었다. 그들은 크램폰(crampon 눈과 얼음을 걷거나 오르기 위한 쇠로 만든 3~12발의 덧신. 아이젠)을 사용하는 솜씨가 노련해서 스텝을 깎지 않고 올라갔지만, 앞선 사람이 주기적으로 얼음에 피톤을 박아 뒤따라오는 사람이 안전하게 올라오도록 해서, 대단치는 않아도 어느 정도 자신들을 보호하는 수단을 마련했다. 얼마 안 가서 그들은 바위지대에 다다랐는데, 그곳은 좁다란 바위들이 얼음에서 몇 센티미터씩 튀어나와 있었지만 너무나 매끄럽고 반들거려 로프를 걸 만한 여유도 없었고, 발로 딛고 올라서기에도 지극히 작고 위험스러웠다.

가파르고 얕은 얼음 걸리(gully 빙하의 침식으로 생긴 홈, 쿨르와르 보다 좁다. 낙석이나 눈사태 통로가 된다)를 따라 올라가는 것만이 유일한 희망이라는 사실이 이때쯤 그들에게 분명해졌다.

전진은 절망적일 정도로 느렸고, 돌멩이가 떨어질 위험성은 햇빛이 밑으로 기어 내려옴에 따라 시시각각 더 커졌다.

그들은 마침내 걸리에 이르렀다. 만일 노멀 루트(normal route 일반적인 등산로. 몇 개의 루트 중 가장 많이 이용되는 길)에서 경험하게 되었더라면 등골이 오싹할 정도로 여겨질 여건들이 이 경우에는 ─다분히 역설적으로 들릴지 모르지만─ 이 모험을 성공으로 이끄는 데 공헌한 셈이었다. 얼마 전에 내린 눈이 바위를 뒤덮었다 녹아서 다시 얼어붙어 두꺼운 얼음의 층이 만들어져 있었다. 바깥으로 튀어나온 매끄러운 얼음의 턱들은 단단히 밟고 올라설 수 없었으므로, 그 얼음의 층이 없었더라면 전진은 불가능했으리라. 얼음은 크램폰의 뾰족한 발톱 한두 개를 지탱하기에 충분한 만큼의 작은 홈을 파내기에는 넉넉할 정도로 두꺼웠다. 그렇긴 해도 얼음이 경사지고 넓은 바위에서 떨어져 나올 심각성은 여전히 있었다.

걸리에 눈과 얼음이 없다면 실제적으로 북벽의 대부분이 의심할 나위도 없이 돌멩이들도 뒤덮일 것이기 때문에 이 얼음의 층은 돌멩이들이 떨어지는 것을 막아주는 역할도 했다. 『알파인 저널』의 편집자는 이렇게 설명한다. "북벽 시도를 억제하는 요소는 어려움이 아니라 위험으로 밝혀졌다."

하루 종일 작업이 계속되었다. 때로는 프란츠가 선두에 서고 때로는 토니가 앞으로 나섰다. 어둠이 내릴 무렵 그들은 '숄더(shoulder 정상 가까이에 있는 어깨 모양의 지형)' 높이까지 다다랐는데, 그들은 노멀 루트로 하산하는 사람들이 인사를 주고받는 외침을 들을 수 있었다. '숄더'가 비교적 가까워졌고 솔베이 산장이 몇백 미터 아래쪽에 있다는 사실은 틀림없이 용기를 북돋아주었지만, '숄더'로 이어지는 홈통에 얼음이 가득 차 험악해 보였기 때문에 그 지점에서 날씨가 나빠졌다면 그곳에 다다를 수 있겠느냐 하는 점은 의심의 여지가 있다.

그날로 정상에 오를 수 없으리라는 사실이 분명했기 때문에 그들은 할 수 없이 비박에 들어가야 했다. 그러나 이 무자비한 북벽에서 비박을 할 만한 장소, 아니 그냥 앉아 있거나 심지어는 서 있을 만큼 넓은 자리를 과연 찾아낼 수 있을까? 그들의 눈에는 아무것도 보이지 않았다.

해가 지는 바람에 햇빛이 사라지자 갑자기 추위가 심해졌다. 그들은 잠시 쉬지도 않고 몇 시간이나 올라와서, 신경과 몸은 끊임없는 긴장으로 지쳐버렸으며, 목은 갈증으로 타올랐다. 빛이 거의 다 사라지면서 산 주위에 불길한 안개가 끼어들고 있을 때 선두에 선 프란츠가 절벽에서 1제곱미터쯤 튀어나온 작고 비탈진 돌출부를 찾아냈다. 두 사람은 그곳으로 이동하다 하마터면 목숨을 잃을 뻔하기도 했다.

토니가 자리를 단단히 잡고 나서 프란츠에게 로프를 풀어주고 있을 때 그가 올라선 바위가 예고도 없이 떨어져나간 것이다. 등반을 하던 프란츠는 토니를 잡아줄 겨를이 없었다. 그는 매달려 있던 곳에서 동생과 더불어 절벽 밑으로 떨어질 수밖에 없을 것만 같았다. 그러나 토니는 떨어지면서도 놀라운 힘을 발휘해 바위를 겨우 하나 붙잡고 두 손으로 매달려 디딜 곳을 찾기 위해 결사적으로 발을 버둥거렸다. 그 결정적인 상황에서 프란츠는 그나마 안정된 자세를 취할 수 있었다. 그는 두 손으로 로프를 붙잡고 동생을 끌어올렸다. 토니는 발 디딜 곳이 있는 곳까지 올라가 형의 피곤한 팔에서 긴장된 부담을 덜어주었는데, 그러지 않았더라면 그는 오래 버티지 못했을 것이다. 이 사건은 겨우 몇 초 사이에 벌어진 것으로, 아마도 이 글을 읽는 데 필요한 시간 이상은 걸리지 않았겠지만, 어쨌든 정말로 아슬아슬한 상황이었다.

그들은 마침내 비박할 장소에 이르렀는데, 튀어나온 그 바위 돌출부는 정상에서 360미터 아래쪽에 있었다. 그토록 위험스럽고 불편한 잠자리는 없을 것이다. 돌출부에서 눈과 얼음을 치운 다음 그들은 피톤을 박고 그곳에 몸을 단단히 고정시켰다. 그런 다음 다른 피톤에 등반장비를 매달아놓고 둘레에 코팅이 된 비박텐트를 쳤다. 무게가 겨우 몇백 그램밖에 안 되는 이 빈약한 장치 속에 나란히 웅크린 채, 1미터쯤 밖으로 튀어나온 좁은 공간 위에서 별로 몸을 움직일 여유도 없이 그들은 그럭저럭 약간의 식사를 하고 눈을 녹여 목을 축였다.

이제는 사방이 캄캄했다. 그들 주변에는 하이 알프스의 차가운 침묵만 있을 뿐이었다. 하늘에는 별들이 떨면서 반짝였다. 위쪽과 아래쪽 절벽은 생명이나 온기와는 정반대로 차갑고 변할 줄 모르는 절벽이 꼼짝도 하지 않고 있었는데, 그 존재는 눈에 보이지는 않아도 느낌으로 인식할 수 있었다.

그들보다 더 결사적인 하루의 등반을 경험한 사람은 없었을 것이다. 베르크슈른트를 건넌 순간부터 그들은 잠시도 여유가 없었다. 한 발 한 발을 전진할 때마다 근육의 힘 못지않게 정신적인 용기도 필요했다. 그들 가운데 한 사람이라도 미끄러졌다면 두 사람 모두 십중팔구 목숨을 잃었을 것이다. 지금까지는 생명이 없는 대상을 생명이 있는 인간이 멋지게 정복한 셈이지만, 앞으로는 어떻게 될까? 만일 지금 날씨가 나빠지면 그들은 실패만 하는 것이 아니라 재난을 당할 운명이었다. 해질녘에 안개가 끼고 있었지만 나중에 그 안개는 모두 걷혔다. 모든 것이 날씨에 따라 좌우되었으므로, 쥐가 고양이의 눈치를 살피듯 그들은 날씨의 눈치를 살피지 않으며 안 되었다.

몸을 움직이기가 거의 불가능할 정도로 작은 바위 위에서 허공에 매달렸는데 반쯤 마비된 팔다리에서는 쥐가 난다. 움직일 수도, 잠을 이룰 수도 없이 비참한 잠자리의 딱딱하고 울퉁불퉁한 바닥이 살과 뼈를 파고든다. 영원히 끝나지 않을 듯싶고 무섭게 추운 밤을 보낸다. 만약 할 수 있다면 이런 밤을 상상해보도록 하라. 그대는 하나의 사실을 깨닫게 될 터인데, 시간이 이제는 더 이상 산을 올라올 때처럼 유쾌하고 멋진 '신사 도둑' 같지 않고, 한없이 지루한 이야기를 쉴 새 없이 잔소리를 늘어놓으며 해대는 따분한 인간처럼 여겨질 것이다.

동이 터오기 시작했다. 그와 더불어 얼음장같이 차가운 바람이 불어왔다. 그러나 두 사람이 햇빛을 보지 못하리라고 거의 포기하자 태양이 낑낑거리며 산 너머로 올라왔다.

그들은 얼어붙은 비박텐트를 몸에서 벗겨내고 따스한 햇볕을 흐뭇하게 쬐었다. 그들은 춥고 쥐가 나서 몸이 어찌나 뻣뻣하게 마비되었는지 오전 7시가 될 때까지는 움직일 수조차 없었다. 그런 다음에는 북벽의 나머지를 올라가는 힘겨운 일이 시작되었다.

바위는 얼음으로 두껍게 덮여 크램폰을 차지 않고는 전진이 불가능했다. 얼마 안 가서 그들은 막다른 곳에 다다랐다. 얼핏 보기에 더 이상 나아가기가 불가능할 듯싶었다. 올라갈 수 없는 바위를 피하는 유일한 길은 노멀

산의 영혼

루트로 횡단하는 것뿐이었다, 그러나 그렇게 하면 북벽을 오르지 못하고 벗어나야 해서 그들이 들인 엄청난 노력이 헛수고로 돌아간다는 것을 의미했다. 프란츠는 횡단하자는 쪽으로 마음이 기울었지만, 물러날 줄 모르는 토니는 희망을 버리지 않고 다른 방향으로, 그러니까 반대 방향인 오른쪽으로 횡단하자고 제안했다. 승리와 패배가 엇갈리는 이 결정적인 순간에 이제는 그들과 같은 높이가 된 '숄더' 위에 알렉산더 폴린저가 이끄는 팀이 나타났다.

그들과의 거리가 50미터쯤 떨어졌지만, 대기가 고요해 가이드가 지르는 소리를 들은 프란츠와 토니는 북벽의 나머지를 올라갈 수 있는 유일한 희망이 토니가 제안한 것처럼 오른쪽으로 횡단해야만 가능하다는 사실을 짐작할 수 있었다.

그들은 오른쪽으로 이동했는데 상당히 어려운 동작이었다. 만약 크램폰의 뾰족한 발톱이 깊이 파고들어갈 수 있는 매끄럽고 널찍한 바위를 덮은 얼음 층이 없었더라면 그들의 이동은 전혀 불가능했을 것이다. 이제 그들은 새롭고도 어쩌면 결정적인 요인일지도 모르는 날씨에 대해 민감해졌다. 따라서 그들보다 더 결사적으로 올라간 사람도 없었을 것이다. 마터호른 주변에 시커먼 구름들이 모여들고, 멀리서 천둥이 포성처럼 울렸다.

알프스에서는 어느 높은 곳에서든지, 지극히 강인한 등산가라 하더라도 천둥소리를 처음 들으면 불안한 기분을 경험하게 된다. 폭풍이 불어 닥치면 등산뿐 아니라 목숨까지도 끝장난다는 사실을 인지한 프란츠와 토니에게는 그 소리가 형언할 수 없을 정도로 무섭게 들렸으리라.

이제는 오직 하나, 속도만이 성공과 안정을 가져다줄 수 있었다.

횡단을 끝내자 이제 마터호른 정상을 감싼 안개 속으로 뻗어 들어간 크랙(crack 바위의 갈라진 틈)이 눈이 가득 찬 채 나타났다.

그들은 모든 지식을 다 동원해 올라가고 또 올라갔다. 크랙이 점점 자취

몽모디에서의 비박 A BIVOUAC: MONT MAUDIT

가 없어지면서 더 많은 넓적한 바위들로 연결되었고, 이 바위들에 수직으로 패인 홈들과 수평으로 갈라진 띠들이 눈과 회반죽처럼 엉겨 붙어 있었다. 위로 또 위로 그들은 기어 올라갔다. 천둥소리가 이제 더 가까워져서 더 이상 멀리서 포성처럼 울리기만 하는 것이 아니라, 거대한 옥양목을 찢어버리기라도 하는 것처럼 가까운 곳에서 무시무시한 소리를 냈다. 갑자기 번갯불이 번쩍거렸고, 거의 동시에 천둥이 터지는 소리가 났다. 그러더니 또 다른 섬광, 그리고 또 다시 섬광이 그들 바로 위에 있는 마터호른 정상을 때렸다. 우박이 떨어지기 시작하더니 억세고 사나운 물길처럼 바위 표면을 치며 쉬익 소리를 냈다.

그러나 각도가 점점 완만해지면서 어려움이 줄어들었다. 눈앞에 닥쳐온 승리로 인해 지쳐빠진 팔다리들이 새로운 힘을 얻었다. 승리는 더 이상 애가 탈 만큼 손이 닿지 않는 곳이 아니라 움켜잡을 수 있는 거리 안에 들어와 있었다. 소용돌이를 일으키는 안개 속에서 정상 능선이 희미하게 나타났는데, 그 거리가 몇 미터밖에 되지 않았다. 그들은 서로 손을 잡아 끌어주며 정상을 향해 올라갔다. 오후 2시 그들은 정상에 섰다. 북벽에서 드디어 승리를 쟁취한 것이다.

그러나 그들이 마터호른과 승부를 끝낸 것도, 마터호른이 그들과 승부를 끝낸 것도 아니었으므로 축하를 나눌 시간은 없었다. 이탈리아 쪽 정상의 철제 십자가 주변에서는 헛바닥 같은 담자색 번갯불이 번득거렸고, 전기의 압력으로 가득한 대기는 쉭쉭거리고 우르릉거리며 울부짖었다 그리고 마터호른의 신들도 자신들이 지켜본 드라마를 코웃음 치며, 이제는 막을 내리기 전에 그들의 경멸을 표현해 보이겠다는 각오로 얼음덩어리들을 마구 쏟아부었다.

지체할 시간이 조금도 없었다. 강철로 만든 헤드가 위험을 끌어들이는 원천이었기 때문에 피켈을 남겨두고, 프란츠와 토니는 정상 능선에서 서둘러 몇 미터를 내려와 위로 튀어나온 바위 밑에서 피신처를 찾았다. 그들이 몸을 피하자마자 폭풍이 본격적으로 불어 닥쳤다. 그들 주변 사방에서 번갯불이 번쩍거렸다. 그리고 그들보다 몇 미터 위쪽 정상 능선을 벼락이 때리는 소리에 귀청이 찢어질 지경이었다.

잠시 후 폭풍의 첫 번째 거센 분노가 가라앉자 그들은 몸을 피한 곳에서 능선으로 되돌아가 다행히도 멀쩡하게 남아있던 피켈을 집어 들었다. 그런 다음 그들은 스위스 쪽 정상을 서둘러지나 노멀 루트로 하산을 시작했다.

'숄더'에서 조금 내려온 그들을 두 번째 폭풍이 덮쳤는데, 첫 번째 것보다도 훨씬 더 사나운 이 폭풍은 비교적 쉬운 하산을 삽시간에 위험하고도 힘든 하산으로 바꿔놓았다. 우박이 어쩌나 심하게 바위로 쏟아졌는지 그들은 거의 날아갈 정도였다. 이 폭풍은 격렬하게 한참 지속되는 폭설의 전조였다. 그들 둘 다 전에 마터호른을 오른 적이 없어, 노멀 루트에 대해서는 가이드북에서 읽어본 것 이상 아무것도 알지 못했다. 그들은 머리끝부터 발끝까지 눈을 잔뜩 뒤집어썼다. 로프가 어쩌나 무겁고 얼음으로 뒤덮였는지 거의 쓸 수도 없을 정도였다. 무시무시한 북벽 초등에 성공한 그들이 맑은 날씨에서는 비교적 쉬운 노멀 루트에서 어렵고도 위험한 하산을 하게 되었다는 것은 참으로 아이러니한 상황이었다. 이것은 높은 산이 갑작스러운 변화를 일으킬 수 있다는 가능성을 보여주는 또 하나의 본보기이다. 모르면 몰라도 이 변화는 슈미트 형제에게 북벽에서 그들이 겪은 어떤 모험보다도 마터호른에 대해 훨씬 더 건전한 존경심을 마음속에 심어주었을 것이다.

정상 450미터 아래의 솔베이 산장에 그들이 도착한 것은 오후 5시 30분이 다되어서였다. 폭풍을 만나거나 밤이 되어 발이 묶인 등산가들에게 사랑받은 이 대피소는 지칠 대로 지쳐 거의 기진맥진한 두 젊은이에게는 아주 반가운 안식처였다. 가혹한 일기로부터 드디어 몸을 피하게 된 그들은 낑

껑거리면서 옷을 벗었는데, 옷이 어찌나 뻣뻣하게 얼어붙었는지 그들은 옷을 벽에 걸어놓는 대신 마룻바닥에 세워 놓았다. 그런 다음 그들은 간이침대로 올라가 십여 장의 담요를 모조리 몸에 감싸고 식사를 조금 한 다음 잠을 청했다.

그들은 이튿날 한낮이 될 때까지 자리에서 일어나지 않았다. 일어날 필요도 없는 노릇이 아직도 맹렬히 불어대는 폭풍으로 하산이 불가능했기 때문이다. 그들은 가지고 있던 식량이 바닥나, 대피소에 비치된 얼마 안 되는 비상식량으로 끼니를 때울 수밖에 없는 상황이었다.

8월 3일 그들은 하산을 계속했다. 신설이 바위를 온통 가려 하산은 아주 느린 속도로 이루어졌으며, 그들이 루트를 잘 알지 못했기 때문에 더욱 지체되었다. 그러나 마침내 그들은 산을 내려왔고, 그날 저녁 체르마트에 도착했다. 그곳에서 그들은 환대를 받고, 느긋하게 즐기며 한참 머무를 수도 있었으리라. 그러나 그들은 알프스의 또 다른 과제인 그랑드조라스 북벽에 도전하려는 조급한 마음에 자전거를 타고 체르마트에서 샤모니로 향했다.

만일 알프스에서 마터호른의 북벽보다 더 어렵고 더 힘든 곳이 있다면 그것은 그랑드조라스 북벽이다. 해마다 여름이 되면 그 북벽 밑에서는 인간의 잔해들이 발견되는데, 운명의 여신이 살육에 진저리가 날 때까지 이 현상은 계속될 것이다. 그러면 아마 등산에 대해 '내 생명은 올라가기 위해 존재한다'는 표현으로 요약할 수 있는 철학을 가진 두어 명의 젊은이가 — 아니면 한 사람만이라도 — 성공을 거두게 될 것이다. 그리고 인간이 죽음의 본질을 더 깊이 파헤치고 나면 그런 철학도 타당한 것이며, 심지어는 바람직한 것이라고 받아들여질 날이 올지도 모른다. 하지만 현재로서는 대부분의 사람에게 생명은 가장 소중한 가치를 지니고 있다. 더구나 생명을 별로 대수롭지 않게 생각하는 사람들이라도 다른 사람들은 그것을 소중하게 생각하고 있으며, 그랑드조라스의 북벽 밑에서 시신을 회수하는 일도 그 일을 맡은 사람들에게 위험을 초래할 수도 있다는 사실을 기억해야 한다.

슈미트 형제는 그 등반을 시도할 수 없었다. 그들이 함께 벌인 등반활동의 끝은 슬픈 이야기로 끝난다. 그로부터 1년도 안 된 1932년 5월 16일 토니 슈미트는 그로세 비스바흐호른에서 추락해 목숨을 잃었다. 그와 동행한 에른스트 크레브스는 얼음과 눈의 사면을 무려 480번이나 떨어지고도 목숨을 건졌다.

마터호른의 북벽 초등은 찬양할 수도 있고 비난할 수도 있다. 그 일을 해낸 용기와 결단력 그리고 기술은 찬양할 만하다. 슈미트 형제가 그 후에 보여준 겸양 역시 훌륭했다. 그들은 곡예에 미친 사람들이 아니었으며, 마터호른에 도전한 까닭은 그곳에서 자신들의 젊음과 기술, 힘에 대한 도전과 모험을 엿보았기 때문이다. 그들이 목 타게 갈망한 삶의 가장 감미로운 열매는 죽음의 언저리에서 자라나는 것이었다. 그렇지만 그런 등반은 시초부터 잘못이다. 그것을 잉태한 정신은 전쟁을 벌이는 행위나 마찬가지이다.

우리는 전쟁에서 싸우는 사람들의 용기를 찬양하지만, 그렇다고 우리가 전쟁의 원칙을 개탄하지 않는다는 이야기는 아니다. 죽음과의 희롱에 지나지 않으며, 기술과 신중보다는 행운에 의해 성공이 더 많이 좌우되는 묘기 같은 등반이 남기는 본보기는 그것이 무지하고 어리석은 자들을 경쟁과 파멸로 유혹해 끌어들이는 그릇된 가치관을 등산에 부여하는 한 치명적인 피해를 주게 된다.

젊음은 그것이 지닌 힘을 그렇게 정당화시킬 필요가 없다. "위험하게 살아라."와 같은 슬로건을 의도적으로 앞세우는 사람들은 인간이란 존재하는 그대로의 자기 자신이며 나는 이런 사람이라고 타인이나 자신을 기만하고자 하는 존재가 아니라는 사실을 아는 사람들에게 자신의 열등감을 노출시킴으로써 경멸의 대상이 될 따름이다. 얌전하고 쉽게 살아가는 방법들을 저버리고 기술과 용기를 시험하고자 하는 욕구란 숭배의 대상으로 삼아서는 안 되는데, 그 까닭은 숭배 행위가 주제넘고 경쟁적인 요소일 따름이어서, 그것은 항상 인간과 그의 창조주 사이에서 개인적인 문제로 남아있어야 한다.

다른 고상한 활동과 마찬가지로 등산은 인기에 의해 외적으로 몰락하는 경향이 있다. 등산가는 활자 매체에서 자신이 '용맹'하다거나, 심지어는 '영웅'이라고 일컬어진다는 사실을 깨닫는다. 그는 이런 표현이란 그런 말을 하는 사람의 무지를 단순히 반영할 따름이고, 또한 센세이션이나 노리는 시대착오적인 사람들이 금전적인 이유로 아직도 감싸고도는 그릇된 가치관으로 만연된 케케묵은 과거를 반영한다는 것도 스스로 알고 있다. 세계는 물질적인 가치관보다는 도덕적인 가치관의 전반적인 조정을 필요로 한다. 그러면서도 등산은 숭고한 활동으로 남아있어서, 어떤 사람들이 그것에 부여하려는 '부패의 더러운 옷'을 그것에서 벗겨버릴 만큼은 충분히 숭고한 상태로 남아있다.

*

2

쉰빌 산장으로 가는 길에 우리는 어느 작은 레스토랑에서 두 가이드와 함께 휴식을 취하던 L. C. M. S. 에이머리 선생을 만났다. 그들과 합석한 우리들은 그들의 이야기로는 목을 축이는 무엇이라고 했지만 내가 상상하기로는 당블랑슈 정상에서 터뜨리기에 충분할 만큼 독한 액체를 함께 마셨다.

잠시 후 우리들은 등산로를 내려오는 유명한 스위스 등산가 헤르 알프레드 취르허와 그의 이름난 가이드 요제프 크누벨을 만났다. 오베르가벨호른을 횡단한 그들은 그곳 상태가 좋다고 알려주었다. 하지만 크누벨은 마터호른의 츠무트 능선을 얌전히 내버려두라고 힘주어 말했다. 얼마 전 폭풍이 몰려와 그곳이 아직도 얼음에 덮여 있다는 것이 그의 주장이었다.

날씨가 품고 있는 못된 의도에 대한 우리의 의심은 츠무트 빙하의 측면을 따라 등산로를 터벅터벅 올라가고 있으려니까 본색을 드러내어, 너덜거리는 구름덩어리들이 남쪽에서부터 서로 밀치면서 모여들기 시작한 다음 티에프마텐요흐와 스토크제 호수 위로 쏟아져 내려 츠무트 빙하의 얼음 폭포들을 짙은 그림자 속에 잠기게 했다. 잠시 후 위쪽이 날카로운 모레인(moraine 빙하퇴석, 빙하에 의해 생겨난 암석이나 토사) 지대를 따라 우리가 지나가고 있으려니 갑자기 구름들이 무슨 결심이라도 단단히 한 듯 서로 손을 잡으며 그나마 얼마 남지 않은 햇살을 아무렇게나 가려버리고는 츠무트 빙하로 변덕스러운 소나기와 우박을 마구 쏟아냈다.

산장에 거의 다 다다르면 마터호른의 생김새가 다시 한번 달라진다. 그것은 더 이상 파도나 웅크리고 앉은 괴물을 닮지 않고, 버트레스로 잘 받쳐진 뾰족한 봉우리가 되는데, 정상에서 3개의 주요 능선, 즉 체르마트, 츠무트, 이탈리아 능선이 뻗어나간다. 그중 이탈리아 능선은 4분의 3쯤 되는 지점에서 틴들봉이라고 알려진 '숄더'로 인해 흐름이 끊어진다. 그 옆에 위치한 멋진 당데랑도 시야에 들어오는데, 이 우아한 봉우리의 돌출된 빙하로 덮인 테라스(terrace 확보와 휴식할 수 있는 제법 넓은 바위 턱)들로부터는 가끔 눈사태가 떨어져 내리기도 한다.

쉰빌 산장은 위치가 훌륭해 사람들이 쉽게 접근할 수 있고, 수많은 등반의 출발지점 노릇을 하는 편안한 곳이다. 이런 이유로 해서 그곳은 인기가 많고 등반 시즌이 되면 보통 사람들로 붐빈다.

우리는 식사가 나올 차례를 기다려야 했다. 하지만 드디어 나온 식사는 더할 나위 없이 입맛을 돋우었다. 우리는 스토브(stove 흔히 말하는 등산용

산의 영혼

버너)와 등산화와 음식 냄새가 뒤섞인 분위기 속에서 식사를 단숨에 끝냈다. 전체적으로 볼 때 그 분위기는 의심할 나위도 없이 진실한 등산의 향취를 풍기는 것이었다.

신선한 바람을 좀 쐬고 날씨를 살펴보기 위해 우리가 밖으로 나갔을 때는 날이 거의 다 저문 다음이었다. 우리는 폭풍이 밀려올 불길한 기운을 저녁 공기 속에서 찾아냈다. 남서쪽에서 구름들이 몰려와 산봉우리들 주변에 잔뜩 몰려들었고, 가끔 우박이 뿌려댔다. 북쪽은 하늘이 맑았고, 아득한 론 계곡 위로는 황금빛 안개가 띠를 형성해, 바로 위에서 끓어오르는 듯한 먹구름들과 묘한 대조를 이루었다.

몇백 미터 아래쪽에는 지진으로 갈라지고 밀려 올라온 무슨 큰 도로 같은 츠무트 빙하가 깔려 있었다. 그리고 그 너머로는 얼음으로 덮인 바닥에서 마터호른이 솟아올라 있었다.

우리가 서 있던 곳은 저녁이 평온했지만, 심술궂게 비나 우박이 가끔씩 뿌려대는 소리가 났는데, 그 소리를 들으니 우리 머리의 수천 미터 위에서 벌어지는, 눈에 보이기는 해도 귀에 들리지는 않는 태풍의 분노가 더욱 실감났다. 우리는 느끼거나 들을 수 없었지만, 안전하게 멀리 떨어진 거리에서, 잠든 화산의 힘이 꿈틀꿈틀 격렬한 백색 열기를 뿜어내는 광경을 사람들이 구경하듯 우리는 마터호른으로 폭풍이 마구 달려드는 광경을 볼 수 있었다. 우리는 검푸른 연기 같은 안개가 북벽의 심연 속에서 꿈틀거리고, 마흐디의 수도사들처럼 미친 듯이 틴들봉과 이탈리아 능선으로 몰려가고, 콜 뒤 리옹 위로 가끔 추적하는 군대처럼 마구 쏟아지고, 츠무트의 바위 탑들 속에서 사형수들의 양심처럼 괴로워 몸부림치고, 차갑고 도도하고 응답도 하지 않는 정상을 천 개의 정열적인 팔로 끌어안는 모습을 볼 수 있었다.

우박이 멈추자 침묵이 흘렀다. 세상은 어떤 게시를 눈앞에서 기다리며 떨고 있는 것 같았다.

마터호른이 사라졌다. 그러나 야만적인 자연의 기본들을 씨 뿌리고 번식시키고 배합하며, 모든 발전기를 동원해 믿어지지 않을 정도로 엄청난 에너지를 끌어 모아 점점 더 빨리 그 속에다 힘을 가득 채우며, 빈틈없이 계산하고 악마적인 광중을 쏟아내도록 발전기를 몰아대고, 찢어지고 갈라지고 터져나갈 정도로 무서운 긴장감을 증폭시키는 그 구름 뒤에는 마터호른이 버티고 있었다. 번쩍, 꽈르릉! 산봉우리와 절벽으로 벼락이 떨어졌다. 번쩍, 꽈르릉! 마터호른에서 당블랑슈까지, 그리고 당블랑슈에서 당데랑까지 엄청나게 증폭된 음향이 천둥처럼 울렸다.

우리는 잠자리로 돌아가 간이침대 위에 나란히 누웠다. 나는 불안한 꿈에 시달리며 어수선한 잠을 잤고, 그래서 밤은 느릿느릿 힘겹게 지나갔다.

새벽 2시가 조금 넘었을 때 산장지기가 우리들을 깨웠다. 이때는 잠에 빠진 등산가들이 중단된 수면을 계속 취할 수 있는 그럴듯한 핑계를 그에게 마련해줄 정도로 날씨가 나쁘거나 수상한 상태이기를 반쯤 바라는 그런 시간이다.

우리들은 날씨가 흐릴 것으로 예상했었지만, 밝고 맑은 날씨에 별들이 어찌나 꼼짝도 않고 박혀 있는지 세상은 적도지역의 어느 바다 밑바닥이며, 그 바다의 잔잔하고 인광이 잔뜩 뒤덮인 수면을 통해 마터호른의 검은 형체가 전함의 충각衝角처럼 희미하게 드러나는 것 같기만 했다. 우리의 발밑으로는 희미한 별빛을 받아 빛나는 가느다란 띠 모양의 안개가 꼼짝도 하지 않고 츠무트 빙하에 걸려 있었다.

날씨가 좋으리라는 것을 알고 안심이 된 우리는 아침식사를 하고 나서 배낭을 꾸려 등산화를 신고 신장을 나섰다.

동쪽에서는 하늘이 부옇게 벗겨지고 있었지만 새벽은 아직 쉽게 숨을 쉬려고 하지 않았다. 대지를 지배하던 이상한 적막은 바위투성이 바닥으로 멀고 불안하게 내려가는 츠무트 빙하에서 들려오는 소리, 즉 얼음이 갈라져 크레바스(독 grevsse 빙하 지대의 갈라진 틈새)가 새로 생기느라고 둔감하게 우지직거리는 소리와 마치 조심성이 없는 어떤 사람이 밟기라도 한 듯 돌멩이 하나가 모레인 지대로 갑자기 딸그락거리고 떨어지는 소리 때문에 더욱 고요하게만 느껴졌다.

체르마트를 떠날 때 우리는 츠무트 능선으로 마터호른을 오를 계획이었지만, 요제프 크누벨이 지적한 바와 같이 비교적 해가 안 드는 이쪽 측면은 눈과 얼음이 잔뜩 달라붙었으며, 전날 저녁의 폭풍으로 인해 눈과 얼음이 더욱 많이 달라붙었을 듯싶었다. 통상적인 스위스 루트를 제외한다면 우리가 선택할 여지가 있는 다른 루트라곤 이탈리아 능선밖에 없었다. 이 능선은 콜 뒤 리옹이나 콜 투르낭슈를 거쳐 접근할 수 있었다. 앞에서도 밝힌 바와 같이 콜 뒤 리옹은 스위스에서 접근하기가 힘들다. 그곳에 다다르기 위해서는 머메리와 알렉산더 버지너가 오른, 얼음으로 가득 찬 가파른 쿨르와르(couloir 빙하의 넓고 깊은 골짜기. 눈이나 얼음이 쌓여 있다)에서 낙석 세례를 감수해야 한다. 초현대적인 등반가는 전에 남들이 '거쳐 간' 위험한 루트에서 목숨을 걸기보다는 새롭다는 장점을 지닌 결사적으로 위험하고 새로운 루트를 올라 '명성'을 얻는 쪽을 좋아한다. 이 마지막 이유로 해서 요즘에는 티에프마텐 빙하에서 콜 뒤 리옹으로 올라가는 시도를 벌이는 사람들이 별로 없다. 콜 투르낭슈 루트는 더 길기는 하지만 그렇게 어렵거나 위험하진 않다. 이 콜(col 작은 고개, 산봉우리 사이의 안부)은 당데랑과 테트 뒤 리옹 사이에 위치해 있는데, 마터호른의 이탈리아 능선에 도달하기 위해서는 콜에서 출발해 테트 뒤 리옹 남쪽 측면을 가로질러 횡단해야만 한다.

바위와 풀로 뒤덮인 비탈길을 따라 우리가 츠무트 빙하로 내려가는 사이에 날이 밝아왔다. 빙하 위에 낀 안개는 심하지 않아서 처음에는 우리의 전진을 방해하지 않았다. 그러나 잠시 후에는 처음에 우리가 가지고 있던 자신감이 사라지고 왼쪽으로 방향을 잡아 티에프마텐 빙하를 통해 올라가야 하는 것이 아닐까 하는 미심쩍은 생각으로 바뀌었다. 츠무트 빙하와 합쳐지기 조금 전에 티에프마텐 빙하는 얼음 폭포를 이루며 밑으로 떨어진다. 전날 오후 우리들은 이곳에서 보다 굴곡이 심한 지대를 우회하는 루트를 하나 보아두었었지만 안개 속에서 우리가 그 루트를 찾아낼 수 있을지는 전혀 자신이 없었다. 우리가 취할 수 있는 가장 좋은 행동이란 그 루트를 찾게 되리라는 희망을 품고 대각선으로 올라가는 것이었다.

빙하의 얼음은 성에로 단단해졌을 뿐 아니라, 전날 저녁에 내린 비로 대단히 미끄러웠으며, 경사가 가팔라졌을 때는 크램폰을 준비해 가지고 왔더라면 좋았으리라고 생각했다. 그곳에서부터는 콜 투르낭슈로 접근이 가능한 티에프마텐 빙하의 위쪽 분지에 다다르기도 전에 '지옥 같은 안개' 속에서 우리가 길을 잃게 되는 참담한 상상도 해보았다.

우리는 스텝을 깎아낸 다음 가파른 경사의 단층을 이룬 크레바스들 사이를 이리저리 헤쳐 올라갔다. 우리가 안개로부터 벗어나 위쪽으로 올라가고 있는 모양이어서, 빛이 점점 밝아졌다. 엷어지는 안개의 파도 사이로 갑자기 자그마한 웅덩이 같은 파란빛이 보였는데, 그 속에서 낫처럼 생긴 은빛 눈 조각이 하나 반짝이고 있었다. 당데랑의 정상 위에서 태양이 빛나고 있었던 것이다.

잠시 후에 우리는 안개의 파도를 벗어나 눈부신 아침 속으로 나아갔다. 우리 아래쪽에는 안개가 깔렸는데, 그 평편한 표면이 햇빛을 받으며 불안하게 술렁거렸다. 안개 위로는 당블랑슈의 새로 홈이 파진 정상이 바람이나 구름 따위는 아랑곳하지도 않고 의젓하고도 눈부신 모습을 드러내며 솟아올랐다.

그보다도 더욱 아름다운 산인 당 데랑의 엇갈리는 능선과 빙하 테라스는 억지로 아무 힘을 들이지도 않으며 정상으로 이어졌는데, 너무나 오묘한 곡선을 이루고 너무나 수줍고도 섬세한 모양을 이루고 뾰족하게 솟아올라, 그 아름다움에 만족한 대자연은 그 너머로는 더 이상 솜씨를 부리지 않았다.

더 높은 산도 있고 더 힘든 산도 있으며 더 아름답고 경탄을 자아내는 산도 있지만 마터호른은 오직 하나뿐이다. 그 높이에 그런 어려움을 지니고 있는데도 그토록 많은 사람이 등반을 한 산은 이 세상에 또 없으며, 그토록 많은 희망과 실망, 그토록 많은 비극과 기쁨, 그토록 많은 영웅적 행위와 에피소드가 얽힌 산도 없다.

스위스의 체르마트에서 그 산을 보면 그대는 에드워드 웜퍼와 그의 승리와 비극을 생각할 것이고, 이탈리아의 브로일에서 보면 '노병'이라는 별명이 붙은 장 앙투안 카렐을 생각할 것이다. "인간으로서는 더 이상 어찌할 도리가 없다." 이탈리아 쪽 절벽을 맹렬히 공략하고 돌아온 그가 말했다. 그리고 그대는 그가 늙고 지치고 기진맥진했지만, 죽을 때까지 몸을 바쳐가며 폭설을 뚫고 자신의 일행을 안전한 곳까지 데리고 내려온 다음 자신이 그토록 사랑했으며 가까이 했던 그 산에서 목숨을 거두었다는 사실은 생각해볼 만하다.

"그가 죽어간 과정은 그가 전혀 알지 못했던 그런 심금을 사람들의 마음속에서 울렸다."라고 에드워드 웜퍼는 썼다. 그는 자신의 직책에 따른 의무를 완전히 인식하고 있었으며, 그의 삶을 마무리 짓는 행위를 통해 헌신과 성실의 찬란한 본보기를 수립했다. 그토록 기진맥진한 상태였으므로 그가 만일 자신의 생명을 건져야겠다는 쪽으로 관심을 돌렸더라면 자신만큼은 목숨을 건졌으리라는 점은 의심할 나위가 없다. 그는 보다 숭고한 길을 택했으며, 자신의 책임을 받아들임으로써 동료들의 생명을 살리기 위해 자신의 영혼을 몽땅 바쳤으며, 결국 완전히 기진맥진해 눈 위에 쓰러지고 말았다. 그는 벌써 죽어가고 있었다. 생명의 불꽃이 꺼지려고 팔랑거렸지만, 그의 용감한 정신력은 이렇게 말했다. "이건 아무것도 아니야."

"우리들은 그를 부축해 일으켜 세우려 해보았다." 그를 고용한 시뇨르 시니갈리아는 이렇게 기록했다.

"하지만 그의 몸이 벌써 뻣뻣해져서, 그것은 불가능한 일이었다. 우리는 몸을 수그리고 그의 귀에 혹시 영혼을 하느님에게 맡기고 싶으냐고 물어보았다. 마지막으로 힘을 모아 '예!'라고 대답한 그는 눈 위로 쓰러져 숨을 거두었다."

여러 해가 지난 다음, 마터호른을 오르던 어느 등산가가 자신의 가이드에게 말했다.

"그러니까 이곳이 카렐이 쓰러진 곳이로군요!"

"카렐은 쓰러지지 않았습니다." 화가 난 가이드가 대답했다. "그는 죽었을 따름입니다."

그대가 만일 푸르겐 능선을 본다면, 산에 오를 때는 한 발자국 한 발자국이 모두 육체적일 뿐 아니라 정신적이기도 한 모험이라고 여겼던 불굴의 기도 레이를 생각하게 될 것이다.

그리고 만일 엄청난 츠무트 능선을 본다면, 그대는 가이드의 왕자라고 알려진 강인하고 노련하고 '담력이 참나무처럼 단단했던' 알렉산더 버지너를 동반하고 '등반이 불가능한' 산들에 도전했던, 훌륭하고도 용맹한 산의 대제사장大祭司長 머메리를 생각하게 될 것이다. 정상에 오를 때마다 부비어 한 병을 터뜨리고는 했던 머메리는 사람들이 사이비 과학 활동의 위선적인 탈을 벗어 던지고는 그냥 산을 오르는 것이 좋기 때문에 등산을 한다고 시인함으로써 세상 사람들을 놀라게 한 은의 시대silver age를 대변한 훌륭한 인물이다.

이제 개척자들은 더 이상 존재하지 않는다. 어떤 사람들은 마터호른이 보이는 곳에 묻혔고, 어떤 사람들은 멀리 떨어진 곳에 묻혔다. 윔퍼는 샤모

산의 영혼

니에 잠들었는가 하면 머메리는 낭가파르바트에 잠들었는데, 그들의 업적이 보여준 기백은 살아있어서 마터호른의 정신과 손을 잡았으며, 멋진 산을 오르고 삶의 소중한 시간을 즐기듯 그 경험을 누리고 싶어 하는 포부와 영감을 사람들의 마음속에 심어주었다.

일단 안개를 벗어난 우리는 곧 아이스 폴(ice fall 빙하의 경사나 폭포가 얼어 이루어진 사면)의 나머지 부분을 통과했으며, 몇 분 후에는 티에프마텐 빙하의 위쪽 분지를 밟게 되었다.

실질적인 콜을 빙하에서 갈라놓는 얼음 비탈들이 길기도 하고 가파르기도 해서, 굉장히 심한 고생을 하지 않고는 티에프마텐에서 콜 투르낭슈로 곧바로 올라갈 수는 없다. 그러나 콜이 당 데랑과 연결되는 능선에서 끊어진 만년설의 비탈이 내려가고, 그 아래쪽은 점점 좁아지다 빙하에서 접근할 수 있는 바위들이 기슭에서 받쳐주는 가파른 눈의 능선을 이룬다. 이 눈의 능선에 다다르기 위해서 우리는 우선 그 아래쪽이 고정되지 않고 밀가루 반죽처럼 보이는 바위로 이우러진 급경사의 바위 버트레스(buttress 산 정상이나 능선을 향해 치 솟은 큰 직립 암벽)를 우회하지 않으면 안 되었다. 따라서 우리는 그 밑 부분을 터벅터벅 돌아서는 짧은 얼음 비탈이 모습을 드러낼 때까지 그곳을 올라갔다. 그랬더니 버트레스의 가장 가파른 부분의 위쪽에 있는 능선으로 올라붙는 것이 가능해졌다.

얼음 비탈은 베르크슈른트(bergeschrund 빙하의 거대한 균열지대. 크레바스)에 의해 빙하에서 분리되었다. 베르크슈른트라는 것은 한쪽 턱이 다른 쪽 턱보다 훨씬 높은 크레바스의 한 형태에 지나지 않는다. 그것은 산의 측면에 붙어있어서 이동이 덜 심한 얼음으로부터 떨어져 나가는 빙하에 의해서 생겨난다. 무척 단순한 현상이기도 하지만, 너무나 필요한 현상이기도 해서, 그것이 존재하지 않는 등반이 어떨지 생각해보면 가슴이 철렁거릴 지경이다. 베르크슈른트를 배제한다면 등산은 현대식 크리켓경기보다 조금도 흥분을 더 자아낼 것이 거의 없으리라. '봉우리와 고개와 빙하' 시대의 개척자들은 베르크슈른트가 없었다면 무엇을 할 수 있었을까? 그것이 없었다면 과거의 문학이 어떻게 번창할 수 있었을까? 만일 이런 종류의 요소가 끼어들어 지루한 등반 기록을 밝혀주지 않았더라면 등산문학은 슬프게도 그 극적인 면에서 위축되고 말았으리라.

"우리가 랜턴의 불을 끌 만큼 겨우 날이 밝자 우리는 베르크슈른트에 이르렀다. 그것은 정말로 눈이 미치는 한 양쪽으로 끝없이 뻗어나간 엄청난 해자壕字나 마찬가지였으며, 길이는 알 길이 없었고 위쪽 턱에는 거대한 고드름들이 빙 둘러가며 매달렸다. 나는 한스 빌데그가 그것을 쳐다보며 머릿속으로 꺾쇠를 거는 상상을 하고 있다는 것을 알 수 있었다.

기온은 영상 15도, 산소의 기압은 123밀리바였다. 나는 공기가 오존화되는 뚜렷한 경향을 관측했다.

"가지 않으면 안 됩니다! Es muss gehen!" 그의 검은 수염 속 한없이 깊은 곳에서 굵은 목소리가 들렸다. 빙하처럼 푸르고 차가운 그의 눈에서 광채가 났다. "앞으로! Vorwärts!" 그는 우렁차게 고함을 지르고 (파킨스 무액체 기압계로 측정한 결과) 3.025미터나 되는 심연을 호랑이처럼 단숨에 뛰어넘어, 이용할 수 있는 단 하나의 돌출부에 교묘하게 올라섰는데, 최근에만 해도 어느 불운한 가이드가 그 돌출부에서 미끄러져 600미터가 넘는 무시무시한 골짜기로 단번에 추락한 적이 있었다.

이제는 베르크슈른트에서 반짝거리는 턱에 스텝을 만드는 힘겨운 일이 시작되었다. 전혀 도와줄 능력도 없이 밑에 서서, 나는 한스가 얼음의 작은 주름들을 한 손으로 붙잡곤 결사적으로 매달려 티크처럼 단단한 다른 팔로 피켈을 휘둘러대느라고 근육들이 힘을 받아 불끈거리는 것을 볼 수 있었다. 나는 깊디깊은 밑으로 얼음조각들이 음산하게 짤그랑거리며 떨어지는 소리를 듣고 부르르 떨었다.

조금씩 또 조금씩 나의 용감한 한스는 자신의 기막힌 기술과 힘에 의존해 스텝을 깎으며 위로 올라갔다. 나는 그가 폐를 산소로 채우기 위해 결사적으로 애를 쓰느라 고생스럽게 씨근덕거리는 소리를 들을 수 있었다. 잠시 후 나는 떨어지지 않을 정도로 얼어붙을 때까지 그가 얼음에 수염을 눌러대는 것을 보았는데, 결국 그는 몸을 뒤로 젖히고 휴식을 취할 수 있었다. 그런 다음 (얼어붙은 수염을 녹이려고) 몇 차례 힘차게 입김을 불어대고 계속해서 올라갔다.

마침내, 결사적인 투쟁을 거친 다음 그는 베르크슈른트 위쪽으로 돌출된 턱에서 3미터 이내의 거리로 접근했다.

비록 실제 머리 위로 돌출되진 않았어도, 이 마지막 비탈의 각도는 비등점 경사계로 측정해보니 무려 89~90도에 달하는 예각이었다.

하나하나가 남자의 넓적다리만 한 크기에, 턱에 매달려 있던 거대한 고드름들이 가장자리를 막아버려 더 이상의 전진이 불가능해 보였다. 그러나 노련한 가이드는 끄덕도 하지 않았다. 그는 튼튼하고 굵은 고드름에 자신의 수염을 감아 묶어놓은 다음 믿어지지 않는 민첩성을 보이며 잽싸게 위로 기어 올라갔다.

내가 노트북에 기록했듯, 나의 수은 진공 크로노미터는 이 시점에 -12도를 기록했고, 비중은 내 경위의를 거의 터뜨려버릴 정도였다.

마침내 용감한 한스는 나의 격려로 기운을 얻어 베르크슈른트의 턱까지 다다랐다. 수염을 고드름에 감으면서 그는 위로 올라갔고, 피켈을 바깥쪽으로 내밀어 믿을 수 없을 정도로 위험한 위쪽의 표면을 결사적으로 찍었다. 그곳에서, 그러니까 하늘과 땅 사이에서 그는 몸의 균형을 잡고 잠시 그대로 있었다.

그가 고드름에서 수염을 풀자마자 다음 순간 그 고드름은 깊은 베르크슈른트 속으로 떨어져 산산조각 부서지는 소리가 났고, 그의 거대한 몸집이 굉장한 부담을 받고 있음을 나타내는 거친 신음소리를 내면서 그는 한 손을 써서 심연의 가장자리 너머로 몸을 흔들어 올려 위쪽 비탈로 기어 올라갔다.

"베르크슈른트를 정복했다! 우리는 서둘러 용감한 한스를 축하해주었고, 보비어 한 병을 목을 깨트려 그를 왕처럼 대우하며 축배를 들었다. 그제서야 우리가 사다리를 기억한 것은 바로 그때였다."

*

위에 인용한 글을 지금의 기록과 비교해보라.

"베르크슈른트(5시 14분)"

우리가 건너야 할 베르크슈른트는 한 지점이 눈으로 단단히 막혀서, 건너가기는 힘이 들지 않았지만, 위쪽 턱이 상당히 가팔라 발로 디딜 곳뿐 아니라 손으로 잡아야 할 곳들도 깎아내야 할 필요가 있었다. 4미터쯤 더 가니 턱이 끝났다. 그곳에서부터 높이가 30미터인 얼음과 눈의 비탈을 거쳐 헐거운 바위지대를 조금 지나니 능선에 다다를 수 있었다.

능선의 바위들을 '쓰레기더미'라고 이름 붙인 우리는 서둘러 그 바위들로부터 피했다. 능선에서 당 데랑 쪽에 쌓인 눈은 잘 얼어붙었는데, 우리는 덕분에 바위지대를 벗어나 그쪽으로 갔다. 그리고 스텝을 깎아내는 작업이 계속 필요한 가파른 지대를 오르고 난 다음 우리는 눈 비탈이 시작되는 바위들의 위쪽에 다다랐다.

나는 여기에서 시간을 밝혀야 되겠지만, 솔직히 말해서 나는 그때의 시간을 기억할 수 없다. 이것은 중대한 실책이었다. 요즘에는 24시간 시스템의 시계로 분까지도 가장 유사하게 시간을 측정하지 않으면 그 등반은 사실상 의미가 없어진다. 등반가들은 루트의 여건을 계산하고, 그곳을 오르는 어떤 사람의 능력을 시간으로 측정한다. 나는 게으른 사람인 것 같다. 노트북을 가지고 다니며 시간과 등반 내용을 적는 일은 힘들다. 나는 등산을 즐기고 싶기 때문에 등산이 사무실이나 실험실에서의 일처럼 되는 것을 원치 않는다. 까마득한 옛날, 내가 젊고 열정적인 등산가였던 시절에 나는 가이드북에 밝혀 놓은 '시간 기록'을 검토하고 그 기록을 깨트리려 노력하곤 했었지만, 이제는 더 이상 그런 시간 따위는 신경도 쓰지 않는다. 날이 저물기 전에 올라갔다 내려올 수 있는 한 나는 만족한다.

등산의 매력 가운데 하나는 등산가로 하여금 일상을 벗어나게 해준다는 점이다. 그는 오전 9시 10분까지 사무실에 출근해야만 하는 것이 아니라, 자신이 편리한 시간에 산으로 출발한다. 그리고 그는 오후 1시 30분이나, 또는 문명세계의 긴급한 상황에 의해 고정된 어떤 다른 인위적인 시간 때문이 아니라, 배가 고프거나 등산 도중 할 여유가 생길 때 식사를 한다. 비록 아무리 산에 있다 하더라도 시간과의 싸움을 피하긴 어려운 일이지만, 이 귀찮은 요소인 시간이 조금이나마 등산에 끼어들면 역겨운 것이 사실이다. 등산이 마치 없어지긴 했어도 잊히진 않는 어떤 학문의 유령이기라도 한 것처럼 일지에 기록하고 카드로 색인을 만들어야 하는 등산이라면 나는 인연을 끊었다.

햇빛이 잘 들어 우리가 휴식을 취한 장소는 테트 뒤 리옹을 굽어볼 수 있는 곳이었다. 햇빛은 티에프마텐 빙하의 흉측하고 음산한 면을, 그리고 그 위쪽에 있는 괴이한 형상을 한 바위들과 돌멩이들이 휩쓸어버린 구불구불한 쿨르와르들을 갖춘 마터호른의 절벽들을 강조해서 보여주었다. 나는 츠무트 능선의 어느 높은 지점까지 이 암벽의 급사면으로 루트를 찾아올라간 펜홀의 만용에 혀를 내둘렀다. 우리는 티에프마텐 빙하에서 이탈리아 산장까지 가는 직등 루트가 더 좋다는 결정을 내리는 데 있어서 아무런 어려움도 느끼지 않았다. 얼음과 바위 조각들이 상처를 남긴 잿빛 절벽들을

콜 투르낭슈의 눈 덮인 능선 A SNOW RIDGE: COL TOURNANCHE

올라간다는 것이 가능한 일인지도 잘 모를 노릇이었지만, 그런 절벽이라면 생명보험회사의 가장 낙관적인 설계사라 하더라도 별로 입맛이 당기지 않을 것이다.

15분 후 우리는 다시 등반을 시작했다. 우리가 휴식을 취한 장소로부터 내가 알프스에서 본 어떤 것보다도 우뚝한 눈 비탈이 솟아올랐다. 그 비탈은 눈이 덮인 브렌바 능선보다 길었고, 90미터가량의 수직으로, 두 개의 언월도 같은 곡선을 이루며 가파르게 위로 치솟아 올랐다. 한쪽은 햇빛이 비추었고 다른 쪽은 그늘이었다.

기가 막힌 그 능선을 밟는다는 것은 황홀한 모험이었다. 그 능선을 오른다는 것은 등산에 있어서, 아니 어쩌면 인생에 있어서 총결산인 셈이었다. 땅에 영원히 뿌리를 박고 있는 것보다 차라리 구름을 한 번만이라도 밟아보고 떨어지는 편이 더 좋을지 모를 일이다.

곧 패리의 피켈이 작업을 시작했다. 눈의 얇은 날이 조금씩 떨어져나가면서 울퉁불퉁한 톱날처럼 되었다. 바람은 불지 않았지만 균형을 잡는 일은 까다로웠다. 맥피와 나는 두 명의 찰리 채플린처럼 발을 바깥쪽으로 돌리면서 디딜 자리를 밟고 전진했다.

능선은 얼음덩어리와 만났다. 이 얼음덩어리를 우리는 오른쪽으로 횡단했다. 눈은 단단했고 스텝을 깎아내야 하기는 했지만 전진은 빨랐다.

태양이 따뜻하게 빛났지만 부담이 갈 정도는 아니었다. 전날 저녁의 폭풍이 안개의 대기를 반들반들하게 닦아 윤을 냈다. 세상은 경쾌하고 즐겁고 싱싱하게 젊었다. 그런 아침이면 인간은 입술이 아니라 마음에서 우러나오는 노래를 자기도 모르게 부르곤 한다. 그의 모든 신경은 아름다움으로 집중되고, 하늘과 공기와 태양과 언덕은 그의 소유가 된다.

능선마루가 몇 미터 안 남았을 때까지 우리는 힘겨울 정도의 어려움을 하나도 겪지 않았다. 이곳에 도달한 우리는 눈으로 엉성하게 이어진 크레바스를 건너야 했고, 커다란 눈덩어리 하나가 위험스럽게 매달린 거의 수직을 이룬 빙벽을 올라가야 했다. 조심스럽게 내딛는 한 발자국, 깊이 박힌 피켈. 위로 몸을 끌어올리고, 뒹굴기라고 묘사해야 정확할 어떤 동작을 거쳐 패리는 능선마루 위에 엎드렸다. 눈이 여기저기 묻은 채 안경을 쓴 그의 얼굴이 싱글벙글 웃으며 새파란 하늘을 배경삼아 실루엣을 드러내던, 싱글벙글 웃고, 눈이 여기저기 묻어 있고, 안경을 쓴 얼굴이 밑을 내려다보았다. 그리고 로프가 뱀처럼 쉬익 소리를 내면서 눈을 뚫고 내려왔다.

"어서 올라와요!"

맥피와 나는 시키는 대로 했다. 얼마 후 우리 셋은 모두 능선 위에서 만났다.

우리는 콜 투르낭슈의 가장 낮은 지점에서 300미터 정도 떨어져 있었다. 그래서 우리는 능선에서 콜로 내려간 다음, 햇볕으로 따뜻해진 몇 개의 넓적한 바위를 찾아내 휴식을 취하고, 또다시 식사를 하기 위해 자리를 잡고 앉았다.

그곳은 쾌적한 자리였다. 우리 뒤쪽은 스위스, 앞쪽은 이탈리아였다. 아침의 그늘 속에서 새털구름이 여전히 안식을 취하고 있던 발투르낭슈의 풀밭을 향해, 수백 미터의 벼랑들과 흩어진 바위의 능선들이 뻗어 내려갔다. 그 너머로는 파란 산들이 질서정연하게 줄지어 늘어섰고, 그 산들 사이로는 버들무늬 도자기가 깨진 조각처럼 더욱 파란 마기오래 호수가 보였다. 그보다도 더 멀리, 굉장히 멀리 떨어진 곳에서는 보티첼리의 비너스처럼 둥근 곡선을 이룬 거무스름한 황금빛 구름의 무더기들이 남동쪽 지평선을 뒤덮었다.

잠시 후 우리는 식사를 끝내고 테트 뒤 리옹의 능선을 따라 출발했다. 테트 뒤 리옹이라면 산의 폐허나 마찬가지여서, 그곳을 오른다는 것은 비치헤드의 백색 석회암 절벽들을 올라가는 것보다 별로 더 즐거울 것이 없었다. 큰 지진이 한 차례 일어난다면 몇 백만 톤에 달하는 헐거운 바위들이 발투르낭슈로 마구 굴러 떨어질 터였다.

테트 뒤 리옹의 정상에서 우리는 콜 뒤 리옹 너머로 이탈리아 능선을 건너 다보았다. 우리 가운데 어느 누구도 여태까지 그 능선을 밟아본 사람이 없었다. 우리는 틴들봉까지 솟아오른 절벽과 그곳에서 240미터만 더 올라가면 정상에 닿는 절벽을 흥미롭게 살펴보았다.

마터호른을 묘사하기 위해서는 어휘만으로 충분치 않은 경우가 많다. 나는 『알프스 등반기Scrambles Amongst the Alps』를 거의 외우다시피 했다. 어렸을 때 나는 이 능선을 오르려 도전했다 실패를 거듭한 개척자들 —그들 가운데 몇몇은 승리를 눈앞에 두고도 물러가야 했는데— 의 용기와 인내에 감탄하곤 했었다. 나는 '침니'와 '대암탑'과 '크라바트'와 '숄더(틴들봉)'와 '콜 펠리시테'와 '카렐의 통로'에 대해 읽었다. 나는 주제넘고 터무니없는 무모함에 빠져 이 능선을 오르리라 스스로 다짐했었다. 그리고 이제 그 능선이 나와 가까운 곳에 있었다. 나는 곧 그곳을 밟게 될 터였다. 그런데 그곳은 내가 기대하고 상상한 것과는 달랐으며, 달라도 너무나 달랐다.

어렸을 때 나는 험하고 가파른 무엇을, 햇빛이 비치면 따뜻한 빛깔이 되는 무엇을 상상했었다. 그러나 이곳은 매끈하지만 돌멩이들이 굴러 떨어지는 절벽들이어서, 마치 집을 짓다 쓸모없다고 내다버린 깨진 벽돌이나 타일 같은 돌멩이들이 널려 있었으며, 아무 의미도 없는 쓰레기들이 바위 턱에 깔려 있었다. 그리고 해가 났을 때도 날씨가 추웠다. 앙상하고 표면이 단단한 바위산에는 햇빛보다는 그늘이 많았고, 따스함보다는 냉기가 많았으며, 웃음보다는 슬픔이 많았다. 회색에다 승려처럼 보이고 핏기가 없는 산이 마터호른이었다.

절벽들이 가팔러 테트 뒤 리옹에서 콜 뒤 리옹으로 직접 내려가기란 사실상 불가능한 일이었다. 우리는 테트의 급경사 동벽으로 내려갔는데, 나중

에 보니 그곳은 우리가 오른 능선과 암벽보다도 낙석이 훨씬 더 심한 곳이
었다. 염소가 다니는 길보다 약간 나을 정도로 험악한 길이 산의 이쪽 측
면을 횡단한다. 그 길에서 우리는 두 무리의 사람들을 보았는데, 우리와 마
찬가지로 분명히 산장을 향하고 있던 그들에게 우리가 밟아 떨어뜨릴지도
모르는 돌멩이들을 피할 수 있는 곳까지 그들이 벗어나도록 우리는 기다려
야만 했다. 그런 다음 우리는 작은 길로 내려가 그 길을 따라갔다. 얼마 후
콜 뒤 리옹까지 다다른 우리는 싸늘한 바람이 휘몰아치는 골짜기에서 잠
시 멈춰 머메리와 버지너가 테에프마텐 빙하에서부터 고생고생 길을 찾아
올라왔던 쿨르와르를 물끄러미 내려다보았다. 시커먼 얼음이 뒤틀려 있는
이곳을 얼핏 둘러본 우리는 그 등반이 얼마나 무서운 경험이었을지 훤히 알
수 있었다. 항상 존재하는 낙석의 위험은 젖혀두고라도, 그 쿨르와르는 가
장 뛰어난 빙벽 등반가의 힘과 기술을 동원해야만 할 정도로 가파르고 길
었다. 얼음이 어찌나 험악했는지 첫 번째 등반을 할 때 버지너는 피켈이 부
러져 머메리의 피켈에 의존하지 않으면 안 되었다. 그들과 재앙 사이에는
오직 피켈 한 자루만이 있었다.

이탈리아 능선이 콜 뒤 리옹에서부터는 깨진 바위들을 좀 기어오르고 돌
더미 비탈을 터벅터벅 올라가면 될 정도로 쉬웠다. 그런 다음에는 경사가
심해져, 등산가는 고정로프를 처음으로 잡게 된다. 이런 로프들은 개척자
들이 택했던 루트보다 낙석에 덜 노출되는 보다 직선적인 루트를 마련해주
지만, 많은 사람들이 최초의 루트를 따라간다. 이런 이유로 해서 만일 모든
로프를 제거하고 나면 마터호른의 이탈리아 능선은 알프스에서 가장 힘든
암벽 등반 루트들 가운데 하나라고 말할 수 있으리라. 언젠가 가이드 등
반이 없어져 가이드에 대한 기득권이 더 이상 위협받지 않을 때가 되면 로
프가 철거되면서 마터호른은 본래의 모습으로 되돌아가게 될지도 모른다.
만일 이 바람직한 목표가 이루어진다면 이탈리아 능선으로 마터호른을 오

콜 투르낭슈에서 바라본 마터호른 THE MATTERHORN FROM THE COL TOURNANCHE

르기 위해 기다리는 '행렬'은 없어질 것이다.

이탈리아 산장 밑에 있는 로프들은 어느 정도 수준의 능력을 갖춘 등반가에게는 대부분 필요 없지만, 올라가기 힘들 만큼 가파르고 미끄러우며, 불편하게 바깥으로 벌어진 침니(chimney 몸이 들어갈 수 있을 만한 바위틈)로 늘어뜨린 로프도 하나 있다.

나는 운동신경이 형편없다. 그래도 나는 산에 설치된 고정로프를 혐오한다. 역설적으로 들릴지 모르지만, 나는 똑같이 힘들어도 로프가 없는 바위를 올라갈 때보다는 고정로프에 매달릴 때 오히려 나 자신이 덜 안전하고 자신감도 없다고 느낀다. 만일 더 많은 반박의 이유를 필요로 한다면 이야기하겠는데, 마터호른에는 많은 고정로프들이 비바람에 시달려 어쩌나 빛이 바래고 낡아빠졌는지, 거기에 몸을 맡긴다는 것은 별로 기분 좋은 일이 아니다.

이탈리아 산장이 있는 능선은 좁다랗고 거의 평탄한 목을 형성해, 위쪽 끝으로는 벼랑을 머리로 들이받는 반면 밑으로는 확실한 경계선을 이루지 않고 울퉁불퉁하게 퍼져나가 콜 뒤 리용으로 떨어진다. 산장은 작은 상자처럼 생겨, 깨끗하거나 편안한 면을 찾아볼 수 없다. 한쪽으로는 눈에 보이지 않는 티에프마텐 빙하를 향해 절벽들이 뚝 떨어지는 가장자리로 눈 비탈들이 경사를 이루고 있으며, 다른 쪽으로는 문을 나서면 1미터도 못 가서 절벽들이 깎아지른 듯 심연으로 질러 내려간다. 잠자리는 12명을 수용하도록 되어 있었지만, 이미 그 숫자보다 많은 등산가들이 와 있었으며, 또 다른 사람들도 올라오고 있었다. 우리가 붐비는 사람들 속에서 불편한 하룻밤을 보내리라는 사실은 분명했다.

우리가 산장에 도착했을 때는 오후가 다 되어, 태양의 따스함을 차가운 바람이 빠른 속도로 먹어치우고 있었다. 날씨가 나빠질 징조였다. 동이 틀 무렵에는 서풍이 남풍으로 바뀌었으며, 콜 투르낭슈에서 우리가 처음 관측

했던 이탈리아 상공의 아무런 위험성이 없어 보이던 수증기가 북쪽을 향해 천천히 이동하며 빠른 속도로 부피가 늘어났다. 멀리 떨어진 산들이 모두 모습을 감추었고, 물결치는 호수 같은 안개가 마터호른의 아래쪽 바위 봉우리들을 어루만지며 천천히 상승하는 사이에 자꾸만 두터워졌다.

해질녘에는 산장이 북새통을 이루었다. 절대적 최대 수용인원이 12명인 공간에 16명이 들어찬 것이다. 다행히 브로일에서 온 가이드가 하나 있었는데, 마음씨가 좋은 그는 사람들을 위해 요리를 하는 귀찮은 일을 자청해 능숙하게 처리했다. 요리와 식사는 교대로 돌아가며 해야 했고, 차례를 기다리던 대부분의 사람들은 바닥의 공간이 좁아 간이침대에 누워있어야 했다.

좁은 공간에 그토록 많은 사람들이 함께 있으니 어느 정도 온기가 생겨나야 마땅했다. 하지만 이 경우에는 전혀 그렇지 않았다. 엉성하게 지은 산장의 벽과 문으로 거침없이 침입한 바람은 엇갈리고 맞부딪치고 무수한 샛바람이 되어 내부를 마구 공략하며 온몸 구석구석으로 파고들었다. 갈라진 틈과 그 구멍으로 들어온 바람에 대해 좋은 이야기를 하나 할 수 있다면, 만일 그 두 가지가 없었다면 의심할 나위도 없이 우리가 얼마 안 가서 모두 질식했으리라는 사실이리라. 이렇게 능률적으로 통풍이 되긴 했어도 스토브에서 꾸역꾸역 흘러나오는 구름 같은 연기, 즉 네 개의 다리가 달린 초라하고 작은 금속상자나 다를 바 없는 스토브에서 처량해 보이는 긴 연통과 틈이 벌어진 이음새들을 통해 바깥으로 빠져나오던 작은 양의 숨 막히는 연기는 정말로 견디기 힘들 정도여서, 맥피와 패리와 나는 눈의 통증을 가라앉히기 위해 산장 바깥으로 나가 신선한 공기를 여러 차례 들이마셔야만 했다.

그 구조와 수용시설과 내부 장식에 대해 이 산장의 결점들을 아무리 들추어낸다 하더라도, 한 가지 좋은 이야기는 할 수 있는데, 그 위치가 기막히다는 것이다.

피어오른 안개가 이제는 능선과 거의 같은 높이에 걸려 있었다. 전날 저녁의 안개와 마찬가지로 이 안개는 무슨 열병에 걸리기라도 한 것처럼 불안하게 술렁이고 몸부림쳤으며, 본래의 덩어리에서 가끔 한 조각을 바람이 잘라내 능선을 가로질러 몰고 가서는 깊디깊은 티에프마텐 속으로 끌고 내려갔다. 그곳에서 안개는 삽시간에 흩어져 사라졌다.

안개의 바다와 관련지어 볼 때는 항상 불길한 징후의 더 높이 뜬 구름들이 있었는데, 기름처럼 매끄러운 구름덩어리들이 태양의 주위로 바짝 몰려들어서 느긋하고 평화로운 햇살이 아니라 맹렬하고 서두르는 광선이 바위 봉우리들을 비추며 황급히 달아나는 안개 조각들 위에 물에 젖은 듯한 광채를 퍼부었다.

일종의 수프와 스튜 비슷한 것으로 이루어진 우리의 저녁식사가 드디어 준비되었는데, 우리 일행 가운데 한 사람이 걸핏하면 음식을 태우는 스토브로 가서 짜증스럽게 침을 뱉곤 했기 때문에 우리로서는 그 음식에 대해 기분이 별로 좋지 않았다. 우리가 걱정스럽게 지켜보았는데, 그나마 겨냥이 늘 정확해서 안심이 되긴 해서, 우리는 더러운 그릇에 요리를 해서 더러운 접시에 담아내온 음식을 먹어야만 되었을 때 보통 사람이 경험하는 평범한 역겨움 정도만 느끼며 그 음식을 먹었다.

식사를 하는 동안 우리 옆에 앉아있던 이탈리아 여자는 자기가 스코틀랜드 여성 산악회 소속이라고 우리에게 말했다. 그녀는 강인하고 냉담한 스위스 사람인 단 한 명의 가이드만 동반했는데, 이 가이드의 침묵은 이탈리아 가이드들의 수다스러움과 뚜렷한 대조를 이루었다.

저녁식사를 끝낸 다음 우리는 2층으로 된 간이침대의 위쪽 칸으로 올라가 우리에게 용납된 한심하게 비좁은 공간 내에서 그나마 편안하게 자리를 잡으려 애를 썼다.

산의 영혼

그날 밤은 어느 지붕 밑에서 내가 보낸 밤들 가운데 가장 불편한 때였다고 나는 자신 있게 말할 수 있다.

등산가는 두 종류의 육체적인 불편함을 견디어야만 한다. 그 하나는 산과 날씨만이 발생시키는 불편함이고, 또 다른 하나는 등산가들과 가까이 있거나, 또는 그들의 달갑지 않은 행위로 인한 것이다. 그날 밤 우리는 두 종류의 불편함을 모두 견디어내야만 했는데, 내 짐작으로는 전체 중 두 번째 종류의 불편함이 80퍼센트는 되었으리라 생각된다.

비유를 하는 데 있어서 보수적인 면을 지닌 등산가들이라면 사람들로 붐비는 알프스의 산장에서 묵는 하룻밤을 통조림 속에서 정어리들이 보내는 생활이나 마찬가지라고 하나같이 말한다. 나는 그토록 존중받는 기존의 전통에서 벗어날 생각은 추호도 없으며, 지금 살펴보고 있는 경우에 대해서는 그냥 이 말을 덧붙이고 싶을 따름이다. 즉 마터호른의 이탈리아 산장에서 우리가 보낸 밤을 조금이라도 제대로 묘사하려면, 정어리 통조림 두 개 중 한쪽에 담긴 것을 다른 쪽으로 옮겨 쑤셔넣은 상태라고 해야 옳을 것이다.

앞에서도 이미 언급한 바와 같이, 그 산장은 연기나 악취는 밖으로 내보내지 않으면서도 찬바람을 들여보내는 대단함 솜씨를 지닌 건물이었다. 그 결과 나로서는 써늘한 구린내라고밖에는 묘사할 길이 없는 상태가 이루어졌다.

맥피와 나는 실밥이 터져 나온 한 장의 담요를 같이 덮었는데, 그 악취는 나로 하여금 나의 작은아버지가 키우는 흰 족제비 우리를 저절로 연상케 만들었다. 베개들은 단단히 굳어버린 밀짚 토막들이나 무슨 그런 물건으로 만든 데다 무수한 사람들의 머리에서 묻은 기름과 때로 어찌나 두껍게 찌들었는지 불꽃을 갖다 대기만 하면 몇 시간 동안이나 탈 듯싶은 헝겊으로 씌워져 있었다.

몇 개 안 되는 매트리스는 산장에 먼저 도착한 사람들이 차지해버려 우리가 그 냄새를 맡아보고 판단하건데 제대로 건조시키지 않은 모양이어서, 그 밑에 있는 나무가 실제보다도 더 딱딱하게 여겨지도록 만드는 묘한 특성을 지닌 자그마한 양가죽 한 장으로 만족할 수밖에 없었다.

그렇게 누워서 나는 히말라야 등반이 마련해주는 편안함을 생각했으며, 그날 밤 나머지 시간 동안만이라도 에베레스트의 6캠프로 자리를 옮기게만 해준다면 굉장히 많은 돈을 선뜻 내놓고 싶은 심정이었다. 나는 또한 알프스 등반이 지나치게 선전이 잘되었으므로, 한창 붐비는 시즌이면 이름난 봉우리들을 오르느라고 그런 밤을 보내야 할 위험부담을 다시는 지지 않겠다고 맹세했다. 히말라야를 즐겨 찾는 사람들에게 알프스 등반은 전체적으로 너무 불편하다.

그렇게 비참한 시간이 느릿느릿 지나가는 동안, 자리에 누운 우리의 몸은 점점 더 뻣뻣해지고, 점점 더 쑤시고, 점점 더 추웠다.

내가 몇 분 동안이나마 겨우 잠을 이룬 것은 자정이 조금 지났을 때였다. 나는 기분 나쁜 꿈을 꾸다 잠에서 깨어났는데, 그 꿈속에서 나는 중세시대에 고문을 하는 형리의 올가미에 걸려든, 몸이 붙은 쌍둥이 가운데 한 아이였다.

밤이 지나가기는 했는데, 어떻게 지나갔는지 나로서는 잘 알 수도 없을 지경이었다. 소름이 끼치는 어떤 악몽이 불쑥 튀어나와 나를 마터호른의 작고 춥고 악취가 심한 산장의 화강암처럼 딱딱한 간이침대로 데려다놓았으므로, 나는 밤이 그대로 한없이 계속되어야만 할 것 같은 생각이 들었다.

아침 날씨는 별로 좋지 않았다. 밤새 바람이 강해져 산장을 무자비하게 두들겨댔다. 날아다니는 안개와 서리로 덮인 바위들 외에는 별로 눈에 보이는 것이 없었다. 불편한 밤을 보낸 다음이었는데도, 아니면 불편하게 밤을 보냈기 때문인지는 몰라도 우리는 출발하고 싶은 기분이 들지 않았다.

산의 영혼

조금 기다려보고, 날씨가 걷힐 기회를 주는 편이 더 안전하지 않겠느냐고 우리는 따져보았다. 그것은 하나의 타협이었지만 건전한 편은 아니었다. 우리는 전진할 것이냐, 아니면 철수할 것이냐를 그때 그 자리에서 결정해야 했다.

두 팀만이 정상을 향해 출발했다. 한 팀은 산장에서 밤을 보내지 않고 계곡에서 올라왔는데, 식사를 하기 위해 산장에 들렀을 따름이었다. 다른 팀은 이탈리아 여자와 그녀의 가이드였다. 그들은 바람이 휩쓸어버린 널찍한 바위들을 넘어 용감하게 안개 속으로 사라졌다. 우리는 그들이 곧 돌아오리라 속으로 생각했지만, 그들은 돌아오지 않았다. 그들은 산을 넘어 그날 저녁 체르마트로 내려갔다.

맥피는 그 사실을 그냥 넘길 수 없었다. "생각해봐." 그가 거듭해서 말했다. "그 여자와 그녀의 가이드가 체르마트로 내려가는 사이에 우리들은…."

가이드가 있거나 없는 나머지 팀들은 브로일로 내려가기로 결정했다. 우리는 얼마 동안 그대로 남아있기로 했다.

태양이 떠올랐다. 태양은 보이지 않았지만 그 따뜻한 기온은 느낄 수 있었다. 바람이 힘을 잃어가기 시작했다. 안개가 엷어졌다. 갑자기 파란 하늘이 나타났다.

결국 우리는 출발하기로 결정했다. 오전 8시 15분에 내리기에는 현명한 결정이 아니었지만, 우리는 만일 시간이 너무 늦어 밤이 되기 전에 회른리까지 내려가지 못할 경우 정상에서 450미터 아래쪽에 있는 솔베이 산장에서 묵으면 되리라고 스스로를 납득시킴으로써 양심과 타협을 보았다.

우리가 산장을 떠날 때는 바람이 여전히 불고 있었지만, 햇빛이 점점 더 강해져 바위를 덮은 서리를 빠른 속도로 녹여버렸다. 우리는 머리를 써서 그 짓궂은 자연현상을 이겨낸 데 대해 속으로 은근히 우리 자신을 축하하기 시작했다.

우리는 전진 속도가 느린 팀이었다. 속도가 느려진 부분적 이유는 내 손목 때문이었는데, 아마도 테트 뒤 리옹에서 스텝을 깎아내다 뒤틀린 결과인지는 몰라도 나는 손목에 활막염이 생겨 고정로프를 팔로 힘껏 끌어당길 힘이 거의 없었다. 또한 세 명으로 이루어진 우리 팀은 단체로 산을 오르는 데 익숙하지 못했다는 것 역시 부분적인 이유였다.

산에서는 어느 숫자라도 좋지만, 둘은 누가 뭐래도 나쁘다고 영국산악회의 어느 전직 회장이 너무나 강력하게 내세웠던 견해를 더 이상 원칙으로 받아들 수 없다고 이제는 많은 등산가들이 믿게 되었다. 넷이라면 낙석을 고려하지 않을 때는 산허리에서 둘씩 짝을 지어 올라갈 수도 있고, 크레바스가 있는 빙하지대에서는 로프로 함께 연결할 수 있으므로 좋은 숫자이다. 넷으로 구성된 팀 다음으로 내가 좋아하는 것은 단 둘이 이룬 한 쌍인데, 그 이유는 둘 다 앞장을 설 능력을 갖춘 사람이라면 세 사람보다 훨씬 더 안전하고 빠르기 때문이며, 또한 눈으로 덮인 빙하를 횡단할 때 부수되는 추가 부담을 속도가 상쇄하고도 남기 때문이다.

이런 관점에서 볼 때 몇몇 예외를 제외하고 영국의 등산가들이 당한 끔찍한 재난들이 두 사람 이상으로 이루어진 팀에 일어났다는 것은 관심을 가질 만한 사실이다. 나는 그 이유가 등반을 하는 동안 집중력이 부족하고 주의력이 산만해지기 때문이라고 믿는다. 둘이라면 함께 안전하게 등반하는 방법을 아주 짧은 시간 안에 터득하며, 그들은 서로 한 사람만 지켜보면 그만이다. 셋이라면 같은 능력을 터득하는 데 여러 시즌이 필요할지도 모른다.

가이드가 붙은 팀에 대해서는 같은 이야기를 할 수 없는 노릇이 일류급 가이드들은 '그들 자신의 터전'에서는 가장 훌륭한 아마추어들보다 우수한 등산가들이며, 아무리 아마추어가 형편없는 '멍청이'라 하더라도 일류급 가이드 두어 명이 붙는다면 알프스의 주요 등반도 대부분 안전하고 신속하게 올라갔다 내려올 수 있다.

산장 위쪽으로는 루트가 능선마루에서 대각선으로 뻗어나가 남동벽을 가로지르며 비스듬히 올라간다. 곧 우리는 쿨르와르의 위쪽을 형성하는 널찍하고 움푹 들어간 지대에 이르렀는데, 그곳은 횡단하려면 눈이나 얼음으로 덮인 바위 턱들을 계속해서 올라야 했다. 이전의 팀들이 깎아놓은 스텝이 보이긴 했지만 어느 한 지점에서 그 스텝이 끊어졌다. 눈에 패인 자국을 보니 앞서 어떤 등산가가 미끄러진 모양이었다. 패인 자국은 5미터쯤 아래에서 끝났는데, 미끄러지는 그를 동행인 한 명이나 또는 여러 명이 잡아준 것 같았다.

공기는 이제 상당히 따뜻했고, 산의 이쪽 아늑한 부분은 바람이 거의 불지 않았다. 가끔 안개가 흩어지며 파란 하늘이 웅덩이처럼 모습을 드러냈다.

움푹 들어간 지대 위쪽으로는 별로 힘들지 않은 암벽들과 침니들이 줄지어 있었고, 로프로 이어져 능선으로 뻗어나가 있었다. 우리는 다시 능선으로 올라가게 되기를 한참 동안 바랐었다. 그러나 막상 올라간 다음에는 루트가 암벽을 가로질러 훨씬 더 멀리까지 뻗어있었으면 좋겠다는 생각이 들었다. 능선 위는 바람이 불었다. 남쪽에서 사납게 몰아치던 바람은 우리가 올라가는 사이에 계속해서 더 강해졌다. 처음에는 이 바람이 그냥 매섭고 불편한 정도였지만, 틴들봉에 가까워지자 어찌나 심하게 우리를 후려치는지 보통의 상황에서는 모두 함께 나아갈 수 있는 곳에서도 우리는 한 사람씩만 전진해야 했다.

날씨 변화가 마터호른보다 더 변덕스러운 알프스의 산은 없으며, 어떤 산에서도 그토록 빨리 편안함이 불편함으로 그리고 안전이 위험으로 바뀌지는 않는다. 몇 분 전만 해도 우리는 편안하고 여유 있게 산을 오르고 있었다. 지금은 힘이 덜 드는 지대인데도 우리는 불편하게 그리고 고생고생 올라가고 있었다. 계속해서 세차게 부는 바람이라면 견딜 만도 했겠지만,

한순간에는 거의 고요할 정도로 잠잠하다가도 다음 순간에는 바람이 어느새 예상치 못할 정도로 변했다. 우리는 밑에 있는 바위들을 후려치며 바람이 오는 소리를 듣기도 했지만 대부분의 경우에는 아무런 예고도 없이 불어왔다. 그것은 위험한 바람은 아니었지만, 우리 사이의 로프가 바람을 타고 수평으로 곡선을 이루도록 날려버리고 눈가루와 얇은 얼음조각들을 가끔 우리 얼굴로 뿌려댈 만큼은 세차게 불었다.

틴들봉에서 콜 펠리시테로, 이어 마터호른의 마지막 첨탑으로 연결되는 능선은 아무리 냉정한 등산가라 해도 그의 마음에서 경이감을 자아낼 정도로 험준하다. 그 능선을 가장 잘 볼 수 있는 때는 우리가 보았을 때처럼 폭풍이 몰려드는 날로서, 차가운 안개가 무시무시하게 깊은 곳에서부터 피어올라오거나 마지막 봉우리의 암벽을 가로질러 제멋대로 날아갈 때이다. 삶의 모든 안전하고 즐거운 것들이 별로 대단치 않게 여겨지고, 싸늘한 바람을 맞아 온몸이 떨리는 경우에는 신체적인 조건들보다 티베트 철학자의 정신에 의존해 더 높이 우뚝 서서 그 웅장하고 경이로운 광경을 보고 환희해야 할 필요가 있다. 폭풍이 휘몰아치는 그 능선의 횡단을 내가 즐길 수 있는 것은 오직 기억 속에서 뿐이다.

나는 구름과 폭풍이 기승을 부릴 때가 아니라 구름 한 점 없는 하늘 밑에서 고요히 잠자는 날에 다시 돌아가 마터호른을 오르고 싶다. 나는 걱정에서 해방되어 편안하게 오르며 산의 웅장함과 아름다움을 조용히 흡수하고 싶다. 구름 한 조각 없이 태양이 뜨겁고, 바람 한 점 일지 않는 완벽한 날에 산을 오르는 것과 벼락이나 천둥이나 진눈깨비나 허리케인과 싸우느라 모든 근육이 긴장하면서 우주의 걱정으로 휘말린 날씨 속에 산을 오르는 것보다 더 큰 대조는 찾아볼 수 없다.

능선은 마지막 첨탑의 암벽에 직접 연결된 것이 아니라 깊이가 5미터쯤 되는 틈에 의해 분리되어 있었다. 콜 펠리시테의 이 균열은 1862년 틴들 교

수 팀이 도달한 가장 높은 지점이었다. 하지만 그 속으로 내려가는 것은 비교적 쉬운 일이었으므로, 그 팀이 여기에서 중단한 것은 균열 자체 때문은 아니었고, 그 위로 260미터 가량이나 치솟은 마지막 첨탑의 막강한 모습 때문이었다.

폭풍이 불어오리라는 사실이 이제는 분명해졌다. 첨탑의 암벽에 있는 균열 너머에는 바람이 별로 심하지 않았지만 안개가 빠른 속도로 몰려들면서 우박이 떨어지기 시작했다. 우물쭈물할 시간이 없었다. 정상을 넘어 스위스 쪽으로의 하산은 빠르면 빠를수록 좋았다. 일단 정상에 다다르기만 하면 노멀 루트를 따라 회른리와 체르마트로 서둘러 내려가면 그만이니까 더 이상 어려움은 없으리라고 우리는 가정했다. 눈이 좋으면 우리는 저녁식사 시간에 맞춰 몬테로사호텔에 도착할 수 있을 터였다.

장 앙투안 카렐과 J. B. 비히가 이탈리아 쪽에서 마터호른을 최초로 오른 루트는 콜 펠리시테에서 지금은 '카렐의 통로'라고 알려진 바위가 많고 수평인 능선을 따라 왼쪽으로 가서 티에프마텐 암벽을 가로질러 체르마트 능선을 향해 나아가도록 되어있다. 불행히도 그 루트는 썩은 바위와 낙석과 고드름 때문에 너무 힘들고 위험해서, 쇠기둥과 고정로프와 사다리를 이용해 마지막 높은 바위의 급사면을 밀고 올라가는 루트가 하나 마련되었다. 틴들봉 아래쪽 로프들은 그 자리에 남겨두고 마지막 높은 암탑 밑의 것들만 제거했다 하더라도, 마터호른은 올라가기가 대단히 어려울 터였다.

우리가 높은 바위를 올라가는 사이에 우박이 점점 더 심하게 떨어졌다. 바람과 차가운 안개가 뒤섞여 로프에 얼음이 껍질처럼 덮였고, 세월과 비바람으로 인해 대마 로프의 어떤 부분들은 빛이 바래고 가닥들이 너덜너덜 풀어져서, 산장을 떠난 이후 줄곧 선두에 섰던 맥피는 찌걱거리고 탁탁 소리를 내는 로프를 두 손을 차례로 옮겨 잡아 올라가면서 불안감을 느낀 것이 한두 번이 아니었다.

얼마 후 우리는 다른 방법으로는 통과할 수 없는 돌출 바위를 올라갈 수 있도록 해주는 유명한 로프 사다리에 도착했다. 그 사다리는 돌출 바위를 직접 올라가지 않고 오른쪽으로 돌아 우회해서 넘어간다. 사다리의 아래쪽 끝은 안쪽으로 잡아당겨 돌출 바위를 밑으로 움푹하게 들어가며 경사를 이룬 곳에 고정시켜 놓았다. 만일 그냥 늘어지게 내버려 두었다면 절벽에서 바깥쪽으로 나온 부분이 너무나 두드러져서 그것을 손으로 잡는 것이 불가능했을 것이다. 이렇듯 사다리도 이쪽으로 나와 있어 등반가는 돌출 바위의 튀어나온 부분에 다다를 때까지는 안쪽을 타고 올라가야만 하며, 그다음에는 바깥쪽으로 몸을 빼내야 하는데, 그 과정은 사다리가 있어 경사를 이루었기 때문에 복잡해진다. 그것은 굉장한 묘기이며, 1,500미터나 되는 높은 절벽에서 해내야 하는 일이다. 그 사다리를 보고 우리는 아무도 마음이 편치 않았다. 그것을 손으로 잡았더니 얼음으로 찌걱거리는 소리가 났으며, 어쩌나 비바람에 닳고 오래되었는지 돌출 바위의 튀어나온 부분에 닿은 자리는 너덜너덜했다. 이 음산하고 필사적 인상을 주는 절벽을 휘몰아치던 우박을 잔뜩 머금은 거센 바람과 그 사다리의 노출된 상태로 인해 우리는 보나마나 더욱 꺼림칙한 마음을 느꼈으리라.

하지만 다른 곳들처럼 그 사다리는 쳐다보고 있으면 있을수록 점점 더 기분 나쁘게 보였다. 침착하고 조용하고 억양이 없고 차분하기 때문에 한없이 더 힘차게 여겨지는 목소리로 마터호른의 전반적인 습성과 행태와 도덕성에 대해 갖가지 듣기 좋지 않은 비난의 소리를 늘어놓으며 몇 초 동안 멈춘 맥피는 결단을 내리고 사다리에 덤벼들었다.

우박으로 가득한 하늘과 안개가 허리를 두른 땅 사이에서 균형을 잡은 그의 바지 엉덩이를 나는 30초가량 보고 있었던 듯싶은데, 그러더니 갑자기 민첩하게 몸을 자유자재로 구부리는 곡예사 같은 동작으로 그는 바깥

콜 뒤 프레네이 COL DU FRESNAY

쪽으로 몸을 흔들어 사다리의 안쪽에서 바깥쪽으로 돌아나갔다. 그러더니 갑자기 그의 몸이 완전히 사라져, 금방 보이던 그가 어느새 보이지 않게 되었고, 내 눈에 보이는 것이라곤 돌출 바위의 반들반들하게 튀어나온 부분과 바람으로 인해 순간적으로 탁탁 소리를 내며 획 돌려진 팽팽한 사다리에서 떨어져 나온 얼음조각들의 작은 소나기가 전부였다.

사다리가 팽팽하게 당겨진 채 꼼짝도 하지 않고 늘어졌으며, 얼음조각들도 더 이상 떨어지지 않았다. 휘몰아치는 바람과 바위를 때리는 우박이 날카롭게 울리는 소리 외에는 침묵뿐이었다. 나와 맥피를 연결하는 로프만 움직였는데, 만유인력에 저항하는 방법을 터득한 무슨 뱀처럼 조금씩 또 조금씩 위쪽으로 움직여 올라갔다.

잠시 후 희미하고 나지막하게 외치는 소리가 났다. 나는 그것이 올라오라고 부르는 것으로 이해했다. 얼음이 낀 장갑으로 사다리의 미끄러운 옆줄이나 가로줄을 움켜잡을 수 없어, 나는 장갑을 벗어 호주머니에 넣었다. 단순히 감각적인 면에서는 이 사다리를 오르는 과정이 굉장히 만족스러웠다. 그것은 노출의 정도에서 랑코펠 에크의 츠다르단스키 침니를 벗어나는 곳이나, 빙클러트룸에서 오른쪽의 윙클러 리스로 가는 변형루트와 비유될 수 있다.

훈련의 부족, 힘없는 팔목, 바람과 우박 그리고 사다리의 안쪽에서 바깥쪽으로 공중 그네를 타는 것처럼 거북한 동작을 취해야 한다는 필요성이 분명히 그 상황의 허망함을 현저하게 촉진시켰다. 그것은 등산을 안 하는 사람이 등산에 대해 상상하는 한 가지 장면이 현실로 인정받을 수 있는 것으로, 내가 가본 적이 있는 얼마 안 되는 곳들 가운데 하나였다. 사다리는 바위에 박아 넣은 쇠말뚝들로 단단히 고정되어 있었다. 로프는 돌출 바위의 튀어나온 부분에 닿아 쓸리는 곳에서 너덜너덜해지기도 했지만, 기둥에 닿는 곳들은 가닥들이 풀리며 한 덩어리를 이루었다. 이런 부분이 밑에서는

산의 영혼

보이지 않았다는 사실이 맥피가 편한 마음을 갖는 데 큰 도움이 되었다.

돌출 바위에서부터는 매끄럽고 널찍한 바위가 경사를 이루었다. 쇠말뚝들과 꺽쇠들 외에는 전혀 안전하지 않아, 맥피가 전진하는 동안 나는 있는 힘을 다해 그와 나의 안전을 도모했다. 그런 다음 로프를 단단히 감아 맬 수 있는 안전한 장소까지 그가 진출하자 패리를 올라오게 하는 일에 착수했다. 내가 있는 곳까지 오라는 신호를 받은 그는 거의 메피스토펠레스적인 신속함을 발휘하며 올라왔다.

우리는 12일 전 이 사다리에서 벌어진 비극에 대해서는 알지 못했다.

8월 13일 —우리는 8월 25일에 등반했는데— 이탈리아의 젊은 등산가들로 이루어진 두 팀이 늦은 시간에 이탈리아 산장을 출발했다. 틴들봉에 도착하기 전, 그들 중 하나가 고산병으로 등반을 계속할 수 없게 되었다. 그의 동료들이 정상에 올라갔다 돌아올 때까지 그가 기다려야 한다는 결정이 내려졌다. 그들이 돌아오자 않았기 때문에 그는 결국 혼자 산장으로 내려갔고, 나중에 수색대는 멀쩡하게 살아있는 그를 산장에서 발견했다. 두 명으로 이루어진 팀은 제대로 정상에 도달했다. 날씨가 나빠지고 있어 그들은 될 수 있는 한 빠른 속도로 하산했지만, 사다리에서였는지 아니면 바로 그 위의 얼음이 덮이고 경사가 진 넓은 바위 위에서였는지는 몰라도 한 명이 미끄러지는 사고가 일어났고, 공포에 질린 다른 팀의 사람들이 지켜보는 가운데 그들은 돌출 바위에서 깊은 나락으로 떨어졌다.

살아남은 팀은 30분 내에 정상에 도달하리라는 계산을 하고, 점점 심해지는 폭풍으로 인해 산을 넘어 노멀 루트로 솔베이 산장으로 내려가기로 결정했다. 그들이 정상에 다다랐을 때는 폭풍이 어찌나 심했는지 더 이상 전진하기가 불가능해 비박해야만 한다는 사실을 깨달았다.

폭풍 속에서 마터호른 정상, 또는 그 근처에서 보낸 하룻밤이라면 구태여 묘사하지 않더라도 쉽게 상상할 수 있을 것이다. 그들이 겪은 고생은 무서운 것이었다. 이튿날 아침 그들은 여전히 살아있었지만, 그들 가운데 하나가 얼마 안 가 목숨을 잃었다. 나머지 셋은 폭설 속에서 강행군을 해 내려갔지만, 비록 나중에 솔베이 산장 부근까지 도달하기는 했어도, 그들은 그런 상황에서 산장을 찾지 못했고, 그것을 찾느라 헛되이 한참 돌아다닌 다음에 다시 밤이 되어, 노천 비박을 하지 않으면 안 되었다.

이튿날 아침 그들은 겨우 산장을 찾았다. 너무 기진맥진해서 움직일 수 없는 한 사람을 그곳에 남겨두고 나머지 둘은 폭풍을 헤치며 하산을 계속했는데, 지친 나머지 그들의 하산 속도는 아주 느렸다.

한편 그들을 뒤따라 정상을 넘은 브로일 출신의 이탈리아 가이드 둘은 저녁 6시 그들을 따라잡았다. 브로일에서 조직된 수색대의 이탈리아 가이드 둘이 나중에 또 그들을 쫓아왔지만, 회른리 산장에 도착하기 전에 두 젊은이 중 하나가 숨을 거두었다. 그의 동료는 기진맥진한 마지막 단계에서 가이드들의 부축을 받으며 내려갔고, 다른 생존자 역시 구조를 받아 솔베이 산장에서 하산했다.

이 비극은 마터호른에서 발생한 어떤 사고 못지않게 끔찍한 것이었다. 두 팀 모두 안전하게 산을 오를 만한 능력이 없었다는 것은 슬프게도 분명한 사실이었다. 등반에서 너무나 필수적인 비축된 힘과 기술이 틀림없이 결여된 모양이었다. 사고가 났다는 의심이 들자 그들을 뒤쫓아 폭설 속에서 산을 넘은 브로일의 가이드들이 보여준 행동은 등산의 가장 숭고한 전통을 본받은 것이었다. 불운을 만난 젊은 아마추어들의 한심한 실력에 비하면 그들의 빠른 걸음과 확실한 전진은 기막힌 대조를 이루었다.

우리의 등반에서 나머지 부분은 서술할 필요가 별로 없다. 눈이 내리고 우박이 쏟아지고 바람이 불어, 우리는 아주 가까운 주변 외에는 아무것도 볼 수 없었다. 바위들이 한없이 늘어선 것만 같아 우리는 안개를 뚫고 오르고 또 올랐다. 그러다간 한없이 올라가기만 해야 할 모양이었다. 자포자기를 하게 되었을 때 우리는 십자가의 희미한 윤곽을 보았다. 잠시 후 우리는 브로일의 가이드들이 커다란 철제 십자가를 박아놓은 이탈리아 정상에 섰다.

오후 2시였다. 밤이 되기 전에 대피소까지 도착하려면 낭비할 시간이 전혀 없었다. 눈이 심하게 내리고 있었기 때문에 눈이 쌓이면 쌓일수록 하산은 점점 더 어려워질 터였다. 우리는 정상 능선을 따라 발길을 재촉했고, 스위스 쪽 정상을 지나 노멀 루트로 향했다.

우리는 이탈리아 방향보다 이쪽에서 눈이 더 많이 쏟아졌다는 사실을 알고 놀랐는데, 이미 몇 센티미터나 쌓인 데다 시간이 갈수록 점점 더 높아지고 있었다.

얼마동안 우리는 이미 지나간 사람들의 발자취를 희미하게 알아볼 수 있는 편한 눈 비탈을 내려갔다.

비탈이 조금씩 가팔라졌다. 처음에는 우리가 모두 함께 이동할 수 있었지만, 그런 식으로 계속 나아간다면 안전하지 못하리라는 사실이 곧 분명해졌다. 비탈에는 얼음 위에 15센티미터에서 20센티미터가 되는 눈이 푹석푹석하게 쌓여 있었다. 쌓인 눈을 뚫고 바위가 여기저기서 튀어나와 있었지만, 로프를 걸어 감기에는 충분치 않았다. 그것은 내가 내려온 가장 위험천만한 비탈 가운데 하나였다.

우리는 이 비탈에서 길을 잃었고 더 가파른 바위들을 타고 '산마루'로 내려가도록 설치해놓은 고정로프를 혹시 찾아내지 못하지나 않을지 약간 걱정했다. 편히 하산을 하리라는 열렬한 기대감을 가졌던 다음인지라 루트의 상태는 충격적이었다. 저녁식사 시간에 맞춰 체르마트에 도착한다는 것은 도대체 어림도 없는 일이었으며, 정상에서 겨우 450미터 밑에 위치한 솔베이 산장에 도달하기 위해 온힘을 다해야 한다는 사실을 우리는 깨닫기 시작했다.

얼마 후 맥피의 날카로운 눈이 첫 번째 고정로프를 찾아냈다. 그것은 분설 속에 파묻혀 있었는데, 그 위치를 보여주는 것은 로프를 잡아맨 쇠말뚝뿐이었다.

이탈리아 루트의 고정로프에서 내가 늑장을 부리는 바람에 사람들은 벌써 지체했다. 나는 다친 손목 때문에 이제는 로프에 매달릴 때, 특히 얼음으로 덮인 로프에 매달릴 때 오른팔을 거의 쓰지 못하게 되었기 때문에 이곳 로프들에서도 역시 더 지체하고 말았다. 나는 여러 차례나 튼튼한 등반용 로프를 부탁하지 않으면 안 되었다. 동료들로서는 너무나 많은 시간과 힘을 낭비해야만 했던 이 힘겨운 상황에서 그들이 보여준 극기와 침착함을 나는 영원히 잊지 않을 것이다. 말은 하지 않았어도 과연 그들은 어떤 생각을 하고 있었을까. 나는 기막힌 골칫거리였다.

마침내 우리는 '산마루' 위에 섰다. 그곳에서 멈추지 않고 우리는 동쪽 능선과 암벽의 급사면을 내려가기 시작했다. 이곳도 눈과 얼음의 상태가 좋지는 않았지만 잠시 후 우리는 폭설을 벗어났고, 상당히 멀리까지 전방을 볼 수 있게 되었다. 이 높이에서는 바위들이 젖어 있지 않았고, 우리는 속도를 무척 내어 그곳을 서둘러 내려갔다.

동쪽 능선마루에서 몇 미터 떨어진 곳에 위치한 솔베이 산장은 가파른 몇 개의 바위 밑에 있기 때문에 총알처럼 떨어지는 돌멩이들을 피할 수 있었다. 그 산장이 어디쯤 위치했는지 패리가 대충 알고 있기는 했어도 우리는 예기치 않게 그곳에 도달했다. 불상사를 당한 등산가들이나 날이 저물기 전에 산에서 벗어날 수 없는 사람들만이 이 산장을 이용하도록 되어 있었다. 여러 해 전에 세워진 이 산장은 많은 사람이 불편한 비박을 하지 않도록 해주었으며 상당히 많은 사람의 생명을 구하기도 했다. 만일 그것이 그곳에 없었더라면 오전 8시 15분이라는 늦은 시간에 이탈리아 산장을 떠나지 않았을 터였기 때문에 산장 덕분에 우리가 비박을 하지 않게 되었다고 이야기할 수도 없는 노릇이었다. 하지만 우리는 출발할 때 그날로 체르마트에 도착하리라 예상했었지만, 자신감과 판단력은 별개의 문제여서, 만일 솔베이 산장이 없었다면 좋지 못한 날씨에 그토록 늦은 시간에 출발했다는 것은 지극히 초보적인 실수였으리라.

산장은 밤을 보내기 위한 대피소이긴 했지만, 마음에 드는 곳이라곤 할 수 없었다. 그곳에 도착한 우리는 바깥문이 열려 있고 덧문 하나가 제멋대로 흔들리고 있는 광경을 보곤 놀라고 말았다. 안으로 들어간 우리는 샌드위치를 쌌던 종이와 빵 부스러기, 계란껍질, 오렌지껍질과 썩어가는 고기 조각들 따위가 땅바닥과 벤치, 탁자, 심지어는 간이침대 위에도 흩어져 있는 것을 발견했다. 이 광경을 보고 방명록에 기록해놓은 글들을 읽어보니 가이드를 동반했거나 동반하지 않은 등반가들이 불상사를 당하지도 않고, 비박을 할 염려가 없는 데도 산장을 사용했다는 사실이 분명해졌다. 가장 한심한 일은 '비상식량Not Proviant'이라는 딱지가 붙은 깡통이 텅 비어 있었고, 연료통은 메틸알코올이 절반도 차 있지 않았다는 것이다.

나중에 체르마트의 자일러 박사에게 우리가 들은 이야기로는 어떤 등산가들은 돈을 내야 숙박할 수 있는 회른리의 호텔 대신 일부러 이 산장을 이용한다는 것이었다. 괘씸한 짓이긴 했지만 이것은 이해가 갈 만한 이야기였다. 하지만 숙박비를 낼 능력이 없다고 해서 왜 청결하지도 못할까 하는 점은 이해가 가지 않았다. 산을 오르는 어떤 사람들은 등반의 한 부분을 이루는 책임과 명예라는 더 높은 원칙에 대해 무감각할 뿐 아니라, 다른 등산가들에 대한 선의의 모든 감정이 결여되어 있는 것처럼 보인다. 그런 자들이 왜 산을 오르는지 이해가 안 되는데, 그들은 마치 더러운 우리에서 깨끗하고 고상한 어느 아파트로 거처를 옮기는 돼지가 오물을 함께 끌고 이사를 가는 격이다.

우리가 산장으로 들어가고 나서 몇 분 후에 산의 아래쪽을 가렸던 안개가 걷히면서 스위스 루트로 하산하기에 앞서 하룻밤을 보내기가 보통인 커다란 3층짜리 호텔과 회른리 능선이 모습을 드러냈다. 아마도 대기권의 장난 때문이었겠지만, 호텔이 놀랄 만큼 가깝게 보였는데, 어쩌나 가까운지 하산을 계속하고 싶은 유혹을 느낄 정도였다. 1시간만 내려가면 틀림없이 그곳까지 도착하지 않을까? 하지만 그렇지 않다는 사실을 우리는 알고 있었다. 지도는 그 점을 확실하게 지적했다. 지도를 보면 호텔은 우리보다 900미터나 아래쪽에 위치하고 있음을 보여주었다. 루트는 복잡했고 1시간 반이나 적어도 2시간 후에는 어둠이 깔릴 터였다. 우리는 산장에 머물기로 작정했다. 그것은 가장 현명한 결정이었다. 만일 우리가 하산을 시도했다면 암벽에서 밤을 맞이하게 되었을 것이고, 나중에 불어온 폭풍을 고려하건데 우리들의 처지는 단순히 불편한 정도로 끝나지는 않았으리라고 나는 믿는다.

그날 저녁에는 물기를 잔뜩 머금은 하늘이 내려 누르는 듯싶었다. 금방이라도 바람이 터질 듯하더니, 음흉하고 무거운 어둠이 어느새 뒤덮였다. 솔베이 산장 높이에서는 바람이 불지 않았지만, 가끔 종잡을 수 없는 우박이 지붕 위에서 후드득 뿌려대곤 했다. 나는 숨이 막힐 정도로 짙은 석양 속에서 몇 분 동안 산장 밖에 서 있었다. 구르는 돌멩이도 없었고 사태도 일어나지 않았다. 침묵이 흘렀다. 아니, 위쪽에서 깊은 물이 흐르는 듯 희미한 소리가 났는데, 잠을 자다가 한숨을 짓는 듯, 바람이 마터호른의 정상을 두들겨대고 있었다.

그날 저녁에는 공기와 대지와 하늘이 한편이었다. 지닌 힘이 독특했기 때문에 자신만만했던 그들은 성급하게 분노를 터뜨리지 않았고, 그렇다고 해서 때를 기다리지도 않았다.

등산가는 날씨에 거의 인간의 감정과 맞먹는 성격을 부여하려는 경향이 있다. 자연의 힘은 무슨 악독한 적처럼 그에게 신경질을 부리기도 하고, 친구처럼 너그러운 미소를 짓기도 한다. 안전하게 대피소에서 기다리고 있을 때까지도 그는 흔히 못마땅한 변화를 일으키는 어떤 의도적이고 인간적인 자질을 날씨에서 흔히 깨닫는다. 그렇지만 그날 저녁 나는 그런 환상에 빠지지 않았다. 알프스의 고지대에 찾아오는 심한 폭설처럼 정확히 측정할 수 있거나 불가피한 어떤 현상에 인간적인 힘과 나약함을 결부시킬 수는 없다. 태양과 달과 별들이 저마다 제 갈 길을 가듯, 마터호른 주변에 폭풍이 모여들었으니 말이다.

우리는 저녁식사를 간단히 끝낸 다음 위쪽의 간이침대로 올라가 넉 장씩 담요를 나눠가지고 각자 몸을 둘둘 말았다. 나는 춥지도 않았고 덥지도 않았으며, 그 결과 잠을 잘 수 없었다. 힘겹고도 고생스러운 하루여서 나는 손목이 조금 아팠고, 머리는 멀쩡한 정신으로 긴장되어 있었다. 나는 바람이 도적처럼 산장 주위를 살그머니 돌아다니며 통나무들과 창문들이 삐걱거리고 조금쯤 진동을 일으킬 정도로 손가락으로 어루만지는 듯한 소리를 들었다. 그런 다음 우박이 지붕을 세차게 두드리는 소리가 났지만, 오랫동안 계속되진 않았다.

나는 잠이 들었지만 나중에 다시 깨어났다. 바람이 더 강해졌다. 이제는 더 이상 손가락으로 산장을 어루만지는 정도가 아니었다. 닭장을 부수고 들어가기 위해 애쓰는 굶주린 여우처럼 바람이 산장을 움켜잡아 잡아당기고 물어뜯었다.

나는 다시 잠이 들었다. 잠이 깼을 때는 창문으로 희미한 빛이 보였다. 눈이 내리고 있었는데, 내려도 펑펑 쏟아지는 정도라 벌써 거의 30센티미터나 쌓였다.

우리는 아침식사를 끝내고 로프로 몸을 묶은 다음 출발했다. 산장 주변에는 바람이 거의 없었지만, 그 위에 있는 동쪽 능선마루에서는 진눈깨비가 휘날리고 있었다. 눈이 심하게 쏟아졌다. 바위에는 눈이 잔뜩 쌓였고, 아래쪽과 위쪽으로 안개가 눈과 뒤엉켰다. 가루눈이 내려 우리는 종아리까지 푹푹 빠졌다.

산장 바로 밑에 있는 널찍한 바위의 경사는 동벽의 평균 경사도보다도 훨씬 가팔랐다. 눈이 덮이지 않아 상태가 좋을 때라면 그 바위는 오르기가 쉬웠을 것이다. 현재의 상황에서 우리는 밀가루처럼 엷은 눈을 맞으며 엉금엉금 기고 더듬거리며 나아갔다. 1시간이 다 지나갔을 때 우리는 겨우 30미터가량을 내려갔다. 그런 상태에서 하산한다는 것은 불가능한 일이어서 맥이 풀린 우리는 산장으로 돌아왔다.

우리는 기다려만 했다. 하지만 얼마나 기다려야만 한단 말인가?

우리는 남은 식량을 확인해보았다. 약간의 초콜릿과 몇 개의 말린 자두, 약간의 설탕절임과 페퍼민트 그리고 한두 숟가락 정도의 꿀이 있었다. 산장에 도착했을 때 우리는 사방에 흩어진 수많은 빵부스러기들을 보고 역겨움을 느꼈었다. 이제는 그 부스러기들이 그렇게 소중할 수 없었다. 우리는 선반 여기저기와 산장 구석구석을 뒤져 그 부스러기들을 주워 모았다. 어떤 것들은 여러 달, 심지어는 여러 해나 된 부스러기들이었으며, 어떤 것들은 겨우 몇 주일밖에 되지 않았고, 한두 개는 지난 며칠 사이에 떨어진 것이었다. 그뿐 아니라, 어느 깡통의 밑바닥에는 비스킷 반 토막과 50그램 정도의 옥수수도 있었다. 그런가 하면 먼지가 앉은 마룻바닥의 한쪽 구석에서 나는 베이컨 한 조각을 발견했는데, 모양이 직사각형이고 빛깔이 검은 그 베이컨은 얼마나 오래된 것인지 알 길이 없었고, 크기는 어른의 엄지손가락 위쪽 관절 한 토막만 했다. 이것을 넣으면 수프가 제 맛을 낼 터였다. 그런가 하면 약간 썩은 냄새를 풍기는 버터도 한 조각 나왔다. 이것을 넣으면 수프가 걸쭉해질 터였다. 마지막으로 우리는 시커멓게 변하고 쪼그라들고 너무 오래되어 곰팡이가 파랗게 피어난 고기 한 조각을 찾아냈다. 이것이 완벽한 비상식량이 되리라는 데 우리는 모두 의견이 일치했다. 모두

합치면 우리가 며칠 동안 지탱할 식량으로 충분했고, 지극히 치밀하게 계획을 세운다면 일주일은 버틸 수도 있을 것 같았다. 예외적으로 나쁜 날씨가 아니라면 우리는 일주일 동안 붙잡혀 있을 리 없었지만 마터호른이라면 예외적인 상황을 연출하기로 악명이 높은 곳이었다. 식량 못지않게 중요한 것이 땔감이었다. 하루에 두 번씩 수프를 끓인다면 일주일을 지탱할 연료가 없었다. 우리는 고난의 시기를 겪게 될지도 모를 일이었다.

우리는 저녁까지 담요 속에 들어가 있었다. 눈은 쉬지 않고 내렸다. 몸을 따뜻하게 유지하기가 결코 쉽지 않았지만, 일어나 수프를 좀 끓이니 기분 전환이 되었다.

알코올 스토브로 눈을 녹여 물은 마련한 다음 우리는 짓찧고 토막 내어 조각으로 만든 빵 부스러기들을 조금 넣었다. 다음에는 내가 '일생일대의 대발견'이라고 의기양양하게 자랑한 베이컨 토막을 한두 조각 잘라 넣었다. 다음에는 맥피와 패리가 초콜릿을 한두 조각 깎아 넣고 한 숟가락의 꿀과 페퍼민트 하나, 세 개의 자두를 첨가했다. 이렇게 혼합한 것에 나는 나의 동료들에게 "뭔가 건더기가 있어야 해."라고 우기면서 옥수수 한 숟가락과 버터 덩어리를 더 넣었다. 아마추어 요리의 이 걸작이 끓고 난 다음 각자 공평한 양의 빵조각과 자두와 베이컨조각을 골고루 먹을 수 있도록 세심하게 신경을 써가며 분배가 이루어졌다. 식사를 끝낸 다음 우리는 담요로 되돌아갔다. 자리에 눕자 훨씬 편안한 기분이 들었다.

둘째 날 밤은 첫째 날 밤보다 훨씬 추웠고, 터무니없이 길게 느껴졌다. 우리가 잠에서 깨어났을 때는 새벽빛이 다시 한번 창문을 가득 채우고 있었다. 우리는 얼음이 더덕더덕 달라붙은 창문과 문을 열어 완벽한 아침을 보았다. 하늘에는 구름이 없었으며, 위대한 태양은 몬테로사와 미샤벨에 걸려 있는 안개를 밀치며 올라오고 있었다. 산장 일대의 공기는 평온했지만, 몇 미터 떨어진 동쪽 능선마루에서는 바람이 눈을 흩뜨려놓으면서 자그마한 나선들과 소용돌이들을 일으켜 끌어올렸다. 더 높은 곳에서는 푸르겐 능선에서 눈이 사나운 회오리를 치며 솟아올랐다.

바위에는 흩날리는 분설이 30센티미터 이상이나 쌓였다. 아래쪽으로는 슈바르츠 마을까지 눈이 내렸고, 동벽은 거의 끊어지는 곳이 없는 눈의 비탈을 이루었다. 햇살이 처음에는 아무 힘도 없었지만, 높이 떠오르는 사이에 태양은 붉은 열기로부터 흰 열기로 무르익어 눈부시게 맑은 대기에 따스함을 쏟아 넣었다.

태양이 본격적으로 비치고 나서 몇 분이 지나는 사이에 마터호른은 꼼짝도 하지 않고 있었다. 그러더니 갑자기 서리의 장력으로 끌어당기는 힘이 발생하기 시작했다. 무게가 50그램도 안 되는 자그마한 눈 한 뭉치가 근처의 큰 바위에서 쏟아져 내렸다. 또 한 덩어리 그리고 또 한 덩어리가 떨어졌다. 산장의 창문을 덮은 성애의 껍질이 여러 조각으로 갈라지더니 유리를 타고 천천히 미끄러져 내려갔다.

산장의 문간에서 우리는 그늘진 목초지들과 무더기들을 이룬 체르마트의 샬레들을 식별할 수 있었다. 동쪽으로는 몬테로사의 흰 눈이 천국의 물질로 변한 것처럼 보였다.

아침식사는 어쩐지 어제 저녁식사만큼 즐겁지 않았다. 아마도 그날 저녁에는 체르마트에서 식사를 하리라는 기대감이 '수프'에 대한 우리의 입맛에 영향을 준 모양이었다.

산의 급사면에서 어느 정도의 눈을 햇볕이 치워줄 때까지는 하산이 바람직하지 않아, 우리는 한낮까지 기다리기로 결정했다.

아침식사를 하고 나서 우리는 햇볕을 쬐었다. 산장의 문간에 느긋하게 앉아있던 우리는 사람들이 회른리에 있는 산장을 떠나 동쪽 능선을 향해 비탈을 올라오기 시작하는 것을 보고 마음에 걸리는 것이 있었다. 우리가 체르마트에 도착하지 않았기 때문에 걱정이 되어 수색대를 출발시킨 모양

솔베이 산장에서 바라본 조망 FROM THE SOLVAY HUT

이라는 생각이 든 것이다. 알프스의 수색대는 값비싼 사치나 마찬가지였다. 우리는 '구조'를 받았다고 1천 프랑을 내고 싶은 생각이 전혀 없었다. 수색대가 산장으로 되돌아가는 것을 보고 우리는 사뭇 안심이 되었다. 보나마나 그들은 관광객들이거나 산의 상태를 살펴보기 위해 나와 본 등산가들이었으리라.

날씨가 완전히 마음에 든 것은 아니었다. 햇빛이 마터호른을 비추고 있었지만, 몬테로사에 걸려 있던 매끄러운 낫처럼 생긴 구름은 불안정한 대기권의 상태를 보여주었다.

태양은 놀랄 만큼 빠른 속도로 힘을 발휘했다. 오전 9시가 되자 젖은 눈이 동벽을 타고 흘러내렸다. 오전 11시가 되자 눈의 깊이가 절반 이상 얕아졌다. 규모가 훨씬 크고 훨씬 위험한 눈사태들도 다 떨어지고 난 다음이었기 때문이다.

우리는 오전 11시가 조금 넘어 출발했다. 전진 속도는 느렸다. 눈은 더 이상 푹신하거나 가루 상태가 아니라 물기에 푹 젖어 무거워졌다. 눈이 녹으면서 발 디딜 자리들은 노출시켰지만, 우리는 지극히 조심해서 그리고 한 번에 한 사람씩만 이동하지 않으면 안 되었다. 처음 한 시간 동안 우리는 겨우 150미터밖에 내려가지 못했다.

가장 쉬운 루트는 대부분 동쪽 능선마루 바로 밑에 있는 동벽을 타고 가지만, 눈사태와 낙석의 위험으로 인해 가능한 한 능선에 바싹 붙어서 이동하는 것이 필수적이었다. 이런 이유로 이제는 폐허가 되어 사람들이 이용하지 않는 예전의 산장보다 훨씬 아래쪽까지 내려간 다음에야 우리는 모두 함께 이동할 수 있었다. 우리가 밑으로 내려가는 사이에 눈이 점점 얕아졌다. 더 밑으로 내려갔더니 눈이 얼마나 얕아졌는지 우리는 전에 다른 사람들이 지나다니며 남긴 선명한 자취를 여기저기서 식별할 수 있었다.

우리는 '돌멩이들의 거대한 몬테로사'라는 푸석거리고 기분이 좋지 않은 바위 도랑을 건넌 다음 모퉁이를 돌아 구불구불한 길에 이르렀다. 그곳에서 우리는 물에 흠뻑 젖어 무거워진 로프에서 우리 자신을 해방시킨 다음 회른리호텔로 천천히 내려갔다.

오후 5시였다. 우리는 가벼운 간식을 먹기 위해 30분 동안 휴식을 취한 다음 체르마트로 내려갔다. 우리가 하산을 계속하는 동안은 무더운 저녁 시간이었다. 숨죽인 숲은 폭풍이 닥칠 전조를 품고, 공기는 따뜻하고 감미로운 흙냄새를 풍겼다. 위쪽에서는 마터호른 주위로 구름이 몰려들고 있었다.

7
아주 높은 산

최근 몇 년 동안 세계의 아주 높은 산들에 대한 원정이 많이 이루어졌다. 이런 원정들은 막대한 경비가 들어갔으며 희생된 생명도 적지 않았다. 그중 세 가지 재앙을 꼽아본다면, 1922년에는 에베레스트의 노스콜에서 포터 7명이 눈사태에 휩쓸려 죽었고, 1924년에는 맬러리와 어빈이 같은 산의 정상에 도전했다가 돌아오지 못했으며, 1934년에는 낭가파르바트에서 폭설을 만나 4명의 유럽인과 6명의 포터가 생명을 잃었다.

무엇이 좋아서 그러냐고 어떤 사람들은 묻는다. 과연 그럴 만한 가치가 있느냐고 묻기도 한다. 그런 질문이나 의심을 품는 사람들은 정보와 교훈을 수집하려는 순수한 욕망에 의해 행동하는데, 어떤 사람들은 이해를 하기보다는 오히려 많은 경우에 무지를 드러내기 딱 좋은 자신들의 '상식'을 내세우거나, 아니면 자신들의 비판이 지닌 파괴적인 힘을 과시하고 싶은 욕망에 의해 그렇게 한다. 아주 높은 산들의 정상으로 인간을 몰고 가는 힘은 그를 야수보다 높은 차원으로 끌어올리는 것과 똑같은 힘이다.

그는 단순히 살아가기 위해서만 이 세상에 태어난 것이 아니고, 그는 사랑과 행복을 발견하고 표현하고 창조하기 위해서 존재한다. 어떤 사람들은 이 지구에서 가장 다다르기 힘들고 가장 황량한 구석들을 찾아가서, 그들의 육체로 하여금 불편한 환경과 심지어는 위험에도 처하게 해 '발견'이라는 단순한 어휘, 즉 형이하학적인 목표들뿐 아니라 그들 자신의 발견과 결부되는 이성을 추구함으로써 가장 훌륭한 행복을 성취한다. 하지만 내재하는 어떤 나쁜 양상이 포함되어 있지 않는 한, 비록 첫눈에 아무리 어리석어 보이더라도 다른 사람의 이상을 헐뜯는다는 것은 열등한 편협을 스스로 노출시키는 셈이다.

어려운 알프스의 봉우리라 하더라도 충분한 힘과 기술을 지닌 사람이라면 등반이 가능하지만, 히말라야를 오르기 위해서는 힘과 기술 외에도 높은 고도의 희박한 공기 속에서 생존할 능력을 갖춘 육체를 지니고 있어야만 한다. 그러나 성공을 위해서는 비록 필수적이긴 해도 그런 자질까지도 충분치 않다. 육체적이고 정신적인 힘을 상당히 많이 동원해야 하는 모든 활동에서는, 그 일을 성공적으로 달성하고자 한다면 그런 활동에 상응하고, 그 일과 같은 차원에 처해 공감을 느끼는 정신적 자세를 키워야만 한다. 아주 높은 산에서라면 그 산에 올바른 방법으로 접근하는 것이 안전과 성공에 필수적인 요소이다. 가장 강하고 기술이 가장 뛰어난 등산가들이라 하더라도 그들의 육체적인 에너지는 물론이려니와 모든 정신적인 힘도 집중시키지 않으면 아주 높은 산들의 정상에 도달한다는 목적을 이룰 가능성이 없다는 말을 해도 되리라. 그것이 바로 아주 높은 산들이 지닌 힘이고 위력이며 매력이어서, 그 산들은 단순히 육체적이고 기술적인 능력보다 훨씬 훌륭하고 더 큰 무엇을 요구한다. 그 산들은 야수나 천사가 아니라 평범한 사고를 지닌 사람을 위해서, 내면의 사색적인 눈을 산들이 지닌 영광으로 돌리려는 등산가를 위해 마련된 과제이다.

아주 높은 산들은 인간이 내면에 지니고 있는 가장 훌륭한 요소, 또는 그 이상의 무엇을 요구한다. 그 산들은 선물이지만 쉽게 내주는 선물이 아니다. 그것은 노력뿐 아니라 목적의식도 요구한다. 성공의 여부는 젖혀 두고라도 그곳을 오르기 위해서는 우주의 숭고한 힘과 같은 차원에 자신이 도달해야 한다.

칸첸중가 KANGCHENJUNGA

여전히 어떤 사람들 사이에서는 미신이 널리 퍼져있다. 목적의식이 모든 발전의 기초를 이루며, 옆길이 막히면 큰길을 따라 더 빠른 속도로 나아갈 수 있기 때문에 미신이란 발전의 과정에서 필수적이고 교육적인 부분이어서, 길을 가리키고 비교의 기준을 마련하는 역할을 한다는 것은 의심할 나위가 없다. 행운과 불운을 받아들인다는 태도는 미신을 받아들인다는 것을 의미한다. "다음에는 운이 좋을지도 몰라."라고 말하는 것은 아주 높은 산들에 접근하는 이상적인 방법이 아니며, 실패할 때마다 "운이 없었어."라고 말하는 것은 그릇된 관점에서 문제를 보는 것이다.

어느 사건이 마치 발전과정과 관계없는 외부적인 어떤 신비한 이유로 인해 벌어진 운수 문제이기라도 한 것처럼, 그런 이야기는 어느 다른 곳에서나 마찬가지로 산에서도 쉽사리 사람들의 입에서 흘러나오기 마련이다. 만일 올바른 태도로 아주 높은 산들에 접근한다면 그 산들은 올라갈 수 있다. 육체적으로 그리고 정신적으로 문제를 극복해나갈 자세를 갖춘 사람들은 거절당하지 않고 환영을 받으리라. 이것은 진실이며, 부정적인 힘을 충족시키기 위해서 왜곡시킨 진실이라 할 수 있는 미신은 진실과 상극이라는 것을 나는 확신한다.

아주 높은 산들의 주변에는 지금까지 많은 거짓의 구름이 끼어들었다. 불행히도 등산만큼 많은 오해를 불러일으킨 활동도 없다. 이미 이루어진 피해는 어찌나 현실적인지, 그 한 가지 결과는 아직 산들을 '발견'하지 못했거나, 등산의 바탕을 이루는 동기에 대해서 무지한 사람들에게 전혀 틀린 개념을 전해준다는 것이다. 그 한 가지 나쁜 후유증은 사람들이 등산에서 경쟁적인 요소를 전제조건으로 삼는다는 점이다. 이런 면이 어느 정도 존재한다는 사실은 어느 누구도 부인하지 않겠지만, 많은 사람에게 등산이라면 1차적으로 인간과 대자연 사이에 존재하는, 아니면 마땅히 존재해야 하는 그 행복한 관계를 강화시키는 수단이 된다. 무지하면서도 생각이 모자라는 저널리스트들에게 아주 높은 산들이란 '묘기'나 '기록'에 불과한데, 그 어휘들은 현대라는 시대에서 완전히 가증스럽고 저속하고도 열등한 모든 것을 암시적으로 나타낸다.

그보다도 더욱 나쁜 양상은 아주 높은 산들의 등반을 둘러싼 '민족주의적' 분위기이다. 산 하나는 영국 등산가들을 위한 독무대가 되었고, 또 다른 두 개는 독일 등산가들을 위한 영토가 되었다. 만일 그런 국민적 배타성이라는 정책이 앞으로도 계속된다면 전체적인 등산이 피해를 받게 될지도 모른다. 아주 높은 산들은 이상주의와 선의에 뿌리를 내려야 하는 활동의 추구와 사람들 사이에 회의와 시기심이 끼어들게 만드는 '선취권'이나 민족적인 편견 없이 모든 사람에게 개방되어야 한다.

아주 높은 산에서 나 자신이 겪은 경험이 나로 하여금 아주 강렬하게 깨닫도록 만든 또 하나의 사실은 정복하려는 정신에 입각한 관점이 지닌 잘못이다. 나 자신도 이런 바람직하지 못한 사고방식의 오류를 저지르긴 했지만, 아주 높은 산들은 인간이 대자연을 정복할 수 없다는 교훈을 나에게 가르쳐주었다. 대자연에 대한 그의 관계를 표현하기 위해 인간이 사용하는 '정복' 따위의 어휘는 독선적인 이기주의를 풍기며, 그 자체가 대자연과의 결속이 결핍된 상태를 암시하는 의식적인 우월감을 드러낸다.

대자연은 따로 존재하기 때문에 공격하여 정복해야 하는 무엇이 아니며, 우리의 한 부분으로서 우리 자신이 실현시키기 위해 투쟁하고 그것을 실현함으로써 존재의 참된 중요성을 우리가 터득하게 되며, 모든 것을 극복하는 아름다움과 장엄함이다. 아주 높은 이런 산들 가운데 하나를 '정복'하려 나선다고 스스로 선전하는 원정등반은 유럽에서 항해를 시작하기도 전부터 실패를 확인하는 셈이다. 스스로의 허영심으로 인해 그 원정은 실패할 수밖에 없다.

아주 높은 산들을 오른다는 것은 대자연과의 결속을 실현시키는 셈이다. 그런 실현을 위해서는 형벌과 고통이 수반될지도 모르지만, 오직 투쟁과 고통을 통해서만 인간이 자신을 실현시키는 길을 터득하고, 인식을 키워나가고, 도덕적인 고매함을 향상시키고, 진리와 기쁨을 발견하게 되리라는 것이 우주 불변의 법칙이기 때문에 그 형벌과 고통을 수반하는 성취가 더욱 더 강렬하고 즐거워지게 마련이다. 숨통이 죄어들고 헐떡이고 기운이 기진맥진해가면서 한 인간이 언젠가는 지구에서 가장 높은 곳을 밟게 될지도 모르지만, 그는 타고난 힘을 모두 발휘할 뿐 아니라 그 힘을 훨씬 능가하는 어떤 능력을 발휘할 수 있도록 만들어주는 자질을 지녔다는 사실을 알고 있으므로, 정복자가 된 기분을 느끼면서가 아니라 소박하고도 고마워하는 마음으로 오르게 될 것이다.

아주 높은 산들을 오르는 행위가 위대한 것은 어떤 사람도 단독으로 자신의 노력에 의해서만은 정상에 다다를 능력이 없다는 사실에서 연유한다. 아주 높은 산들을 정신적인 그리고 육체적인 문제에 있어서 고도가 더 낮은 산들과 분리시키는 요소가 거기에서 발견된다. 그 산들은 개인적인 접근 방법보다 훨씬 더 많은 것을 요구한다. 젊은 모리스 윌슨은 에베레스트 등반에 필수적인 기술을 갖추지 못해 온갖 문제를 보이긴 했어도 그는 혼자 그 산을 오를 수 있으리라 믿었다. 그는 믿음, 오직 믿음만 가지고 정상에 도달할 수 있으리라 생각했다.

그것은 훌륭한 철학이긴 하지만, 실천이 불가능한 개념이었다. 현실적이고 인본주의적인 근거에 입각해 그의 허황된 시도는 심한 비판의 대상이 되었다. 생명을 그런 식으로 던져버리는 행위를 찬양한다는 것은 올바른 일이 아니겠지만, 그는 선전이나 물질적 출세 따위의 못된 동기로 자극받지 않았으며, 에베레스트에서 만일 그가 육체적 고생과 고통을 통해 우주의 힘과 환희의 결속 관계를 이룩하려는 수단을, 그리고 하나의 이상을 발견했다고 가정한다면, 그때는 그의 행동이 개탄할 만한 것이긴 할지라도 그가 지닌 목적의식에 대해서만큼은 나로서는 감탄할 수밖에 없다.

그것은 등반이라 할 수는 없었으나 훌륭한 자세였다. 그것을 미친 짓이라 해도 좋고, 그대 마음대로 이해해도 좋지만, 경험이 많은 등산가들로 이루어진 치밀한 네 차례의 원정대들이 이미 올라가는 데 실패한, 세상에서 가장 높은 산을 등정하겠다고 단독으로 출발함으로써 무엇인지를 표현하고, 의식의 세계를 넓히고, 육체적인 속박에서 벗어나고, 모든 세속적인 관념을 극복하겠다는 욕망, 그 이상주의의 불꽃으로 인해 어쩌면 동기가 자극되었을지도 모르는 이 젊은 남자의 머릿속에는 어떤 찬란한 요소가 존재하지 않았을까? 최후의 산을 둘러싼 구름 속으로 영원히 사라져버린 맬러리와 어빈의 철학이 그랬던 것과 마찬가지로, 이 젊은이의 철학에는 찬란한 그 무엇이 담겨 있다.

우리가 살아가는 현재 단계에서는 "신은 스스로 돕는 자를 돕는다."라는 것이 불변의 법칙처럼 여겨진다. 어떤 사람들은 믿음이 있으면, 그리고 오직 믿음만 있으면 필요한 모든 것이 갖추어진 셈이라고 주장할지도 모른다. 또한 그리스도에 의해 그토록 성공적으로 실행됐던 신비주의가 지닌 실질적인 가치와 성취해 놓은 바가 자취도 없이 사라졌는지도 모른다. 어떤 행동을 그 행동을 야기한 생각과 동기보다는 행동 자체와 거기에서 파생된 결과에 의해 판단하는 사람들이 미쳤다고 생각하는 월슨 같은 인물은 때때로 '불가능한 대상'을 성취하려 애쓴다. 목숨을 잃은 그들은 만일 성공과 실패를 삶과 죽음과 구체적인 행위에 입각해서 가늠한다면 실패한 셈이다. 그러나 그들이 정말 실패했는지 어쩐지는 하느님만이 판단할 수 있지 않을까?

아주 높은 산들에 대해서라면, 신은 스스로 돕는 자들뿐 아니라 다른 사람들을 돕는 자들도 돕는다고 말하는 것이 어쩌면 더 타당한 이야기일지도 모르는데, 그 까닭은 그런 산이 제시하는 문제와 산에서 일어나는 대부

칸첸중가의 뾰족한 정상 THE WEDGE PEAK OF KANGCHENJUNGA

분의 다른 문제 사이에 존재하는 본질적인 차이는 그 산정에 도달하는 데 있어서 결국 성공하게 될 모든 사람은 앞서 거쳐 간 사람들보다 아무것도 그 이상은 더 달성하지 못하기 때문이다. 정상에 오르는 원정대가 맡은 역할은 어떤 경우에 대원들이 여러 해에 걸쳐 기울여온 노력의 아주 작은 한 부분에 지나지 않는다. 전체적으로 일반 대중이 이런 점을 인식한다는 것은 필수적이며, 그렇지 못하면 원정등반은 그 가치에서 많은 부분을 상실하게 된다.

많은 등산가들은 자신들의 등반에서 배타성이라는 원칙을 믿는다. 그들은 등산이라면 다른 사람들이 알지 못하도록 엄격히 격리시켜 높은 곳에 간직해두어야만 하고, 원정등반에 대한 기록이 신문에 게재되는 것을 천박한 무엇이라 생각한다. 이미 이야기한 바와 같이, 사실상 상실될 정도로 진실을 왜곡시킨다는 것이 가능한 일이긴 하지만, 만일 아주 높은 산들 가운데 하나를 올라가려는 시도의 성공 여부가 동료애와 선의와 봉사정신, 그리고 측정을 위한 현재와 과거의 가치관에서 다함께 존재하는 형평의 인식, 또한 행복하게 존재하기 위해서는 어느 사회에서라도 너무나 필수적인 그 모든 요소들에 따라서 얼마나 많이 좌우되는지 깨닫는다면, 그때 아주 높은 산들은 사람들에게 영감을 부여하는 역할을 하는데, 적어도 원정등반에 대한 한 가지 의미만큼은 분명해진다. 따라서 감정에 호소해 판매를 도모하는 데만 관심을 보이지 않고, 이런 점들을 모두 배려하는 종류의 보도는 국가적으로 그리고 국제적으로 크나큰 가치를 지닐 수도 있다.

아무리 안전과 성공에 입각해 편의성을 고려한다 하더라도 산소 기구의 사용은 등산의 이상에 저해가 되는 요소이므로 높은 산을 오를 때 그것을 사용하지 않는 것이 바람직하다. 단순히 정상에 다다르기 위해 보조 산소를 흡입한다는 것은 원정등반의 과정에 있어서는 굉장히 맥이 풀리는 일이고, 사실상 그것은 등반에 대한 모욕의 성격을 띠게 된다. 만일 그런 식으로 산을 오른다면, 그것은 등산의 관점에서 볼 때 순수한 등산이 될 수 없으며, 대자연이 제시하는 문제를 아무런 도움도 받지 않고 자신의 힘으로만 극복할 수 있는 등산가를 산은 아직도 기다릴 것이다.

지금은 아주 높은 산들이 제시하는 문제의 보다 광범위한 양상밖에는 따져볼 여유가 없다. 내가 마지막까지 남겨둔 것이 하나 있는데, 그것을 마지막까지 남겨둔 이유는 —모든 요소가 동일한 하나의 전체를 형성하므로 문제가 닥치면 그 문제 내에서는 어떤 요소도 다른 요소보다 조금도 더 중요하지 않으니까— 그것이 가장 중요하지 않기 때문이 아니라, 기억해둘 만한 가치가 가장 많기 때문이다.

아주 높은 산들을 오르는 원정등반은 캠프의 설치와 장비와 식량과 연료의 수송에 있어서 셰르파(히말라야 고지대의 티베트계 네팔인)와 보티아 포터(네팔의 셰르파와 같이 짐을 운반하는 티베트인)들의 봉사에 의존한다. 이 사람들이 보여준 용기와 강인함과 자발적이고 쾌활한 태도에 대해서는 내가 아무리 칭찬을 늘어놓아도 모자랄 지경이다. 과거의 원정대들을 위해 일하다 목숨을 잃은 포터들도 벌써 몇 명 있다. 그들이 없다면 성공은 불가능하다. 그들은 기술과 인내와 다른 자질들에서 뛰어난 등산가임을 스스로 증명했다. 그들은 지금까지보다 훨씬 더 높이 캠프를 설치하고 세계에서 가장 높은 산의 정상에 안전하게 올라갈 능력이 있다. 만일 정상에서 그들의 고용주들과 나란히 서는 기회가 그들에게 주어진다면, 에베레스트를 오르려는 시도에서 아주 잘 어울리는 극치가 되지 않을까?

8
새벽

동이 트기 3시간 전인 새벽 2시에 산장지기가 우리를 깨웠다. 우리는 아무생각도 없이 기계적으로 옷을 끌어당겨 입는 동안 하품을 계속했다. 짜증스러운 일이었지만, 우리는 담요를 접어놓곤 등산화를 신기 전에 양말에서 지푸라기 부스러기들을 털어냈다. 그런 다음 여전히 하품을 하면서 우리가 홀 안으로 터벅터벅 들어갔더니 산장지기가 꺼져가는 불씨를 살려내려 입으로 바람을 일으키고 있었다. 산장의 공기는 탁하면서도 싸늘했다. 식탁의 의자에 앉은 우리는 심한 허무감을 느끼며 아무 이야기도 하지 않았다.

마침내 아침식사를 하게 되었는데 버터와 꿀을 바른 큼직한 빵과 펄펄 끓기는 해도 싱거운 차가 커다란 잔에 담겨 나왔다. 이것을 우리는 기계적으로 얌전히 먹고 마셨다.

우리는 식사를 마치고 배낭을 꾸리고 랜턴을 켜고 피켈과 로프를 집어들고 어슬렁거리며 산장을 나섰다.

문간에서 우리를 맞아준 밤은 춥고 별이 총총했으며 고요했다. 우리는 구름을 볼 수 없었다. 날씨는 좋았다. 하늘과 사방을 모두 둘러본 다음 우리의 눈은 랜턴(lantern 등반 시 주거나 휴대용 조명기구)이 비추는 노란 불빛의 동그라미에 초점을 맞추었다.

우리가 앞으로 나아가자 밤이 우리를 사방에서 에워쌌다. 그 자체가 답답하고 자그마한 하나의 세계를 이룬 산장 안에 있었던 우리는 어느새 무궁한 우주로 빨려 들어갔다.

날씨가 추웠는데, 전혀 움직일 줄 모르는 추위가 우리의 두뇌에서 천천히 졸음을 몰아냈고, 그런 다음에는 갖가지 사물들을 의식하게 될 때까지 우리에게 자극을 주었다. 우리는 추위를 느꼈고, 울퉁불퉁한 땅바닥을 의식했으며, 그로 인해 발목이 비틀리거나 정강이가 까지지 않도록 조심해서 땅을 밟아야 할 필요성을 깨달았고, 그런 다음에는 바로 우리 주변의 환경과 우리의 관계 그리고 우리의 안전에 영향을 주는 사물을 인식하고 나서 먼 곳의 격류가 흐르는 소리를 들었고, 떨고 있던 무수한 별들 중 하나하나의 별자리를 식별했다.

나는 갑자기 우주의 공간을 인식하게 되었는데, 어떤 묘한 감정이 가벼운 전율처럼 순식간에 내 몸을 관통하고 지나갔다. 하나의 원자로서, 막연한 창조와 진화의 과정이 낳은 산물로서 나는 이곳에 존재했다. 나는 깜박이는 별들로 이루어진 우주에 비하면 그 자체가 상상도 못 할 정도로 작은 하나의 점에 지나지 않는 산을 오르려는 참이었다. 정상적으로 우리는 삶을 받아들이는 것과 같은 태도로 우주 공간을 받아들이며, 그것이 의미하는 바를 별로 의식하지 않는다. 때때로 지성인이거나 아니면 사이비 지성인 같은 태도로 우리들은 아인슈타인과 진스(Janes Hopwood Jeans. 영국의 물리학자이며 천문학자—역주)에 대한 이야기를 장황하게 늘어놓지만, 그것은 정신적인 체조라고나 할까, 터무니없이 하찮은 우리의 지식을 과시하려는 행위에 지나지 않는다. 하지만 정상적인 상태에서라면 우리는 주변 환경을 받아들이고, 또 그것을 잊어버리곤 일상적인 삶을 계속한다. 우리는 미래를 환히 내다보는 사람처럼 살아갈 수 없고, 우리 자신을 그대로 유지해나가면서 살고 사랑하며, 죽음을 위한 준비를 해야 한다.

그러나 한밤중에 산에 있으면 우주 공간의 경이적인 웅장함이 인간에게 다가오고, 그러면 그는 대도시로 뻗어나간 길에 서서 앞에 무엇이 기다리

바이스호른의 이른 새벽 EARLY MORNING: THE WEISSHORN

고 있는지 몰라 당황하고 겁이 나서 두려워하는 시골사람 같은 기분을 느낀다. 광활하고도 헤아릴 수 없는 무엇은 하나의 존재가 되어, 더 이상 그냥 받아들이고 소홀히 넘겨버려도 좋은 무엇이 아니라 하나의 현실이 된다. 생각과 비전이 거기까지 미치게 되면 두려워할 필요가 없다.

우리는 바다에 떠돌아다니는 단순한 티끌이 아니라, 파괴되지 않는 바다의 한 부분을 이룬다. 우리의 의식은 모든 것을 포용하고, 우리는 우주와 하나가 된다. 겨우 몇십 킬로그램의 살과 뼈가 단순히 썩어 없어진다고 해서 이 관계, 단번에 백만 광년을 꿰뚫는 이 비전, 별들 너머로 그토록 멀리 다다르는 지각을 깨워주는 이 의식이 사라진다는 것은 상상할 수 없는 일이다. 영혼이 오직 육신에만 속박되어 있지 않은 사람이라면 어느 누구도 그런 가능성을 믿지 않을 것이다. 그리고 비록 완전히 없어진다고 믿는 사람이라 해도 그는 자신의 육신이 우주 속으로 다시 흡수된다는 사실을 알게 되리라. 의식은 우리의 내면에서 발달하는 모든 원자에서 한 부분을 차지하고 있지 않다는 말을 그 누가 하겠는가?

우리가 모레인 지대를 따라 터벅터벅 걸어가고 있으려니까 등산화의 징과 피켈이 돌멩이에 닿아 지걱거리고 짤그랑댔다. 우리 옆에서는 빙하가 별빛을 희미하게 반사했으며, 바위들이 깔린 바닥 위에서 불안하게 몸을 움직이며 얼음덩어리는 가끔 신음소리를 내거나 삐걱거리는 희미한 소리를 냈다. 잠시 후 우리는 그 빙하를 밟게 되었고, 로프로 서로 몸을 연결한 다음 우리가 가야할 산봉우리를 향해 빈틈없는 전진을 시작했다.

모레인 지대 위에서 우리는 서로 가까이 붙어 전진했지만, 빙하 위에서는 신중을 기하느라 훨씬 더 길게 간격을 잡았다.

우리는 앞에서 완만하고 부드러운 경사를 이루며 얼어붙은 단단한 눈을 밟고 지나갔다. 우리는 침묵을 지키면서 나아갔는데, 이야기를 나눌 기회도 없었으려니와 귀에 들어오는 것이라곤 우리가 숨을 쉬는 소리와 로프가 눈 위에서 끌리는 가벼운 소리와 발밑에서 눈이 뽀드득거리는 소리뿐이었다.

믿어지지 않을 정도로 눈에 띄지 않게 천천히 날이 밝아왔다. 지극히 고귀한 하늘의 습기가 스며들기라도 하는 것처럼 빛은 머뭇거리면서 어루만지듯 세상으로 천천히 쏟아져 내렸다. 우리가 밟고 지나가는 눈이 가장 먼저 모습을 드러냈다. 별빛 속에서도 우리는 창백하게 드러난 그 눈을 보았었지만, 이제는 보다 뚜렷한 색조를 띠었다. 지금까지 보이지 않았거나 어림짐작만 했던 것들이 눈에 보이자, 벌어진 크레바스의 틈과 눈이 조금씩 층을 이루고 꺼진 곳들이 나타났다. 아주 느릿느릿 산봉우리들이 밤의 어둠으로부터 벗어났다. 별들을 배경삼아 산봉우리들은 단순히 불규칙하고 시커먼 쐐기 모양을 하고 하늘의 보다 어두운 부분 속으로 사라져버렸지만, 동이 트면서 그 산봉우리들은 견고하고도 묵직한 형체를 갖추어갔다. 그 산봉우리들이 어둠으로부터 빛으로, 평면적인 윤곽으로부터 입체적이고 견고한 형상으로 변하는 모습은 놀라울 정도로 오묘해서, 눈에 띄진 않더라도 규칙적으로 이루어지는 변형의 리듬이었다. 바로 그런 방법으로, 즉 한 순간이 아니라 서서히 그리고 점점 더 깊어지는 사랑과 힘을 가지고 하느님은 세상에 빛을 가져다주었으리라. 그리고 인간으로 하여금 그 기적을 잊지 않게 하려고 보다 작은 기적이 날마다 이루어져서, 어떤 새로운 진실처럼 아무도 눈치 채지 못하게 살그머니 이 세상으로 그 기적이 찾아온다.

천천히 몰려오는 빛으로 하늘이 가득 찼고, 광채가 약해진 별들이 떨면서 빛을 잃곤 잠시 후 한꺼번에 사라졌다. 조금씩 또 조금씩 산봉우리들이 다시 태어났고, 조금씩 또 조금씩 빛이 새로워지더니 찬란하게 짙어졌다. 앞에서는 버트레스가 어둠에서 형체를 드러냈으며, 높은 곳에서는 지극히 섬세하고 하얀 눈의 모서리가 칼집에서 뽑아든 칼날처럼 반짝였다.

날이 밝아온다는 것을 알리는 이 분명한 전조는 우리의 마음속에서 즐거운 반향을 일으켰다.

어둠과 더불어 의심하는 마음이 사라졌고, 시야와 더불어 생각이 넓어졌다. 우리는 새로운 힘을 얻었다. 그날에 대한 전망이 이제는 더 이상 형체도 없고 둔감한 듯 여겨지지 않았고, 정신적인 그리고 육체적인 기쁨으로 이루어진 또 다른 차원에서 예측할 수 있게 되었다. 차갑고 상쾌한 공기는 기운을 북돋워주었다. 눈은 껍질을 만들 듯이 굳어져 우리의 발밑에서 부서지면서 하루의 모험을 속삭여주었다.

서두르지 않으면서도 꾸준히 빛이 밝아져서 결국 산봉우리들은 별들로부터 받은 모든 광채를 발산하며 빛났다. 그러더니 몇 분에 불과했겠지만 한참 동안이라고 여겨지는 시간 사이에 날이 밝아오는 과정이 잠시 멈추었는데, 그 멈춤은 대자연이 마지막으로 엄청난 힘을 멋지게 과시하기 위해 기운을 가다듬느라 잠시 쉬는 듯한 멈춤이나, 노련한 웅변가가 어떤 심오하고도 감격적인 말을 하기 전에 잠시 침묵을 지키는 듯한 멈춤이었다.

갑자기 햇살이 어느 산봉우리에 닿았고, 고요하고도 나지막한 목소리가 황금빛 광채로 변했다. 민첩한 새벽의 마술사가 재빠르고도 기민하게 산맥을 따라 동쪽에서 서쪽으로 달려갔으며, 산봉우리들은 차례로 마술사의 솜씨를 증언했다. 햇빛이 지나가면서 바람이 일었는데, 그것은 깨어나는 하루의 지극히 부드러운 숨결이었다. 차갑고도 가벼운 숨결이 눈 위에서 속삭이곤 사라졌다. 사소한 현상이었겠지만, 비록 정적을, 밤사이에 만들어지고 새벽의 아름다움 속에서 다듬어진 정적을 깨뜨리는 데 지나지 않았더라도, 그것은 하나의 시작이었다.

9

황혼

황혼의 시간은 우리의 세계가 한 차례 순환하는 24시간 중 가장 좋은 시간이다.

새벽은 미래에 대한 생각이 지배하는 시간이기 때문에 희망이나 절망을 가져다줄지 모른다. 중대한 등반을 하려고 출발하는 등산가라면 그날 하루가 무엇을 가져다줄지 궁금한 생각이 들 것이다. 흔히 그는 육체적이고 정신적인 긴장감을 경험하는데, 결과적으로 그의 생각 속에서는 이 긴장감이 의심이나 심지어는 두려움의 배경 위에 두드러지게 나타난다. 황혼의 시간이 되면 그는 육체적·정신적으로 편안한 상태에 이른다. 문제는 해결되었든 안 되었든 결론이 났으며, 그 문제는 그의 육신과 신경의 에너지를 소모했고, 그것은 더 이상 그의 시야를 흐려놓지 않고 이미 다 지나간 일이 되었다. 그러면 그는 조용히 지나가는 하루를 마음 놓고 음미할 수 있고, 축복이 가장 넘치는 시간의 아름다움 속으로 조용히 몰입할 수 있다.

그는 그날 하루의 탄생, 청춘기와 성숙기를 돌이켜 회상한다. 인생도 상당히 비슷한 과정을 거치며 지나간다. 그토록 대단하게 여겨지던 것들도 세월의 다정한 설득에 굴복하고 만다. 당당하고 튼튼한 탑도 이제는 몸을 숨긴 궁수들이 지키고 있지 않으니, 그 탑들도 어느새 늙고 덩굴로 뒤덮여 평화롭기만 하다.

황혼의 시간이 되면 등산가는 마음과 영혼의 평화를 접하게 된다. 어쩌면 그 시간에 그는 편한 길을 조금만 더 가면 음식과 안식처가 기다리고 있는 모레인 지대에 다다를지도 모르고, 어쩌면 어떤 대단한 등반을 하느라고 고지대에 이르러 폭풍의 위험 속에서 춥고도 불편한 비박을 해야 할 상황에 처할지도 모른다. 그는 더욱 위험천만한 처지에 봉착할지도 모른다. 한없이 계속되는 듯한 얼음 비탈에서 나는 폭풍이 휘몰아치는 밤을 맞은 적이 있었다. 위험이 아주 가깝고 현실적으로 여겨지기도 했지만, 어떤 묘한 이유 때문인지는 몰라도, 목숨을 잃지는 않을지라도 절망적으로 고생스러운 밤이 오리라는 것을 예고하며 어두워지던 날은 걱정스럽거나 두렵다는 기분보다도 오히려 자포자기를 하려는 마음을 자아냈다. 가장 찬란하고 외경심을 불러일으키는 분위기와 형태를 갖춘 순간에 인간이 대자연 앞에 서게 될 때 그의 두뇌 속에는 두려움에 내줄 자리가 거의 없다는 생각을 나는 가끔 해보았다. 세계가 사라지는 광경을 지켜보며 그 세계와 더불어 자신도 없어지리라는 사실을 아는 사람이라면 두려움처럼 피상적인 감정을 경험할 가능성이 없을 것이며, 그토록 경이적이고도 벅찬 상황이라면 두려움과는 전혀 어울리지도 않는다.

하루 가운데 황혼의 시간이라면 인간의 마음과 영혼이 대자연과 조화를 가장 잘 이루는 시간이다. 그때는 낮과 밤이 맺어지는 시간이며, 낮과 밤의 아름다움이 다 같이 모습을 드러내는 시간이다. 황혼의 시간이면 나는 마치 평화를 원하는 눈에는 보이지 않는 군중이 내 주변으로 모여들고 있다는 기분을 자주 느낀다.

＊

길고도 힘든 하루였다. 하산 길의 상태는 좋지 않았고, 우리는 밤이 되기 전에 빙하에 도달할 수 없으리라는 생각이 들었지만, 그래도 겨우 해냈으며, 오히려 시간이 남기까지 했다.

빙하를 터벅터벅 걸어 내려갈 때 피곤하긴 했지만, 차가운 그늘 밑의 표면이 단단해지기 시작한 눈을 가로질러 율동적이고 느린 걸음으로 나아가는 사이에 우리는 피로를 잊어버렸다고나 할까, 아무튼 느끼지 않았고, 터벅터벅 영원히 걸어갈 수 있을 듯한 기분을 느꼈다. 18시간 동안이나 로프로 서로 몸을 묶고 있었던 다음이어서 언어라는 것이 어색하게 여겨졌기 때문에 우리는 말을 주고받지 않았지만, 한번은 두 사람의 합의에 따라 잠시 걸음을 멈추고 우리들이 그토록 많은 시간을 보낸 긴 능선을 물끄러미 쳐다보았다. 우리가 횡단하는 동안에는 그 능선이 회색이고 춥고 냉혹하고 세찬 바람이 계속 불어 닥쳤지만, 이제는 마지막 햇살로 활활 타올랐다. 능선에 박힌 눈과 얼음의 칼날들, 그 우뚝한 바위의 탑들, 그곳을 통과하는 데 너무나 많은 시간이 걸렸다. 깊이 패이고 울퉁불퉁한 바위틈을 따라 우리의 시선은 능선을 한 순간에 한쪽 끝으로부터 다른 쪽 끝까지 훑어보았다. 그러고는 또 한 순간에 밤이 어느새 청록색 파도를 펼쳐나가고 있던 동쪽 하늘에서 힘차게 빛나며 벌써부터 그 모습을 드러낸 달이 시야에 들어왔다. 우리들이 그토록 멀리 또는 그토록 높이 올라왔다는 사실이 믿어지지 않을 지경이었다. 우리의 시야는 하루 종일 올라온 곳들을 한눈에 훑어볼 수도 있었지만, 우리가 올라 선 빙하의 회색 얼음에서부터 그토록 멀리 떨어졌고, 이제는 하늘 높이 반짝인 얼음과 눈과 바위로 이루어진 거대한 바위덩어리의 꼭대기를 우리가 밟았다는 사실을 우리의 뇌에 납득시키기엔 쉬운 일이 아니었다.

잠시 동안 멀건이 쳐다본 다음 우리는 계속해서 기계적으로 터벅터벅 빙하를 내려갔다. 마침내 우리는 헐벗고 자갈투성이인 얼음지대에서 모레인지대로 지나갔는데, 모레인을 따라 많은 사람이 사용하는 등산로가 1킬로미터도 안 되는 곳에 위치한 산장을 향해 뻗어나갔다. 날이 어두워지고 있

해질녘의 폭풍 STORMY SUNDOWN

었고, 저녁노을이 가장 높은 산봉우리에서 물러갔으며, 별들이 하늘을 가득 채우고 있었다. 이제 터벅터벅 내려가는 길이 끝났다. 우리는 두 사람 다 피곤을 느꼈는데, 아까보다도 더 피곤했다. 그러나 그 피곤은 기분 좋은 것이어서, 힘든 훈련을 받는 동안 건강한 육신만이 경험할 수 있는 그런 것이었다. 그것은 우리가 이성으로부터 경험한 불안을 말끔히 몰아내며, 성취하리라고 마음먹었던 등반을 실천한다는 데 대한 충일하는 만족만 남겨놓는 듯싶었다. 우리는 허리에서 로프를 푼 다음 물어 젖어 뻣뻣해진 그것을 둘둘 말아 거두어 우리 가운데 한 사람의 배낭에 잘 넣어두었으며, 그런 다음에 우리는 빙하에 실려 내려온 평편한 바위에 잠시 동안 나란히 앉았다. 높은 산에서 길고도 힘든 하루를 두 남자가 함께 보내고 난 다음엔 할 이야기가 따로 없게 마련이었으므로, 우리는 서로 말을 하지 않았다.

날이 어둑어둑해지면서 대기가 적막했다. 우리가 오른 능선까지도 이제는 더 이상 바람에 날린 눈을 성난 깃발처럼 휘둘러대지 않았다. 별들 사이에는 단 한 조각의 구름도 걸려 있지 않았고, 오후 내내 가끔 눈사태를 일으키던 불안정하게 돌출된 빙하도 조용해졌다. 들려오는 소리라곤 우리가 내려온 빙하에서 가끔 가볍게 털썩거리고 쩍쩍 갈리지는 음향뿐이었으며, 저 멀리 같은 빙하의 반대쪽 끝 밑에서 아우성치는 격류의 소리가 나지막하고 타악기를 두드리는 듯한 파장을 일으키며 우리의 귓전에 전해졌다.

우리 전방으로는 빙하가 단 한 차례의 곡선을 이루며 높은 산들의 사이로 굽이쳐 나가 멀리서 산마루를 돌아 시야에서 사라졌으며, 눈에 보이진 않았어도 그 너머에는 깊은 계곡이 있으리라는 짐작이 갔다.

그늘진 산기슭들을 따라, 움푹한 곳이나 골짜기는 어디든 어둠이 몰려들고 있었다. 어둠은 아까부터 벌써 사소한 윤곽들을 흐릿하게 지우면서 색조의 형태를 단 하나로 뭉쳐놓았다. 이렇듯 아무런 방해도 받지 않는 눈은 큼직큼직한 형태들을 거침없이 둘러보았다. 세상은 더 이상 수많은 자

산의 영혼

질구레한 면모 때문에 신경을 곤두세우지 않게 되었고, 소박한 사람들에게 어울리는 소박한 곳이 되어, 헤아릴 수 없을 만큼 아름다움과 웅장함을 갖추었다. 우리는 너무 짙은 빛과 그림자로 인해 낮 동안에는 눈에 띄지 않았던 형상과 산을 볼 수 있었다. 자신을 괴롭히는 자들의 험악하고 시커먼 얼굴들 한가운데에서 두드러지게 드러나는 순교자의 숭고한 모습처럼 아름다움이 배어나왔다.

대자연 속의 이 소박함을 통해 우리의 생각도 단순해졌다. 바람과 추위, 불편과 의심, 고난과 위험 등 그날의 고달팠던 자질구레한 요소들을 우리는 더 이상 생각하지 않았다. 우리는 그날의 등반에서 뒤따라 일어난 자질구레한 일들과 사건들을 아무렇게나 꿰어놓아 제대로 어울리지 않는 구슬처럼 보지 않고, 굉장히 값진 단 하나의 보석으로 보았다. 그것은 우리가 거쳐 온 중요한 모든 모험의 산물이었으며, 생각과 행동이 이룬 단 하나의 조화였다.

어둠이 더 깊어졌는데도 대기는 색깔이 충일했다. 빙하는 수의처럼 음산하고 희미하게 우리의 발에서 기어가듯 멀어졌지만, 우리가 횡단한 긴 능선은 점점 강렬해지는 별들의 우주를 배경삼아 석양의 잔영을 희미하게 차갑게 찬란하게 반영했다. 아까는 그것이 세계의 한 부분이어서, 멀고 높으며 도달할 수 없는 부분처럼 여겨지긴 했지만 —그래도 여전히 한 부분이긴 했지만— 이제는 전혀 이 세상에 속하지 않고 낮과 밤이 다정하게 포옹하는 밀회의 장소가 되었다.

이제 어둠이 깊어져 우리는 가야만 했다. 우리는 나른함과 따분함을 느끼며 무거운 몸을 일으켰다. 우리 아래쪽 바위들에서 따뜻한 기운이 올라왔는데, 우리가 추위에 떨며 비박으로 밤을 보내지는 않을 터이며, 별로 멀지 않은 곳에서 음식과 안식처가 우리를 기다린다는 사실을 의식한다는 것은 얼마나 기분 좋은 일이었던가. 우리는 꿈도 꾸지 않고 잠을 푹 잘 것이다.

징이 박힌 등산화가 모레인 지대의 돌을 밟으며 날카롭게 긁히는 소리를 냈다. 빛은 사라졌고, 우리가 횡단한 능선은 밤의 한 부분이 되었으며, 별들 덕분에 능선의 모습을 겨우 볼 수 있었는데, 별이 어찌나 많고 어찌나 빛났던지 능선의 윤곽은 별들을 배경삼아 뚜렷하게 식별할 수 있었다. 얼마 안 있으면 달빛을 받고 능선이 드러날 터였다. 하늘은 벌써 동쪽에서 밝아오고 있었다.

우리가 등산로를 따라 내려가기 시작하자 남쪽 지평선이 갑자기 신경질적으로 한순간 번득였는데, 이탈리아 상공에서 번적이는 번갯불이었다. 날씨가 돌변하는 것일까? 등산로의 모퉁이를 돌자 달빛을 받은 그 너머의 빙하를 배경삼아 시커멓게 실루엣을 드러내는 산장이 보였다.

10
어둠

어둠은 빛의 부정일 뿐 아니라 인간의 마음속에서는 선善의 부정과 연결되기도 한다. 그것은 악이 걸치는 옷이고, 진실을 가로막는 장벽이다. 어둠이 지닌 가장 큰 미덕은 인간에게 그것이 가져다주는 안식과 평화에서 찾을 수 있다. 그렇지만 사람들이 어둠과 결부 짓는 악이란 사실상 상상력이 만들어낸 환상에 지나지 않는다. 사물이 이룩하는 자연의 질서에 인간이 만들어 세운 피상적이고 하찮은 구성물을 무너뜨리고서 오직 그 자연의 질서만 남겨놓는다면 어둠은 그 무서운 면모를 상실하게 된다.

빛이 필요한 것처럼 어둠도 필요하다. 빛이 흘러가고 왔다 가버리는 현상은 변화와 전진에 대한 인간의 욕구를 충족시킨다. 그 현상이 없다면 인간의 정신적인 발달은 곧 위축되고 말 것이다. 어둠을 제거한다는 것은 대자연에서 가장 큰 부정을 제거하는 셈이어서, 어둠이 없는 세상은 상상할 수 없다.

어둠은 삶과 죽음, 보이는 것과 보이지 않는 것을 연결하는 다리이다. 그것은 생각과 호기심을 자극하는 요소이며, 우주 공간의 신비와 그 안에 존재하는 실체의 영광을 간접적으로 볼 수 있게 해주는 요소이다.

인간이 우주의 영광을 볼 수 있는 것은 오직 밤 동안만이기 때문에 밤은 낮보다 인간을 무한성과 더 긴밀한 접촉을 갖게 만들어준다.

이 글을 읽는 독자들 가운데 얼마나 많은 사람이 밤에 산에 올라가 그 영광을 보고 감탄했으며, 그 웅장함으로 인해 경이감을 맛보았고, 시각을 통해 손을 뻗어 이성으로 그것을 포용했고, 그것을 보고 길을 이끌고 안내하는 위대한 힘을 느꼈고, 우주 공간의 의미, 삶과 죽음, 창조와 진화의 목적에 대한 명상을 했던가?

그것은 우연의 결과였던가? 우연이란 무엇인가? 뜻하는 목적이 없다면 어떻게 무엇 하나 창조될 수 있고, 무엇 하나 존재할 수 있겠는가?

밤은 산의 외모와 특성을 바꿔놓는다. 낮에는 산이 입체감을 지니지만 밤에는 평면적으로 보인다. 질량감이라는 제3의 차원은 때때로 하나의 차원에서 하나의 속성으로 변모하는 듯싶으며, 속성이라는 것은 시각적 인식이 아닌 다른 인식을 통해 감지할 수 있다. 밤에는 산을 눈으로 보는 것보단 차라리 느껴지게 마련인데, 느끼는 것도 육체적인 감각을 통해서가 아니라 정신적이거나 직관적인 감각을 통해서이다. 모든 사물은 어떤 조건에서는 인간이 감지할 수 있는 형태의 에너지를 발산한다고 나중에 과학이 증명해낼 수 있을지도 모른다.

달은 밤의 역설적인 존재이다. 그것은 밤의 훼방꾼이 아니라 친구여서, 그것이 발산하는 빛은 밤의 존엄성을 더욱 높인다.

달은 요란한 색깔을 내뿜으며 떠오르거나 지지 않지만, 그 아름다움은 사람의 마음 깊숙이 감흥을 준다. 이것은 어떤 특정한 관점에서 우리가 눈을 뜨고 그것의 아름다움을 파악할 수 있도록 평범한 사물을 관찰하는 능력이 단순히 비교를 통해 얻어지기 때문일까? 아니면, 아직 설명이 되지 않은 힘과 의식적인 접촉을 하도록 우리를 이끌어주는 어떤 오묘하고도 정의를 내리기가 불가능한 속성을 달빛이 지니고 있기 때문일까? 만일 그 힘을 설명할 수 있다면 의심할 나위 없이 아름다움의 의미도 설명이 될 것이다.

이 글을 읽는 어떤 사람들은 난방이 되어 사람들로 붐비는 알프스의 산장을 벗어나 달빛이 비치는 바깥으로 나기는 것이 무엇을 의미하는지 알 것이다. 그 대조는 대단해서 좁은 공간 속의 소음에 둘러싸여 있다가 다음 순

히말라야에서의 캠프파이어 CAMP-FIRE: CENTRAL HIMALAYAS

간 달빛이 비치는 산봉우리와 설원과 빙하 위쪽 다른 세계의 평화와 빛을 접하게 된다. 나는 달빛 속에서 본 여러 가지 산의 풍경을 기억한다. 그 가운데 기억이 가장 생생한 것은 내가 처음 본 닐칸타이다. 가르왈 히말라야에 속하며 세계에서 그와 고도가 비슷한 산봉우리들 가운데 가장 당당한 모습을 자랑하는 이 산은 순례자들의 마을인 바드리나트에 우리가 처음 도착했을 때 몬순의 안개로 보이지 않았었다.

해질녘에 구름이 흩어지기 시작했지만 밤이 돼도 닐칸타는 여전히 안개에 덮여 있었다. 우리는 주방텐트에서 저녁을 먹은 다음 바깥으로 나갔다. 누군가 말했다. "저길 봐!" 우리가 시선을 돌리자 닐칸타가 보였다. 측면이 가파르게 깎아지른 계곡의 암벽들이 사진틀처럼 둘러싸고, 얼음과 바위가 대칭을 이룬 듯한 그 산봉우리는 떠오르는 달의 빛을 한껏 받고 있었다. 그것은 결코 잊을 수 없는 광경이었다. 밤공기는 따뜻했고, 햇볕을 잔뜩 쬔 흙과 꽃들의 향기가 한가하고 잔잔한 파도처럼 우리에게 왔으며, 멀리서 알라크난다강의 목소리가 들려왔다. 그 풍경의 주제는 단순함이었다. 우리 위쪽으로 측정할 수 없을 만큼 높은 곳에서 싸늘하고 창백한 불빛으로 반짝이던 무적의 산봉우리를 계곡의 시커멓고 좁은 입구들이 기하학적인 정밀함을 보이며 에워싸고 있었다. 대담한 몇 개의 선으로만 이루어진 풍경이었지만, 너무나 아름답고 힘찬 광경이어서 글로써는 전하기가 불가능할 지경이었다.

똑같이 그러하지만, 달빛을 받은 알프스나 히말라야를 멀리서 본 풍경은 개인적인 직접 경험을 통해서가 아니면 알 길이 없다. 희미하고 낮은 산맥의 밑으로는 그 깊이를 측정할 수 없을 듯싶은 시커먼 계곡들이 레이스 자락처럼 날렸고, 대지의 견고한 한 부분이라기보다는 달빛의 한 부분이라고 해야 옳은, 흰 눈 너머와 위쪽 공간 속에서 그 산들은 초자연적인 어떤 작용을 통해 모습을 드러냈다.

가장 이상했던 것은 1930년대에 우리가 고소캠프에서 본 칸첸중가의 모습이었다. 사납고도 무자비한 서풍이 산에서 얼어붙지 않은 눈을 하루 종일 불어 날려버렸고, 북쪽 능선에서는 하얀 구름이 몸부림치는 연기처럼 계속 피어올랐다. 주위가 빠른 속도로 어두워졌다. 모든 것이 고요하고 적막했으며, 캠프 주변의 눈도 추위의 손아귀에 잡혀 위축되고 삐걱거리는 것 같았다. 하지만 얼음으로 뒤덮인 칸첸중가 절벽의 높은 곳에서는 바람이 거셌다. 바람소리가 들렸는데, 그 나지막한 진동은 밤의 어둠을 떨게 만들었다. 달이 떠올랐다. 북쪽 능선의 뒤에서 곧장 올라온 달의 빛은 바람에 날리는 눈구름을 비추었다. 얼음의 지옥에서 솟아오르는 차가운 불꽃처럼 뛰어오르고 춤추는 빛의 원광圓光이 칸첸중가를 감쌌다.

이와 대조를 이루는 풍경은 카메트의 가장 높은 캠프에서 본 것이었다.

계절풍이 빠른 속도로 발달하고 있었고, 해질녘에는 남쪽 지평선 전체를 가로질러 펼쳐져 나갔으며 인도의 머나먼 평원에서 질서정연하게 무리를 이루어 나아가던 뭉게구름과 비구름의 거대한 덩어리를 석양이 비추었다.

우리 캠프는 7,100미터에 있었다. 습기를 잔뜩 머금은 구름이 파도처럼 퍼지면서 천천히 둘러싸고 있는 난다데비의 붉은 바위 봉우리에 이르기까지 수많은 산들의 능선을 넘어 펼쳐지는 광경을 가로막는 것은 하나도 없었다.

우리는 새로운 환경에 제대로 적응하지 못했다. 산봉우리와 구름 위로 마구 몰려오던 황금빛을 밤의 어둠이 삼켜버렸을 때 편한 잠을 자리라는 기대를 별로 하지 않고 텐트로 들어갔다. 그뿐 아니라 추위도 대단해서, 두 겹으로 된 우리의 물오리 털 침낭까지도 그 추위를 별로 막아주지 못했다.

적어도 나 한 사람은 제대로 잠을 자지 못했지만, 고소로 인해 두뇌가 둔해지는 효과 탓에 그나마 어수선한 밤이 어느 정도 견딜 만했다. 나는 자리에 누워 텐트가 번갯불로 번쩍번쩍 밝아지는 것을 지켜보았으며, 깊은 정적으로 조용해지려는 기미를 절대 보이지 않던 천둥소리를 듣느라 귀의 신경을 곤두세웠다. 그러다가 나중에 나는 침낭 속에서 몸을 일으키곤 텐트의 뒤쪽에 있는 통풍용 자락을 옆으로 잡아당겨 젖히고 바깥을 내다보았다. 나는 남쪽 지평선의 작은 부분밖에는 볼 수 없었지만 내 시야에 들어온 광경은 기가 막혔다. 남쪽에 있는 계절풍 구름의 산맥은 번갯불로 살아 날뛰었다. 그 하나하나의 깊은 틈에서, 그 하나하나의 굽이치고 물결치는 탑에서 번갯불이 터져 나오곤 했는데, 때로는 뱀의 혀처럼 이 골짜기에서 저 골짜기를 날름날름 핥아대기도 하고, 때로는 갑자기 솟구치고 폭발하기도 했는데 어떤 폭발은 마치 수증기의 무게와 압력에 눌려 반쯤 질식을 당해 기운을 잃은 듯싶기도 했고, 때로는 엷은 자줏빛 불이 거대한 산을 이루어 상상이 안 갈 만큼 빠르게 위로 뛰어오르면서 순식간에 안개로 덮인 모든 바위산과 기둥과 뾰족탑과 둥근 지붕과 술잔처럼 우묵한 곳과 원추형 탑을 비추었다.

마치 온 세상이 전쟁을 벌이는 양 어떤 하늘의 침입자를 물리치기 위해 전력을 다하는 듯싶었다. 그렇지만, 갈기갈기 찢어진 전기의 방출을 맑은 대기 속에서 분명히 볼 수 있긴 해도 소리는 전혀 들리지 않았다. 에베레스트의 8,350미터 고도에서 사흘 밤을 즐길 수 있도록 내 몸의 상태가 더 좋지 못했다는 것이 안타까울 따름이었다. 나는 고도로 인해 너무 지치고 기진맥진해서 아름다움에는 신경을 쓸 처지가 아니었다. 그렇지만 세계의 지붕에서 수증기가 거의 없는 희박한 공기를 통해 전기처럼 푸른 빛깔로 진동을 일으키면서 거의 겁이 날 정도로 많은 별들을 본 희미한 기억이 있다.

*

그리고 대조는 창조의 주제이기 때문에 이제는 요크셔에 있는 노스웨스트 라이딩의 낮은 산에서 보낸 하룻밤에 대한 이야기를 해야 한다.

산의 영혼

그때 열아홉 살이었던 나는 벌써부터 어리석고 엉뚱한 짓을 걸핏하면 저질렀다. 나는 브래드포드에서 호튼 인 리블스데일까지 자전거를 타고 가서 페니겐트, 그레이트 휜사이드 그리고 잉글보로를 일주하기 위해 출발했다.

내가 호튼을 떠난 것은 화창한 6월의 어느 날 저녁이었지만, 대기에는 서리가 내릴 징조를 보이는 확실한 냉기가 서려 있었다.

석회암 비탈길은 팬지가 융단처럼 뒤덮여 있었다. 나는 즐거운 마음으로 페니겐트의 정상으로 올라갔다. 그곳에서 나는 화려한 석양을 구경하다 어둠이 몰려들어 휜사이드를 향해 출발했다. 나는 내가 생각했던 대로 어둠이 깔리고 나면 잠시 후 달이 뜨리라 믿었으므로 안심하고 한가하게 황무지를 걸어 지나갔다.

어둠이 내리자 별들이 나타났다. 그러나 달은 뜨지 않았다. 내가 잘못이었거나, 아니면 달력이 잘못되었는데 나는 나의 실수라고 생각한다. 칠흑같은 어둠 속에서 나는 끝없이 계속되는 늪지대를 벗어나려 허우적거렸다. 한번은 내 앞에서 땅이 갑자기 푹 꺼졌는데, 발밑과 그 앞쪽에서 우렁차고도 무섭게 울리는 무엇이 달려가는 듯한 요란한 소리가 났다. 그것은 이 지역에서 발견되는 구멍 가운데 하나였으며, 어쩌면 헐포트Hull Pot였을지도 모른다.

희미한 별빛 속에서 풀밭이 물웅덩이처럼 보였고, 물웅덩이가 풀밭처럼 보이기도 했다. 엉덩이까지 물에 옴팡 젖은 나는 호튼보다 몇 킬로미터 북쪽에 있는 리블스데일에 도착했다. 철도를 건넌 나는 저주받은 자의 불안한 망령처럼 늪지대와 웅덩이가 널린 시골에서 밤새도록 헤매지 않고, 아주 편안한 상태에서 남자들과 여자들이 잠을 자며 타고 가는 야간 급행열차를 부러운 마음으로 쳐다보았다.

나는 이를 악물고, 북쪽 지평선에 나지막이 웅크리고 있는 듯한 모습이 희미하게 보이는 휜사이드를 향해 계곡 길을 따라 출발했다. 그러나 2~3 킬로미터를 터벅터벅 걷고 난 다음 나는 이를 더 이상 단단히 악물 수 없었다. 그때는 유혹이라 느꼈지만 지금 따져보니 상식이었다고 느껴지는 나지막한 목소리가 속삭였다. '그까짓 휜사이드가 뭐지? 잉글보로로 충분해.' 그래서 나는 길을 벗어나 잉글보로를 오르기 시작했다.

새벽에 잠을 깼는데, 마도요 새들이 여태까지 한 번도 들어본 적이 없을 정도로 슬프게 우는 소리가 들렸다. 그 녀석들은 페닌 황무지에서도 울어댔다. 내가 어떻게 하다 앉게 되고 잠까지 들었는지 나로서는 도저히 설명할 길이 없다. 나는 잉글보로를 터벅터벅 올라갔다. 그런 다음 커다란 바위 밑의 평편한 곳에 눕자, 추위가 뼛속까지 파고들면서 옷에 서리가 허옇게 내려앉았다. 내가 립 반 윙클 같은 사건의 희생자가 되었다는 것 이상으로 나는 아무것도 알지 못했다. 슬픈 안개로 가득한 회색의 새벽으로 휩쓸려 들어가 버린 광활한 황무지에 아무런 영향도 주지 않은 채 세상은 20년이나 40년의 나이를 쉽게 더 먹었을지도 모를 일이었다. 맥이 풀린 나는 호튼으로 되돌아가 아침을 잔뜩 먹은 다음 자전거를 타고 브래드포드로 향했다.

그만하면 충분했다. 이것은 산에 보낸 밤들 가운데 기억이 생생한 몇 가지 예에 지나지 않는다. 어둠의 시간에도 산들이 여러 가지 대조를 보여준다는 사실을 깨닫기에는 그 정도의 경험으로 충분하지 않을까? 어둠의 시간은 그대에게 장난을 치고, 그대를 매혹시키고 홀린다. 페니겐트와 잉글보로를 밤에 걷고 나서 나는 나 자신에게 이런 말을 했다. '두 번 다시 이런 짓을 하지 않으리라!' 나는 다른 경우에도 그런 다짐을 한 적이 있긴 하지만 이런 말을 할 때는 진심이 아니라는 사실을 나는 안다. 그 까닭은 빛이라는 긍정적 요소가 어둠이라는 부정적 요소에 의해 대치되는 어두운 시간에도 산에는 빛나는 무엇이 있기 때문이다. 그것이 무엇일지는 오직 추측에 의존할 수밖에 없다.

11
음악

음악은 육체적 감각을 통해서 들을 수도 있고, 영혼의 의식을 통해서만 들을 수도 있다. 음악은 듣기 싫은 불협화음을 통해 깊은 곳에서 울려나오기도 하고, 높은 곳에서 즐겁고도 감동적인 화음을 통해 쏟아져 나오기도 한다.

대자연 속의 모든 아름다움은 음악으로 해석할 수 있으며, 산은 귀를 기울이는 사람들에게 음악을 선과 형태, 구름과 안개, 그림자와 햇빛, 꽃과 나무, 달과 별, 새벽과 석양, 깊이와 거리감과 색채로 이루어졌으며 무한히 다양하고 매혹적인 음악을 들려준다.

눈사태와 천둥, 귀청을 때릴 정도로 시끄럽고 혼란을 자아내며 광란하는 폭풍의 오케스트라처럼 종잡을 수 없는 힘이 진동을 일으키는 무서운 음악도 있고, 살랑거리는 꽃들과 새들의 노래와 히스의 속삭임과 조용히 떨어지는 눈송이와 나무 꼭대기에서 들려오는 자장가와 호숫가의 찰랑거림과 흐르는 물의 합창처럼 느린 운율의 부드러운 음악도 있다.

바람은 우리가 한 시간 동안 귀에 들리기보다는 느껴지기도 하고, 때로는 예리하고 시끄러우며, 때로는 처량한 선율이나 야수적인 음으로 우리를 지치고 따분하게 만든다. 바람은 기쁨의 뜻을 전하는 경우가 더 많으며, 고고함과 순수함에 대한 노래를 부르고, 폐를 자극해 마음으로부터 거미줄을 걷어내게 하고, 혈관 속에서 힘차게 피가 흐르게 해 인간으로 하여금 힘과 웃음과 환희로 넘쳐흐르게 한다.

그러나 가장 우울한 음악뿐 아니라 가장 즐거운 음악도 물에서 태어나며, 그 템포는 빙하를 흐르는 격류의 저음에서부터 개울의 고음까지 다양하다. 빙하의 격류는 크나큰 바다와 마찬가지로 눈에 보이지 않고, 영원한 무엇을 암시하는 속성을 내포하고 있지만, 산의 개울은 그런 요소를 요구하기보다는 대자연의 기분을 반영하는 데 관심이 더 많다. 그것은 구름으로부터 일시적인 힘을 얻고 태양으로부터 잠시 수면을 취하며, 활기차고 장난이 심하기는 하지만 그래도 한없이 다정하고 좋은 친구가 되는 요정이다. 바다로 여행을 하느라고 어느 협곡이나 골짜기를 서둘러 내려가는 빙하의 격류 근처에서 휴식을 취하며 그 노래에 귀를 기울이면 기분이 즐거워진다. 그것의 음악에는 마술적인 면모가 있어, 그것은 산의 음악이며, 세월에 시달린 잿빛 바위들과 천천히 스며드는 늪과 히스가 자라고 헐벗은 고지대의 음악이다. 그것은 자유분방한 크레셴도로 높아져, 그 부드러운 입술과 숨 가쁘게 치닫는 흐름이 음악을 태양까지 떠오르게 하거나, 고요한 화음으로 낮아져 수줍은 햇빛들이 포로로 잡혀 있는 잔잔한 웅덩이에서 휴식을 취하려 잠시 멈춘다.

산은 낮익은 것들로부터 멀리 떨어져 초연하게 높이 솟아 있기 때문에 아름다움을 해석하고 드러내 보여주는 매체 노릇을 한다. 산은 각성을 빠르게 하고 상상력에 불을 붙이며, 산은 힘과 아름다움을 눈에 보이도록 압도적으로 표현하고, 산은 우주의 영묘한 리듬으로 은은하게 진동하는 선율로 울린다. 산의 이 음악은 순수한 조화의 파도에 가볍게 실어 인간이 솟아오르게 하고, 한없는 기쁨을 그에게 가져다준다.

우리는 인위적으로 작곡된 음악의 질을, 그리고 거기에서 우리가 끌어내는 가치를 기술적·물질적 기분에 대비해 의식적으로 측정하는 데 익숙해져 있다. 우리의 외적인 귀에 들리든 아니면 내적인 귀에 들리든 대자연의 오묘

산에서 흘러내리는 개울물 A HILL STREAM

한 진동을 의미하는 자연의 음악은 그런 식으로 측정하거나 계산할 수 없다. 지빠귀의 노래는 변하지 않기 때문에 합리적인 비판의 범주에 포함되지 않는다. 인간의 두뇌는 그것을 좋아할 수도 있고 좋아하지 않을 수도 있지만, 그것은 절대적인 노래이다.

인간은 예술을 자신의 일시적인 기분에 적용시키고 시도할지 모르지만, 아름다움은 변모할 줄 모르는 속성이다. 자연의 아름다움이 지닌 이 불변성은 정신 건강의 기초 역할을 한다. 무의식적으로 우리는 자연에 입각해 우리의 기준을 마련한다. 대자연을 파괴하고 인간이 만든 사물로 대지를 뒤엎어버리면, 다시 말해 아름다움에 대한 우리의 기준을 제거하면 —적어도 현재 우리가 처한 발전단계에서는— 우리는 빠른 속도로 파멸 속으로 빠지리라.

산이 사람에게 그토록 훌륭한 가치를 지니는 까닭은 산의 변함없는 속성 때문이다. 평원이라면 밭에 담을 둘러칠 수도 있고, 소유권을 밝히느라 갖가지 모양으로 토막 내기도 하고, 도로를 차단시키기도 하고, 마을과 도시를 건설해 그 모습을 바꿔놓을 수도 있다. 그러나 산은 그렇게 간단히 변모시킬 수 없고, 산은 비교적 변하지 않기 때문에 인간은 거기에서 힘과 아름다움의 기준을 발견한다. 산을 꿋꿋하고 산이 전하는 메시지는 우리의 귀에 들리든 안 들리든 항상 똑같다. 그것은 인간에게 아름다움을 깨우쳐주는 매체이다. 다른 매체들도 많이 있어서, 감각으로 느끼고 눈으로 보고 귀로 듣고 손으로 만지는 모든 것은 삶이라는 경쟁에서 다시 한번 숨을 쉴 수 있도록 해주는 매체이니, 그 까닭은 추악함이란 헛된 상상으로 이루어진 인위적인 것이요, 아름다움을 보기 위해 내다보긴 하지만 빛과 진실을 왜곡시켜 진화 과정이 인간에게 베풀어주려는 바로 그 선물을 차단해 버리는 더러운 창문이기 때문이다. 대자연이 우리에 대해 지니는 가치란 그것이 갖춘 리듬과 조화를 통해 변함없고 확실한 안내를 함으로써, 수많은 샛길과 우회도로로 인해 복잡해진 길을 따라 우리가 전진해 나아가도록 도와준다는 것이다. 산은 우주의 이 리듬을 대변하며, 산의 음악은 행복의 원천이 되는 힘을 인간이 접하게 해주고, 위대하고도 숭고한 모든 것이 그의 의식 표면으로 떠오르게 해준다.

근심이나 슬픔의 부담을 지고 있는 사람은 산에서 마음의 평화를 찾을 수 있으리라. 태양과 달과 별들은 그의 마음을 음악으로 가득 채워줄 터이며, 그는 바람과 개울과 눈사태와 천둥을 통해서만이 아니라, 보다 훌륭하고 보다 섬세한 진동을 통해 산의 소리를 듣는다. 그는 자신이 떠돌아다니는 외톨박이 티끌이 아니라 질서정연하고 완벽한 설계의 한 부분이라는 사실을 깨닫게 될 것이다. 인간은 산의 한 부분이며 산은 인간의 한 부분이다.

12
꽃

꽃은 만물에 퍼져있는 우주의 힘을 대자연이 즐겁게 표현하는 한 가지 형태이다. 꽃은 태양에 노래를 바치고, 대지의 얼굴에 젊음과 활력의 혈색을 가져다준다.

꽃은 모든 풍경에 아름다움을 줄 뿐 아니라, 역설적으로 들릴지도 모르겠지만, 우주의 리듬에 대한 본질적인 요소인 대조를 창조의 여러 양상들에 부여한다. 높은 산에서 초원지대로 내려가는 것은 등산이 제공할 수 있는 가장 감미로운 경험인데, 그 까닭은 꽃들이 포근하고 풍요롭게 초원을 장식하는 계곡의 아늑한 아름다움은 흰 눈의 가혹한 광선과 이상적인 대조를 이루기 때문이다. 이 대조는 인간의 영혼을 그의 환경과 조화시키는 창조의 기능을 충족시키도록 산의 경치가 설계된 까닭에 등반뿐 아니라 산의 풍경에 있어서 첫 번째 조건인 리듬의 완벽성을 우리로 하여금 더욱 깊이 음미하도록 해준다.

물질적인 면에 입각해 분석하기 위한 식물 이상의 무엇으로서 꽃을 볼 수 없는 사람은 자아의식이라는 자신의 산을 오를 수 없다는 의미에서 삶의 한 부분을 분명히 손해 보는 셈이다.

기억의 눈을 통해 내가 보고 있는 꽃들은 겨울철에 내린 눈으로 황량해진 고지대에 말라 죽은 초록빛에 새로운 광채를 가져다준다. 꽃으로 이루어진 융단은 천국의 그것이어서, 궤변과 슬픔으로 너무나 많은 부담을 가지고 있는 세계에 순결과 기쁨의 숨결을 불어넣는다. 그리고 마치 하늘에서 별들이 몽땅 대지로 쏟아지기라도 한 것처럼 하얀 불길로 타오르는 크로커스가 만발한 목초지가 여기 있다.

이성으로 하여금 아름다움에 저절로 몰입할 수 있도록 만드는 느긋한 만족감을 자아내기에 충분할 정도로 부드럽고 포근하며, 육체를 행동으로 끌어들이는 육체적 힘을 자극하기보다는 잠재우려고 하는 대기 속에서 꽃들과 함께 있을 때 산의 평화로움을 한껏 만끽할 수 있다.

내가 산에서 보낸 가장 행복한 나날들 중에는 꽃 속에서 보낸 날이 많다. 나는 꽃과 더불어 있을 때 외로움을 전혀 느끼지 않았다.

어떤 조용한 곳을 발견한 나는 그곳에서 아무것도 없이 꽃과 함께 한가하게 여러 시간을 보냈다. 그러자 나는 높다란 구름들이 밟고 지나가는 산봉우리들과 마찬가지로 절벽의 가장 작은 틈바구니에 핀 가장 작은 한 송이의 꽃도 산과 계곡의 한 부분을 이룬다는 사실을 깨달았다.

꽃은 너무나 소박해 지극히 미천한 사람들도 씨를 뿌리고 거두어들일 수 있지만, 가장 위대한 사람들도 꽃은 창조할 수 없다. 그 점에 대해 우리는 하느님께 감사드려야 한다.

*

고개 위에서는 눈이 당장이라도 쏟아질 듯 쓰라리고 차가운 바람이 채찍으로 후려치는 것처럼 불어댔다. 우리는 우물쭈물하지 않고 미끄럼을 타면서 눈 비탈을 내려가 바람의 손아귀에서 점점 더 멀리 빠져나갔다. 황량한 풍경을 통과해, 폭설에서 고요함으로, 눈에서 비로, 추운 비를 거친 다음에는 따뜻한 비로 내려갔다. 우리는 빗물이 쏟아져 내리는 개울로 내려갔다. 꽃들이 피어있는 곳으로, 바위 틈바구니와 바위 턱들 위에서 빗물로 축축하게 젖었으며 꽃잎들이 섬세하고 오묘한 향기를 뿜는 짙은 자줏빛 앵초들이 피어있는 곳으로, 태양과 대지와 비의 기적들이 기다리는 곳으로 내려갔다. 헐벗은 바위와 안개와 눈으로 침침해진 시야에 대해서는 기분 좋은 변화였다.

그리고 더 아래쪽에 있는 꽃의 계곡에는 알프스와 영국과 히말라야의 꽃들, 즉 둑에 자라는 돌야스민들, 아네모네들, 양지꽃들과 자줏빛 까실쑥부쟁이들, 숲속의 빈터에 자라는 베이지색 작약들과 물망초들, 파란 양귀비들, 개울가의 금잔화들, 산기슭에 자라는 붓꽃들, 참제비고깔들, 패모꽃들, 장밋빛 개불알꽃들, 노란 노모카리 꽃들, 제라니움들, 평지꽃들, 난장이철쭉들이 피어있었다.

우리는 꽃들로 둘러싸인 바위 턱에 캠프를 설치했다. 비가 그쳤다. 몬순의 엷은 안개가 갈라지며 아무도 오르지 않고 이름도 붙지 않은 산봉우리들이 모습을 드러냈다. 지나가는 햇살 한 자락이 멀리 떨어진 눈의 비탈을 비추었다. 빗물의 기운을 머금어 감미로워진 공기는 꽃들의 향기를 풍겼다.

우리는 산책을 하고 게으름을 피웠으며, 꽃들 사이에 느긋하게 눕기도 했다.

우리는 어린아이들처럼 모자를 꽃으로 장식했고, 이곳이 세상에서 가장 완벽한 계곡이라고 서로 이야기했다. 이곳에는 웃음이 있었고 행복도 있었으며, 인간의 투쟁이나 비참한 면모는 자취도 찾아볼 수 없었다. 꽃들이 영원한 젊음의 비결을 찾아낸 것이다.

우리는 이틀 밤과 하루의 낮 시간을 모두 '꽃의 계곡'에서 보냈다. 우리는 일주일이나 그 이상의 시간을 그곳에서 보내야 마땅했다. 우리는 계속 전진하도록 계획을 짰기 때문에 전진을 해야만 했다. 그것이 우리 서양문명의 저주인데, 우리는 계획을 너무 많이 세우고, 그만큼 초조해한다. 명상은 인간에게 파괴적이지도, 건설적이지도, 긍정적이지도, 부정적이지도 않다.

동양에서 그토록 많은 사람들이 윤회설을 믿는다는 것은 별로 이상하지 않다. 그것은 동양의 사상가들에게서 연유하는 논리적 결과이다. 만일 사람들이 창조의 긍정적 양상과 부정적 양상을 경험함으로써 자신을 향상시키도록 이 세상에 보내지지 않는다면, 과연 그들은 어떤 이유로 이 세상에 태어날까? 만일 어떤 사람이 세상에서 벌어지는 일에 아무런 관심도 느끼지 않는다면, 더 많은 경험을 하도록 그를 되돌려 보내는 것은 당연하기 그지없다. 여행과 탐험과 등산의 배경에 깔린 원동력은 이 세상에 존재하는 첫 번째 조건, 즉 지구에서 우리들의 삶과 존재와 발전을 경험함으로써 정당해지고 가능해지는 조건에서 연유하는지도 모른다.

그러기 위해서는 대조를 이루는 것들을 찾아내고, 인생의 그림책 속에서 가능한 한 여러 가지 많은 색채를 발견해야 한다. 삶에서 가장 훌륭한 것을 추출해내는 일은 본능의 문제만이 아니라, 교육의 문제이기도 하다. 인간을 자연풍경과 접하게 해주는 모든 활동은 교육적이다. 산이 가르쳐주는 많은 것들 가운데 하나는 명상의 중요성인데, 그것은 완전히 전념해야 하는 종교로서의 명상이 아니라, 마음이 움직일 때만 몰입하게 되는 무엇이다. 꽃은 명상에 도움이 된다. 꽃 속에서 한두 시간 보낸다는 것은 보다 높은 차원의 사고 활동과 느낌에 대한 모험이나 마찬가지이다. 꽃의 섬세함과 아름다움은 인간의 초라함 그리고 사람들이 그들의 삶에 끌어넣는 타성의 힘과 숭고하고도 묘한 대조를 이룬다. 등산을 하면 우리는 아무런 생각도 없이 여기저기 널린 꽃들을 지나치는 일이 흔하다. 우리는 보다 열등한 형이상학적 본능을 충족시키기 위해서만 등산을 한다. 우리가 소홀히 하는 것이 얼마나 많은가!

나는 친구와 둘이 '꽃의 계곡'에서 한 달 또는 그 이상 야영하고 싶다.

아무도 올라보지 못한 새로운 산봉우리를 향해 출발하는 아침, 비박캠프, 고생스럽고도 멋진 하루의 모험, 언덕을 뛰어내려오면 다시 꽃에 둘러싸인 캠프…. 나는 머릿속으로 이런 장면을 환히 그려볼 수 있다. 꽃 속에서 보낸 나날들, 힘든 나날들, 쉬운 나날들, 한가한 나날들. 몬순의 비와 안개가 낮게 드리운 초원에서 보낸 나날들. 갑작스러운 날씨의 변화, 뭉게뭉게 피어오르는 적란운들 사이로 웅덩이처럼 나타나는 새파란 하늘. 높은 곳의 눈에 반짝이는 햇빛과 초원의 꽃들로 쏟아지는 햇빛, 느릿느릿 움직이는 그림자와 갑자기 쏟아져 나오는 빛.

저녁이면 우리는 붉게 타오르는 화톳불 옆에 앉으리라. 우리는 머나먼 곳들과 사람들에 대한 이야기를 주고받기도 하고, 내일에 대해 또는 내일 어떤 일이 닥칠지에 대해 가슴속에 아무런 생각도 없이 그리고 마음속에 아무런 근심도 없이 말없이 가만히 앉아있기도 하고, 그냥 평화롭게 앉아있기도 할 것이다. 화톳불이 비추는 동그라미의 바깥에서는 인간의 발길이 닿지 않은 봉우리들을 별들이 굽어볼 것이고, 빙하의 격류가 우르릉거리는 소리가 멀리서 들려올 것이며, 대기는 꽃들의 향기로 감미로울 것이다.

꽃의 계곡 THE VALLEY OF FLOWERS

13
추악함

추악함과 아름다움은 인상으로만, 또는 긍정적이고 부정적인 추상으로만 정의될 수 없는 속성이다. 창조물 중에는 추악한 것이 하나도 없다. 인간의 관점에서 정의할 수 있는 추악함이라고는 인간의 마음속에서 비참함이나 혐오감, 또는 반발의 감정을 자극하는 요소들뿐이다. 그것은 개인적인 취향과 교육과 환경과 연상 작용의 문제이다. 철학자에게는 브래드포드 공장의 시커먼 굴뚝이 히말라야의 하얀 봉우리 못지않게 아름다울 수도 있다. 우리의 의식에 그토록 못마땅한 상처를 남기는 것은 우리가 시커먼 그을음에 대해 연상하도록 길이 든 성향 때문이다. 구체적인 사물과 관련된 모든 불쾌감으로부터 자신이 영향을 받지 않도록 할 수 있는 사람은 오직 참된 철학자와 신비주의자뿐이다.

우리가 처한 현재의 진화 단계에서는 모든 창조의 바탕을 이루는 원동력인 아름다움으로 가는 길을 가리키는 것으로서 추악함이 필요하다. 추악함이 없으면 아름다움을 인식할 수 없으며, 악이 없으면 선을 인식할 수 없는 것과 마찬가지로 평야나 계곡이 없으면 우리는 산을 인식할 수 없다. 따라서 추악함은 우리의 정신적인 발전에 있어서 교육적인 가치를 지닌다. 그것은 인간에게 정신적인 의식을 각성시켜주고, 그렇게 함으로써 긍정적인 행복을 향해 한 발자국 더 다가설 수 있도록 해준다.

추악함과 아름다움은 인간이 좋아하느냐 싫어하느냐에 입각해서만 이야기할 수 있으며, 그렇더라도 평균치로서만 서술된 것이다. 물론 평균치로서 서술되었다 하더라도 그것들은 여전히 가변적인 상태로 남아있다.

맑고 화창한 날에 보면, 탄광 입구 근처의 풀밭에 쌓여있는 폐광석 더미의 광경은 많은 사람들의 눈에 추악한 무엇이라고 여겨지지만, 안개와 연기가 시야를 제한시켜 그 경치에 신비와 아득한 인상을 부여하는 날이나, 요란한 저녁노을이 배경을 이루는 날이라면, 이 폐광석 더미도 아름다워진다. 비참한 생활과 불결과 질병이 관계되기 때문에 빈민굴에는 추악한 무엇이 존재하지만, 그래도 그곳에는 아름다움이, 인간적인 아름다움이 그리고 심지어는 건축 면에서도 아름다움이 존재하는데, 인간이 이루어놓은 더러운 작품들도 깨끗하게 치우고 영글게 만드는 우주의 힘에 의해 아름다워질 수 있다.

비록 파괴라는 것이 한 가지 힘을 다른 힘으로 변형시키며 목적을 이룩하는 행위에 지나지 않더라도 모든 파괴적인 관념이 추악함이라는 속성을 지니게 되듯, 기쁨과 행복을 수반하는 모든 창조적이고 건설적인 생각은 아름다움의 속성을 지닌다.

적어도 이 세상에서 살아가는 동안에는 아름다움과 추악함에 대한 우리의 인식이 육체의 느낌이나 기능과 너무나 밀접하게 상호 연관이 되어있어서, 지식의 강어귀에 존재하는 고생스럽고도 변화무쌍한 수로들을 따라 배를 저어나간다는 것은 힘들고 당혹한 일이다.

바이스호른에서 밝아오는 새벽은 아름다운 광경이지만, 굉장히 심한 복통에 시달리는 사람의 눈에는 그렇지 않다. 마터호른의 솔베이 산장에서 보는 조망은 기막히지만, 허기가 지고 추운 사람이 그 풍경을 음미하는 것은 쉽지 않다.

잠재능력을 올바른 방향으로 발전시켜 신체적인 여건들을 어느 정도 극복할 수 있지만, 동양의 철학자들은 정신적인 진리를 추구하기 위해 그들의 육체적인 기능을 승화시키려 노력하며, 그렇기 때문에 그들은 사람들이 영혼을 산의 정상으로 올려 보내기가 그토록 간단한데 사람들이 에베레스트를 올라가려고 왜 바둥거리는지 의아하게 생각한다.

육체적인 힘과 정신적인 힘이 본질적으로 그토록 상극인데 인간의 내면에서 그것들이 이렇게 긴밀한 관계를 유지하며 존재한다는 사실은 창조의 가장 뛰어난 기적이라고 나는 생각한다. 주변의 모든 것에 대한 우리의 반응에 영향을 끼치는 요인은 우주의 복합적인 힘에 대한 관계에서 육체적 그리고 이성적인 요소들이 정신적인 요소들과 조화를 이루어야 한다는 끊임없는 필요성으로 인해 이루어지는 무수한 교환과 조합이다.

우주와의 관계에 대해 탐구하려는 욕구는 인간의 본능이며, 인간은 진리를 추구하고, 산에서 그가 육체적인 운동과 맑은 공기와 눈앞에 펼쳐진 풍경으로부터 활력을 얻는다면, 그의 추구는 보상을 받은 셈이다. 그렇지만 그에게 기쁨과 영감을 주던 바로 그 힘이 어떤 다른 경우에는 추악함을 위해 아름다움을 포기하고, 거짓을 위해 진실을 포기하기도 한다.

설원이 새벽시간에는 아름답지만, 시야를 가리고 숨 막히는 안개 속에서 흰 눈이 맹렬히 빛나는 오후에는 그렇지 못하다. 모래바람이 휘몰아치는 황량한 봉우리들은 햇빛을 잔뜩 받을 때는 흉측해 보이지만, 저녁이 되어 사막에 황금빛 햇살이 깔리고, 시원하고 긴 그림자들이 잔뜩 드리워지면 그 봉우리들은 아름답다.

땅 위로 빵처럼 솟아오른 산봉우리까지도 때로는 아름답다. 공장 굴뚝에서 꾸역꾸역 쏟아져 나와 바람을 타고 날아간 오염물질이 더럽혀 놓은 황무지들은 부슬비가 내리는 11월에는 추악하지만, 5월의 태양이 비출 때는 아름답다. 남빛 하늘로 제멋대로 솟아오르고, 빛과 색채가 없는 산봉우리가 내일은 아름답고 화려해질 수도 있다.

대자연에는 본질적 추악함이 존재하지 않는다. 그런가하면 추악함은 아름다움으로부터 분리시키기 위해 인간이 조작해낸 단어로만 존재하지도 않는다. 어느 대상이 추악하다고 사람들로 하여금 규정짓도록 유도하는 정신적 반응은 모든 부정적 감정의 초점이라 할 수 있는 두려움과 같다. 이렇듯 칸첸중가는 눈사태가 일어날 가능성을 지닌 지역 내에 그대가 텐트를 치고 있을 때는 위협적이고 무시무시하고 추악하다. 마찬가지 이유로 사람들은 18세기에 산을 두려워했으며, 단순히 인류의 발전을 저해하고 위험에 빠뜨리기 위해 도저히 이해가 안 가는 신의 섭리에 따라 솟아오르게 된 흉측한 존재라고 생각했다. 사소한 잘못을 저질렀다고 어떤 남자나 여자에게 사형이나 고문의 형벌을 내리는 이성은 우주의 창조에서 발산되는 무한한 사랑의 정신이나 대자연이 지닌 아름다움을 음미할 능력이 없었다. 항상 그렇듯이, 물론 예외적인 경우들이 있긴 했지만, 그들을 제외한 대부분의 사람들에게 자연의 아름다움을 감상한다는 행위란 18세기에서 19세기 초까지는 단순한 유행처럼 여겨졌다. 아름다움은 사랑의 산물이요 잔인성은 두려움의 산물이기 때문에 아름다움과 잔인성인 철저히 상반된다. 유물론자란 사물을 창조할 힘에 대한 음미가 아니라, 그 사물의 피상적인 양상에 사고방식의 기초를 두는 사람이므로, 잔인성은 유물론을 탄생시킨다, 오늘날 자신들이 활동하는 개별적인 분야에서 최고의 두뇌를 소유했다는 어떤 사람들은 창조의 정신적인 진실을 파악하지 못한다. 그들은 감각이 그들에게 존재한다고 알려주는 사물을 순수한 지적인 가치관에 입각해 평가하며, 그 사물을 진화시킨 무궁한 '힘'을 무시해야만할 필요성을 느낀다. 창조는 수학공식으로 격하시킬 수 없다. 인간의 관점과 신념을 단순한 어휘와 편견으로 축소시키는 그런 종류의 지적인 유물론보다 더 심한 퇴화는 없다.

자연의 아름다움, 특히 산의 아름다움에 대한 오늘날의 올바른 평가보다 더 훌륭한 것은 또 없으리라. 자연에 대한 인간의 사랑은 보다 조악한 형태의 유물론으로부터 인간이 자신을 해방시키기 시작하면 당장에라도

얼어붙은 개울물 A FROZEN STREAM

틀림없이 발달한다. 인간이 산으로 눈을 돌린 것은 우연이 아니다. 수천 년 동안 그는 대자연을 험악하고 종잡을 수 없는 무엇으로서 받아들였다. 이제 그는 더 이상 자신을 관용으로 이 지구에 생겨난 존재라 생각하지 않고, 살아있는 우주의 살아있는 한 부분이라 이해한다. 이 지식은 인간으로 하여금 모든 자연의 아름다움으로부터 정신적인 위안과 안락을 얻게 해준다.

산에 대한 사랑은 한 시즌 동안 피어났다 죽어버릴 운명의 유행이 아니라, 인간이 물질적인 타락 상태에서 스스로 일어나 신념이라는 산봉우리에 단단한 발판을 마련하도록 해주는, 오늘날의 세계에서 이루어지는 정신적인 발전의 한 부분을 이룬다.

역사상 인간은 오늘날보다 더 큰 자신감을 가지고 미래를 맞은 적이 전혀 없었다. 중세의 독단주의와 파벌주의가 강요하려 했던 사고의 습성과 농간을 인간은 우선 떨쳐버려야 한다. 그러면 우주의 아름다움을 통해 정신적인 의식과 활력을 발전시킴으로써 그는 지혜를 얻고 진리를 발견할 것이다.

아름다움과 건강과 모험에 대한 갈망을 충족시키기 위해 사람이 산을 오르는 행위가 더 이상 필요치 않게 될 날이 언젠가는 올지도 모른다. 우주의 힘이 어떻게 이용될지 누가 알겠는가? 모험은 육체적일 뿐 아니라 정신적인 것이 될 수도 있다. 그러나 무엇보다도 우선 미래의 사상체계를 위해 확실한 기초를 마련하는 것이 필요하다. 이런 일은 상당히 간단하다. 그 기초는 영광스러운 우리의 환경으로부터, 그 안에서 우리가 경험하는 모험으로부터, 그것에 대한 우리의 비전과 기억으로부터 이루어진다. 후손들이 그 위에 건설을 계속하도록 우리가 물려주는 발전의 이상이란 부분적으로는 우리 가운데 어떤 사람이 산에서 우리가 겪은 모험으로부터 얻은 지혜와 경험의 산물이다.

14
폭풍

분노한 날씨는 산에 웅장한 면모를 부여한다. 낮은 지대는 흔히 빗물로 홍수가 지고 멀리서 불어온 바람에 휩쓸리지만, 높은 지대는 스스로 그곳의 기후를 만들어놓는다. 바람과 천둥은 외부의 목소리가 아니라 산 자체의 목소리이며 산의 힘을 보여주는 하나의 표현이다. 사람처럼 산도 화를 빨리 내거나 천천히 내기도 하고, 스스로 태풍을 일으키거나 번갯불을 때리기도 하고, 엄청나게 많은 양의 눈으로 서서히 그리고 빈틈없이 분노를 발산시키기도 한다. 날씨의 힘은 아름다움과 웅장함을 산에 부여하기도 하지만, 그 양상들을 영구화시키기도 한다. 풀과 히스가 자라는 황야나 설원과 빙하는 산의 분노와 그 영광을 보여주는 영원한 표현이다.

사막의 산을 영국의 산과 비교해보라. 사막의 산은 동이 틀 무렵과 해질 녘에 빨리 지나가는 온갖 색채로 인해 몇몇 양상에서는 아름답지만, 많은 양상에서는 천국과 아무런 영감의 교류를 이루지 못하는 죽어버린 땅의 융기에 지나지 않고, 외딴 곳이긴 하지만 신비하진 않으며, 태양이 지나가는 길에 남긴 찌꺼기에 지나지 않는다. 영국의 산은 비와 눈을 거두어들이고 만들면서 윤곽이 부드러워 생생한 생명력을 지니며, 분위기에 있어서는 대지의 한 부분을 이루고 구름의 한 부분도 이룬다.

그런 산에 서서 그 격노가 얼마나 멋진지 알아보라. 가슴을 벌리고, 머리를 들고, 힘찬 바람이 짓누르거나 밀어대는 힘은 느껴보라. 바람은 안개를 쓸어버리고, 산등성이를 타고 달려가 천둥소리를 울리며 깊이 파인 곳으로 쏟아져 들어간다. 폐에 바람을 가득 채우고, 시원하고 순수한 그 바람을 목구멍에서 느껴보도록 하라. 온몸이 빗물로 흠뻑 젖는 그 차가운 채찍질을 흔쾌히 맛보고, 싸움을 벌이며, 그 싸움 속에서 환희를 누리도록 하라. 히스의 용수철 같은 탄력성과 발밑에 밟히는 바위의 깔깔한 감촉에서도 환희를 즐기도록 하라. 산을 발견했다는 사실을 행운이라 여기며 웃도록 하라. 산을 오르면 온 세상이 그대의 것이 되리라,

영국의 산은 어떤 기후에서도 등반할 수 있다. 높은 산봉우리에서는 너무나 자주 기쁨이 불안으로 바뀌고, 날씨가 나빠지면 그 결과로 생존을 위한 투쟁을 벌여야 한다. 악천후가 개인적인 감정을 품고 생명을 위협하는 듯 여겨질 때도 있다. 그것은 오직 그대만을 노리기 때문에 그대는 나약함을 의식하지 않을 수 없다, 무시무시한 산은 그대를 증오하며, 그대의 육체와 피와 체온을 탈취하려 덤벼든다.

알프스 봉우리들의 분노는 흔히 미리 계산된 것이다. 산은 자신의 계획을 하늘에 써놓지만 무지하거나 어리석은 자들은 경고를 소홀히 한다. 그러나 산이 분노를 항상 천천히 드러내는 것만도 아니다. 평온한 여름날이 천둥과 번개의 폭발과 더불어 갑자기 끝나기도 하고, 겨울철 폭설은 때때로 살금살금 다가오는 동안만 은밀할 따름이다.

높은 산이 지닌 이 분노의 능력은 등산가에게 자극과 도전 노릇을 하는데, 그 까닭은 수동적인 거인과 싸움을 벌이는 것이 조금도 즐거운 일이 아니기 때문이다. 상대방의 방어를 뚫고 들어가는 것과 전혀 방어를 하지 않을 때 공격하는 것은 전혀 다르다. 높은 산은 어찌나 무자비하고 빠른 속도로 공격을 가해오는지 때때로 등산가는 그 타격으로부터 살아남기 위해 심한 시련을 겪어야 한다. 하지만 그것은 공평한 시합이다. 만일 시합이 궁극적으로 몰수당하거나, 결정적인 타격으로 나가떨어지는 경우라면 등산

가는 불평할 입장이 못 된다. 그것도 시합의 일부분이기 때문이다.

*

그레이엄 맥피와 나는 달빛을 받으며 프레네이 빙하에서 브레세 데 다메 앙글레세까지 쿨르와르를 올라갔다. 낮 동안에는 부스러지는 바위지대로 부터 돌멩이들이 실처럼 가느다란 눈의 흔적들을 하나씩 차례로 쓸어내렸지만, 저녁이 되자 꿈틀거리는 바위들이 얼어붙어 꼼짝도 못 하게 되었다. 구름 한 점 흩뿌려있지 않고 바람 한 줄기 일지 않는 완벽한 밤이었다. 달빛이 우리에게 도움을 주지 못하게 될 때까지 우리는 브레세에서 에귀 블랑시의 바위지대까지 올라갔다. 그런 다음 우리는 비박을 했다. 우리는 4~5시간 동안 덜덜 떨다 결국 동이 터서 계속 올라갈 수 있었다. 우리는 페테레 능선으로 몽블랑을 등반했는데, 우리 두 사람이 그때까지 시도한 어느 등반보다도 시간이 많이 걸렸다.

여건이 좋아, 우리는 넉넉한 시간 안에 몽블랑 정상에 도달하기를 바랐다. 에귀 블랑시의 서벽을 우리가 올라가는 사이에 날이 점점 빠른 속도로 밝아왔다. 그럴만한 여건으로 생각해 우리는 날씨가 좋으리라 예상했었는데, 마침내 능선마루에 이르자 우리의 시야에 들어온 것은 험악한 새벽이었다. 아래쪽으로는 작고 하얀 구름들이 쿠르마예의 초원을 감쌌고, 굉장히 높은 고도의 위쪽으로는 형체를 갖추지 않은 엷은 수증기가 천정을 이루었는데, 그 아래쪽에는 가느다랗고 부드럽고 여송연처럼 생긴 구름들이 꼼짝도 하지 않고 가만히 매달려 있었다.

태양이 광채를 내뿜으며 솟아오르자, 그 햇살을 배경삼아 멀리 떨어진 마터호른의 첨탑 같은 봉우리와 그보다 거리가 가깝고 훨씬 더 웅대한 그랑꽁뱅이 실루엣을 지었다.

밤이 추워 우리는 비박색 속에서 덜덜 떨며 발길질을 했지만, 공기가 이상하게 따뜻해지며 죽은 듯했다. 공기는 부력이 전혀 없었다. 그것은 폭풍이 불어 닥칠 기미 앞에 후덥지근하고 무거웠다.

우리는 힘든 선택을 해야 했다. 우리는 이미 에귀 블랑시를 한참 올라온 다음이었다. 만일 올라온 루트를 따라 하산한다면 우리는 클르와르에서 낙석에 노출될 터였다. 만일 계속해서 콜 드 페테레로 나아간다면, 특히 몽블랑 드 쿠르마예의 위쪽 비탈길이 신속한 등반을 하기에 알맞은 상태임을 알고 있었기 때문에 몽블랑을 횡단할 시간이 있었을지도 모른다. 그러나 만일 날씨가 너무 빨리 변해서 그것이 불가능해지면, 우리는 여러 해 전에 발푸르 교수와 그의 가이드 요한 페트루스의 시신이 발견되었다는 사실 외에 우리가 아무것도 알지 못하는 바위 버트레스를 타고 무리해서 프레네이 빙하로 내려가지 않으면 안 되었다. 그것이 문제였는데 풀기가 결코 쉽지 않았다. 알프스의 모든 주요 능선 가운데 페테레는 악천후에서 벗어나기가 가장 힘든 곳이었기 때문이다.

한없이 뻗어나간 산이긴 하지만 몽블랑의 버트레스에 지나지 않는 에귀 블랑시를 우리가 넘어가는 사이에 폭풍이 주변으로 모여들었다. 밑에는 안개가 형성되었다. 그 안개는 처음에 흐릿한 다발들을 이루었고, 브렌바 빙하의 주름진 얼음이 배경에 있었기 때문에 잘 보이지도 않았다. 그러나 빠른 속도로 커졌으며, 소용돌이와 회오리를 일으키면서 바람에 실려 떠올라오더니, 쿨르와르 속으로 손가락들을 뻗었고, 연약한 팔로 버트레스들을 끌어안았다. 힘없는 태양이 사라졌다. 하늘이 어두워졌다. 빛과 그림자가 결합했다. 먼 곳과 가까운 곳에 있는 산봉우리들이 창백해 보였다. 아래에서 또 위에서 안개가 휘몰려 다녔다. 억수로 퍼붓는 비가 평야에서 홍수를 이루는 것만큼이나 빠른 속도로 안개는 우리를 집어삼키더니 그 거대한 앞부분이 에귀 블랑시 위로 소용돌이치며 넘어갔다. 멀리 떨어진 물체들이 희미해지면서 아예 시야에서 사라졌다. 보다 가까운 곳의 물체들은 윤곽이 흐릿해지고 아득해 보였다. 우리는 더 이상 우리가 높은 곳에 있다는 사실을 의식하지 못했다. 시각적으로만 판단하면 우리는 몇백 미터에 달하는 복잡한 절벽들과 얼음 비탈들에 의해 안전으로부터 단절된 엄청난 알프스의 산봉우리를 횡단하는 것이 아니라 컴벌랜드로의 어느 바위산을 오르고 있는 듯싶기도 했다.

에귀 블랑시는 폐허 같은 산이어서, 만유인력이나 안정성 따위는 신경도 쓰지 않고 늘어놓은 듯한 바위들로 이루어져 있었다. 그 가운데 많은 바위들이 손으로 건드리기만 해도 먼지를 일으키며 깊은 나락으로 떨어질 지경이었다.

서두르는 바람에 우리는 시간을 손해 보았다, 거의 침니나 마찬가지인 좁은 쿨르와르가 헛바닥 같은 얼음으로 가득하고, 갑작스러운 작은 암벽이 한쪽을 가로 막아서, 1분도 아쉬운 때에 30분이나 걸려 그곳을 횡단해야 했기 때문이다.

우리가 정상 능선에 도달하기도 전부터 눈이 내려 작은 얼음덩어리들이 새끼 뱀처럼 쉭쉭거리며 바위에 부딪쳤다. 그러자 바람이 불어왔다. 안개를 함께 몰고 간 바람이 능선을 가로질러 소용돌이를 일으키며 넘더니 사나운 회오리를 그쪽 방향으로 밀고 내려갔다.

우리가 첫 번째 봉우리를 서둘러 넘어가는 사이에 폭풍이 천천히 추진력을 얻어 힘을 발휘했다. 그리고 두 번째 봉을 넘어 콜 드 페테레를 향해 내려가고 있을 때쯤에는 눈이 심하게 내리면서 바람도 점점 더 차고 강해졌다.

우리는 콜 드 페테레에서 비박을 할까도 고려했었지만, 막상 그 낮은 지대에 이르자 몽블랑이 비박을 용납해줄 기분이 아니라는 사실을 알게 되었다. 강풍이 불어대고 있었다. 끝없는 눈의 장막이 바위벽 틈으로 사납게 휘몰아쳤다. 위에서는 몽블랑 드 쿠르마예로 뻗어나간 능선의 위쪽 부분을 가로질러 태풍이 몰아치는 소리가 들려왔는데, 성당에 있는 오르간의 가장 낮은 저음처럼 길게 끄는 굉음의 진동이었다.

의견이 일치한 우리는 짧고 완만한 거리를 얼마동안 내려간 다음, 프레네이 빙하로 떨어지는 얼음과 바위의 절벽들이 막아서는 낮은 경사의 눈 비탈로 방향을 돌렸다.

곤경이 시작될 무렵 우리는 잠시 멈춰 우리 자신과 주위 환경을 검토했다. 우리는 온몸에 눈을 덮어썼고, 로프는 얼음으로 어찌나 뻣뻣하게 굳어버렸는지 거의 사용할 수 없었으며, 반쯤 얼어버린 손가락으로 더듬거리며 로프를 다시 사리는 데도 시간이 꽤 걸렸다.

우리가 서 있던 설원에서부터 앞서 언급한 바위 버트레스가 프레네이 빙하를 향해 내려간다. 그 위쪽 부분은 양의 등처럼 둥그런 모양이었지만, 더 밑으로 내려가면 상당히 더 가파르고 굴곡이 심했다. 우리가 아는 바로는 전에 그곳을 내려간 사람이 아무도 없었지만, 빠른 속도로 거세어지던 폭풍으로부터 도피할 수 있는 수단을 마련해줄 듯싶었기 때문에 우리는 그곳으로 내려가되, 혹시 아주 힘들거나 기어오를 수 없는 경우에는 로프를 타고 내려가기로 결정했다. 글로 써 놓으니까 적어도 이것은 등반의 난관을 해결하기 위한 낙천적인 방법처럼 여겨질지 모르지만, 내 생각에 우리는 그당시 두 사람 다 안전하게 하산할 수 있는 능력에 대해 자신감을 가졌던 것 같다. 등반에서는 본능, 그러니까 경험에 바탕을 둔 본능이 결정적인 요소가 되어야 한다. 복잡한 얼음 절벽을 통과하는 루트를 발견하는 재능이 신기하다 싶을 정도인 일류 가이드는 과연 이런 본능을 어떻게 습득한 것일까? 아마 가이드 자신도 설명하기가 쉽지 않으리라. 그것은 여러 얼음 절벽에서 과거에 겪은 경험들을 응용하는 능력이다. 만일 그가 눈에 보이지 않는 요소들의 성질을 판단할 수 있다면, 그것은 현장의 지형이 잠재의식으로 그 성질을 암시해주기 때문이다. 많은 '본능'은 그런 식으로 설명할 수 있다.

혹시 버트레스를 타고 내려갈 수 있다 하더라도, 그것은 분명히 쉬운 일은 아니었다. 높은 곳에서는 버트레스가 둥그렇고 얼음으로 반들반들한 경사진 바위들로 이루어져서, 사람을 안전하게 지탱해주도록 로프를 걸 수 있는 돌출 부분이 없었다. 발푸르 교수와 요한 페트루스가 사고를 당한 것은 이런 바위에서였을 가능성이 크다.

잠시 후, 바위가 조금 더 가팔라지는 곳에서 우리는 에귀 블랑시의 바위에서 버트레스를 분리시키는 쿨르와르로 잠시 들어가지 않으면 안 되었다. 버트레스 꼭대기에서 이 우회로를 택해야 했던 우리는 에귀 블랑시의 불안정한 바위에서 바람의 힘에 의해 떨어져 나온 낙석들 때문에 위험을 겪어야만 했다. 그것은 작은 돌멩이일 뿐이었지만 얼음조각들과 더불어 낙석들이 얼음의 통로를 총알처럼 떨어져 내려, 우리가 피해를 입지 않고 버트레스로 무사히 빠져나올 수 있었던 것은 순전히 운이었다.

위쪽 바위는 경사를 지었지만 가파르지는 않았고, 아래쪽 바위는 골곡이 심했지만 역시 가파르지는 않았다. 우리는 하산을 용이하게 하고 또 속도를 올리기 위해 예비 로프를 아낌없이 사용해가면서, 로프 길이만큼 내려가고 또다시 로프 길이만큼 계속 밑으로 내려갔다. 하지만 이 버트레스에는 유능한 암벽 등반가도 큰 어려움 없이 올라갈 수 있는 부분이 거의 없었다.

그것은 인상적인 하산이었다. 우리는 바람으로부터 잘 가려져 있어서, 위에서 지속적으로 들려오는 둔탁한 굉음이나 가끔 날아오는 얼음조각이나 우박을 몰고 오는 강풍만을 통해 몽블랑에서 거센 폭풍이 일고 있음을 알 수 있었다. 한쪽으로는 돌멩이가 부딪쳐 상처 나고 험악해 보이는 에귀 블랑시의 잿빛 절벽들이 있었고, 다른 쪽으로는 높이가 수십 미터씩 되는 얼음 벼랑들로 이루어진 거대한 단층애가 콜 드 페테레의 눈 덮인 고원에서 프레네이 빙하를 갈라놓고 있었다. 우리가 버트레스 밑에 가까워지자 성당만큼 큰 얼음덩어리 하나가 그것이 붙어있던 절벽에서 바깥쪽으로 슬금슬

페테레 능선 THE PÉTÉRET RIDGE

금 나오더니 프레네이 빙하로 떨어져 부딪치며 무시무시한 소리를 냈다.

알프스의 풍경 중, 야만과 웅장 그리고 순수한 자연의 힘에 있어서 프레네이 빙하의 위쪽 분지를 능가하는 곳을 나는 본 적이 없다. 파괴와 죽음의 가시적인 실체가 얼음과 바위로 이루어진 이 원형 쿨르와르를 굽어본다. 지하 감옥 같은 절벽이 사람을 에워싸는데, 그 절벽 사이로 지옥의 언저리에 다다라 고통을 받는 혼령처럼 얼음이 자신이 저지른 죄악에 대한 무서운 형벌로부터 도망치려 몸부림치면서 밑으로 내달린다. 바위가 하나 떨어지고 그 메아리가 이 절벽에서 저 절벽으로 서로 부딪친다. 얼음이 우르르 무너지고, 몽블랑이 마치 반쯤 억누른 분노로 목이 막히기라도 한 것처럼, 숨이 막힐 정도로 엄청난 저음의 천둥 같은 굉음이 절벽 안에 가득 찬다. 안개가 낮게 드리우고, 폭풍의 음산한 목소리가 요란하게 터져 나와 메아리를 일으키고, 죽어버리는 것이 아니라 전혀 수그러들지 않는 어떤 힘의 일부분으로서 지속적이고 위협적이며 불쾌한 진동이 일어나는 장면은 말로 표현할 수 없을 정도로 소름끼치고 웅장하다.

다행히도 우리는 버트레스 밑에 이르러, 삐걱거리는 스노브리지를 겨우 건넌 다음 프레네이 빙하로 나아갔다. 그리고 어느 정도의 거리를 벗어날 때까지는 얼음사태의 범위 안에 있었기 때문에 우리는 가능한 한 서둘러 밑으로 내려갔다.

콜 드 페테레에서 안전하게 하산했다는 것은 마음이 놓일 일이었지만, 그렇다고 해서 그날로 감바 산장까지 다다를 수 있으리라 장담할 처지는 아니었으니, 프레네이 빙하는 내려가기가 힘들기로 악명이 높았기 때문이다. 그곳은 수십 미터에 걸쳐 알프스에서 가장 가파르고도 힘든 얼음 폭포를 이루면서 떨어진다.

행운은 우리 편이었다. 해가 여전할 한두 시간에 가능한 한 멀리까지 얼음 절벽을 내려가는 데 소모할 수밖에 없다고 자포자기를 하고나서, 우리들은 얼마 전에 사람이 지나간 발자국을 눈에서 발견하게 되었다. 그 발자국은 그날 콜 드 페테레로 가는 루트를 답사하느라고 우스테이스 토마스 씨와 그의 가이드 요제프 크누벨이 남긴 것이었다.

불안정한 탑 같은 바위들과 봉우리들 밑에서 서둘러 도망치고, 몸의 균형을 잡으며 언저리들을 따라 나아가고, 크레바스를 뛰어넘고, 부서진 얼음 사이로 구불구불 전진하고, 허리를 수그려가면서 우리는 신이 나서 그 발자국을 따라 뛰어 내려갔다. 콜 이노미나타를 향해 돌멩이들이 잘 떨어지는 비좁은 쿨르와르를 타고 우리가 힘들게 올라가는 사이에 날이 빠른 속도로 어두워졌다. 감바 산장과 우리 사이에 편한 지대가 펼쳐진 콜 위에서 우리는 휴식을 취하기 위해 잠시 멈췄다.

우리는 12시간 만에 처음으로 휴식을 취했다. 우리는 분명히 기진맥진하고 지쳐 있었지만, 나는 절대적인 충일감이라고나 할까, 정신적인 요소와 조화를 이루며 육체적인 요소들이 결합하는 느낌과 뒤섞인 이상한 황홀경 밖에는 아무것도 기억하지 못한다. 우리는 탈출에 성공했다. 거의 꼼짝도 하지 않는 공기 속에서 우리가 서 있으려니 뒤쪽과 위쪽에서 몽블랑이 폭풍을 맞아 부르르 떨었다. 우리는 우리를 죽이려 쫓아온 그것으로부터 벗어나 있었다. 인생이 즐거웠다.

브루야르 능선 뒤에서 번갯불이 번쩍이기 시작했다. 샤틀레의 작은 빙하에서 얼음과 바위 사이로 고꾸라지듯 내려오는 사이에 어둠과 폭풍이 우리 주변으로 모여들었다. 번갯불이 더욱 눈부시게 번득였다. 천둥의 굉음이 점점 더 커졌다. 보기 드물게 빠른 속도로 폭풍이 우리를 덮쳤다. 우리를 후려갈기는 얼음 파편 같은 우박으로부터 얼굴을 가리려 애를 썼지만, 소용없는 일이었다. 이런 폭설 속에서 엷은 자줏빛 번갯불이 눈이 멀 정도로 장렬하게 번쩍였고, 이어서 날카로운 폭발음이 이 봉우리에서 저 봉우리로 울리고 고함치며 터졌다.

번갯불이 어찌나 가깝고 눈이 부셨는지 금속 손잡이가 위험을 초래할 가능성이 있는 피켈을 버리는 것이 더 안전하지 않을까 하는 생각이 들었다. 그러나 우리는 몽블랑이 지금에 와서 우리를 죽여야 할 정도로 무정할 리는 없으리라는 생각이 들었다. 그날 우리는 등산가들이 견디어내야 하는 불안감을, 그리고 이성과 육체의 스트레스를 최대한으로 참아낸 터였다. 따라서 우리는 피켈을 그대로 움켜잡았다. 몽블랑이 이제 와서 우리를 해칠 리는 없었고, 또 그렇게 해서는 안 될 일이었다.

나는 거의 피곤을 느끼지 않았다. 내가 몽블랑에서 그토록 평정을 찾던 그 힘으로 나는 마음이 가득한 듯싶었다. 나는 나의 육신을 거의 의식하지 못했다. 나에게는 더 이상 시간이 존재하지 않았다. 나는 무감각한 초연 속에서 그날 벌어진 사건들을 되돌아볼 수 있었다. 36시간이 지나가는 사이에 맥피와 나는 정신적인 자극과 반응의 만화경뿐 아니라 산의 풍경과 날씨를 한껏 경험했다.

우리는 무더운 아침에 쿠르마예를 출발했고, 월귤나무 열매를 실컷 먹으면서 발베니를 한가하게 거닐었고, 감바 산장으로 걸어 올라가 그곳에서 휴식을 취한 다음 저녁에 콜 이노미나타와 프레네이 빙하를 지나, 달빛 속에서 브레세 데 다메 앙글레세를 향해 쿨르와르를 올라갔고, 비박을 하느라 추위에 덜덜 떨었으며, 붉은 색조가 짙은 새벽이 동이 터오는 것을 보곤 폭풍 속에서 에귀 블랑시를 통과하느라 고생했고, 함정에 빠질 듯한 기분이 심하게 느껴질 때쯤 안전한 곳으로 내려왔다. 우리는 편안하기도 했고 불편하기도 했으며, 땀을 흘리기도 했고 추위에 떨기도 했으며, 부드러운 아름다움과 야만적인 웅장함도 보았으며, 온갖 종류의 정신적 스트레스를 경험했고, 우리의 생명이 좌우되는 중대한 결정을 내리지 않으면 안 되는 궁지로 몰리기까지 했다. 페테레와 같이 중대한 등반이 수반하는 요소들 가운데 이것은 겨우 몇 가지 사례에 지나지 않는다.

죽음의 저울로 삶을 세밀하게 측정하고, 육체적인 힘과 정신적, 이성적인 힘이 찬란하게 결합되는 것, 이것이 바로 등산이다. 기계적인 요소가 끼어드는 어떤 도움도 받지 않고, 오직 자신만의 힘으로 자신의 분별력과 판단력과 기술력에만 의존해 등반가는 산을 올라간다. 그곳에는 힘찬 정복의 느낌도, 갈채를 보내는 관중도 없다. 등산은 업적에 입각해 가치를 측정하는 활동이 아니라, 인간과 우주 사이의 행복한 결합이며, 삶과 존재를 완벽하게 나타내는 행위이다.

감바 산장에 우리가 들어선 장면은 가히 메피스토펠레스적이었다. 번갯불이 번쩍이고 천둥이 울리는 가운데 우리가 들어선 것이다. 안에 갇혀 있던 사람들은 우리를 맞으며 환호성을 질렀다. 에귀 블랑시를 안개가 가려버리기 전에 우리가 그 봉우리를 횡단하는 것을 본 사람들이 있었는데, 그날로는 도착하지 못하리라 여겼던 우리가 무서운 뇌성벽력을 헤치고 극적으로 나타난 것이다. 그러자 여러 사람이 적극적으로 나서서 흠뻑 젖은 옷을 우리의 등에서 벗겨냈고, 각반과 등산화 끈을 풀어주었다. 따끈한 음료와 음식이 차려졌고, 위대한 가이드이며 신사인 요제프 크누벨은 분주히 돌아다니면서 우리의 시중을 들었다. 잠시 후 우리는 간이침대로 기어 올라가 담요로 몸을 감쌌다.

바깥에서는 폭풍이 점점 더 사나와지고 있었다. 번쩍거리는 번갯불의 섬광과 천둥의 폭발과 피부어대는 우박과 눈이 작은 총알처럼 대피소의 벽을 두드리는 소리와 허리케인은 적절한 자장가 노릇을 했고, 곧 우리의 생각은 평화스럽게 망각의 바다로 빠져 들어갔다.

*

내가 지금까지 서술한 험악한 상황보다 비록 덜 인상적일지는 모르지만,

때때로 훨씬 더 치명적인 것이 폭풍설이다. 폭풍설에는 미리 계산되고 잔인한 어떤 양상이 있다. 그 양상은 미묘하고 파괴적인 방법으로 나타나는가 하면 교활하기도 해서 때로는 세상을 아름다우면서도 믿을 수 없을 정도로 위험한 상태로 장식한 다음 몇 주나 몇 달 후에야 모습을 드러내기도 한다. 눈은 어찌나 강한지 온 산을 뒤덮지만 너무나 약해서 햇빛이 한 차례 핥아주기만 해도 파괴된다.

폭풍설이 오는 것은 우레나 태풍보다 덜 극적이긴 하지만, 그렇다 해도 어쨌든 인상적이기는 하고, 도움과 안식처로부터 멀리 떨어져 높은 산에서 꼼짝도 못하게 된 사람에게도 그것은 단순히 인상적인 상황이 아니다. 나는 겨울에 폭풍설이 다가오는 광경을 여러 번 보았다. 그것은 형태를 갖추지 않은 회색 안개의 상태로 모여들어, 소란을 피우지 않고 액체처럼 천천히 퍼져나간다. 그 전진 속도가 어찌나 은밀한지 사물은 시야에서 갑자기 지워지지 않고, 서서히 그 속으로 가라앉으며 사라진다. 그것은 하늘로 잔물결처럼 번져서 햇빛을 조금씩 또 조금씩 희미하게 흐려놓는다. 그것은 세상을 덮어 눌러서, 심지어는 음향까지도 죽이는 듯하고, 빛의 천재와 그림자의 멍청이를 하나로 결합해 무서운 범속성으로, 즉 추악함도 아니고 아름다움도 아닌 그 중간쯤에서 색채도 없고 중립적이며 관심도 없을 듯한 어떤 차원의 음침한 공허함을 이룬다.

그러다 드디어 눈이 내리기 시작한다. 외로운 단 하나의 눈송이가 갑자기 잿빛 허공으로부터 한가하게 하늘하늘 내려오고, 이어서 또 한 송이, 그러고는 또 한 송이가 뒤따라 내려오며, 그다음에는 수백만 송이가 떼를 지어 서두르지 않고 차분히 떨어져 종이 위에 글씨를 써내려가는 연필처럼 가볍게 사각거리는 소리를 내며 땅바닥에 내려앉는다.

산을 사랑하는 사람은 어떤 우뚝한 곳에 올라서서 느린 속도로 발달하는 폭풍을, 우리의 세계가 돌아가도록 움직이는 힘의 상호작용과 신기한

산의 영혼

몽블랑 남쪽 MONT BLANG: THE SOUTH SIDE

변모를 관찰해야만 한다.

그러나 안전하게 물러갈 수 있다는 보장을 받고 나서 감탄하며 구경하는 입장은 생명 자체를 걸고 벌여야 하는 투쟁이 뒤따르리라는 사실을 알면서 초초하게 지켜보는 처지와 판이하게 달라서, 의식적이거나 무의식적으로 사람들은 산의 기후와 산의 양상들을 삶과 죽음에 입각해 측정하는 경향이 있다. 그러면 폭풍은 기술과 힘과 경험에 계수 노릇을 한다.

에베레스트 정상 근처에서 등산가의 목숨을 빼앗을 수 있는 것만큼이나 쉽게 폭풍은 스노돈에서도 관광객의 목숨을 빼앗기도 한다. 그러나 높이와 날씨에 의해 여건이 달라진다는 이유로 에베레스트는 무정한 산으로 존경받는다. 산에 대한 등산가의 관점은 형이하학적인 여건에 의해 불가피하게 영향을 받지만 어느 순간에도 가장 쉽게 아름다움에 대해 독백할 수 있는 사람은 이런 여건에 의해 방해받지 않고 멀리서 관조하는 사람이다. 그렇지만 대자연의 힘과 활기차게, 현실적으로, 그리고 고생스럽게 이루어진 접촉에 대한 기억은 쉽게 접했던 아름다움의 현장에 대한 기억만큼이나 중요하다. 왜냐하면 기억력이란 한 가지 빼어난 자비로움을 지니고 있어서, 외과의사의 수술 칼로부터 마취제가 의식을 단절시켜놓듯 고통으로부터 아름다움을 갈라놓기 때문이다. 등산가는 에베레스트를 아주 즐겁게 기억하고, 그곳으로 돌아가 모험을 계속하기를 갈망한다. 그는 기억력만으로는 살을 에는 추위를 느끼거나 고지대의 고통을 경험할 수 없다. 다만 가장 깊숙한 의식 속에서 폭풍의 함성소리를 듣고, 감히 범접할 수 없는 최후의 봉우리에서 끊임없이 쏟아지는 눈을 내면으로만 볼 수 있을 따름이다.

15
고요

고요는 폭풍과 반대되는 개념 이상의 그 무엇이다. 그것은 높은 산이 너무나 탐내는 보석과 같아서 회귀한 경우에만 모습을 보인다. 화창한 날은 자주 있지만 고요의 날은 드물다. 변화할 수 있는 자신의 잠재력을 충분히 의식한 산이 빠르고도 눈부신 솜씨를 과시하긴 하지만 완전한 휴식을 스스로 누리는 때가 별로 없는 것이나 마찬가지이다.

하루 종일 바람 한 줄기 일지 않고, 구름 한 점 없는 하늘에서 태양이 계속 빛나는 절대적인 고요의 날을 나는 별로 기억할 수 없다. 내 기억 속에 절대적으로 고요했던 날들은 가을과 겨울의 어느 날이었다. 나는 깊디깊은 정적의 품안에서 날이면 날마다 세상이 숨을 죽인 가운데 숲속에서 낙엽들의 빛깔이 점점 짙어지는 것을 지켜보았으며, 겨울철에 여러 번 명상과 환상의 세계로 곧장 날아가게 만드는 고요와 정적 속에서 산의 정상에 올라 쉬곤 했었다.

고요는 무서울 때도 있다. 내가 켄트에서 살고 있을 때 메시네스 능선이 폭발했다. 그날 아침은 철저히 고요한 아침이어서 나무에 달린 잎사귀들도 꼼짝 하지 않았다. 그러나 꼭 그렇다고도 할 수 없었다. 계속해서 터지는 폭음과 뒤따르는 연속음 때문에 나무들이 통째로 조금씩 흔들렸는데, 떨리는 움직임이 잎사귀로 전달되었다. 그 당시 나는 아직 어린 나이였지만, 그날의 고요한 아침에 떨리고 흔들리던 느낌을 전혀 잊지 않았다. 메드

웨이 계곡의 평화 속에는 말로 형언할 수 없이 무서운 무엇이 있었는데, 인간이 숨을 쉬는 공기에도 가증스러운 죽음의 살벌한 음향에 의해 더럽혀지는 불길하고도 사악한 무엇이 존재했다.

산에는 두려움과 죽음이 버티고 선 고요도 있다. 그것은 폭풍 전의 고요이다. 전기를 띤 폭풍의 위협을 머금은 철저한 정적 속에는 신경을 거의 마비시키는 듯한 무엇이 존재한다. 그것은 환기가 되지 않은 방의 답답함처럼 심한 답답함을 가지고 산의 주변으로 모여든다. 긴장이 고조되는 가운데 대기는 달려가는 듯하고 때로는 신음하는 것 같은 이상한 소리로 가득 차는데, 폭풍이 터져버리면 오히려 마음이 놓일 지경이다.

언제가 브렌바 빙하 위쪽의 큰 바위에서 나는 동행인과 함께 피신처를 찾아 비박하고 있었다. 기막히게 고요한 저녁이었지만, 폭풍이 곧 불어 닥치리라는 것이 분명했다. 어둠이 깔렸고, 그와 더불어 정적이 더욱 깊어졌다.

세상이 완전한 정적에 잠겼다. 그러더니 파란 불길의 가벼운 풀잎 같은 자락들이 페테레 능선의 날카로운 바위 탑들 위에 나타났는데, 그것은 뱃사람들에게 세인트 엘모의 불이라고 알려진 브러시 전기 방전현상이었다. 놀라울 만큼 갑자기 폭풍이 터졌다. 불길의 장막이 드리웠고, 되풀이되는 천둥의 포효가 정적을 갈기갈기 찢어놓았다. 우박이 억수처럼 쏟아졌고, 그 우박과 벼락에 의해 에귀 블랑시로부터 떨어져 나온 수천 톤의 바위들은 음향의 지옥에서 그들대로의 역할을 발휘했다.

그러나 내가 서술하게 될 고요는 평화와 휴식하고 같은 의미에서의 고요에 대해서이다. 겨울의 고요만큼 절대적인 고요 또 없을 것이다. 나는 한 겨울에 안개가 끼지 않은 하늘의 평온함을 무엇 한 조각 흩뜨려놓지 않고, 오직 지구의 곡률에 의해서만 시야가 제한되는 날에 이런저런 높은 봉우리의 정상에서 평화로움과 따스함을 누리며 휴식을 취한 적이 있었다. 여름에 알프스의 높은 봉우리들을 오르면 계곡으로 흐르는 빙하의 격류로부터

산의 영혼

밑바닥을 울리는 소리가 희미하게 들려오지만, 겨울에는 아무 소리도 나지 않는다. 귀에 신경을 집중하더라도 들리는 소리가 아무것도 없다. 정적이 있는데 그것은 무서운 침묵이나 불길한 예감을 주는 정적이 아니라 소음의 완벽한 부정이라고 할 정적으로서 절대적인 무엇, 모든 인간적인 감정으로부터 벗어난 무엇이다. 도시에 살면서 비록 정적을 경험한다고 상상하긴 하지만 사실은 전혀 경험하지 못하는 사람들이 이런 정적에 접하면 경탄하고 말 것이다. 이런 정적이 어찌나 깊은지 처음에는 감각에 심한 부담을 주는 듯싶지만, 아주 빠르게 이것은 보기 드문 무엇이 아니라, 인간이 만든 모든 소리가 그에 비하면 인위적으로 들리게 만드는 자연스러운 무엇으로 받아들여진다.

환경에 잘 융화하는 소리는 그것이 침묵을 깨뜨릴 때 가장 잘 들리게 마련이다. 지빠귀의 노래는 떠들어대며 돌아다니는 사람들이 가득 찬 방 안에 확성기를 통해서 내보내면 한심할 정도로 아무 효과도 거두지 못하지만, 싸리의 숲 지대에서 고요한 6월의 저녁에 들으면 그냥 아름답고 아주 잘 들리게 마련이다. 우리가 무엇을 좋아하고 싫어하는 데 있어서는 우리 대부분이 짐작하는 것보다 연상 작용과 환경이 훨씬 더 큰 역할을 한다.

고요와 정적은 자연히 잘 어울리지만, 산에서 평온한 날의 아름다움에 보탬이 되는 한 가지 소리가 존재하는데, 그것은 찰랑거리며 흐르는 물의 소리이다. 나는 9월에 영국의 산들을 때때로 감싸는 고요보다 더 깊은 고요를 생각해낼 수 없다. 비가 많이 내리고 어쩌면 거센 바람이 불어대기도 하는 8월이 저절로 기운이 다 빠졌고, 대자연은 저물어가는 한 해의 평온함을 갖추게 되었다. 바다와 하늘, 그리고 그것들을 연결하는 산이 우주의 정적 속에서 하나로 뭉쳐진다. 산에서 흐르는 개울의 소리와 호수의 물이 찰랑거리는 소리는 정적을 증가시킨다. 대자연이 그토록 깊은 잠에서 스스로 깨어나기란 불가능한 듯싶다.

날씨에 대해 투덜거리는 것은 등산가에게는 습성이나 마찬가지이고, 영국의 기후가 변덕스럽다고 앓는 소리를 하는 것은 모든 영국인의 특성이기도 하다. 영국 산들의 날씨는 우리가 향상시킬 수 있는 무엇이었을까?

우리는 어떤 나쁜 일에 영원히 만족해하며 살아가는 것일까, 아니면 영국의 풍토를 진심으로 자랑스럽게 생각해 다른 나라의 그것과도 바꾸지 않으려 하는 것일까? 분명한 일이지만, 만일 고요한 날들이 훨씬 더 많았다면 산은 그 매력을 많이 상실했을 터인데, 그 까닭은 산이 지니는 가장 위대한 매력은 그 변덕에서 발견되기 때문이다. 완벽성을 성취하기 위해서는 불완전함을 경험해야 하고, 우리는 오직 폭풍을 통해서만 고요의 아름다움을 알 수 있다.

16
휴식

산을 가장 잘 경험할 수 있는 것은 휴식을 취하는 동안이다. 그러면 보다 높은 감수성이 더 이상 정신적이거나 육체적인 집중력에 종속되지 않는다. 속도는 휴식과 상극이다. 세상 사람들의 도덕적 발달 중 현재의 단계에서 속도란 무감각을 유발시키는 경향을 나타내며, 인간으로 하여금 아름다움을 음미하는 능력을 갖추고 그들이 훌륭한 시민으로서 적절한 몸가짐을 취하도록 이끌어주는 보다 숭고한 자질을 일시적으로 저해할 가능성이 있다.

　의심할 나위도 없는 일이지만, 속도에 의해 발생한 무감각은 오늘날 도로에서 일어나는 사고의 큰 부분에 대한 원인이 된다. 나도 때때로 속도를 좋아한다. 나는 속도가 빠른 차를 가지고 있으며 가끔 속도를 내어 그 차를 몰지만, 그럴 때면 내가 억제하기 힘든 무감각에 유사한 신경질적인 감각을 경험하는 경우가 많다. 속도가 느린 차가 앞에서 가로막아 마음대로 갈 수 없게 되면 나는 화가 나고, 어서 그 차를 추월하고 싶은 기분이 든다. 토끼 한 마리가 길로 뛰어들면 나는 그것을 피하려 한다. 그러나 내가 피하지 못하면 토끼는 깔려 죽는다. 나는 계속해 달려가고, 몇 초 후에는 뭉개진 토끼의 사체가 저 멀리 뒤에 있으므로 잊혀지게 된다.

　그렇지만 불 옆의 안락의자에 앉아있거나 시골에서 산책하고 있을 때는 토끼처럼 그렇게 아름답고도 섬세한 생명체를 자동차 바퀴로 깔아뭉개 죽인다는 생각은 역겹기 짝이 없다고 여겨진다. 나는 총으로 토끼를 쏜다는 그 단순한 목적을 위해서만 총을 쏘고 싶은 마음은 내키지 않는다. 어린 소년이었을 때 내가 쳐놓은 덫에 걸린 토끼가 목이 졸려 고통스럽게 몸을 뒤틀리며 퀭한 눈으로 나를 꾸짖는 듯 멍하니 쳐다보던 모습을 기억하면 지금까지도 소름이 끼친다. 내가 도로에서 경험한 바로 미루어보아, 자동차를 운전하는 사람들은 십중팔구 내가 빠른 속도로 운전할 때 영향을 받는 바로 그 질병에 의해, 비록 정도의 차이는 있을지언정, 틀림없이 영향 받으리라 가정할 만한 이유가 나에게는 충분히 있다.

북부 웨일스로 차를 몰고 올라가면 랑골렌의 계곡을 지나게 된다. 그때마다 내가 아름다운 계곡의 풍경을 제대로 감상할 수 있었던가? 아니다. 그렇지만 내가 차를 멈추고 엔진을 꺼버린 다음이어서 더 이상 운전에 신경을 집중할 필요가 없어지면, 그 결과는 마치 소음이 시끄러운 공장에서 나와 조용한 들판으로 걸어가는 것과 같으리라.

얼마 전 나는 새로 구입한 차를 시운전했다. 나는 좁고 구불구불한 길을 따라 시속 80킬로미터로 달려가고 있었다. 나는 길의 왼쪽으로 차(영국의 차들은 우리나라와 반대편으로 운행하기 때문에 왼쪽은 중앙선이 아니라 도로변이 된다—역주)를 바짝 붙이고 갔으며, 모퉁이를 돌 때는 속도를 훨씬 더 낮추었다. 뒤에서 따라오는 다른 차들도 있었으므로 가능한 한 자주 나는 속력을 늦추며 그들더러 추월하라고 손으로 신호를 보냈다. 그러나 도로의 사정으로 인해 항상 안전하게 신호를 보낼 수는 없었고, 그래서 어쩌다가 얼마간 내 뒤를 쫓아와야만 하는 차들도 생기곤 했다. 그 차를 모는 남자나 여자는 내 차를 추월하는 순간 얼마나 험악한 표정을 짓고, 얼마나 무섭게 나를 노려보았던가. 한 여자는 심지어 나에게 주먹을 휘둘러 보이기까지 했다.

그런데 만일 내가 길거리에서 그 여자에게 우발적으로 어떤 불편을 끼친다면, 그래도 그녀는 나에게 주먹을 휘두를까? 그녀는 줄에서 앞에 있는 사람들에게 주먹을 휘둘러 보일까? 만일 그녀가 산을 오르는데 앞선 사람들이 훨씬 천천히 전진하고 있어서, 그 등산로의 사정상 얼마동안 처져서 뒤따라 올라가야만 한다면, 그녀는 그들에게 주먹을 흔들어 보이고 무례한 언사를 쓸까? 물론 그러지 않으리라. 기분 좋은 사람을 기분 나쁜 사람으로 바꿔놓는 것은 속도 또는 속도를 내고 싶은 충동, 아니면 속도가 지닌 어떤 독특하고 부정적인 요소에 대한 갈망 때문이다.

산에서는 속도가 그런 불쾌를 자극하지 않는다. 기계를 부리고 있다고 착각하는 사람은 흔히 그 기계에 의한 노예에 지나지 않는 경우가 많다. 따라서 속도는 인간이 만든 기계에 따라 좌우되는 것이 아니다. 그렇지만 기록 경신이나 경쟁심 외에는 다른 동기가 전혀 없이 서둘러 산을 올라갔다 내려오는 행위를 보면 러스킨이 등산가들을 비꼬는 글이 타당하다고 여겨지기도 한다. 시간과 날씨가 중대한 요인으로 작용하기 때문에 때로는 지극히 빠른 속도로 등반을 해야 할 필요가 있을지도 모른다.

하루 사이에 몇 개의 봉우리를 등정한다는 것은 만족감과 피로감을 촉진시키며, 힘과 정력과 기술에 대한 흥미 있는 시험적 효과도 있기 때문에 순수하게 육체적인 관점에서 보면 때로는 즐겁게 여겨지기도 한다. 그러나 나에게는 그것이 등산을 즐기는 가장 좋은 방법이 되지는 못한다. 나는 가이드를 두어 명이나 앞세우고 마터호른을 오르기 위해 체르마트를 출발하는 초보 관광객을 보면 안타까운 생각이 든다. 가엾은 친구 같으니라고. 그는 무엇이 자신을 기다리고 있는지 거의 알지 못한다. 그는 정신없이 정상까지 서둘러 쫓아 올라갔다 내려온다. 날씨가 아무리 안정되고 화창하더라도 그는 한심하게 이른 시간에 정상까지 올라가버리고, 정오가 조금 지나면 어느새 체르마트로 돌아온다. 이런 식으로 처음 등산을 경험했기 때문에 애초부터 등산이라면 역겨움을 느낀 사람이 무수히 많게 되었을 것이다.

청년기는 중년기보다 활동력을 많이 요구하지만, 등산가는 나이를 먹고 경험을 축적함에 따라, 스스로 즐거움을 얻기 위해서는 한 시즌 동안에 가능한 한 많은 산들을 오를 필요가 없다는 사실을 깨닫는다. 그는 등산의 즐거움이 산을 오르는 행위 못지않게 산을 구경하는 행위에서 찾을 수 있다는 사실을 깨닫는다. 이런 이유로 산에 싫증을 느끼는 사람은 없다. 경험을 쌓으면 쌓을수록 산에 대한 그들의 헌신은 보다 합리적이고 육체적인 에너지의 격렬한 발산에 덜 의존하게 된다. 그들은 휴가기간을 휴식과 명상에 바치는 것으로 만족하고, 그렇게 함으로써 자신들의 휴가가 어떤 손해도 보지 않고, 오히려 더 많은 것을 얻는다는 사실을 깨닫게 된다. 등반의 기쁨은 나이와 경험에 따라 조정이 가능한 것으로서, 세월이 흘러가더라도 그 기쁨은 더 커지거나 작아지는 것이 아니라, 오직 달라질 따름이다. 처음에 활활 타올랐던 불길은 점차 사그라지지만, 불은 줄기차게 타오르고, 결과적으로 그것은 전에 못지않게 뜨거운 상태를 유지한다.

그러니까 산에 오르면 휴식을 취하고, 새벽과 정오와 저녁과 밤의 소박한 이야기를 들어야 한다. 바다에서 길게 뻗어나간 비탈이 불쑥 솟아 큰 바위산을 이루는 조용한 곳을 선택하라. 히스를 긴 의자로, 그리고 하늘을 지붕으로 삼도록 하라. 아이의 입술처럼 부드럽고 가볍게 그대의 뺨에 와서 닿는 바람의 감촉을 느끼도록 하라. 돌출된 바위를 타고 넘어 천천히 반짝이는 광채로 가득 찬 어느 깊은 웅덩이로 미끄러져 떨어지는 겨울의 조용한 웃음소리를 들어보고, 그 개울이 눈부시게 반짝이는 겨울의 파편들처럼 물을 쏟아 내리고, 태양의 은빛 화살들을 쏘기 위해 요정의 활을 당기는 것을 보라.

그대의 뒤에 있는 산을 신하들의 잡다한 애기가 끝나기를 기다렸다가 숭고하고도 간단한 진리를 말하는 왕이라고 생각하라.

휴식을 취하면 잠시 후 산이 입을 열어, 그에 비하면 인간의 수명이 아침

산의 영혼

안개처럼 덧없다고 여겨질 영겁의 세월에 대한 이야기를 해줄 것이다. 산은 거칠고 원시적이고 근원적인 어떤 체계가 무너져, 내면의 불이 활활 타오르면서 그 연기가 하늘까지 치솟는 이야기를 하고, 이어서 그 불덩어리가 서서히 식고 골격을 갖추고는 느린 속도로 무시무시하게 찢어지고, 맞부딪쳐 부서지고, 폭음을 울렸다는 이야기도 할 것이다.

그다음에는 냉각기가 왔다. 산은 자신의 심장부로 짓이기며 깊이 파고 들어가는 강과 빙하를 품에 안게 되었다. 그러자 그 빙하는 얼음의 발톱으로 지면을 편평히 닦고 윤을 내고 찢어가면서 엄청난 붕괴의 파편들을 멀리 옮겨놓았으며, 그런 다음에는 태양에 항복해 자신이 지녔던 힘의 증기를 이용해 바위로 이루어진 퇴적과 비탈 이외에는 아무것도 남기지 않고 사라진다.

산은 아직도 우주의 힘에 순종한다. 서리와 햇살은 산의 바위를 찢어놓고, 물이 산허리에 흠집을 내고, 바람이 산 위로 휘몰아치고, 눈이 산을 뒤덮고, 안개가 산꼭대기를 휘감거나 허리춤을 수의처럼 감싸기도 하며, 회색 마도요가 지저귀는 새벽녘부터 황금빛 황혼녘까지 태양이 비춰준다.

지구는 이제 안정되고, 나이를 먹어 건실하고 존경을 받을 만한 면모를 갖추었으며, 그 젊은 시절의 불길과 정열이 잊혀졌고, 현재의 아름다움을 인식해 자신감을 얻었으므로 과거의 난폭한 영광에 대해 아무런 아쉬움을 느끼지 않고도 명상을 할 수 있게 되었다. 그것은 사람들에게 인자하다. 지구는 사람들이 바위를 기어오르고 토탄과 히스를 밟고 지나가는 감촉을 느끼기를 좋아한다. 또한 그것은 운명과 하느님에 대해 만족감을 느끼며 평화로운 꿈을 꾼다.

*

높이 올라가 큰 바위의 표면에서, 가파른 바위 너머로 몸을 끌어올려야만 다다를 수 있는 바위 턱 위에서 휴식을 취하라. 신기해하는 남들의 시선에서 몸을 숨기면서도 대지와 하늘과 희미할 정도로 아득하게 먼 거리까지 경치를 굽어볼 수 있는 쾌적한 장소. 저 멀리 돌 더미가 길게 회색빛으로 미끄럼틀처럼 뻗어나간 끝자락에 깊고도 차가운 산속의 작은 호수가 찰랑거리는 풍경이 산의 주름진 얼굴의 고요한 눈처럼 보이고, 밑으로는 풀밭이 테를 두른 언저리를 이을 뿐 아무것도 없고, 태양과 따뜻한 서풍으로 무르익은 월귤나무들이 에워싼 곳에서 휴식을 취하도록 하라. 위로 올라오느라고 팽팽해진 근육과 신경이 풀어질 때까지, 그리고 육신을 위한 해결을 정신력이 더 이상 찾지 않아도 되어 주변에 존재하는 모든 것을 마음 놓고 즐길 수 있을 때까지 휴식을 취해라.

그것이 산이라는 사실을 인식하지 말고 처음에는 덤불이 많은 황무지부터 올라라. 단순히 높이만을 뽐내려는 욕심을 보이지 않고 수학적이면서도 정확한 전진과 상승에 바탕을 둔 창조적 아름다움을 갖추기 위해 서두르지 않고 서서히 가팔라지면서, 어떤 사상가의 이마처럼 침착하게 올라가고 또 올라가고, 그런 다음에는 마치 하늘이 갈라져 그 자리로 쏟아져서 엉망진창의 폐허로 무질서하게 마구 쌓아가기라도 한 듯싶은 풍경을, 요정들이 지나다니는 길처럼 깊은 심연을 다리 놓는 빛의 띠 속으로 희미하게 윤곽만 드러나는 머나먼 산의 완만한 융기를 둘러보도록 하라. 기진맥진해서 쓰러진 밤의 몸에서 무럭무럭 피어오르는 김처럼 수증기의 기둥으로 하늘을 떠받들기라도 하려는 듯 올라오는 구름들을 보라. 그리고 습기가 있어 이끼가 자라는 곳에 피어난 한 송이 자줏빛 범의귀는 크기가 너무나 작으면서도, 아름다움은 너무나 크다.

아름다움은 아름다움과 경쟁을 벌일 수 없어서, 바다와 하늘과 구름과 산도 아름답지만, 바위틈에서 빠끔히 내다보는 작은 꽃도 아름답다.

린 아르두 LLYN ARDDU

산이나 구름이나 꽃을 더 이상 그대가 의식할 수 없어지고, 모든 것에서 아름다움의 총화를 발견하게 될 때까지 휴식을 취하도록 하라. 그런 다음에는 잠을 자야한다.

*

알프스 설원에서의 두 번째 아침식사다. 이것은 전통에 의해 고귀해진 기능이다. 이것은 또한 휴식이기도 하다. 햇빛은 따사롭고, 음식은 더 이상 무미건조하고 맛없는 것도 아니고 먹어야 한다는 의무를 수행하는 무슨 행사도 아니며, 언어와 생각은 더 이상 둔감하고 상상력이 결여된 두뇌에 속박되어 있지 않고, 지구는 더 이상 수동적이고 요지부동이라고 여겨지지 않고 별들도 더 이상 우리를 어리석다고 무감각하게 쳐다보기만 하지는 않으며, 우리가 밟는 산은 더 이상 '해야 할 어떤 일'이 아니어서, 그것은 깨어있으며 위대한 하루의 모험을 속삭여준다.

우리들은 식사를 하고, 그런 다음에는 천천히 나아가는 태양의 행군을 구경한다. 솜씨가 훌륭한 바람에 의해 빚어진 크레바스와 눈 등성이의 가늘고도 제멋대로 구부러진 곡선을 노출시키는 빛의 파도 위에 설원이 깔려 있다. 계곡은 그늘 속에 있어서 세상은 아직도 밤의 품속에서 휴식을 취하며 창문을 내다보지 않고도 태양과 공기와 지저귀는 새들을 의식하는 사람과 같다.

*

휴식은 정적을 낳는다. 산을 오르는 사람은 소리의 짐을 함께 지게 마련이어서, 그의 숨소리가 목구멍에서 쏟아져 나오고, 심장이 뛰는 소리가 귀에 들릴 정도이고, 두 발은 돌멩이나 눈이나 얼음에 부딪치고, 팔다리에 감겨 끌려오는 옷까지도 자그마한 소리를 낸다. 그는 소리의 껍질에 둘러싸인 알맹이다. 그러나 걸음을 멈추고 휴식을 취할 때면, 그는 이 소리에서 해방되고, 심장과 폐는 정상적인 리듬으로 되돌아가며, 따라서 그는 그런 것들이 시끄럽게 내는 소음을 더 이상 의식하지 않게 된다. 그러면 그는 심오하고도 근원적인 진리로서 그에게 강렬하게 엄습해오는 정적을 의식하게 된다.

*

정상에서의 휴식은 모든 휴식 가운데 가장 고귀한 것이다. 때로는 그 휴식을 성취하기가 힘들다. 흔히 그것은 추위나 폭풍의 위협, 또는 잔소리를 늘어놓는 노파처럼 끊임없이 재촉하는 시간으로 인해 육체적으로나 정신적으로 즐길 수 없어진다.

정상에 다다른다는 것은 등산에서 전부도 아니고, 전부를 끝내는 것도 아니다. 그것은 단순히 하루의 무늬를 짜는 황금빛 실 한 가닥에 지나지 않는다. 산의 정상은 정복한 도시를 군인이 짓밟듯 그렇게 밟아서는 안 되고, 감사하는 마음으로 찾아가야 한다. 산은 요새가 아니다. 그것은 인간의 허영심이 아니라 기쁨을 위해 이루어졌다. 정상은 인간이 소유하지만 별들도 그리고 그가 보거나 느끼거나 듣는 모든 것도 인간의 소유이다. 정상은 겸허한 사람들을 위한 왕좌이고, 하나는 유한하고 다른 하나는 무한한 존재인 대지와 하늘을 다 같이 누릴 수 있도록 그 사이에 돌출된 부분이다.

*

휴식을 위한 날들이 없다면, 등반의 휴일은 포도주를 음미하기 위한 시간을 전혀 갖지 않으며 퍼마시기만 하는 포도주와 마찬가지이다. 언젠가 나는 날씨가 계속 좋은 한 시즌에 날마다 산을 오르며 두 주일을 보낸 적이 있었다. 그러고 났더니 나는 열대지방의 열병에 걸린 사람 같은 기분을 느꼈다. 나는 신경이 곤두서고 성미가 나빠졌으며, 산과 등산을 거의 싫어할 정도가 되었다. 넘치는 정력으로 인해 그들의 즐거움을 계속해서 꼭 희생시키지 않으면 못 참는 사람들도 있긴 하지만, 몇 개의 정상에 올랐다는 '기록 수집'만을 유일한 목표로 삼는 단순한 고역이라면 나는 거기서 아무런 기쁨도 발견할 수 없을 것이다.

나에게는 등산이 영원히 즐길 수 있는 대상이고, 또 그런 상태로 남아있어야만 하며, 나는 천성이 게으른 사람이기 때문에 나의 등산에는 나태함이라는 요소가 마땅히 포함되어야만 한다. 등산 휴가기간 동안에 휴식을 취하는 날은 육체적인 휴식과 피로회복을 위한 필요성에 따라서만 결정되어서는 안 된다. 그날은 등산가가 피곤함으로 인해 억지로 받아들이는 것이 아니라, 자신의 의사에 따라 선택해야 한다. 그런 하루는 등산 휴가의 적극적인 즐거움을 보충하는 소극적인 요소로서 소중한 의미를 갖는다.

휴식을 취하면서 그 휴식을 즐기고 싶어 하는 등산가라면 다른 사람들이 듣지도 못하고 보지도 못하는 어떤 조용한 장소를, 목초지 언저리에 있는 소나무 밑의 따스하고 편안한 장소를 선택해야 한다. 긴장이 풀린 그의 몸이 풀밭의 한 부분이라고 거의 여겨질 때까지 그로 하여금 그곳에서 휴식을 취하게 하라. 지칠 줄 모르는 자신감을 가지고 그를 위로 끌어올리고 당기느라고 어제는 그의 팔다리가 긴장해 있었다.

오늘은 팔다리가 편안하다. 그의 폐는 더 이상 공기를 헉헉거리며 빨아들이는 것이 아니라 힘을 들이지 않고 부드럽게 호흡한다. 그의 심장은 더 이상 갈비뼈를 두들겨대지도 않고, 느끼지 않을 정도로 천천히 자신만만한

휴식 REST

리듬을 유지하며 고동친다. 삶의 주파수가 느린 리듬을 유지하는 이런 순간이면 지각의 힘이 가장 빨라진다. 등산은 훌륭한 육체적 운동이지만, 대자연의 정적인 아름다움은 행동보다 정체된 상태를 통해 더 쉽게 인식된다.

휴식하는 동안에 인간은 육체의 요구에 의해 더 이상 지배받지 않는다. 그는 주변에 존재하는 실체적이고 추상적인 아름다움을 최대한 음미할 수 있게 된다. 태양의 따스함과 눈에서 뿜어져 나오는 서늘한 기운은 활동이 이루어지는 동안 결코 그럴 수가 없었을 만큼 그를 어루만져준다. 대지의 모든 목소리와 향기가 그의 소유이다. 그는 소나무들의 꼭대기를 스치는 바람과 노래를 부르는 새들과 근처의 개울이 나지막하게 합창하는 목소리와 우르릉거리는 격류와 머나먼 초원에서 소의 목에 매달린 워낭들이 짤랑거리는 소리를 듣는다.

태양의 열기를 느끼도록 하라. 그것은 인간의 환희에 의해 전혀 얼룩지지 않은 하늘에서 빛난다. 지상에서는 그 열기가 대기를 가득 채우고 구름이 하늘로 끝없이 솟아오르도록 만드는 수증기를 이룰 따름이다.

태양은 빛이요, 빛은 하느님이 가장 먼저 생각해낸 것이다. 그것이 지니고 있는 우주의 힘을 느껴보라. 그것에 실려 대지에서 별들을 향해 올라가고, 그 기운과 더불어 새벽과 함께 발돋움을 하고 산봉우리들을 따라 지나가도록 하라.

꽃들이 눈부신 풀밭과 산허리를 칙칙한 외투처럼 두른 소나무 숲을 보라. 그리고 더 높이 올라가면 얇게 덮인 눈의 언저리가 까마득하게 멀리서 빛난다. 그것은 빛이 액체로 변했다가 상층부의 찬바람에 의해 얼어붙은 것인지도 모른다. 우리는 어제 그곳을 밟았다. 불가능하다고? 지금 구름들이 천천히 거닐고 있는 저 은빛 언저리에 인간의 어떤 힘과 기운을 동원해 다다를 수 있단 말인가? 그렇지만 어제 우리는 그곳을 밟았다.

우리의 감각은 생각을 도와주고 촉진시킨다. 휴식의 순간이 되어, 보다 열등한 육체적 감각에 의해 생각이 저해를 받지 않을 때, 일이나 계획 또는 책략에 미리 정신을 집중시켜야 할 필요가 없을 때, 육체의 안락이나 안전에 신경을 쓰지 않아도 좋을 때라면 그것은 육체가 전혀 밟아보지 못했을 정도로 높은 산의 정상까지도 오르게 된다. 모든 감각이 아름다움과 더불어 하나의 리듬을 이루며 진동할 때는 생각에 날개가 돋아나 상상도 하지 못하는 높은 곳까지 솟아올라가기 때문이다. 생각은 육체와 이성과 정신에 안락을 가져다준다. 인간은 아름다움과 하나가 되어 벽돌과 회반죽을 가지고서가 아니라, 우주의 리듬이 이루는 조화로부터 만들어진 아름다움 자체의 재료를 가지고 그런 비전을 다져나간다.

어휘는 아름다움을 제대로 전달하지 못한다. 내가 동원하는 어휘는 그 어휘를 통해 표현하려는 별들이 빛을 잃게만 할 따름이다. 그러나 만일 산 위에서 휴식을 취했으며, 산에 대한 사랑을 지니고 있다면, 그대는 미지의 세계와 설명할 수 없는 세계의 문턱에서 빛과 어둠 사이에서 있게 되는 순간을 경험했을 것이다. 그대는 대지 위에서 세속적인 차원들에 둘러싸여 존재한 것이 아니라, 까마득히 멀기는 하면서도 세상의 아름다움에 가까운 그런 세계에 존재했던 셈이며, 그대는 그대 자신도 산들이 한 부분을 이루는 생생한 계획의 일부분이라는 사실을 깨달았으리라.

17
유머

이 장(章)의 성격과 의미에 대해 독자들이 의문을 갖게 될지 몰라 나는 제목을 '유머'라고 붙였다. 나는 유머에 대해 잘 확립된 관례에 입각해 이야기하고자 한다. 독자들의 지성에 대해 나와 비슷한 의구심을 품은 스위스와 독일의 어떤 신문들이 기사의 일부에 영국식으로 'humour'라 하지 않고 'humor'로 썼다는 사실을 나는 상기시켜주고 싶다.

철자법이야 어떻든 이 유머라는 것은 누구나 다 알다시피 다른 사람이 처한 어떤 고통스럽거나 우스꽝스러운 곤경에 대한 관찰 또는 자연스럽거나 기존의 질서 속에서 발견되는 엉뚱함에서 발생해 웃음을 자극하는 그런 요소이다. 웃음을 자아내는 것은 그 요소의 원인이 아니라 결과이다. 예를 들면 지붕에서 물에 젖은 눈 더미가 미끄러져 떨어지는 상황에 있어서는 기막히게 우스운 면모가 하나도 없지만, 만일 앞에서 이야기한 젖은 눈 더미가 어쩌다가 바로 밑 길거리를 걸어가는 근엄하고 옷차림도 점잖은 어느 노신사의 머리 위로 떨어졌다면, 그 결과는 물론 노신사는 제외가 되겠지만 결정적으로 웃음을 자아낸다. 흔히 어떤 형태의 행동이 빚어내는 이 불운의 유머는 모든 유머 가운데 가장 조잡한 형태이다. 전쟁이나 사냥터, 또는 도버해협 횡단은 이런 유머의 훌륭한 소재가 된다.

등산은 행동의 순간들, 때로는 놀라울 정도로 빠른 행동뿐 아니라 잠재적 행동의 순간들을 갖추고 있기 때문에 다른 활동과 다를 바가 없다. 독자는 아마도 몸집이 왜소한 가이드와 로프로 연결된 굉장히 뚱뚱한 사람의 그림을 잘 알고 있으리라. 두 사람 모두 믿어지지 않을 정도로 뾰족한 모서리를 따라 몸의 균형을 잡고 전진하고 있다. 가이드가 말한다. "선생님은 무슨 일이 있어도 미끄러지지 않아야 합니다." 보다 정적인 상황을 예로 든다면, 바로 그 굉장히 뚱뚱한 남자가 침니에 끼어 빠져나올 수 없고, 하늘이 무너진다 해도 그냥 남아있고 싶어 하는 반면, 몸집이 작은 가이드는 절망적으로 두 손을 비비 꼬면서 이렇게 울부짖는다. "어쩌면 좋습니까? 하느님이시여! 어쩌면 좋습니까?Que faire? Mon Dieu! Que faire?"

어떤 사건을 유머로 간주하느냐 마느냐 하는 여부는 주로 개인적인 취향과 성격과 환경에 따라 좌우된다. 예를 들어 엉뚱함에 의존하는 유머의 경우를 보자. 1934년 여름 체르마트에서 알려진 이야기이다. 어느 독일인 등산가가 스위스의 경치를 둘러보고 감동한 나머지 보나마나 애국적 열정에 사로잡혀 그랬겠지만, 자신이 올라가는 모든 산의 정상에서 "히틀러 만세!Heil, Hitler!"라고 외치는 버릇이 생겼다고 한다. 영국인에게는 이것이 체르마트에서 들으면 분명히 우스운 이야기겠지만, 어느 산의 정상에서라면 별로 우습게 여겨지지 않았을 터이며, 그와 같은 행동으로 혼자만의 시간을 방해받은 대부분의 등산가들은 그런 소리를 떠드는 사람을 가장 가까운 절벽에서 밀어버리고 나서는 웃고 싶은 충동을 느꼈을 것이다.

산과 등산에 얽힌 유머는 갖가지 농도가 다른 취향과 감정이 바탕에 깔리기 때문에 단순한 경우도 있고 복잡한 경우도 있다. 하지만 여러 면에서 등산의 유머는 답답할 정도로 구태의연하다.

만약 당시의 문헌을 믿을 수 있다면, 19세기에는 유머의 주제로서 벼룩이 으뜸이었다. 모든 사람이 벼룩에 관한 화제를 강조했다.

에드워드 윔퍼의 『알프스 등반기』를 보면 세미옹이 이렇게 말했다고 한다. "아, 벼룩으로 말할 것 같으면, 나는 어느 누구와도 다른 체하고 싶지 않은데, 내 몸에도 벼룩이 있다.”

하지만 그들의 유머를 완전히 벼룩에만 국한시키려 한다면 빅토리아 시대의 사람들에게는 불공평한 처사가 될 것이다. 레슬리 스티븐 경은 엉뚱하고도 대조적인 상황에 대해 어찌나 재미있는 관찰력을 지니고 있는지 로트호른의 정상에 관한 그의 이야기는 빅토리아 시대의 모든 등산가들 가운데 틀림없이 유머감각이 가장 무디었다고 믿어지며, 오만하고 훈시를 좋아한 틴들 교수의 비위를 몹시 상하게 했다.

우리의 관점에서 보면 빅토리아 시대의 많은 유머는 인위적이고 무미건조하며, 정교하고 답답할 정도로 고상하다. 크리미아전쟁이나 인도의 반란 이야기에 생기를 불어넣을 만한 '빌 영감'이나 제임스 왕의 궁정에 있던 '위니 더 푸(Winnie the pooh. 팰런 알렉산더 밀느의 동화에 등장하는 미련한 곰—역주)' 같은 인물들이 존재했던가? 야간 경비원의 철학에 누가 관심을 가졌겠는가? 발명의 업적을 비꼬던 하이드 로빈슨(영국의 풍자만화가—역주)이나 '부유한 유한계급'을 조롱하던 P. G. 워드하우스(영국의 유머 소설가—역주)가 그 시대에 있었던가? '우리는 재미있는 것을 좋아하지 않는다'는 것이 그 시대의 좌우명이었다.

19세기 말이 될 때까지 사람들은 참된 진지함만을 보이며 자신에 대해서는 웃을 줄을 몰랐다.

1900년부터 1914년까지는 유머의 황금기며 르네상스였다. 이 사실은 그 시대의 등산문학에 반영되었다. 빅토리아 시대의 소심한 등산가들이 노골적인 조롱을 받는 난처한 입장을 피하기 위해 과학과 탐험을 내세우던 구실들은 진리의 교수대에 매달린 시신처럼 말라 죽어버렸다. 영국산악회까지도 격렬한 논쟁을 거친 다음에 회원들로 하여금 만일 그들이 원하는 경우라면 산악회의 머리글자만 'A. C.'라고 새겨 넣은 검정 단추를 달고 다녀도 좋다는 결정을 내렸다.

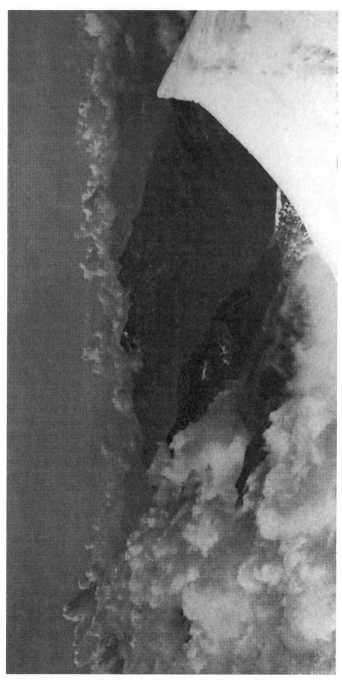

몬테로사의 마르게리타 산장에서 바라본 조망 FROM THE MARGHERITA HUT, MONTE ROSA

어떤 여자라도 공감하겠지만 산악회는 우습다. 어느 신사다운 등산가가 영국산악회의 회원이라는 사실을 만방에 알린다는 것이 과연 신사다운 등산가가 취할 만한 행동이냐 아니냐를 결정하기 위해 엄숙하거나 아니면 열띤 비밀회의를 개최하느라고 함께 모인 상당히 많은 수의 신사들을 상상해본다는 것은, 그 자체가 잘난 짓이냐 못난 짓이냐는 젖혀두고라도, 웃는 기능을 자극할 만한 사실이 아니겠는가?

이 획기적인 사건의 영향은 광범위하게 미쳤다. 그것은 산악계 사람들이 미친 듯 배지를 달고 다니도록 자극하는 결과를 가져왔다. 그 시절에 배지를 제작하는 사업을 시작한 사람이라면 누구나 다 지금쯤은 엄청난 소득세를 내고 있으리라.

오늘날 한 사람이 산에서 달고 다녀도 좋은 배지의 수를 제한하는 요소라곤 그가 지닌 돈지갑의 무게와 가지고 다닐 만한 수용능력과 그가 소유한 부동산의 면적뿐이다. 산비탈에서의 갑작스러운 추락이나 크레바스로의 추락같이 최근에 일어났으면서 설명이 되지 않은 치명적인 여러 사건들은 보나마나 배지의 무게와 거추장스러움이 그 이유였을지도 모른다. 스노브리지 위에서는 10이나 20그램의 무게만 해도 안전과 재난에 있어서 대단한 차이를 야기한다.

또 한 가지 경고의 말이 필요하겠다. 금속 배지들은 벼락을 끌어오는 역할을 한다.

배지들은 위험한 것 못지않게 쓸모도 있다는 이야기를 밝혀두는 것이 공정한 일이리라. 스키를 탈 때는 무게를 증가시킨다. 따라서 사람들은 더 빨리 내려가기 위해 배지를 단다. 몸에 부착한 금속의 무게가 괄목할 만한 몇 가지 성공을 거두게 하는 결과를 낳기도 했다.

등산가들은 남과 어울리기를 좋아하고 논쟁을 벌이기도 좋아한다. 그들의 군거성 취향은 산악회를 조직하게 만들고, 산악회를 만들면 만찬과 연설이 뒤따르기 마련이며, 논쟁을 좋아하는 그들의 습성은 위원회들과 친목 단체 잡지들이 생겨나게 하며, 그 잡지들은 다른 잡지들을 헐뜯는 글을 싣는다.

대조는 유머의 기초를 이루며, 이 원칙을 제대로 음미할 줄만 알게 되면 산악회의 연례 만찬에서 쉽게 유머를 찾아낼 수 있다.

이미 몸에 좋은 정도를 넘어 한 가지 요리를 더 먹었으며 세 가지 요리가 또 들어가야 할 밥통들이 길게 줄지어 늘어앉은 위쪽에서 길게 줄지어 율동적으로 움직여대는 아래턱들을 둘러보면 A라는 인물이 저쪽에서 눈에 띈다. 그는 말끔한 '연미복' 차림이고, 목에는 어떤 훈장 같은 것을 두르고 있다. 지난번에 내가 그를 보았을 때는 그의 등산복 바지 엉덩이가 훤하게 찢어졌고, 가이드가 그 찢어진 부분을 가려주느라 애쓰고 있었다.

그런데 그는 지금 말끔한 옷차림에 깨끗한 모습으로 앉아있어서, 전체적으로 보면 훌륭한 정도가 아니라 거룩하다고까지 할 만한 인상을 준다. 나이프와 포크를 그토록 섬세하게 놀리는, 매니큐어가 잘 된 바로 저 손들이 초라하게도 다루기 힘든 정어리 통조림을 가지고 씨름을 벌인다거나, 세탁을 열심히 한 조끼와 저 반짝거리는 기장 밑으로 불룩해진 위장이 어느 침니 속에서 꼼짝도 하지 못할 정도로 너무나 절망적으로 틀어박혀 있었던 때를 생각하면 그 상황은 믿어지지 않는다.

그런가하면 B라는 인물도 있다. 그는 기상학자이며, 어느 밀실에서 저기압과 강풍에 대한 경고를 사방으로 전하는 일을 한다. 고약한 사실은 그가 날이 갈수록 점점 더 정확해진다는 점이다. 그리고 항상 좋은 소식보다는 나쁜 소식을 더 많이 전하기 때문에 일기가 계속해서 나빠지고 있기만 하다는 이야기가 성립된다. 그러나 언젠가 스위스의 산간 공기가 지닌 샴페인 같은 요소에 흥이 난 김에 그가 자신을 망각한 때를 나는 기억한다. 그는 날씨가 좋아질 것이라고 말했다. 그런데 날씨가 좋기는커녕 나빠졌으며, 그것도 기막히게 나빠지고 말았다. 그 악천후는 보기 드물 정도로 험악한 두 차례의 벼락을 동반한 폭풍과 더불어 시작되었다. 벼락이 치는 동안 나는 번갯불에 놀라 정신이 나갈 정도였고, 그리고 무시무시한 허리케인과 폭설로 바뀌었다.

그다음에 이어진 장면은 대조가 두드러진 배경을 이루는 유머의 본보기로서 서술할 만한 가치가 있는 것이었다. 죽음을 피하고 나서, 몇 시간에 걸쳐 번개와 폭설과 허리케인에 맞서 투쟁을 벌이고는 겨우 안전한 곳까지 내려온 다음 우리가 빙하 옆의 사람들이 자주 다니는 등산로를 따라 여유 있게 걸어 내려가면서 아직도 살아있다는 사실에 마음속으로 자축하던 참이었는데, 병아리들을 거느린 현명하고 늙은 암탉처럼 서두르지 않고 천천히 터벅터벅 걸어가는 나이 많은 가이드와 그가 맡은 여러 명의 관광객을 만나게 되었다. 우리가 옆으로 지나가려니까 관광객들 가운데 한 사람이 의아해하는 눈으로 쳐다보았다.

"저 사람들이 어디를 갔다 오는지 모르겠군요." 그가 늙은 가이드에게 말했다.

늙은 가이드가 우리를 힐끗 쳐다보고는 가이드도 없이 등반하고 있는 우리에게 쪼글쪼글한 코웃음을 보냈다.

그가 말했다. "보아하니 빙하 위에서 얼마동안 돌아다니고 오는 모양이군요."

등산에서는 개인적인 습성과 괴팍한 성격이 흔히 우스운 상황을 만들어 내기도 한다.

1933년 에베레스트에서 원정대원 한 사람이 달걀에 대한 끊임없는 욕구를 드러냈다. "달걀 몇십 개를 얻을 수 있다면 나는 무엇이라도 내놓겠어!" 고소캠프에서 그가 소리쳤다. 불행히도 그곳에서는 그의 염원을 충족시킬 달걀을 구할 수는 없었지만, 원정대가 베이스캠프로 내려간 다음에는 달걀을 먹게 되었다. 그 달걀들은 티베트 것이었으며, 따라서 중년 여자의 나이를 알 수 없듯이 그것들은 얼마나 오래된 것인지 알 길이 없었다.

원정대는 그 가운데 몇 개를 아침식사를 위해 삶았는데, 꼭 기억해야 할 중요한 점은 달걀을 삶았다는 사실이다. 달걀 타령을 하던 대원은 아침식사에 시간을 맞추지 못했고, 다른 사람들은 자리에 앉아 먹기 시작했다. 짐시 후 누가 소리를 지르면서 너덜너덜해 보일 정도로 씹은 달걀을 뱉은 다음 역겹다는 시늉을 하며 접시를 옆으로 밀어놓았다.

다음 순간 달걀 타령을 하던 대원이 주방텐트의 입구에 나타났다. 그는 동료들이 먹고 있는 달걀을 보자 눈이 빛났다. 그는 달걀을 생각했었고, 달걀을 먹고 싶다며 우는 소리를 했었고, 달걀을 먹지 못한 여러 주 동안 달걀 궁리만 했었는데, 드디어 달걀이 나타났기 때문이다. 그는 앞에서 이야기한 달걀 찌꺼기가 담긴 접시가 놓인 자리의 맞은편 빈 의지로 서둘러 갔다. 그는 자리에 앉아 두 손을 마주 비비더니 자신 앞에 놓인 지저분한 달걀을 굽어보며 싱글벙글 미소를 지었다. 그의 얼굴에는 천사를 만난 신비주의자 같은 표정이 나타났다.

"달걀이잖아!" 그가 속삭였다. "달걀이라고! 더구나 내가 가장 좋아하는 식으로 요리해 놓았어. 스크램블을 했다고!"

*

산은 인간을 존중하지 않는다.

언젠가 나는 티롤의 한 산장에서 근엄하고 건장한 남자를 만났는데, 그에게는 위엄과 오만이 시킴 지방의 거머리처럼 단단히 붙어있는 것 같았다. 그는 감독관이었다.

이튿날 나는 어느 산을 올랐다. 그 산에서 나는 한 줄로 이루어진 행렬을 보았다. 그 행렬의 선두에 선 자그마한 가이드가 큼지막하게 아래로 축 늘어진 대통이 달린 파이프를 뻐끔거리면서 넓고 평탄한 눈 비탈을 느긋한 태도로 걷고 있었는데, 내 짐작으로는 그 대통이 그가 좋아하는 성자의 머리 형태로 깎아 만들어진 것 같았다. 그는 한 손에 자신의 고용주와 몸을 연결한 로프를 쥐고 있었다. 독자도 짐작을 했겠지만, 고용주는 바로 그 감독관이었다. 그러나 감독관은 산장에서 거드름을 잔뜩 피우며 잘난 체하고 그토록 큰 소리로 떠들던 때와는 아주 다른 모습이었다. 그는 감독관들이 취하기를 좋아하는 꼿꼿한 자세를 더 이상 취하지 않았으며, 눈이 덮인 그 정상에서 두려움과 현기증을 느껴 뱀처럼 구불구불한 자세를 취할 수밖에 없었다.

이 이야기를 하다 보니 자연히 비슷한 사건 하나가 내 머리에 떠오르는데, 이 사건에서 유머의 원인을 찾아내기 위해서는 인간의 무지와 관련지어 인간의 나약함을 동원할 필요가 있다.

J. H. B. 밸과 나는 입이 딱 벌어질 정도로 비싼 알프스의 어느 호텔에서 하룻밤을 자고 난 이튿날 아침 그곳에서 별로 멀지 않은 등산로를 따라 걸어가던 중 같은 방법으로 묘하게 길을 따라 옆걸음질을 치는 남자를 만났다. 그곳은 길이 좁아지고 가파른 벼랑이 붙어 있었다. 우리가 옆을 지나자 그는 파랗게 질린 얼굴로 쳐다보며 중얼거렸다. "현기증이 나요! 현기증이 나요! 현기증이 무서워요!Schwindel! Schwindel! Furchtbare Schwindel!" 그 당시에는 내 독일어 실력이 지금보다도 더 형편없었기 때문에 가장 먼저 떠오른 생각은 그가 계산서 때문에 혼이 난 모양이라는 것이었다.

다른 활동에 있어서도 그렇듯 등산에서는 무지가 많은 유머의 바탕을 이룬다. 먼 곳의 산악지대로 원정을 가면, 돌아온 다음에 일반대중을 대상으로 강연회를 열어 벌충을 해야만 한다는 것이 불변의 경제법칙들 가운데 하나이다. 또한 호의를 가지고 있는 많은 사람들이 원정대의 대원들에게 무척 여러 가지 질문을 하고 그런 강연회에서 회장 직책을 맡은 사람은 친절을 베풀어 연사의 마음을 편안하게 해주려는 갸륵한 뜻에서 따분할 정도로 '용감하다'거나 '용맹하다'는 어휘들을 빈번히 구사해가면서 온갖 화려한 표현을 동원한다는 것 역시 불변의 법칙이다.

이런 자리에서는 여러 가지 재미있는 실언과 명언이 노부인들로부터 나온다. 1933년 에베레스트 원정대장은 이런 말로 열변을 토하던 노부인의 격찬을 들었다.

"오, 러틀리지 선생님, 저는 선생님의 강연을 너무나 감명 깊게 들었습니다. 아주 흥미진진한 얘기였어요. 여러분은 용감한 사람들입니다. (어쩌고 저쩌고) 하지만 그 끔찍한 고지대에 대한 얘기를 하는 걸 들어보니까 저는 당신들에게 동정이 가는군요. 저는 크로보로에 살거든요."

웃음을 자아낼 만한 모든 것은 가치가 있다. 등산은 웃음을 자아내는 무엇이다. 기쁨을 얻기 위해 사람들이 고생과 불편과 위험을 감수해야 한다는 것은 분명히 웃을 만한 일이고, 어떤 사람들이 해마다 몇 주씩 산을 오르는 것을 즐긴다는 단순한 이유 때문에 생겨나는 온갖 유치한 분열과 주장과 견해도 역시 웃을 만한 일이다.

우리 등산가들은 분명히 우리 자신을 너무 심각하게 생각한다.

하지만 우리는 산을 오르지 않을 때 무엇인지를 해야만 하고, 그래서 우리는 함께 모여 산악회를 조직하고 저녁식사를 하고 신문을 읽고 연설을 하면서 군거성 습성에 따라 우리 자신을 즐겁게 해준다. 그리고 만일 따분해지면 우리는 —축구선수가 크리켓경기를 비난하는 격이지만— '운동 정신이 결여된' 스키어들은 대상으로 우리의 울화를 풀고, 스키어들은 우리 보고 속물들이라거나 잘난 체하는 인간들이라고 열을 올려 반박을 가해온다. 그런 식으로 삶은 계속되고 몇 달이나 몇 해가 지나면 모든 일이 묻혀버리고 잊혀 진다. 그러나 그런 일이 계속되는 동안에는 상당히 재미있고,

사람들에게 생각해볼 만한 무엇을 마련해주었다. 그것은 건설적이지도 않고 파괴적이지도 않아서, 그냥 시간을 보내기 위한 것이며, 어디로 가는 것인지는 우리가 알지 못하지만, 어쨌든 인류를 이끌어가는 어떤 막연한 진화의 과정에서 막연한 한 부분을 이룬다. 그리고 오랜 세월이 지난 다음에도 사람들은 여전히 논쟁을 벌이고 말다툼을 하며, 저녁식사를 하고 산악회와 위원회를 조직할 터인데, 산을 오르지 않을 때는 그렇게 행동하는 것이 인간의 본성이기 때문이다. 그리고 지금 우리가 그렇듯이 그들은 자신들과 다른 사람들과 인생에 대해서 웃을 것이다.

18
우정

산에서 어떤 사람과 로프로 연결된다는 것은 삼으로 만들어진 로프 그 이상의 무엇을 의미한다. 로프는 공감과 이해와 안전의 결합을 견고히 한다. 그것은 두 개의 발동기처럼 순조롭고 결코 변하지 않는 동력의 곡선을 만들어내고, 그 동력선들을 일치시키는 능력을 갖춘 두 힘을 연결해준다. 그 발동기들은 구조상 세부가 다를지는 모르겠으나, 동력의 공동 발전을 도모하고 보조를 맞추어 돌아가야 한다는 일차적 기능을 수행해야만 한다. 그것은 모든 인간관계의 바탕을 이루는 이상이다. 그것을 갖춤으로써 완전한 산의 우정이 이루어진다. 공통된 위험은 공통된 생각을 유발시키고, 공통된 어려움은 공통된 철학을 찾아낸다.

산에서는 인간이 자신의 힘과 나약함을 발견한다. 그는 친구들과 자기 자신에게서 생각지도 못한 정신력의 보고를 찾아낸다. 그는 그런 성품이 자신의 마음속에 존재하기 때문만이 아니라, 회의와 난관에 맞설 때 상호간의 신뢰와 우정이 지닌 힘은 어떤 다른 하나의 힘보다도 훨씬 효과적인 보호수단이 되기 때문에 침착성을 가지고 위험에 대처하는 지혜를 터득한다.

산은 인간의 본성이 지닌 진실성을 발굴하는 능력을 가지고 있다. 자연은 절대적이며 스스로 설정한 한계에 대해 아무런 신경도 쓰지 않기 때문에 억제력이 생소하다. 모난 귀퉁이는 매끄럽게 다듬어지고, 자질구레하고 묘한 정신적인 억제력은 존재하지 않게 되고, 친구는 친구에게 마음을 연다.

인간과 산 사이에서는 사랑과 헌신이 나타난다.

*

1930년 내가 다르질링에서 니마 템드룹을 처음 만난 것은 다이렌푸르트 교수의 원정대가 칸첸중가를 향해 막 출발하려고 할 때였다. 나는 개인적으로 당번을 두고 싶었는데, 그 지역의 어느 주민이 니마를 추천했다. 내가 들은 바에 의하면 그는 정직하고 믿을 만한 사람이며, 세 차례의 에베레스트 원정에 모두 참가했고, 마지막 원정에서는 '샌디' 어빈의 당번으로 일했다는 것이었다.

나는 에베레스트호텔의 테라스에서 그를 면접했다. 내가 티베트어나 네팔어, 우르두어를 알지 못했기 때문에 그것은 면접이라기보다는 검열에 가까운 만남이었다. 니마는 차려 자세로 뻣뻣하게 그곳에 서 있었는데, 가장 먼저 내 눈에 띈 것은 그가 가슴에 달고 다니면서 날마다 애정을 가지고 매만져준 결과로 반짝반짝 빛나던 북서부 변경 수비대 훈장이었다. 그의 얼굴은 틀이 묵직해보였다. 그의 얼굴에는 행동하는 인간형의 표정이 담기지 않았고, 지성이 넘쳐 흐른다는 기미를 보이지도 않았지만, 바탕에 깔린 어떤 개성의 힘이 보기 드물게 크고도 솔직한 두 갈색 눈을 통해 역력히 드러났다.

그는 전에 참가한 원정의 유물인 더러워진 초록빛 윈드재킷과 승마용 바지도 아니고 골프용 짧은 바지도 아니며 그 중간쯤 되는 갈색 바지를 걸쳤다. 그는 다리에 깁고 또 기워서 기운 자리밖에는 거의 남지 않은 듯싶은 털 스타킹을 신었으며, 발에는 낡은 등산화를 신었다. 마지막으로 그는 티베트인들이 너무나 좋아하는 홈부르크 모자를 예외 없이 손에 들고 있었다. 체격을 보면 그는 몸집이 육중하고 푸석푸석한 것이 훈련을 받지 않은 듯

싫었는데, 나중에 알게 되었지만 그 당시에 나는 '고참'이라는 별명으로 통하던 그가 훈련을 전혀 받지 않은 듯한 인상을 준다는 사실을 미처 알지 못했었다. 그는 엄숙한 얼굴에 약간 어리둥절한 표정을 띤 남자였다. 군복무를 통해 굳어진 것 같은 얼굴에는 무표정한 엄숙함이 자연스럽게 어울렸다. 그의 나이가 몇 살인지 나는 알 길이 없었다. 아마 그도 자신의 나이를 알지 못하는 것 같았다. 내 짐작으로는 서른다섯쯤 된 것 같았는데, 보통 티베트에서는 사람들이 고생스럽게 살다 젊은 나이에 죽으므로, 서른다섯이라면 보티아인으로서는 사양길이었다.

칸첸중가로 행군을 시작하기 전 며칠 동안 그는 나의 짐꾼 노릇을 했다. 그의 경험은 원정등반으로 제한되어 있어서 그는 지시를 받아야 했다. 또한 그는 '고참' 특유의 게으름을 피웠다. 그렇지만 그를 훈련시키는 것은 즐거운 일이었다. 그는 절대로 분수를 망각하는 일이 없었다. 그는 내가 그의 언어를 모른다는 사실을 이용해 이득을 보려 덤비지 않았고, 내가 원하는 바를 표현하기 위한 수단으로서 설명하는 시늉과 영어를 섞은 해괴한 전달 방법을 이해하는 데 있어서 정말 놀라운 재능을 발휘했다.

며칠 후 우리는 칸첸중가를 향해 출발했다. 무엇보다도 우선 니마는 철저한 '고참' 기질을 과시했다. 처음에는 무슨 사소한 잘못을 저지르더라도 '아무 탈 없이' 넘어갈 수 있는지 알아보려고 그가 주인을 시험해보려 했다. 만일 그냥 넘어갈 수 있다면 그런대로 좋고, 그렇지 못해도 —어떤 경우라 하더라도— 시도를 해봐서 손해 볼 일은 없었다. 그의 머리는 이런 식으로 돌아갔다. 이틀 안에 분명한 이해와 행동 규범이 설정되었다. "더 이상 농땡이를 피웠다간 넌 내 당번이 아니라 평범한 막 노동자 취급을 받게 될 거야."

이때부터 상호간에 존중하고 존경하는 관계가 꾸준히 이루어졌다. 가끔 한 번씩, 그리고 제법 빈번이 가벼운 꾸중을 해줘야 할 필요가 있긴 했지만,

니마 텐드룹 NIMA TENDRUP

그렇다고 해서 처음의 이해가 조금이라도 위기를 맞은 것은 전혀 아니었다.

니마는 얼마 안 가서 이동과 야영의 기술에 노련한 솜씨를 보여주었다. 그는 텐트를 칠 자리를 찾아내는 눈이 탁월했다. 원정대의 다른 대원들은 불편하게 기울어졌거나 울퉁불퉁한 바닥에서 잠을 자기도 했지만, 그의 주인은 절대 그런 일이 없었다.

나는 천성이 말끔하지 못해서, 전혀 '모시기 쉬운' 주인이 아니었다. 니마는 그의 청결함을 통해 나의 부끄러움을 느끼게 만들었다. 내 물건들은 아무리 어질러져 있어도 그는 모든 것을 제자리에 정리해 놓았다.

하루의 행군이 끝나고 주방텐트에서 식사를 한 다음, 내가 텐트로 돌아가 보면 텐트 받침대의 고리에는 촛불 랜턴이 매달려 있고, 코르크 매트리스 위에는 침낭이 깔려 있었으며, 베개도 정돈해 놓은 것을 볼 수 있었다. 모든 것이 다 그런 식이었다. 그리고는 내가 옷을 벗고 침낭으로 들어가 잠을 잘 자세를 취하면 니마의 얼굴이 입구에 나타났다. 그는 텐트 자락을 묶어놓기를 내가 바라는지 아니면 묶지 않고 그냥 둬야 하는지 잘 모르겠어서 걱정스럽고도 궁금한 표정이 담긴 갈색 눈으로 나를 쳐다보곤 했다.

우리 두 사람이 서로 만족스러워할 수준에서 이 사소한 문제를 해결하고 나면 나는 "잘 자, 니마."라고 말하곤 했으며, 그는 굵은 저음으로 "안녕히 주무세요, 주인님."이라고 대답하거나, 때로는 "안녕히 주무세요, 선생님."이라고 말하곤 했다.

그는 아침이면 나를 항상 얌전히 깨웠다. 어쩌면 많은 동양인들과 마찬가지로, 그는 잠을 자는 동안 영혼이 육체로부터 떠나 있으며, 너무 갑자기 혼을 다시 불러들이려 했다간 충격을 줄 것이라고 믿었던 듯싶다. 그는 조심스럽게 텐트 자락들을 풀어 잡아당겨 젖히곤 조금씩 목소리를 높이며 불렀다. "주인님! 주인님! 주인님!" 그래서 잠이 깨면 나는 입구에 버티고 있는 그의 넓적하고 정직하고 미소 짓는 얼굴을 보게 되었다. 그리고는 한

두 개의 비스킷을 담은 접시와 김이 무럭무럭 나는 차 한 잔을 든 큼직한 손이 나타났다. 그런 다음에 니마는 수선을 피우고 돌아다니며 내 범포천 물통에 따뜻한 물을 가득 채우는가 하면, 짐을 넣는 궤짝 위에 세면도구를 가지런히 늘어놓았다.

그는 그날의 일정이 끝날 때 늦게 도착하는 위험을 무릅쓰지 않기 위해 행군을 일찍 시작했으며, 일을 쉽게 처리하기 위해 텐트와 침구와 나의 다른 소유물들을 얼른 챙기고 싶어 했기 때문에 내가 텐트를 비우고 아침식사를 할 때까지는 항상 몹시 언짢아했다. 그는 일과에 세심하게 신경을 쓰는 사람이어서, 정상적인 상황의 흐름을 벗어나는 일이 하나라도 벌어지게 되면 당황하는 경향이 있었다.

나는 그가 정직하다고 이야기했는데, 나에 대해서는 분명히 그랬다. 1930년 칸첸중가 원정등반은 독일인들이 주도해서 대부분의 장비와 개인 물품이 규격화되어 있었다. 나는 단정치도 못할뿐더러 조심성도 없어서, 나에게 지급된 물품들을 깨뜨리거나 잃어버리는 일이 한두 번이 아니었다. 그런 물품들은 예외 없이 새로 보충되었다. 그것들이 어디서 났는지 나는 절대 물어보지 않았는데, 그런 질문을 한다는 것 자체가 눈치 없는 짓이었기 때문이다. 등반을 하면서 나는 몇 개의 진공 보온병을 깨뜨렸지만, 등반이 끝날 무렵에 깨지지 않은 진공 보온병을 가지고 있는 사람은 나 혼자뿐이었다.

니마는 어떤 일에 대해서는 미신을 믿었다. 다르질링의 다른 포터들처럼 그는 '나쁜 만시(나쁜 인간)'이라고도 하고 '흉악한 설인'이라고도 하는 미고Mi-go의 존재를 굳게 믿었는데, 이 무시무시한 설인은 피부가 하얗고 온몸이 털로 뒤덮였으며 고릴라처럼 생겼고, 육식을 하는데 특히 야크와 사람을 즐겨 잡아먹고, 동부 히말라야의 설원과 숲에 자주 출몰한다는 소문이 나 있었다.

나는 니마가 겁에 질린 모습을 꼭 한 번밖에 본 적이 없는데, 그것은 간접적으로 미고의 탓이었다. 원정대의 수송담당인 조지 우드 존슨과 내가 니마를 대동하고 칸첸중가를 단독등반하려는 시도를 벌이다 그 전해에 행방불명된 파머라는 이름의 젊은 미국인의 자취를 찾아보기 위해 얄룽 계곡을 조금 올라간 다음이었다. 우리가 계곡 위쪽의 비탈에서 점심식사를 한 다음 휴식을 취하고 있으려니까 우리를 따라온 니마가 갑자기 겁에 질려 "나쁜 만시예요, 주인님! 나쁜 만시예요!"라고 숨죽여 말했다. 그의 어조는 긴박감이 역력했다.

계곡을 자세히 살펴본 우리는 잠시 후 몇 개의 커다란 바위들 사이에서 움직이는 무엇을 발견했다. 그것은 커다랗고 갈색이었지만, 몸이 절반쯤 바위에 가려져 있었기 때문에 우리는 그것이 무엇인지 알 수 없었다. 우리는 '잃어버린 세계'의 원시적인 밀림 속에서 공룡이라도 만나리라고 순간적으로 기대를 품은 탐험가 같은 기분을 느끼며 잠시 동안 자세히 살펴보았다.

그것은 한심한 짓이었다. 미고 따위의 괴물은 존재하지 않는다고 상식이 우리를 타일렀다. 그러나 시킴 히말라야의 능선에서는 런던이라는 곳에서 미신에 대해 코웃음 치는 것만큼 웃어넘기기가 쉬운 일이 아니다. 우리는 얼마동안 지켜보았지만 아무 일도 일어나지 않았다. 그러더니 갑자기 커다란 바위 뒤에서 덩치가 큰 야크 한 마리가 당당한 모습을 드러냈다.

니마의 엄숙한 성품은 세르파들의 쾌활한 성격과 묘한 대조를 이루었다. 그는 요란을 떨거나 으스대지 않고 묵묵히 자기 일만 해나갔다. 그는 어쩌다 웃기는 해도 웃는 적이 별로 없었다. 그에게서는 오래간만에 만나서 반가워하는 그런 분위기를 전혀 찾아볼 수가 없었다.

그는 친구를 별로 사귀지 않았다. 1931년 카메트와 1933년 에베레스트에서 그리고 1934년 낭가파르바트에서 사다를 한 레와가 그에게는 가장 가까운 친구였다. 그들은 상극을 이루는 인간형이었기 때문에 두 사람이 왜 그렇게 친했는지 나로서는 알 길이 없었다. 니마는 평온하고, 느긋하게 일을 처리하고, 천성이 선량한 사람이었다. 레와는 억세고 격렬한 성격이었으며, 까다롭고 남들 위에 군림하기를 좋아하는 그런 인간성의 소유자였다. 의심할 나위도 없이 이 남자들을 서로 결속시킨 것은 에베레스트와 다른 여러 산에서 이루어진 공통된 경험의 유대였으리라.

'고참'에게는 화려한 면모가 전혀 없었다. 그는 멋쟁이가 아니었지만 옷차림에 있어서 한두 차례 묘한 취향을 과시하기도 했다. 수송 계획이 뒤죽박죽되는 바람에 억지로 휴식을 취하게 되었을 때 그는 독특하게 디자인된 무슨 바지를 수선하는 데 그 시간을 이용했다. 그 바지는 하얗고 빳빳한 옥양목 같은 옷감으로 되어있어, 짧은 골프용 바지와 폴로경기용 바지 중간쯤 되는 그 바지를 입고 걸어가면 품위 있게 바스락거리는 소리가 나곤 했다. 유럽인들과 포터들은 누구나 다 그 바지를 보고 웃었으며, 그가 눈에 띄기만 하면 듣기에 좋지 않은 말을 한 마디씩 던졌지만, 표정 하나 바뀌지 않은 얼굴로 '고참'은 더 이상 하얀 빛깔이라고 할 수 없을 때까지 그 바지를 걸치고 돌아다녔으며, 잔뜩 구겨지고 더러워진 다음에 바스락거리는 소리가 나지 않게 되어야 의젓하게 벗어놓았다. 그러자 다른 일상적인 묘한 사건들과 마찬가지로 그 바지도 원정등반의 한 부분이 되어 잊히고 말았다.

옷을 수선하던 이 사건으로부터 두 주일이 지난 다음 우리는 칸첸중가에 도전했다. 우리가 택한 루트는 위험했다. 현수빙하에서 밤낮으로 거대한 얼음사태들이 쏟아져 내려 우리가 캠프를 설치한 빙하로 천둥치듯 떨어졌다. 우리는 어느 순간 무너질지 모르는 살아서 움직이는 얼음에 스텝을 깎아가며, 높이가 몇십 미터나 쭉 뻗어 내린 얼음 절벽을 고생스럽게 올라갔다. 그것은 자살을 스스로 청하는 루트였다. 희망은 줄어들었지만, 일은 그대로 계속되었다. 고산병에 시달린 대장은 결국 베이스캠프로 돌아갔다. 그러기 전에 그는 등반대원들을 올려 보냈다. 우리는 히말라야 등반에 대해 너무나 경험이 없었으므로 등반대원들 가운데 어느 한 사람이라도 제일 먼저 불안해하는 기색을 드러내고 싶어 하지 않았다. 또한 그것은 국제적인 등반이라서, 대장은 여러 나라 대원들에게 독려하는 뜻에서 그들의 국기를 나눠주기까지 했다. 따라서 칸첸중가를 올라가려는 시도가 '공방전'이나 '전쟁'과 마찬가지가 되었으며, 안전과 즐거움은 대수롭지 않게 취급했다.

얼음이 수직으로 솟아오른 지점 아래쪽에서는 높이가 3미터가량 되는 얼음 절벽으로 밑이 잘려나가고 경사가 가파른 테라스를 따라 한 번 횡단해야 했다. 이 지점을 가로질러 스텝을 깎고 로프를 고정시켰지만, 로프가 테라스의 길이 전체에 미치지 못했다. 우리가 수직으로 된 부분을 돌파하던 어느 날인가는 눈이 심하게 내려, 돌아올 때 보니 테라스에 깎아 놓은 스텝이 눈으로 덮여 보이지 않았다. 스텝을 찾아내기는 쉬운 일이 아니었다. 테라스에서 로프가 미치지 못하는 부분을 가로질러 돌아오다가 나는 미끄러지고 말았다. 한쪽 발이 약간 미끄러진 정도여서 재빨리 피켈의 피크로 눈 밑에 깔린 얼음을 찍어 나는 미끄러지는 것을 곧바로 막을 수 있었다. 니마는 겨우 몇 미터밖에 떨어지지 않은 곳에 있었다. 나는 그가 놀라서 "주인님! 주인님!" 하고 외치던 소리를 절대로 잊지 않으리라. 그의 감정이 흔들린 상태를 나는 그때 처음 보았다.

이틀 후에 발생한 사태는 하마터면 등반대 전체에 재난을 불러올 뻔했다. 우리는 위에 있는 테라스까지 얼음 절벽을 넘어가는 루트를 밀고 올라가는 일을 그날 완료할 수 있기를 바랐다. 니마는 다음 캠프를 치기로 예정된 장소나, 아니면 가능한 한 가까운 곳에 부려놓을 생각으로 짐을 운반하던 나머지 포터들과 함께 출발했다. 등반대가 얼음 절벽 아래쪽 비탈에 이르렀을 때 절벽의 일부가 떨어져 나갔다. 크기가 고층건물만 한 얼음덩어리들이 무너졌고, 올라가던 등반대가 길게 늘어선 비탈로 쏟아져 내렸다. 등반대원들과 포터들은 뛰어 도망쳐서 피했지만 포터 한 명만은 무사하지 못했다. 그 사고로 '사탄' 체탄이 폭포처럼 쏟아진 얼음이 덮치는 바람에 목숨을 잃고 말았다.

밑에 위치한 캠프에서 이 사고를 목격한 나는 사태가 일으킨 바람에 휘날리는 눈가루 속으로 그들이 완전히 사라졌기 때문에 등반대 전원이 당한 모양이라고 생각했다. 고도 6,000미터의 푹푹 빠지는 눈 속에서 전진하기가 더딘 일이긴 했지만, 나는 사고 현장으로 허겁지겁 올라갔다. 내가 처음 만난 생존자들은 포터 몇 명이었다. 그들은 몇 미터나 높이 쌓인 사태의 더미 옆에서 얼이 빠져 멍하니 서 있었다. 그러나 한 사람만은 그렇지 않았다. 니마는 피켈로 얼음덩어리들 사이를 열심히 쑤셔대고 있었다. 나는 그가 그 밑에 깔려 있는 동료를 찾는 중이리라는 생각이 들어 무엇을 하고 있느냐고 물었다. 그가 돌아서더니 넙적한 얼굴에 걱정스러운 표정을 짓고 퉁명스럽게 말했다. "짐이요, 주인님. 제 짐을 찾고 있는 중입니다." 사태가 쏟아지는 것을 보고 그는 짐을 벗어던진 다음 목숨을 건지기 위해 도망쳤다는 이야기였다.

그는 몸을 피하긴 했지만, 폭포처럼 쏟아지는 얼음덩어리들이 짐을 삼켜버리고 말았다. 그래서 그는 굉장히 걱정이 된 것이다. 그는 짐을 벗어던지고 잃어버린 행위를 임무의 방기라고 간주했다. 누가 목숨을 잃었고 누가 살았느냐 하는 것은 문제가 되지 않았고, 주인님이 그에게 맡긴 짐을 잃어버렸다는 것만이 문제였다. 몇 미터 차이로 사느냐 죽느냐 하는 문제가 좌우되었으므로, 그가 그 무서운 경험으로 인해 순간적으로 정신이 나갔을 가능성이 많지만, 어쨌든 그가 보여준 행동은 그의 인간성을 전형적으로 반영하는 것이었다. 그는 충실한 하인이었다.

우리가 깔려 죽은 체탄의 시신을 찾아내자, 그의 동료들은 시신을 운구해 캠프 근처의 눈 속에 묻었다. 니마와 나머지 사람들이 무덤 옆에 둘러섰다. 그들은 밥을 조금 지은 다음 저마다 밥을 시신 위에다 약간씩 던졌다. 보아하니 그 밥은 혼령이 극락으로 가는 동안 먹을 양식인 모양이었다. 내가 기억하기로는 대기가 굉장히 고요했으며, 안개도 전혀 움직이지 않았고, 눈사태도 일어나지 않았다. 깊은 정적이 흘렀고, 그 정적 속에서 태양은 무덤 위로, 그리고 숭고하고도 위압적인 칸첸중가 위로 따뜻한 햇살을 쏟아부었다.

우리가 나중에 등반한 존송봉에서 니마는 일을 훌륭히 해냈다. 한번은 사다(sirdar 히말라야 등반에서 셰르파의 우두머리)가 없는 상황에서 그는 몇 명의 포터를 지휘하게 되었다. 하지만 그는 천성이 사다 노릇을 할 만한 사람이 아니었다. 그는 밀어붙이지도 않고 으스댈 줄도 모르는 사람이었으며, 그런 일을 감당할 만큼 근육과 머리가 빨리 돌아가는 자질을 갖추지도 못한 사람이었다.

그의 천성은 야심도 없고 욕심도 없고 군림하려 하지도 않았으며 바탕이 느긋했다. 그렇지만 사람들은 그를 좋아하고 존경했으며, 그에게 버릇없이 굴지 않았다. 본래의 임무로 돌아가게 되었을 때 니마가 보여준 안도감은 너무나 분명했다. 그는 사람들에게 고함을 지르고 잔소리를 늘어놓는 일을 좋아하지 않았다. 육체적으로나 정신적으로 조금이라도 에너지를 폭발시키게 되면 생활의 리듬이 깨지기 때문이었다. 배낭을 등에 지고 걱정거리 없이 기계적으로 그냥 터벅터벅 걸어가기만 하는 것이 그에게는 더 좋았다.

우리가 설치한 마지막 캠프에서 회를린과 슈나이더는 존송봉을 올라가는 데 성공했다. 나중에 등반대는 1캠프로 내려갔다. 이튿날 다른 등반대가 존송을 올라가기 위해 출발했는데, 그 등반대에는 나도 끼어있었다. 니마가 다시 짐을 운반하며 산을 올라갈 수 있을 만큼 기운이 세리라곤 예상하기 힘든 일이었다. 그는 그런 소리를 하지도 말라면서 기꺼이 따라오고 싶어 했다. 우리는 전보다 더 높은 곳에 캠프를 설치했고, 추운 밤을 보낸 다음 정상을 향해 출발했다. 서쪽에서 강한 바람이 불어와서 얼어붙지 않은 눈과 얼음가루가 바위를 가로질러 휘날렸다. 니마는 식량과 카메라가 담긴 내 배낭을 지고 나를 따라왔다. 그는 별로 멀리 가지 못했다. 그전 며칠 동안의 고된 일이 그의 체력을 저하시켰고, 살을 파고드는 바람과 쓰라린 눈과 얼음의 구름이 그의 피로를 촉진시켰다. 나는 배낭을 넘겨받고 그를 캠프로 돌려보낸 다음 혼자서 정상을 향해 계속 나아갔다. 그래도 그는 나를 두고 가라는 명령을 잘 들으려 하지 않았다. 처음에 그는 내 말을 알아듣지 못하는 체했고, 마침내 지시를 따르게 되었을 때도 그는 안도감이 아니라 불평하는 표정으로 나를 쳐다보았다.

두 주일쯤 후에 우리는 다르질링으로 돌아갔다. 내가 평원으로 타고 내려갈 자동차에 자리를 잡고 앉아있으려니까 니마가 앞으로 나오더니 티베트 사람들 사이에서는 인사와 우정을 표시하는 상징인 작은 무명 스카프를 내 목에 걸어주었다.

히말라야 원정등반에 대한 글을 읽는 많은 사람들은 네팔의 셰르파와 티베트의 보티아인들이 유럽인 주인을 왜 그토록 충성스럽게 잘 섬기는지 분명 의아하게 생각할 것이다. 그것은 전적으로 금전상의 보수 때문일 리가 없다. 그들에게는 돈을 주고 식사를 시키고 장비를 지급하는데, 이런 일을 얻지 못하면 다르질링에서 인력거꾼이나 막노동꾼으로 일하며 고생스럽게 근근이 살아가거나, 차를 재배하는 농장에서 훨씬 더 싼 임금을 받고 노동을 해야 하는 어떤 사람들에게는 그 보수 자체가 미끼 노릇을 한다는 것도 사실이긴 하다. 그러나 또 다른 강력한 힘이 작용한다는 사실을 나는 세 차례의 원정등반 경험을 통해 확신하게 되었다. 이 사람들은 천성이 모험가들이며, 그런 모험가들에게 산은 단순히 바위와 눈과 얼음이 높게 쌓인 것 이상의 무엇을 의미한다.

나는 2년 동안 니마를 다시 만나지 못했지만, 1931년에 그는 카메트 원정등반에 참가했다. 이 등반을 위한 준비가 이루어지는 동안 그는 라니케트에서 내 당번으로 일했다. 그곳에서 나는 설경이 내다보이는 방갈로의 베란다에서 잠을 자곤 했으므로 아침에 가장 먼저 내 눈에 띄는 것은 산봉우리들을 비추는 새벽빛이었다.

언젠가 그렇게 잠이 깨었을 때 몇 미터 떨어진 곳에서 '고참'이 꼼짝도 하지 않고 서 있는 모습을 본 것을 나는 기억한다. 그는 히말라야 쪽을 계속 응시하고 있었다. 그는 무엇을 보았을까? 그는 광활하게 펼쳐진 잠든 숲 위로 그토록 하얗고도 차갑게 떠 있는 머나먼 눈 덮인 산에서 신의 존재를 본 것일까? 신의 섭리가 베푸는 풍요한 은총이 그곳에서 그에게 계시처럼 나타난 것일까? 나는 다음과 같은 글을 썼을 때 힌두교의 성인이 느꼈던 기분을 그가 느꼈으리라 믿는다. "아침 해가 뜨면 이슬이 마르듯, 히마찰(히말라야 산맥)을 보면 인간의 죄악이 사라지리라. 신들의 세월이 영겁을 지나더라도 나는 그대에게 히마찰의 영광을 다 말할 수 없으리라."

니마가 머리를 굴리는 것이 때로는 약간 애매하기도 했다. 만찬복을 꺼내놓으라는 말을 하고 싶어서 내가 그냥 '검정 양복'이라고 소리친 다음에도 문제의 검은 양복이 나타나지 않았다. 나는 니마가 모습을 보이지 않고 꾸물거리는 데 화가 났고, 결국 한바탕 소동을 벌이고 난 다음에 내가 필요로 하는 옷들을 니마가 항상 잘 숨겨 간수하는 곳에서 찾아낼 수 있었다. 내가 옷을 거의 다 차려입고 났더니 니마가 문간에 불쑥 나타났다. 그가 손에 들고 있던 비상램프의 불빛을 보니 그의 얼굴은 고생한 기미가 역력했다. 그의 눈에는 거의 절망적인 역경을 맞아 힘들여 승리한 싸움의 표정이 담겨 있었다. 그는 앞으로 나서더니 커다란 양철통을 높이 치켜들어 보였다. "글락소(검정 영복이라는 Black Suit 발음을 Glaxo라고 잘못 듣고서 기름을 한 통 가지고 온 것임—역주)예요, 주인님. 글락소요."라고 그가 말했다. 그의 말이 옳았다. 멀리 떨어진 어느 방갈로에서 그는 구걸을 했거나 훔쳤거나, 어쨌든 무슨 방법을 동원해서 '글락소' 한 통을 구해가지고 온 것이었다.

카메트로 가는 길에 그는 훨씬 더 희한한 바지 한 벌을 다시금 스스로 수선하기 시작했는데, 이번에 손댄 바지는 프랑스의 경보병이나 미국의 야구 선수를 연상시켰다.

그는 언어와 행동에 있어서도 마찬가지였지만 고도에 적응하는 데도 더디었으며, 우리의 빠른 등반을 제대로 따라올 수 없었기 때문에 카메트에서는 6,000미터에 설치된 3캠프 이상은 올라가지 않았다. 우리가 카메트를 등정하고 나서 2캠프로 내려갈 때까지 나는 그를 다시 보지 못했다. 그곳에서 그는 축하한다고 싱글벙글 웃으며 나를 맞아주었다. 성공에 대해 그는 어느 누구보다도 기뻐했다. 그는 고도에 적응이 되어 있었으며, 심한 동상에 걸린 우리의 사다 레와가 없었기 때문에 니마는 텐트와 장비를 가지고 내려올 몇 명의 포터를 이끌고 3캠프로 올라가라는 지시를 받았다. 이일을 성공적으로 완수한 그는 돌아오자마자 큰 소리로 지휘하던 태도에서 어느새 평상시의 겸손한 모습으로 돌아갔다.

우리 일행은 카메트 등반의 성공이 축하할 가치가 있는 사건이라고 간주했으며, 우리들이 처음 도착한 마을에서 그들이 벌인 술잔치는 굉장히 요란한 것이다. 셰르파나 보티아인 포터에게 술기운이 돌았다하면 쉽게 흥분하기 마련이고, 만일 그 흥분이 싸움으로 쏠렸다하면 피를 보게 되는 경우가 많았다. '고참'은 눈에 두드러질 정도로 예외였다. 술이 들어가면 그의 근엄한 천성이 더욱 근엄해졌으며, 혹시 취하는 경우가 있다 해도 동작이 굼뜨다는 정도 이외에는 전혀 티를 내지 않았다.

그가 당번으로서의 의무를 제대로 수행하지 못한 경우는 꼭 한 번뿐이었다. 내가 아침에 마시는 차를 가져오는 사람이 아무도 없었고, 소리쳐 불

칸첸중가의 캠프 A CAMP ON KANGCHENJUNGA

러도 니마 텐드룹은 대답하지 않았다. 그래서 텐트 밖을 둘러보던 내 눈에 그의 모습이 띄었다. 그는 개울가에 무릎을 꿇고는 두 손으로 관자놀이를 누른 채 머리를 찬 물에 담그고 있었다. 나중에 알게 된 사실이지만 캠프에서 가장 가까운 마을에서 가져온 술은 니마까지도 버틸 수 없을 정도로 지독한 것이었다.

니마는 1933년 에베레스트 원정등반 때 내 당번으로 일했다. 나이를 먹었다는 장애가 너무 크게 작용하지 않을까, 우려하는 사람들도 있었다. 또한 그는 '고참'이라서 사람들의 불신을 받았다. 그러나 그가 일을 해내는 솜씨가 이 불신을 몰아냈다. 그에 대한 나의 신뢰가 올바른 판단이었다고 기록하게 된 것을 나는 기쁘게 생각한다. 그는 해발 6,900미터인 노스콜보다 더 높이 올라갈 수 없었지만, 그 고도에 다다를 때까지 충실하게 일을 잘 해냈다. 다르질링에서 베이스캠프까지 티베트의 황량한 고원을 통해 다시 돌아오는 동안, 나의 자질구레한 일들을 그는 변함없이 조용하고도 능률적인 솜씨로 처리해주었다. 내 '궤짝'은 항상 빈틈없이 챙겨놓았고, 도대체 어디서 '슬쩍'해왔는지 모르겠지만 내 잠자리에는 침낭을 하나 더 가져다놓아 나는 훨씬 편안하게 수면을 취할 수 있었으며, 평상시의 내 괴팍한 성격도 그는 다 받아주었고, 천성이 단정하지 못한 내 결점도 그가 다 뒷바라지해주었다.

내가 니마 텐드룹을 본 것은 그때가 마지막이었다. 1934년 독일 원정대를 덮친 사고가 일어난 지 얼마 후 낭가파르바트 지역을 찾은 R. L. 홀스워드 ―그는 카메트 원정대원이었는데― 로부터 나는 편지 한 통을 받았다. 그 편지는 이런 내용이었다. "살아남은 포터 몇 명을 만났는데 그중에 '고참'이 있었습니다. 그 친구는 또 한 번 죽음을 속여 넘겼습니다."

이 글을 읽고 있는 그대는 언젠가 다르질링을 찾아가게 될지도 모른다. 어쩌면 그대는 인력거를 타야 할지도 모르는데, 만일 인력거꾼들 가운데 어깨가 딱 벌어지고 얼굴은 엄숙한 표정을 짓고 반짝거리는 메달을 가슴에 단 남자가 눈에 띈다면, 아마도 그 사람은 거의 틀림없이 '고참' 니마 텐드룹이리라. 그러면 그대는 에베레스트를 네 차례나 등반했고, 칸첸중가를 두 차례 등반했으며, 카메트와 낭가파르바트와 세계의 가장 위대한 봉우리들을 등반한 사람이 끌어주는 인력거를 타고 있다는 사실을 알아야 한다. 그 반짝거리는 메달과 더럽게 때가 묻은 그 끈과 그것이 꽂힌 너덜너덜한 저고리 밑에서는 성실함과 충성심이라는 자질을 갖춘 용감한 자의 마음이 고동치고 있으며, 그 마음은 어려움과 위기를 헤쳐 나가면서, 더위와 추위를 이겨 나가면서, 땀과 피로를 극복해 나가면서, 위를 향해 전진하고 또 전진하며, 다른 사람들을 위해 투쟁하는 가장 숭고한 양상의 성품을 통해 긴밀한 영적인 교류를 유지하고, 동지애와 모험심의 부름에 응답하는 마음이라는 사실을 그대는 알아야 한다. 그는 친구로서 흠모하거나 존경하고 사랑해야 할 그런 남자이다.

19

죽음

죽음은 종종 등산가 바로 옆에 있다. 산은 바다와 마찬가지로 생명을 적으로 여긴다. 인간이 산을 오를 수 있는 것은 오직 그의 힘과 기술, 그리고 이끌어 주는 이성의 힘 덕택이다.

위험이 없는 삶이란 말라빠진 오렌지를 빨아먹는 격이다. 어떤 사람들에게는 죽음이 코앞에 닥쳤을 때 위험을 가장 감미롭게 맛본다. 그의 능력이 저울의 균형을 유지하도록 만들 것이라는 확신을 가지고, 무모하거나 어리석은 마음에서가 아니라 자신만만하게 자신과 죽음의 무게를 저울의 양쪽에 달아보려는 욕망이 인간의 본능인데, 그러다 언젠가 때가 되면 너무나 오랫동안 참을성 있게 저울을 들고 있던 운명이 죽음 쪽으로 그것을 기울어지게 만든다.

인간은 탐구하려는 욕망이 있어서, 영혼이 살아남는다고 믿든, 아니면 인생이란 단순히 예기치 않은 우발성에 지나지 않고 육신과 더불어 의식도 죽어버린다고 믿든, 인간이 죽음의 본질에 대해 추리하는 것은 당연한 일이다.

단순성은 행복의 기초이다. 산은 변화무쌍하게 현란하고 해로운 요소를 이성으로부터 제거하는 힘을 지녔다. 분위기와 환경은 내면의 사색에 영향을 줄 뿐 아니라, 보다 큰 의미를 지닌 문제들에 대해서도 틀림없이 영향을 끼친다.

우리는 국제연맹 대표들이 제네바에서 날이면 날마다 숨이 막힐 정도로 열띤 분위기 속에서 회의를 한다는 기사를 읽는다. 그들이 추구하는 이상이라면 마땅히 보다 건전한 배경을 마련해줘야 할 것이다. 만일 그들이 산속에 있는 어느 평화로운 장소에서 만나 보다 신선한 공기를 호흡한다면, 그들이 처한 문제는 덜 짜증스럽게 여겨지고, 더 많은 일이 달성될 것이다. 전쟁의 못된 싹들이 돋아나는 것은 도시의 오염된 분위기에서 답답한 삶을 살아가는 사람들의 마음속에서이다.

나는 평화주의자이다. 독가스나 폭탄이나 총탄에 노출될지 모른다는 가능성에 대해 내가 몸서리를 치는 것은 그 과정의 결과로 내가 죽기 때문이 아니라, 그 종말이 너무나 인위적이고 어처구니없기 때문이다. 산에서 추락하거나 폭풍 속에서 죽는다는 가능성을 내가 소름끼친다고 느끼지 않는 까닭은 그것이 나의 개인적인 관심과 책임을 수반하는 자연스러운 종말이기 때문이다. 나는 죽음이 인위적으로 이뤄지거나 기계적인 요소와 관련될 때를 원시적이고 자연스러운 요소와 결부될 때보다 훨씬 더 끔찍하게 여겨진다. 이것은 우리는 자연스러운 방법에 의해 이 세상에 태어났기 때문에 자연스러운 방법에 의해 죽는 것이 당연하며, 따라서 신의 뜻이나 설계에 어긋나는 우리의 어떤 행동도 인간의 점진적인 발전에 역행될지 모른다. 물론 이 모든 것은 신의 뜻이다. 다시 말하면 일단 삶의 수레바퀴가 돌아가기 시작하면 우리의 생각과 행동은 그 모든 세부적인 요소에 이르기까지 필연적이며, 발전을 위한 것이라고 주장할 사람도 있을지 모르지만, 이것은 목적의 부재를 의미하기 때문에 인생에 대한 비관적 견해일 뿐이다. 우리 영혼의 운명을 결정하는 요소가 의식이라고 추정하는 점으로 미루어보아, 훨씬 능동적이고 건설적인 관념이라고 여겨지는 자발적 결정의 이론을 나는 받아들이고 싶다. 결론적인 증거를 확보할 수 없는 이런 문제에서는 불가피하게 스스로 믿는 바를 기록하는 수밖에 없다. 내가 비박을 같이한 어떤 사람은 죽으면 생명뿐 아니라 의식도 더 이상 존재하지 않는다고 나에게 말했다. 그의 관점은 모든 것이 우연의 결과라는 것이었다. 우리 위로 솟아 오른 산과 그 위로 별이 총총한 하늘같이 찬란하기 짝이 없는 대자연을 우러러보면서 나는 생각했다. 우연이 이토록 대단하다니!

나 자신의 경우를 보자면, 사후세계를 믿으려는 것이 나의 본능적인 관점이다. 이 확신은 유전적인 경험에서 연유하는지도 모르고, 정통 종교가 두드러지게 작용한 성장환경의 산물인지도 모르고, 앞서 이야기한 나의 산친구가 단순히 우연으로 넘겨버리고자 했던 우주를 발전시킬 능력을 지닌 존재는 오직 전지전능한 신의 섭리, 즉 우주를 지배하는 힘뿐이라고 나에게 이야기해주는 어떤 근본적인 본능 때문인지도 모른다. 따라서 나는 관심을 가지고 죽음이 찾아오기를 기다리고, 또한 적어도 부분적으로나마 진화를 설명하는 간단한 이론이라고 항상 여겼던 윤회사상에 대한 관심을 충족시키기 위해서 만이라도 나는 탄생 그 너머를 돌이켜 볼 수 있기를 원한다.

죽음이란 육체적인 고통과 정신적인 불안과 연관이 있으며, 상대적으로 기분 좋은 죽음과 기분 나쁜 죽음이 따로 있으리라는 것도 의심할 나위 없는 사실이다. 여기에는 개인적인 취향과 안식도 작용한다. 만일 양자택일의 선택권이 주어진다면 대부분의 사람들은 불에 타 죽기보다는 물에 빠져 죽는 쪽을 더 좋아하겠지만, 정신적 및 신체적 체질이 후자를 더 좋아하는 반응을 나타내는 사람들도 틀림없이 있을 것이다. 치사량의 모르핀을 쓰는 것보다는 중국식 고문을 선택하려는 사람들도 있으리라.

의심할 나위도 없이 대부분의 사람들에게는 아무런 예고도 없이 순간적으로 덮치는 죽음이 이상적인 것이지만, 그렇지 못한 경우에는 쉬운 죽음이 여러 가지 있는데, 산에서 추락해 목숨을 잃는 것이 바로 그런 죽음 가운데 하나이다. 추락했다가 목숨을 건진 사람들이 느낀 기분 중 이구동성으로 의견이 일치하는 한 가지는, 그들이 아무런 고통도 받지 않았다는 사실이다. 그리고 상당히 많이 떨어져 이제는 죽으리라 예상했던 사람들은 사소한 짜증이나 심지어는 명상적인 관심까지도 뒤섞인 초연한 인식도 경험했다고 한다.

그들이 살아온 삶이 그들의 뇌리에 줄지어 스쳐 지나가지는 않았다. 이런 말은 소설가가 상상한 헛된 이야기에 지나지 않았으며, 그들의 시간관념은 왜곡되거나 제거된 경우가 많았다. 하지만 마터호른에서 거의 60미터를 추락한 경험을 에드워드 윔퍼는 이렇게 서술했다. "익사 직전에 구조 받은 사람처럼, 내 머리를 스쳐 지나간 수많은 사건들이 기억나는데, 그 가운데 많은 내용은 오래전에 잊어버린 자질구레하고도 엉뚱한 사건들이었으며, 더욱 놀라운 점은 그렇게 허공으로 떨어지는 것이 불쾌하게 여겨지지 않았다는 사실이다. 그러나 조금만 더 떨어졌더라도 감각뿐 아니라 의식도 잃었으리라 생각되기 때문에 나는 아주 높은 곳에서 추락해 목숨을 잃는 것은 고통이 전혀 없는 종말의 경험이 되리라는 내 믿음이 아무리 터무니없다고 여겨지더라도 참된 것이라는 근거를 얻게 된다."

이제 나는 개인적인 경험을 하나 이야기하겠다.

1923년 8월 어느 날 아침 E. E. 로버츠와 나는 돌로미테에서 휴가를 즐기려고 랑코펠 그룹에 있는 봉우리 중 그뢰흐만슈피체를 오르기 위해 셀라 고개에 있는 여관을 출발했다.

짙은 안개 속에서 우리는 이슬에 흠뻑 젖은 풀밭을 터벅터벅 올라갔지만, 낯선 루트를 하나 찾아내려는 우리의 시도가 불가능한 모양이라고 얼마 안 가서 낙심하고 있으려니까 갑자기 빛이 보였다. 몇 분 후에 우리는 안개보다 위로 올라가 햇빛이 비추는 평탄한 안개의 표면을 둘러볼 수 있게 되었다.

깊고 좁은 틈이 그뢰흐만슈피체를 그 옆에 있는 퓐프핑게르슈피체에서 갈라놓고 있었다. 이곳에 도달하기 위해는 자갈로 이루어진 비탈과 무너져 내리는 골짜기를 통과한 다음 힘이 안 드는 너덜바위지대를 기어 올라가 넓은 테라스로 나가야 했다. 나중에 밝혀진 바에 의하면, 다시 올라가기 전에 우리는 이 너덜바위지대를 따라 어느 정도 갔어야 했는데, 우리가 목표로 삼은 정상 능선을 한참 올라간 어느 지점까지 어려움이 없이 이어지는 듯싶은 골짜기를 따라 곧장 위로 올라가고 싶다는 유혹을 받았다.

가파르긴 하지만 별로 힘들지 않은 바위들을 우리는 얼마동안 심한 어려움을 겪지 않고 전진했다. 하지만 얼마 안 가서 기어 올라갈 수 없는 암벽이 막아섰기 때문에 우리는 낙석들이 저절로 타고 내려오도록 도랑처럼 트여있는 골짜기의 바닥으로 들어가지 않으면 안 되었다. 그곳을 천천히 올라가려니까 힘이 점점 더 들었고, 그러다 결국 조금씩 좁아진 골짜기는 높이 50미터의 충분히 공략이 가능한 돌출 비탈로 끝났다. 그 무시무시한 장애물을 뒤덮은 시커멓고 미끈거리는 진흙에서 물방울이 우리 뒤쪽의 허공으로 뚝뚝 떨어졌다.

우리는 오른쪽을 쳐다보았다. 그곳의 골짜기 암벽들은 거의 비슷하게 무시무시해 보였다. 우리는 왼쪽을 보았다. 그곳의 바위들은 수직이거나 거의 수직을 이루었지만, 훨씬 울퉁불퉁해서 시도를 해볼 만하다고 믿기에 겨우 충분할 정도로 손으로 잡거나 발로 디딜 자리가 있어 보였다. 오랫동안 갈망해온 정상 능선에 다다르기 위해서는 30미터만 올라가면 되리라고 우리는 계산했다.

골짜기의 바닥에서 몇십 센티미터 위쪽에는 폭이 1미터쯤 되는 바위 턱이 있어서, 두 번째 사람이 안전하게 쉴 만한 자리가 될 터였다. 이 바위 턱의 위쪽에는 커다란 바위가 튀어나와, 그곳을 오른쪽으로 우회해야 했다. 로버츠는 단단히 자리를 잡고, 처음 몇십 센티미터를 내가 기어 올라가도록 도와줄 수 있는 자세를 취했다. 그런 다음에는 튀어나온 바위 위에서 왼쪽으로 수평 이동을 해야 할 필요가 있었다. 나는 그 바위의 생김새가 마음에 들지 않았는데, 무게가 1톤도 더 되는 바위를 내가 잘못 밟아서 혹시 로버츠에게 떨어지기라도 할까 봐 겁이 났다. 그래서 체중을 발에 싣지 않으려는 생각으로 손으로 단단히 붙잡고 매달려 몸을 지탱하려 했다. 이런 자세를 취한 채 나는 곧장 위로 기어 올라갈 수 있게 될 때까지 바위가 흔들리지 않도록 하면서 옆걸음질을 쳤다.

바위는 돌로미테답게 상당히 가팔라, 단단하고 울퉁불퉁하지 않았다면 올라갈 엄두도 내지 못했을 것이다. 능선에 다다르기 전의 마지막 5미터가량이 가장 힘들었다. 이 지점은 손으로 잡거나 발로 딛고 올라설 곳이 훨씬 작아서, 사실상 발가락이나 손가락 끝으로만 버틸 수 있을 정도로 주름이 잡히거나 튀어나온 것이 고작이었다.

그곳은 한참 어물어물할 장소가 아니어서, 빨리 올라가거나 아니면 포기해야 할 곳이었다.

마침내 나는 능선 꼭대기에서 마음 놓고 붙잡을 만한 곳을 찾아냈다. 몸을 힘껏 끌어올린 나는 꼭대기에서 숨을 헐떡이며 널브러졌다. 내가 기억하고 있기로는 태양이 그곳에서 나를 반겨 맞아주었고, 뒤쪽과 아래쪽으로는 내가 빠져나온 깊고 그늘진 골짜기가 있었으며, 그 시커먼 골짜기의 아가리에서는 가느다란 얼음의 혀가 산을 타고 천천히 기어 올라오는 안개의 바다 쪽으로 꿈틀꿈틀 내려가고 있었다. 음침한 지하 감옥 같은 그 속에서 로버츠의 목소리가 공허하고도 아득하게 메아리쳐 들려왔다.

양의 등처럼 생긴 능선은 넓었지만 경사가 가팔랐다. 로프를 걸 만한 자리가 눈에 보이지 않았다. 로버츠를 끌어올리기 위해서는 로프를 단단히 고정시키는 것이 필수였기 때문에 나는 그런 곳을 찾아 능선을 조금쯤 올라갔다. 그러나 바위들이 평편해서 로프 고리를 걸어놓기에 충분할 정도로 튀어나온 부분이 없었기 때문에 나의 노력은 헛일이 되고 말았다.

잠시 후 로버츠의 목소리가 다시 들렸다. 그는 추운 골짜기에서 빨리 벗어나 양지에 있는 나와 같이 있고 싶어서, 내가 무엇을 하고 있으며 도대체 왜 꾸물거리는지 궁금해 했다.

마침내 나는 로프를 끼워놓을 수 있도록 바위가 잎사귀처럼 갈라져 나온 부분을 발견했다. 그것은 훌륭한 로프 걸이 —어떤 사람들은 '산악회식 로프 걸이'라고 비꼬아 이야기할지도 모르겠는데— 가 아니어서 로프가 제대로 걸려 있을지 자신이 없었지만, 그나마도 로프 걸이라고는 그곳뿐이었기 때문에 우리는 그곳에 의존하지 않으면 안 되었다. 그러나 나는 하마터면 내 목숨을 잃을 뻔한 잘못을 저질렀는데, 그것은 등반에서 세부적인 일에 신중한 주의를 기울인다는 것이 얼마나 중요한지 잘 보여주는 본보기가 될 만한 실수였다.

우리는 30미터짜리 로프의 양쪽 끝에 연결되어 있었다. 로프 걸이까지 올라가느라고 내가 그 로프 가운데 20미터가량을 잡아먹어서, 허리에 감을 여유가 겨우 5~6미터밖에 남지 않는 상황이 되었다. 암벽 등반에서 취해야 하는 정확한 절차라면 앞선 사람이 가능한 한 그의 허리 가깝게 로프를 걸고 두 번째 사람의 로프를 어깨로 넘겨 그의 몸이나 아니면 직접 바위에 두르는 것이다. 그렇게 해야 혹시 두 번째 사람이 추락하는 경우가 생기더라도 버티고 선 자리에서 끌려 내려가지 않는다. 하지만 이 경우에는 로버츠의 체중이 느껴질 때까지 로프를 끌어올린 다음에야 작은 바위 모서리에 감아 걸 수 있었다. 그러다 보니 내 허리에서 로프의 여유가 5미터쯤 생겼는데, 결국은 로프 걸이가 우리 두 사람에게 아무 소용도 없게 되었다.

나는 능선의 평편한 바위 위에서 있는 힘을 다해 버티며, 로버츠의 로프를 한쪽 어깨 위로 넘긴 다음 그에게 어서 올라오라고 소리쳤다.

알았다는 희미한 응답과 함께 그가 올라오기 시작하자 로프가 늘어졌다. 나는 로프를 3미터가량 잡아당긴 다음 잠깐 멈추었는데, 내가 그랬던 것처럼 그도 돌출 바위를 가로질러 수평으로 이동하고 있었다. 그의 모습은 내 눈에 보이지 않았다. 따라서 내가 해야 할 일이라고는 로프가 울퉁불퉁한 바위에 걸리지 않도록 가끔 낚아채고 흔들어 주는 정도가 고작이었다. 한편 나는 안개 바다가 솜처럼 푹신한 파도를 이루어 밑에 있는 절벽에 부딪치며 멀리까지 펼쳐지고, 공중에 떠 있는 이상한 군도처럼 무리를 지은 산봉우리들이나 외딴 산정들이 여기저기서 안개 바다를 뚫고 올라온 풍경으로 눈을 돌렸다. 가까운 곳에서는 퓐프핑게르슈피체의 대담한 첨탑들과 랑코펠의 복잡한 버트레스들이 보였고, 먼 곳에서는 꼭대기가 네모난 셀라 그룹과 그 주변의 노란 바위 탑들이 눈에 띄었다. 계곡으로 말할 것 같으면, 마을이나 숲은 안개 밑에 있어 하나도 보이지 않고 미동도 없이 낮게 깔려 있어, 봉우리와 안개에 빛과 색채를 뿌리고 나에게 따스함을 쏟아 주는 태양과 검푸른 하늘을 아래 세상에서는 볼 수 없을 터였다.

완벽한 날씨여서 창조의 아름다움을 즐길 수 있는 아침, 건강과 삶의 숭고한 기쁨을 한껏 누릴 수 있는 아침이었다. 갑자기 놀라서 외치는 소리가 들렸다. 그때 바위들이 떨어져 부서지는 무서운 음향이 나자 신경과 근육이 발작적으로 불끈거렸고, 내 온몸의 뼈는 충격을 받아들이기 위해 본능적으로 힘을 썼다.

몇 초 전에만 해도 로프는 바위에 한가하게 걸쳐있거나, 내가 잡아당기면 부드럽게 위로 끌려왔었다. 이제는 잠든 뱀을 막대기로 건드린 것처럼 로프가 사납게 뛰어올랐고, 마치 살아있기라도 한 것처럼 바위를 가로질러 몸부림쳤다. 로프의 움직임으로 미루어보아 로버츠가 바로 밑에 있지 않고, 그래서 당기는 힘이 아래쪽으로만이 아니라 옆쪽으로도 작용하리라는 사실을 나는 곧바로 깨달았다. 로프는 내 두 손 안에서 팽팽해지더니 잔인하게 쥐어뜯으며 통과해 지나갔다. 로프가 내 어깨와 몸뚱이를 낚아채는 순간 나는 아무런 저항도 수 없었으며, 사람이 뺨에 붙은 곤충을 털어버리듯 내가 간신히 버티고 있는 자리에서 아무렇지도 않게 나를 쓸어버렸다. 다음 순간 나는 평편한 바위 위로 미끄러져 내려가게 되었는데, 처음에는 옆구리로 그리고는 등으로 미끄러져 내려갔다. 나는 몸을 멈추게 해보려고 발뒤꿈치와 팔꿈치와 팔뚝과 손바닥으로 매달려 버텼다. 이런 식으로 3미터에서 5미터가량 미끄러진 다음 절벽의 가장자리 너머로 내 몸이 튕겨나갔다.

나는 세차게 잡아당기는 힘은 기억나지 않지만, 능선 꼭대기에서 몇십 센티미터쯤 밑으로 내 몸이 로프에 매달렸던 기억은 난다. 나는 방향을 돌려 바위를 움켜잡고는 두 손으로 매달리며 능선으로 다시 올라갔다. 내가 추락한 거리는 6미터쯤 되었는데, 비교적 새 것인 로프가 버텨주었다.

능선까지 겨우 다시 올라가자 로버츠의 목소리가 들렸다. 그는 무사했다. 그가 돌출된 부분을 밟고 올라섰더니 몸무게로 인해 그곳이 무너져 내린 것이었다. 1톤가량이나 되는 바위가 떨어져나가 바위 턱을 쳤거나 그 너머로 튕겨나갔고, 쿵쾅거리며 골짜기를 타고 내려가 부서지는 소리가 2킬로미터나 멀리 떨어진 셀라 고개의 여관까지 들린 모양이었다. 로버츠는 바위 턱에 얹힌 덕분에 바위들과 함께 떨어지지 않았다. 나는 내가 로프를 끼운 바위의 갈라진 틈 사이에서 꼼짝달싹도 하지 않은 로프 덕분에 무사했다.

이런 일을 겪고 난 다음에야 나는 처음부터 했어야 마땅한 방법대로 바위의 갈라진 부분에 로프를 직접 집어넣었고, 더 이상 아무 일 없이 잠시 후 로버츠와 어울릴 수 있게 되었다. 내가 두 손에 상처가 나고 팔꿈치와 몸의 다른 부분에서 피부가 까지기는 했어도 두 사람 다 심한 상처는 입지 않았기 때문에 우리는 등반을 완료해 불친절하게 우리를 맞아준 그뢰흐만슈피체에 대해 복수를 하기로 결정했는데, 따지고 보면 그 불친절한 영접은 우리가 루트를 찾아내는 기술이 부족했던 데다 부주의했던 나로 인해 발생한 것이었다.

이 사건에 대한 이야기는 그만큼 해두기로 하자. 이제 나는 위험이 닥친 그 순간부터 내가 절벽의 급사면에서 로프에 매달려 흔들리는 처지가 된 순간까지 나의 느낌을 자세히 서술하겠다.

로버츠의 비명과 바위들이 떨어지며 부서지는 소리를 들었을 때는 이미

산의 영혼

설명한 바와 같이 내 몸이 본능적으로 충격을 받아들이기 위해 저절로 긴장했다. 충격이 왔고, 나는 그 충격을 버틸 수 없었으며, 나도 모르는 사이에 벌써 뒤로 자빠져 미끄러지면서 능선의 평편한 바위에 여기저기 부딪치면서 꼼짝도 못하고 미끄러져 내려갔다. 이제 내 두뇌의 절반은 나와 로프걸이 사이에 6미터가량 여유가 있다는 사실을 잠재의식적으로 틀림없이 알았던 모양이지만, 비록 이것을 알고 있다하더라도, 이 사실에 대해서는 놀라울 정도로 억제력을 발휘하며 행동을 취한 것은 다른 반쪽으로서, 이 부분의 두뇌는 내가 로프 걸이에 가까이 자리 잡았었으며, 로프가 벗겨졌으니 틀림없이 죽을 것이라고 나에게 알려주었다. 나중에 내가 느낀 감정에 입각해 본다면, 내가 추락하는 것을 아무것도 막지 못한 채 내가 죽으리라고 마음속에 도사린 확신은 중요하고도 흥미 있는 인식이었다.

그렇지만, 비록 죽은 셈이나 마찬가지라고 일찍 단정하긴 했어도, 나는 이미 설명한 바와 같이 나 자신을 멈춰보려는 결사적인 시도를 벌였다. 이러는 사이에 어떤 묘한 긴장감이랄까 경직된 힘이 나의 정신적·육체적 존재 전체를 움켜잡았다. 이 긴장감이 어쩌나 대단했는지 모든 고통과 공포를 압도해서, 부딪치고 튕겨 오르는 데 대해 나로 하여금 무감각해지게 만들었다. 그것은 벅찬 감각으로 쉽사리 경험하지 못한 것이었다. 그것은 마치 삶의 모든 힘이 어떤 기초적인 유전의 변화, 그러니까 정상적으로는 상상도 할 수 없고, 인간의 일반적인 힘이나 능력이 미치지 못하는 죽음의 변화라는 과정을 거치는 듯싶었다. 하나의 원자를 조립하는 데 필요한 힘과 그 원자를 쪼개는 데 필요한 똑같고도 상반된 힘을 생각해보라. 원자를 진화시키기 위해서 그토록 엄청난 힘이, 한 가지 목적을 위해서 집중된 우주의 숭고한 힘이 집중된다는 것은 원자에게 얼마나 대단한 경험인가. 나는 그뢰흐만슈피체에서 바로 그런 원자였고, 나는 육체에서 영혼을 분리시킬 수 있는 유일한 죽음을 느꼈다. 이제 나는 죽음은 두려워할 대상이 아니라 삶에서의 숭고한 경험이어서, 좌절이라기보다는 클라이맥스라는 사실을 안다.

이 점증하는 힘을 얼마나 오랫동안 내가 경험했는지는 알 수 없다. 시간은 더 이상 시간으로서 존재하지 않았고, 인간의 의식이라는 면에서 양이자 질로서의 시간이 더 이상 존재하지 않는 사건의 연속이 시간을 대치했다. 그러다 갑자기 이 느낌은 철저한 무관심과 초연의 감정, 그러니까 내 육신에 벌어진 일에 대한 무관심과 그 육신에 현재 일이 벌어지고 있으며 앞으로 벌어지게 될 일에 대한 초연으로 자리가 바뀌었다. 나는 육신에서 벗어나 옆으로 물러나있는 듯싶었다. 나는 추락이 가능한 차원에 존재하지 않는다는 이유로 해서 추락하고 있지 않았다. 나, 즉 나의 의식은 내 육신으로부터 분리되었으며, 그것에 무슨 일이 벌어지고 있는지에 대해 조금도 신경 쓰지 않았다. 내 육신은 상처를 입고 망가지고 산산조각이 나는 과정에 처했는데, 내 의식은 이 육체적인 피해와 연결이 되지 않고, 철저히 무관심했다. 건물이 곧 철거되리라는 것을 미리 알고 입주자가 한 발 먼저 철수해버린 것일까? 내가 미끄러지는 것을 로프가 막아주지 못했을 때는 분명 죽으리라 확신했기 때문에 죽음에 대한 추정으로 정신적인 존재와 육체적인 존재의 부분적 분리가 이루어진 것일까? 그것은 단순히 갑작스럽고도 심한 신경의 긴장감으로 인해 생긴 정신적인 결과였을까? 오직 죽음만이 증명할 수 있는 바를 나로서는 따져볼 능력이 없지만, 그래도 나는 이 경험이 납득할 만한 것이고, 의식이 무덤 너머에서도 살아남는다는 확신을 가지게 되었다.

만일 내가 죽어서 다른 세계로 넘어갔다면 나는 기억력을 하나 가지고 갔을지도 모른다. 평편한 바위 표면에서 튕겨나가 깎아지른 절벽의 가장자리를 넘어 떨어지면서, 나는 내 앞과 밑으로 우리가 그곳에서부터 기어 올라온 까마득히 펼쳐진 구름의 바다가 햇빛을 받고 있는 광경을 보았으며, 나는 그 바다 속으로 곧장 잠수해 들어가는 듯했다. 이 구름 위로는 한

없이 파란 하늘에서 태양이 눈부신 광채를 발산하며 빛나고 있었다. 나는 왕도 부러워할 만한 추억을 가지고 세상을 떠났으리라.

그러자 나는 내가 로프에 매달려 있다는 사실을 깨달았다. 내가 아무런 충격을 기억하지 못하고, 내 머리가 어디에도 부딪히지 않아 기절하지 않았다는 사실은 흥미 있는 일이며, 추락의 한 가지 양상을 이루는 초연한 기분에 대해 내가 이미 서술한 바가 거짓이 아님을 증명해주고 있다. 마치 나는 무자비하게 세상으로 그리고 세상의 감각으로 끌려 되돌아오는 것 같았다. 내가 죽지 않았으며, 무언가가 나의 추락을 막아주었다는 인식과 더불어 공포가 동시에 느껴졌다. 그것은 묘하고도 역설적인 사건이었다. 추락하는 동안 나는 두렵지 않았는데, 추락이 멈추고 나니까 절망적으로 두려워졌다. 나는 바위를 움켜잡고 매달렸으며, 발로 딛고 올라서 손으로 붙잡을 곳을 확보했다. 나는 로프의 조임으로 인해 짓눌린 폐의 요동과 두근거리는 심장을 가라앉히고 잠시 동안 가만히 있었다. 그런 다음 나는 겨우 능선을 기어 올라갔다.

이 경험은 산에서의 추락에 의한 죽음은 두려워할 대상이 아니라는 사실을 내게 가르쳐주었다. 같은 인간들 사이에서 다른 사람의 손에 의해 죽는다는 생각은 사리에도 맞지 않으려니와 두려운 어떤 면을 지니고 있다. 고통스러운 과정을 거치지만 않는다면 아마도 대부분의 사람은 그들이 어떻게 죽느냐에 대해 별로 개의치 않을 듯싶으며, 아마도 그 문제에 접하게 된다면 나 자신도 크게 신경 쓰지 않을 것이다. 그러나 사람의 손에 의해 만들어진 금속덩어리를 사람에 의해 준비된 폭발물의 힘이 공중으로 던져서 죽음을 초래시킨다는 것은 ―비록 그것이 순간적인 죽음이라 하더라도― 너무나 냉혹하고 상상할 수도 없을 정도로 무서운 것이다.

산에서의 죽음이란 만물의 이치에서 한 부분으로 받아들일 수 있다. 어떤 형태로 다치더라도 죽음이란 만물의 이치에서 한 부분이라고 주장할 수 있지만, 이것은 인간에게 스스로 결정하는 능력이 없다는 사실을 전제로 삼는다. 산에서는 고의적이 아니라면 자신의 생명을 일부러 위험에 빠뜨려 죽는 일이 없지만, 전쟁에서는 인간이 다른 사람의 목숨을 빼앗고 의도적으로 자신의 목숨을 죽음의 위험에 빠뜨린다. 그는 살인자이기도 하려니와 자살의 잠재적 가능성도 지니고 있다.

죽음은 불가피하게 개인적인 상실과 연결되고, 그런 손실로부터 생겨난 슬픔은 금방 이해가 가지만, 그런 슬픔을 빌미로 시커먼 영구차와 침울한 음악까지 동원해 그것을 과시하고 돌아다니는 과정이 왜 필요한지 나는 도저히 이해할 수 없다. 만일 내가 죽은 다음에 음악을 써야 한다면 나는 멘델스존의 '장송 행진곡'이 아니라 같은 멘델스존의 '봄의 노래'를 쓰고 싶으며, 프록코트와 검정 완장을 샴페인으로 대체한다 하더라도 나쁠 것까지는 없으리라고 생각한다.

서양식 장례식의 처량한 요란함과는 대조적이었던, 칸첸중가에서 맞은 체탄의 죽음이 내 머리에 떠오른다. 체탄은 세르파로서 강인한 남자, 억센 모험가였으며, 히말라야의 여러 원정등반에 참가한 영웅이었다. 그는 덩치가 큰 남자는 아니었지만 체격이 훌륭했으며, 마치 전기에 감전이라도 된 것처럼 쭈뼛쭈뼛 튀어나온 빳빳하고 억센 머리카락과 날카롭게 뾰족한 두 귀는 '사탄'이라는 그의 별명과 잘 어울렸다. 등에 커다란 짐을 짊어지고 캠프에서 출발해 강철로 만들어진 듯한 다리의 힘으로 아무런 힘도 안 들이고 산을 오르던 그의 모습이 나는 지금도 눈에 선하다.

그는 칸첸중가에서 발생한 얼음사태에 깔려 그 자리에서 사망했다. 겨우 한 시간 전에만 해도 그토록 자신만만하게, 그토록 강렬한 목적의식을 가지고 출발했던 체탄의 시신을 그의 동료들이 캠프로 운구했다. 나는 그가 돌아오는 것을 보았다. 너무나 망가지고 부서진 그 처참한 시신은 인간을 만들기 위해서 동원된 모든 것의 단순한 껍데기로만 보였다. 죽음을 통해서 껍질이 깨졌지만, 체탄을 형성했던 그 불길, 그 에너지, 그 익살스러운 장난, 그 힘과 용기는 다른 곳으로 가 버렸다. 어디로 갔을까? 그것이 어떻게 죽어버릴 수 있을까?

그토록 완벽한 육신의 기계가 망가졌다는 것이 얼마나 한심한 사실인가라고 내가 생각했던 기억이 난다. 하지만 죽음 그 자체에는 무섭거나 불합리한 요소가 하나도 없다. 그것은 낮이 지나 밤이 오는 현상과 마찬가지이다. 밤이 온다고 해서 빛이 영원히 끝나는 것은 아니다. 하루의 낮과 하루의 밤은 지나가는 과정의 한 기간일 따름이다. 삶과 죽음에 있어서도 마찬가지이다. 물이 존재하기 위해서는 산소와 수소의 결합에 의존해야 하고, 전기분해에 의해 물과는 눈에 보이거나 어떤 구체적 유사성도 지니고 있지 않은 과거의 구성 성분으로 되돌아갈 수 있듯이, 이 세상에서 살아가는 우리의 존재는 육체적인 존재와 이성적인 존재와 정신적인 존재의 결합에 의존한다. 그토록 단순한 결합과 분해의 본보기를 앞에 두고서도 왜 우리는 죽음을 의심해야만 하는가?

우리는 체탄을 눈 속에 묻었다. 칸첸중가의 무시무시한 얼음으로 덮인 절벽 밑, 그의 무덤 옆에 서 있던 나에게는 죽음이 단순한 현상이어서, 중요하지도 않고 안 중요하지도 않은 절대적 무엇이었다. 그리고 단순했는데, 너무 단순해서 이해가 안 갈 지경이었다.

산에서의 죽음은 무섭거나 겁이 나는 무엇이 아니다. 개인적 손실은 죽음의 두려움과 전혀 다른 문제이다. 만일 내가 철학자라면 나는 내가 죽음을 맞게 될 장소나 방법에 대해서는 전혀 신경을 쓰지 않을 것이다. 그렇지 못하기 때문에 나는 내가 자연스러운 환경 속에서 죽기를 더 바란다는 것을 고백해야만 한다. 산에 오르면 나의 의식, 그러니까 바로 영혼의 본질이 팽창해 우주와 결합하는 듯한 기분이 든다. 그런 정신이 승화되는 순간이면 우리는 모든 두려움을 떨쳐버리고, 우리가 죽음이라 일컫는 이 단순한 과

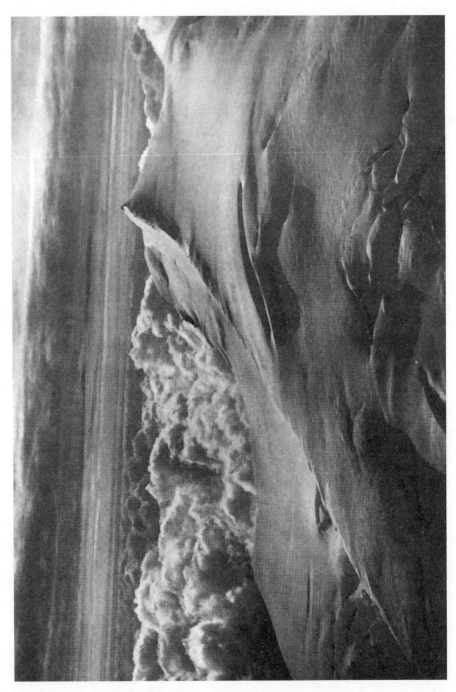

이탈리아 쪽을 뒤덮은 구름 CLOUDS OVER ITALY

정에 의해 영혼이 갈구하는 신의 사랑과 결합된 상태를 어떻게 발견하는지 이해하게 된다.

모든 어휘는 신념을 표현하는 데 있어서 빈약한 매체이다. 신념이란 무엇을 바탕으로 삼는 것일까? 개인적으로 인정할 만한 증거가 없으면 글로 쓰거나 입으로 말하는 어휘를 받아들일 의사가 인간에게는 전혀 없기 때문에 다른 사람들이 쓴 글이나, 심지어는 성서의 구절들도 근거로 삼을 수는 없다. 신념이란 그보다 훨씬 더 깊은 것이다. 그것은 의식의 자궁 속에서 잉태되고, 눈에 보이는 요소와 눈에 보이지 않는 요소의 완전한 결합에 의해 얻어진 자식이다. 그것은 여러 가지 방법으로 성장하고 힘이 강해진다. 나 자신과 마찬가지로 많은 사람은 그런 발전을 위해서는 대자연이 가장 훌륭한 매체임을 깨닫는데, 그 까닭은 우리 자신이 추구하는 것이 아니라 어릴 적부터 우리에게 강요된 교리와 신조들로 둘러싸여 있을 때는 그만큼 더 갈피를 잡을 수 없는 아리송한 문제들에 대해 대자연이 가장 단순하고 가장 직접적인 방법으로 대답을 해주기 때문이다.

오늘날의 젊은 남녀들은 삶의 문제에 대한 해답을 대자연에서 찾으려고 한다. 그들에게는 교파를 내세우는 종교라면 회피해야 마땅할 무엇이 되었다. 만약 종교가 의무라면 그것은 어딘가 잘못된 것이다. 이제 종교는 과거의 허식과 교리와 독재를 벗어나지 않으면 안 된다. 미래에 인간이 맞을 행복과 평화는 계획과 예식에 의해 숭배 받아야 하는 구체적이고도 멀리 떨어진 신에게서가 아니라, 우주의 아름다움들을 통해서 본 신을 보다 충만하게 인식함으로써 발견될 것이다. 그것은 가르치는 소수가 아니라, 가르치는 모두에게서 찾아내야 한다. 그것은 분리와 교파 운동의 문제가 아니라, 인간과 그의 창조주 사이에서 이루어지는 완전한 이해와 친화 그리고 우주에 대한 인식의 문제이다. 이런 이유로 해서 인간은 대자연을 사랑하는 높은 산으로 눈을 돌리는 것이다.

20
육체적인 존재

등산은 인간 형성에 있어서 육체적인 면과 이성적인 면의 밀접한 관계를 보여주는 또 하나의 증거를 제시한다. 이루어진 어떤 일에 입각해 이성적인 면으로부터 육체적인 면을 분리시키는 것은 비교적 간단한 일이지만 몸을 움직이게 하는 힘을 발생시키는 것은 무엇이며, 그 힘은 또 무엇이고 어디에서 생겨나는지 제대로 설명한 사람은 아직 아무도 없다. 일반적으로 이야기하자면, 육체적인 존재와 이성적인 존재 사이에는 힘의 균형이 이루어진다는 말을 할 수 있으리라. 이런 관점에서는 어느 한 개인이 정상적인 여건에서는 어느 정도의 일밖에는 할 수 없다고 말한다. 이 주장이 틀렸다는 것이 명확히 증명되는 것은 여건이 비정상적인 때이다. 평범하고 나약한 사람들이 지극히 놀라운 인내력을 발휘했다는 기록을 보여주는 본보기가 많이 있는데, 그 설명은 정신력을 동원했다는 것이다. 아마도 이것은 어설픈 표현일지 모른다. 긴박한 상황에 처하면 인간이란 의식적으로나 아니면 무의식적으로 그의 정신력이나 신경의 에너지를 육체적 에너지로 전환시키거나, 그 에너지를 온갖 목적을 위해 육체적인 에너지가 되도록 사용한다는 설명이 보다 논리적이라고 여겨진다. 나는 이런 경우를 너무나 많이 보고 경험했기 때문에 이런 현상이 일어난다는 가능성을 의심할 수 없다. 가장 높고 힘겨운 등반이 성공하는 비결은 이 현상의 발생에 힘을 입어서이며, 이런 일에 대한 즐거운 정신적 자세, 다시 말하면 이 일에 담긴 한없는 기쁨의 자세를 통해서만 인간에게 이런 일이 가능해진다는 것은 의심할 나위가 없는 사실이다. 인간을 짐승보다 높은 차원으로 끌어올린 것은 의식적인 응용을 통해서 정신적인 에너지를 육체적인 에너지로 변환시키는 바로 이 힘이다.

육체적인 에너지와 정신적인 에너지에 다 같이 공통되는 요소가 한 가지 있는데, 그것은 리듬이다. 산에서 육신이 최선을 다할 수 있는 것은 오직 리듬을 통해서이다. 리듬에 맞지 않게 억지로 산을 올라가도록 육체를 강요하는 것보다 등산의 성공과 안전에 더 역행하는 요소는 없다. 발작적인 동작과 갑작스러운 속도의 분출과 헐떡거리는 폐와 빈번한 중단과 고르지 못한 에너지의 발산은 리듬이 깨진 상태임을 의미한다. 이 한 가지 이유만으로도, 힘세고 기술 좋은 사람이 시련에 처하면 실패할지 모른다.

느려야만 리듬을 유지하는 것은 아니다. 그러면서도 동작이 빨라지면 빨라질수록 그만큼 더 리듬을 유지하기가 힘들어지기 때문에 빠르게 움직이면서 리듬을 유지할 수 있는 등산가들은 아주 드물다.

히말라야의 등산가들은 고도가 높은 산을 오르기 위해 가장 좋은 훈련이 무엇이냐는 질문을 자주 받는다. 질문을 하는 대부분의 사람은 가혹한 신체적인 훈련을 받을 뿐 아니라 술과 담배도 가까이하지 말라는 이야기가 포함된 대답을 보통 기대한다. 첫 번째 구비조건이 올바른 정신상태, 스태미나, 리듬 그리고 기술인 이 활동에 있어서, 그런 것들이 큰 도움이 되리라 상상한다는 것은 완전히 잘못된 일이다. 잠시 내가 아일랜드 사람이 되기라도 한 것처럼 이야기하자면, 금욕에 대한 과신은 그 생각이 적용되거나 목표로 삼는 모든 것이 역효과를 끼칠 가능성이 있는 아집을 낳는다. 만일 어떤 사람이 술을 마시는데 절제할 줄 모르거나, 절제를 하더라도 건강을 해칠 정도라면 금주를 해도 좋겠지만, 단순히 막연한 금기가 청교도적인 교훈을 충족시키기 위한 금욕이라면 그것은 도가 지나치는 것 못지않게 도덕적으로 악이며 너무나 많은 경우에 선보다는 오히려 악을 더 많이 발생시키는 불행하고도 병적인 정신 상태를 유발한다. 모든 일에 있어서의 중용이 등반에서는 가치가 있는 유일한 훈련이며, 이 훈련은 리듬과 호흡조절의 계획적인 수련이 동반되어야 한다. 등산, 특히 히말라야 등산에서는 오직 즐거움만 있어야지, 등산이 결코 의무가 되어서는 안 된다.

많은 사람들이 등산을 운동이라고 잘못 알고 있다. 어떤 사람이 신체적으로 활동적이고 건강한 상태를 갖춰야 한다는 것은 당연한 사실이지만, 활동적이고 건강하다고 해서 꼭 운동선수의 몸과 같아야 한다는 뜻은 아니다. 100미터나 1킬로미터, 10킬로미터를 달리는 기록이 훌륭하다고 하더라도, 기술이나 경험의 문제들을 젖혀놓는다면, 그 사람은 산을 오르는 신체적인 여건을 조금도 갖추지 못한 셈이다. 나 자신이 운동에 있어서는 믿을 수 없을 정도로 무능력하기 때문에 이 문제에 대해서라면 나는 어느 정도 자신 있게 이야기할 수 있다. 운동에서 내가 평생에 상을 한 번 타본 것은 크리켓 공 던지기에서뿐이었다.

사람이란 어느 정도까지는 신체적인 여건을 갖출 필요가 있다. 만일 10초 동안 숨을 멈출 수 없거나 맥박이 비정상적으로 높은 사람이라면, 그는 이 두 가지 면에서 정상적인 사람만큼 높은 고도에서 잘 견딜 가능성이 없다는 말을 해도 괜찮을 것이다. 비록 어떤 의사들은 자신들이 그런 능력을 갖추었다고 상상하긴 하지만, 환경의 압박 속에서 어떤 반응을 나타낼 것이냐 하는 데 있어서 인간의 마음을 어떤 방법으로라도 탐색하거나 추정할 능력을 지닌 의사가 아무도 없다는 단순한 이유로 해서, 에베레스트 원정 등반을 위한 후보자들이 신체적으로 적당한지 여부를 결정하는 데 도움이 될 만한 어떤 의학적인 실험도 의사들은 고안해낼 수 없다는 한계에 부딪친다. 이성과 사물의 관계를 이해한 인간은 지금까지 꼭 한 사람밖에 없었는데, 그는 1935년 전(이 책의 초판이 나온 해로서, 서기로 계산하여 예수가 태어났을 때를 의미함—역주)에 살았다. 그때 그는 자신이 성취한 '기적'의 본질을 겨우 실현하고 있었다.

등산가라면 어떤 인간이어야 할까? 이에 대해서는 묘하게도 많은 사람들의 개념을 채색하는 그릇된 관점이 하나 있다. 이 관점이란 성공적인 등산가가 되기 위해서는 어깨가 떡 벌어지고 억센 남자이며, 신체 단련을 위한 통신 강의록의 광고를 위해 너무나 아름답게 사진으로 찍어놓은 울퉁불퉁한 근육들이 몸에 잔뜩 붙어있어야 한다는 선입견이다. 등산에 있어서는 신체 단련과정 전과 후의 대상자들을 묘사하는 사진들을 거꾸로 배열하면 더 잘 맞아떨어지리라는 생각을 나는 가끔 해본다. 권투와 레슬링과 역도 같은 활동에 있어서는 근육을 발달시키는 것이 신체적인 힘을 증가시키는 결과를 가져올지도 모르지만, 등산이라면 산을 두들겨 패거나 들어올리거나 붙잡아 쓰러트리는 일을 필요로 하지 않는다. 오히려 신체 단련에서 생긴 근육이 힘든 등반에서는 불쌍한 장면을 연출해내기 쉽다. 등산은 사람들이 서로 능력을 겨루는 경쟁적인 운동이 아니다. 그것은 인간과 산 사이의 행복한 관계이상의 어떤 경쟁적인 요소도 개입되지 않는 활동이다. 문제가 되는 것이라고는 그 관계를 누릴 수 있을 만큼 어떤 사람의 몸과 마음이 단련되어 있느냐 하는 점이다.

대자연과의 접촉이 가져다주는 정신적인 기쁨과 이성적인 자극, 신체적인 건강, 탁 트인 전망과 아름다움 그리고 자연 그 자체에서 즐거움을 누리는 사람들은 인간들의 투쟁을 달갑게 여기지 않는다. 전쟁은 산에서 꾸며지는 것이 아니라, 도시의 악취 한가운데서 생겨난다. 전쟁이란 오물과 질병의 한가운데서, 길거리와 뒷골목에서, 회의실과 사무실의 답답한 분위기에서 그리고 기계의 소음 속에서 발생하는 집단암시의 산물이다.

인간의 행복과 평화는 처음부터 끝까지 건전한 마음과 건전한 육체에 따라 좌우된다. 인간의 비전을 확대시키는 건강을 수반하는 모든 것은 전쟁을 무덤으로 몰아넣는다. 정상적인 이성을 갖춘 사람이라면 산에서 마을

이 흩어진 평야를 둘러보고는, 첫째 우리의 세계가 얼마나 아름답고 얼마나 숭고하며, 둘째 그 세상에서 평화롭고 행복하게 살지 못한다는 것이 얼마나 어리석은 짓인지 깨닫지 않을 수 없다. 전쟁을 일으켜야 할 '논리적'인 근거를 마련하기란 간단한 일이지만, '논리'는 너무나 많은 경우에 본능과 양심과 상충하기 마련이다. 양심은 전쟁이 어리석고도 잘못된 짓이라고 선언하며, 인간의 의견 충돌을 해결하는 즐거운 방법을 찾아내야만 한다고 주장한다. 양심은 ―적어도 부분적으로나마― 불행을 거쳐야만 행복을 획득할 수 있다는 가혹한 진화론적 신조를 거부한다. 불행은 분명 하느님이 뜻한 바가 아니다. 그렇다면 그것은 인간 자신이 지닌 스스로 결정하는 능력의 결과라는 말인가? 이 세상에서 널리 통용되는 음양의 냉혹한 법칙을 무시할 수는 없지만, 그렇다고 해서 왜 인간은 조금의 행복만을 얻기 위해 그토록 많은 불행을 겪어야만 하는가?

그것은 이제 세상을 벗어난 보다 높은 차원을 향한 절규, 하느님에 대한 절규이다. 우리는 스스로의 의지를 따라야 하는가, 아니면 하느님의 의지를 따라야 하는가? 그것도 아니면 두 가지 모두를? 최근에는 이성적인 면과 물질적인 면에서 도약적인 발전을 성취해, 그 어느 때보다도 훨씬 더 큰 도약을 이루었다. 그것은 미지의 세계로 향한 도약이며, 우리의 문명세계는 이끌어주는 손이 필요하다고 아우성친다. 최초의 원동력이 대자연의 사랑이라고 하는, 비종교적이고 비교리적이고 예식을 섬기지 않는 무엇이, 즉 보다 단순하고 덜 뒤엉킨 무엇이, 고대 철학에 대한 새로운 해석이 필요하다.

우리 주변의 세계가 지닌 아름다움과의 육체적인 그리고 이성적인 접촉을 통해 지금의 세상을 괴롭히고 있는 어려움들에 대한 해결 방법을 찾아낼 수 있으리라고 나는 믿는다. 지금 유럽 전역에서 이루어지는 야외 활동은 엄청나게 좋은 가능성들을 지닌다. 어려움들도 존재하는데, 그 가운데 몇 가지는 등산에서도 드러난다. 과거의 몇 가지 나쁜 성향들, 특히 민족주의적인 성향들이 산에서도 드러난다는 것은 당연한 일인데, 그 까닭은 인간의 편견과 억제력을 하루아침에 떨쳐버릴 수 없기 때문이다. 한심하고도 어울리지 않는 민족주의의 상징인 국기들이 히말라야 원정대의 텐트 꼭대기에서 휘날린다. 만일 1936년에 에베레스트 등반이 이루어진다면, 그것은 영국 등산가들의 위대한 승리라고 칭송될 것이다. 영국의 신문들에는 '영국인의 용기'와 '불도그 같은 영국인의 정신력'을 찬양하는 기사들이 실릴 것이다. 우리는 폴란드 국민을 잃었지만 "어떤 다른 외국 원정대도 에베레스트에 접근할 수 있는 정치적인 허가를 받은 적이 전혀 없다."라는 사실을 편리하게 망각하고는 세상에서 가장 높은 산을 얻었노라고 많은 사람들이 외칠 것이다.

등산 같은 활동에서 민족주의는 반동적이고 개탄할 만한 것이다. 영국의 등산가들 —당연히 그럴 만도 하지만— 유럽 산악계의 추세에 대해 그런 요소를 비난하지만, 그들 자신도 에베레스트를 고스란히 독차지했다는 사실을 기억해야만 한다. 산은 모든 국가의 등산가들이 접근할 수 있어야 한다. 등산은 그 자체가 본질적으로 너무나 자유로운 것이기 때문에 어떤 정치적인 관건이나 편애도 끼어들어서는 안 된다. 등산가들의 우정은 국가들의 우정을 영원히 상징해야 한다.

등산의 흥취를 진심으로 즐기는 사람들이 보이는 몇 가지 양상을 너무 심각하게 받아들일 필요는 없을 것 같다. 나의 이야기는 인간의 경쟁이 지닌 양상을 의미한다. 상업적인 이득을 위해 산을 훼손하는 것은 문제가 다르다. 여기에서는 민족적인 긍지가 좋은 힘이 된다. 영국의 호수지역은 잉글랜드의 영광을 이루는 한 부분이기 때문에 그것을 파괴하는 행위로부터 보호해야 한다는 주장은 옳은 것이다. 그런 자산에 대한 자부심은 훌륭한 감정이다. 그러나 민족주의가 포함된 내용에서 가치가 없는 것은 다른 사람들의 소망과 이상을 마구 짓밟는 종류의 자부심이다.

경쟁적인 등반은 가장 훌륭한 산의 취향에 위배되는 어떤 경직된 관념을 불가피하게 수반한다. 대자연의 성역 안에 인간의 경쟁이라는 열띤 분위기가 끼어들면 대자연은 강간을 당하는 셈이다.

어떤 사람이 다른 사람보다 신체적으로 강하다는 사실은 산에서 별로 의미가 없다. 가장 중요한 자질은 인내심인데, 이것은 흔히 힘과 체중의 비율에 따라 좌우된다. 다시 말하면, 자신의 체중에서 어떤 사람이 더 많은 힘을 낼 수 있으면 있을수록 그만큼 더 좋다는 뜻이다. 나로서는 제시할 통계나 숫자를 가지고 있지는 않지만, 일반적으로 몸집이 큰 사람보다는 체중이 가벼운 사람이 오랜 시간에 걸쳐 킬로그램당 더 많은 에너지를 동원할 수 있으리라는 상상이 간다. 내 생각이 틀렸을지도 모르지만, 산을 오르는 사람들에 대해서 나는 항상 그런 인상을 받아왔다. 영국 공군중앙의료위원회에 의하면, 1933년 에베레스트 원정대에서는 한 사람만 예외일 뿐 모든 대원이 평균치보다 미달이었다. 예외였던 그 한 명의 대원은 심한 병을 앓았다고 한다. 힘겨운 원정의 과정에서 체중이 가장 많이 나가고 가장 힘센 사람이 가장 먼저 쓰러진 대표적인 본보기로서는 해군 하사관 에번스의 경우가 있는데, 계속된 긴장과 장기간에 걸친 고생을 그가 견딜 수 없었다는 능력의 결함은 남극에서 돌아오는 길에 스콧의 원정대가 재난을 만난 원인 가운데 하나로 작용했다. 등산에서는 묵직함과 근육의 힘보다 가벼움과 유연한 민첩성이 더 큰 중요성을 지닌다. 세계에서 가장 높은 산들을 오르려는 주요 원정등반을 위해서는 제법 탄탄한 체격이 필요하지만, 만일 경험과 기술과 정신 상태와 태어날 때부터 가벼운 몸을 고려한다면, 가장 높은 고도에서 등반하는 데 필요한 힘의 잉여분은 비교적 얼마 되지 않을 것이다.

등산을 육중한 체격과 육체적인 힘과 결부시켜 생각하는 사람들의 착각을 깨우쳐줄 이 기회를 갖게 된 것을 나는 기쁘게 생각하는데, 그 까닭은 그런 자질들을 등산보다 덜 필요로 하는 다른 적극적인 활동이 없을 것이기 때문이다. 다른 어떤 활동보다도 등산이 훨씬 더 많은 근육을 적극적으로 동원해야 할지 모르기 때문에 유연성은 중요하다. 권투와 레슬링 그리고 역도선수가 발달시키는 어떤 근육들은 인간 활동의 다른 여러 분야에서는 보탬이 되기보다는 오히려 방해가 된다. 하루의 힘든 등반을 하는 과정에서 등산가는 그의 몸이 유연한 상태로 남아있을 여러 가지 다른 방법으로 많은 근육들을 사용한다. 신체 단련을 위한 어떤 강습도 그 결과에 있어서는 몇 시간의 등반에 당할 수가 없다. 물론 어떤 근육들이 다른 근육들보다 더 발달한다는 것은 사실이다. '독일인 주인님'을 계속 '몰아대는' 가이드의 근육은 감탄을 자아낸다.

어떤 분야의 등산이 육체적으로 가장 고생스러우냐 하는 것은 견해와 경험과 기술의 문제이다. 대부분의 영국 등산가들은 눈과 얼음보다 암벽 등반을 더 좋아하고, 바위가 덜 피곤하다고 느낀다. 많은 알프스 등산가들은 암벽 등반보다 눈과 얼음이 덜 지치게 만든다고 생각한다. 나 자신으로 말할 것 같으면, 눈과 얼음 등반을 좋아하긴 하지만 같은 높이의 산에서는 가파르고 힘든 암벽보다는 계속해서 스텝을 깎아내야 하는 얼음 비탈이 더 힘들다고 느낀다. 스텝을 깎는 것은 타고난 재주이기도 하지만, 에너지를 계속해서 동원해야 하는 일이기도 하다. 다른 곳에서는 몰라도 여기에서는 리듬이 결정적인 중요성을 지닌다. 오랫동안 스텝을 깎아내야 하는 힘든 과정에서는 계속해서 그리고 순조롭게 힘을 동원하도록 해주는 것이 바로 리듬이다.

그 정도는 아니겠지만 똑같은 원칙이 암벽 등반에도 적용된다. 서두르거나 경험이 없는 사람은 필요한 것보다 더 많은 힘을 들이는 것이 보통이다. 요제프 크누벨같이 위대한 암벽 등반가는 여유만만하게 파이프를 뻐끔거리며 그레풍에 있는 머메리 크랙을 빠르면서도 편안하게 올라가는 반면에

나처럼 기술이 모자라는 등산가들은 숨을 헐떡이고 땀을 흘리며 고생을 한다. 리듬은 기술과 결부되는데 리듬은 곧 기술이다. 어려운 곳에서 함께 등반하는 데 익숙한 두 명의 일류 가이드를 보고 있으면 등산이 힘과 에너지에 얼마나 조금밖에 의존하지 않는지 깨닫게 된다. "천천히 서두르라."라는 말은 등산가의 격언이다. 빨리 가면서 자주 휴식을 취하는 것보다 계속해서 천천히 전진하는 쪽이 더 좋다. 어떤 사람들은 빠른 속도로 줄곧 전진할 수 있는데, 그들은 등산의 올림픽 선수나 마찬가지이다. 기술이 훌륭한 등산가는 느긋하게 산을 올라가고, 풍경을 즐기면서 올라갈 수 있는 속도를 항상 유지한다. 너무 빨리 가면 그는 당장 등산과 경치 어느 쪽도 즐기지 못한다.

걸어갈 때는 두 다리가 모든 일을 다 한다고 믿는 것은 잘못이다. 산을 걸어 올라갈 때는 두 다리가 몸에 의해 작동되는 지렛대에 지나지 않는다. 일단 다리에 맡겨 모든 일을 다 하도록 시킨다면 다리는 곧 지쳐버리고 만다. 군대는 위胃로 진군한다고 한 나폴레옹의 명언은 그가 생각했던 것보다도 훨씬 더한 진리의 말이다. 다리의 움직임과 체중의 분배를 담당하는 것은 몸통의 아랫부분이다. 알프스의 가이드는 다리뿐 아니라 몸으로도 걷기 때문에 평지에서는 걸음걸이가 어슬렁거리는 것처럼 보인다. 군대식으로 행진하는 걸음걸이가 표본적인 자세로 받아들여지게 만든 것은 오직 습관과 전통 때문이다. 병사들이 거치는 '고역'이라고 할 모든 신체 훈련에는 피로를 느끼지 않고 장거리를 빠른 속도로 이동할 수 있도록 해주는 한 가지 교육이 누락되었다.

훈련 상태와 멋을 살리기 위해 필요 없는 높이까지 들어 올리는 대신 두 발이 땅에서 거의 떨어지지 않게 어슬렁거리며 걷는 걸음은 단정치 못하다는 소리를 듣는다. 아마도 몽스에서 퇴각할 때 독일군보다 영국군이 이동 속도가 빨랐던 이유들 가운데 하나는 우리 병사들이 지니고 있던 타고난 걷는 능력을 훈련과 전통이라는 무자비한 기능이 독일군들에게 그랬던 것만큼 성공적으로 파괴할 수 없었다는 사실인지도 모른다.

등산에서 행한다는 것과 경험한다는 것은 모두 육체적인 양상이 있는데, 전자는 산을 올라가는 행위이고 후자는 그 행위에서 그리고 기존의 여건에 몸을 노출시키는 상황에서 발생하는 신체적인 결과이다. 등산에서는 몸이 말을 안 든다고 느끼는 것보다 더 비참한 일이 없다. 건강한 산이 사람들에게 건강을 가져다주지만, 산에서 건강하지 못한 상태라면 정말로 불행을 경험하는 셈이다. 건강하지 못한 상태는 높은 고도에 존재하는 여건들이나 단순히 건강의 부재로 인한 것인지도 모른다. 육체가 일시적으로 고통을 받고 있다는 사실을 아는 이성은 의심에 대한 부담을 스스로 떠맡지 않고 미래의 건강에 대해 생각하며 즐거워할 능력을 지닌다. 그러나 다른 원인들로 인해 육체가 건강하지 못할 때의 등산이란 비참한 일거리로 전락한다. 건강하지 못한 상태는 가혹한 부조화를 낳고 육체와 이성에 다 같이 반응을 유발한다. 그런 무능력한 상태를 탈피하기 위해서는 용감한 정신력이 필요하다.

육체가 건강하고 신경과 근육이 이것들로부터 요구되는 바를 충족시킬 수 있을 때는 이야기가 아주 달라진다. 이것은 크나큰 기쁨을 알게 해준다. 건강하지도 못하고 지치고 기진맥진하고 자신감을 잃고, 스스로 하는 일에 대해 회의를 느끼게 되면 비참한 마음이 생긴다. 이런 이유로 해서 사람은 자신이 해낼 능력이 있는 일만 시도해야 한다. 등산가라면 때로 즐거움과 기술의 한계를 넘어서는 상황으로 자신을 몰고 가야 할 필요가 생기기도 하지만, 고의적으로 그렇게 한다는 것은 등산에서 가장 좋은 모든 요소에 대한 횡포이다. 경험과 기술과 힘을 그런 식으로 잘못 사용한다는 것은 흔히 경쟁의 본능을 반영하는 경우가 많다. 자신들과 산을 대치시키는 어떤 사람들은 자신들의 의도가 산을 정복하고 거꾸러트리며 그 위에 밟고 일어서는 것이라고 선언한다. 그들은 올라가는 데는 성공하겠지만 과연 무엇을 얻겠는가? 약간의 추억과 경험? 그러나 대자연은 이런 식으로 접근하는 자들을 싫어하기 때문에 가끔 그들을 죽인다.

등산에서는 다양한 차원의 피로가 찾아온다. 건강하지 못하거나 단련되지 못한 몸으로 인한 피로는 하루 종일 고생스럽기는 하지만 힘에 부치지는 않은 등산 활동에서 오는 피로와는 아주 다르다. 이런 피로는 삶에 대한 만족과 우정과 행복의 감각을 느끼게 한다. 이것은 정신적인 목욕이나 마찬가지이고, 건강의 완전한 반응 가운데 하나이다. 이것은 인간으로 하여금 단순한 활력보다도 더욱 가깝게 산과 접촉하도록 만드는데, 그 까닭은 등산가가 산의 참된 위대함과 산이 그에게 지니는 의미를 깨닫고, 그가 긴장을 풀며 쉴 수 있는 것이 바로 이 피곤한 순간이기 때문이 아닐까? 청각과 후각, 시각, 취각, 촉각 등 인간이 아름다움을 음미할 수 있는 육체적인 감각은 여러 가지가 있다. 이것은 육체적인가 아니면 이성적인가? 이것은 현악기인가, 아니면 악보인가? 이것이 무엇이든 산의 아름다움은 이것을 통해 모습을 드러낸다.

암벽 등반 ROCK CLIMBING

21

이성적인 존재

안전과 성공이 육체와 이성의 작용 사이에서 이루어진 견고한 결합에 의해 좌우되기 때문에 육체에 대해 이성이 발휘하는 통제력이 등산에서처럼 두드러진 활동도 없다. 그러나 이 결합은 종종 무너지기도 한다. 이성과 육체 사이의 불화를 가장 많이 발생시키는 요인은 건강이 좋지 않다는 것이지만, 건강한 사람이나, 적어도 겉으로는 건강하게 보이는 사람도 때로는 이성이 활동하지 못하는 순간을 경험한다.

비행에서는 '의식이 일시적으로 끊어지는 현상'이 잘 알려져 있다. 아마도 노련한 조종사들의 죽음은 대부분 이런 이유로 야기된 것인지도 모른다. 1초나 1초도 안 되는 순간 동안 이성은 육체의 통제력을 상실한다. 이성과 육체 사이의 이 갑작스러운 이탈현상은 산에서도 가끔 일어난다. 이 글을 읽는 대부분의 등산가들은 그들의 삶에서 언젠가는 이성과 육체의 작용 사이에서 순간적으로 통제력이 풀린 때를 경험한 기억이 날 것이다. 거의 예외 없이 이성은 곧장 육체에 대한 통제력을 되찾지만, 그렇지 못한 경우도 있으며, 그래서 사고가 발생하는지도 모른다.

이성은 강렬한 감정이나 암시를 받게 되면 묘한 장난을 치기도 한다. 육체의 피로는 이성에 대해 종잡을 수 없는 반응을 일으킨다. 기진맥진한 등산가는 때때로 지극히 이상한 상상을 하고, 눈이 장난을 쳐 존재하지도 않는 사물을 보게 되거나, 귀가 장난을 쳐 나지도 않는 소리를 듣기도 한다.

피로현상은 아주 이상할 때도 있어서, 두 사람 이상이 비슷한 환각을 일으키기도 한다. 어떤 친구와 나는 언젠가 한차례만 잠깐 쉴 수 있었을 뿐 19시간 동안 굉장히 고생스러운 하루를 경험했다. 힘겨운 상황과 오랫동안 투쟁하고 난 다음에 우리는 정신적인 긴장감과 고생 때문에 기진맥진한 상태로 비교적 안전한 곳에 이르렀다. 빙하를 내려가던 우리는 등산화에서 발산되고 있는 듯싶은 푸르스름한 인광의 광채를 보고 상당히 묘하다고 생각했다. 만일 그것이 환각이라면, 그것은 집단 환각의 흥미 있는 본보기였다.

피곤한 사람들이 일으킨 환각과 시각적인 착각을 서술한 자료는 많이 있는데, 그중 몇 가지 사례는 『알파인 저널』에 게재된 글에서 찾아낼 수 있다. 사우스조지아산맥에 있는 산들을 그와 그의 등반대가 넘을 때 섀클턴이 겪은 것과 같은 경험은 전혀 희귀한 일이 아니다. 나는 에베레스트의 8,400미터 고도에서 혼자 올라가고 있을 때 동반자가 있다는 상상을 했었다. 그런 현상은 이성의 쓰레기통 속에 쓸어 넣어 버리기가 쉽지 않다. 어떤 사람들은 정신적인 존재를 서슴지 않고 인정하면서 피로나 감정이 스트레스를 받은 상태에서는 이성이 심령적인 현상을 받아들인다고 설명할 것이고, 또 어떤 사람들은 그런 경험이 본질적으로 이성적이고 육체적인 경험이라고 주장할 것이다. 그들 양쪽이나 나, 그리고 어느 누구의 생각도 사고思考 형태의 근원을 이해하지 못하며, 그런 현상의 기원에 대해서는 어떤 종류의 관념적인 견해도 용납되지 않는다. 할 수 있는 이야기라고는 어떤 현상은 어떤 여건의 결과로 생겨난다는 것뿐이다. 그런 문제에 있어서는 마음을 개방하는 것이 좋다. 하지만 그것이 무엇이든 그것을 기록해두는 것은 이성이기 때문에 그 문제는 이 대목에서 다루는 영역에 속한다.

이성적인 관점에서 볼 때 등산은 벽돌과 회반죽의 환경에 의해 흔히 사고 활동이 강요받는 사소한 제한으로부터 일시적인 사고의 자유를 제공하며

에귀 블레티에르 AIGUILLE DE BLAITIÈRE

이성적인 자극과 강장제 역할도 한다.

어떤 사람은 산을 아름답다고 생각하고 또 어떤 사람은 추악하다고 생각하며, 어떤 사람은 만물의 구조에서 필요한 한 부분이라고 생각하고, 또 어떤 사람은 조금도 필요치 않다고 생각한다. 어떤 사람은 산을 두려워하고 증오하며, 어떤 사람은 산을 사랑하고, 어떤 사람은 산에 대한 사랑을 지니고 태어나며, 또 어떤 사람은 그 사랑을 나중에 발견한다. 사람들마다 각각 의견도 다르고, 슬픔도 다르고, 행복도 다르다. 산에 대한 다른 사람들의 생각을 높거나 낮은 어떤 수준으로도 유도하기란 불가능한 일이다. 어떤 긍정적이거나 부정적인 본능에 대한 동기를 찾으려고 하기보다는 그냥 싫어하거나 사랑하거나 증오하는 것이 더 좋다. 만일 그대가 산을 사랑한다면 산에 있을 때 그대는 행복을 느끼고, 만일 산을 싫어하거나 두려워한다면 그대는 산에 있을 때 행복하지 못하다는 이야기만 하면 충분하다.

18세기에는 사람들이 산을 싫어하거나 두려워했다. 그 당시에는 사람들이 법의 손에 의해서 육체적인 고문에 시달려야만 했고, 정의란 폭정과 공포에 대한 또 다른 이름에 불과한 경우가 너무나 많았다. 우주의 보다 숭고하고 보다 아름다운 양상에서 사랑과 우정의 원칙을 발견한 사람들이 있긴 했어도, 사람들은 더럽고 추악하게 살았다. 20세기에도 많은 사람이 여전히 미천하고 더러운 삶을 살아간다. 불행한 것이 곧 인생이다. 정치적인 편의나 '애국심'을 구실삼아 사람들이 고문과 살해와 추방을 당했다. 그렇지만, 문학의 경향만으로 미루어 판단한다면, 18세기에는 행복한 인생관을 가지고 있어서, 그들의 환경에서 단순한 덩어리와 놀이와 깊이와 폭과 물질보다 훌륭한 무엇을 보고 표면적인 추악함 속에서도 아름다움을 발견할 수 있는 등장인물이 실제로 존재했던 것보다 훨씬 더 많다. 세상은 발전한다. 사람들이 산에 대해서 느끼는 사랑은 세상의 발전을 보여주는 한 가지 척도이다.

등산기술의 요람이라 할 수 있는 알프스에서 등산이 거쳐 간 단계를 살펴보면 흥미롭다. 탐색이랄까 탐험의 단계에서는 산을 대수롭지 않게 생각하며, 순수한 세기를 보낸 다음 사람들이 탐험하러 나섰고, 동시에 그들이 지니고 있던 미신과 두려움을 정복하기 시작했다. 그다음에는 학문의 시대가 와서, 사람들은 자신들이 산에 대해 가지고 있는 관심은 오직 학문적인 관심뿐이라고 자신을 설득했으며, 그렇게 함으로써 다른 사람들로부터 등산에 대한 그들의 사랑이 조롱당하지 않도록 학문이라는 핑계로 가장하고 보호하는 길을 모색했다. 등산을 학문에서 해방시키고, 그것을 육체적·이성적 자질의 실천과 발전을 위한 터전을 제공하는 활동으로서 세상 사람들에게 개방하기 위해서는 존 볼, 저스티스 윌스 씨, 레슬리 스티븐 경 같은 사람들의 용기가 필요했다. 더디기는 했어도 과거의 거짓들과 금기들이 분명하게 제거되었다. 사람들은 산이 그 자체로서 가치가 있으며, 산에서 모험을 즐기기 위해서 학문적인 구실이 필요치 않다는 사실을 깨닫기 시작했는데, 시인들은 그보다 훨씬 전에 이미 그것을 깨닫고 있었다. 빅토리아왕조 시대의 관습인 질질 끌리는 치맛자락을 밟고 자꾸만 엎어지면서, 등산으로서의 등산은 고된 전진을 했다. 그러나 일단 출발하고 보니 다시는 억누를 수 없게 되어서, 사람들이 생명이 없는 사물 이상의 무엇을 산이 지니고 있다는 사실을 일단 파악하게 되자, 그들은 다른 사람들도 그들의 즐거운 발견을 함께 나누기를 갈망했다. 그렇지만, 우선 등산에 탐닉한 사람들은 주로 고상한 직업을 가졌거나 여유 있는 계층들뿐이었다. 다른 사람들에게는 값싸게 빨리 여행할 수 있는 수단과 시간과 돈이 없었다. 이런 이유로 등산은 배타적이고 심지어는 속물적인 오락이라는 소리를 들었으며, 오늘날까지도 존재하는 이 오명은 전혀 근거가 없는 것도 아니다.

금세기 초에는 그 불길이 점점 더 활활 타올랐다. 그러자 세계대전이 터졌다.

　그 살육 이후에 유럽의 문명세계는 물질적으로 그리고 문화적으로 발전하기 위해 스스로 노력했다. 그 전쟁은 슬프게도 여러 면에서 결점을 지녔으며, 두려움의 나쁜 유산으로 남아 있었는데, 안타깝게도 이 두려움은 살육의 반복을 예방하는 힘을 지니기는커녕 오히려 더욱 가속화하는 것이었으니, 그 까닭은 두려움이 존재할 때는 증오와 투쟁이 자연스러운 부수물이기 때문이었다. 재무장이거나 또는 사회적 또는 경제적 질서의 붕괴나 독재적인 통치는 사람들 사이에서 두려움을 야기하는 모든 것은 틀림없이 어떤 종류의 투쟁을 가져오기 마련이다. 두려움에 대한 해독제는 자유이다. 비록 저마다의 사물이 민유 원동력의 법칙을 따르기는 해도 어떤 의식의 제한도 받지 않을뿐더러 모든 목적과 의도에서 있어서 그 사물에 꼭 맞도록 마련된 길, 그러니까 신의 섭리가 설정한 길을 자유롭게 따라갈 수 있기 때문에 이런 면에 있어서는 우주의 가르침이 가치를 지닌다. 스스로 결정해 행동한다는 신의 능력이 주어졌기 때문에 인간은 자신이 나아갈 길을 추구하는 힘을 지니며, 다른 사람들도 많이 존재하기 때문에 그는 타인들과 끊임없이 부딪치고 충돌할 수밖에 없다. 자연의 힘이 작용하는 방법은 스스로 결정하는 인간의 능력과 일관성이 없다고는 할 수 없으며, 만일 그런 재난의 충돌로 그들을 몰아넣는 두려움이라는 술 취한 조종사를 제거하기 위해 그들의 능력이 미치는 한 모든 수단을 추구하기만 한다면 사람들이 우정 속에서 함께 살아가지 못할 이유도 없기 때문에 인간에게 필요 없는 충돌은 어떻게 피할 수 있는지 가르침에 있어서는 우주의 힘을 공부하는 것이 가치 있는 일이다.

　서양에서 우리가 알고 있는 바와 같이 사회적 및 경제적 체제를 하룻밤 사이에 바꿔놓을 수 있다고 가정한다는 것은 가당치도 않은 일이지만, 그 변화가 가능한 것이기는 하다. 자연의 힘을 통제한다는 것이 발전에 저해 요소가 될 만한 이유가 없는 듯싶지만, 기계의 발전에 입각해서 보면 세상이 퇴보할지도 모른다. 그러나 사상의 차원에서 발전이 이루어지는 한 정말로 중요한 것은 그 발전이 전부이다. 행복이 기본적으로 사랑에 의존하고, 삶이라는 것이 음식과 집과 따스함 이상은 하나도 더 요구하는 바가 없다고 하면, 발전은 만물의 자연스러운 질서의 한 부분으로 계속되어야만 한다.

단순성은 행복의 기초이다. 이 기초적인 사실을 파악하고 나면, 우리가 늘 익숙해져 있기 때문에 필연적이라고 여겨지던 굉장히 많은 것들을 제거할 수 있으며, 그와 더불어 인간의 많은 불행도 제거할 수 있다. 물질주의적인 가치관의 재조정에 실패한다면, 이른바 문명세계라고 하는 우리의 세계를 일시적으로 무너뜨리는 것만이 유일한 해결 방법이다. 문명세계의 중심지를 폐허와 질병과 기근이 휩쓸어버리고 나면, 가장 엄격한 의미에서 인간의 존재와 행복에 불필요한 모든 것을 파괴해버리고 나면, 인간은 삶의 기본적인 본질을 발견하게 될 것이다. 이것은 하나의 강력한 해결책이지만, 인간의 가치관을 제조정하는 데 실패하고 나면 그것이 행복으로의 유일한 길처럼 여겨진다. 인위적으로 창조된 그의 문명세계가 지닌 피상적인 양상에 의해 인간에게 부여된 조건에 인간이 스스로 적응할 수 있느냐 하는 문제가 야기된다. 만일 그럴 수 있다면 좋은 일이어서, 그는 엄청나게 힘든 무엇을 성취하는 셈이다. 만일 그렇지 못하다면 어떤 타협도 영원히 만족스러울 수는 없어진다. 그때 일어날 수 있는 가장 좋은 일이란 현재의 질서를 파괴해버릴 만한 규모의 전쟁과 질병과 기근이고, 그 가운데 살아남는 사람들은 그 폐허에서 더 좋은 무엇을 건설하는 일을 시작하게 된다.

이 모두가 산에 대한 인간의 정신적인 자세와는 동떨어진 것처럼 보일지도 모르지만, 사실은 밀접한 연관이 있다. 산은 사람들을 복잡한 생활양식으로부터 멀리 떨어져 있게 할 뿐 아니라 인간이 행복해지기 위해서는 음식

아들러호른에서 ON THE ADLERHORN

과 집과 따스함 이외에는 아무것도 필요치 않다는 사실을 그들에게 가르친다. 산은 그들로 하여금 현실을 직시하게 해주고, 그럼으로써 소박함이 행복함과 연관이 있다는 소중한 교훈을 가르쳐준다.

이런 까닭으로 자연스러운 만물의 질서와 가까이 접하게 만드는 경향을 지닌 모든 발전은 인간에게 소중하기도 하려니와 균형의 감각을 얻도록 도와주기도 한다. 사고력을 지닌 사람은 누구라도 산에서 번잡한 평원을 내려다보면 사물의 상대적인 중요성을 생각하지 않을 수 없다. 단순한 관점을 지닌다는 것은 보다 넓은 관점을 취하는 셈이다. 우리의 믿음이 무엇이든, 평야에서 살 때 행복을 추출해내고자 했던 우리의 신조가 무엇이든, 우리는 산 위에 서면 지금까지 우리를 혼란에 빠지게 만든 사물이 분명해지는 것을 깨닫게 된다. 산에서 우리는 만족스러움에 대해 만족해 할 줄 안다.

22
정신적인 존재

산을 사랑하는 사람은 자신의 육체적인 힘과 이성적인 의식을 통해 자기 자신을 표현할 수 있는 매체 이상의 무엇을 산에서 발견하는데, 그 까닭은 산이 한 인간으로부터 가장 훌륭한 자질을 끌어낼 뿐 아니라, 순수한 사고를 통해서만은 설명이 불가능하기 때문에 이성적인 차원을 벗어난 힘에 그를 융화시키는 보다 깊은 인식에 입각해 가장 깊은 내면의 생각을 해석하는 힘을 지니고 있기 때문이다. 우리는 아름다운 풍경을 분석하고, 어느 정도까지는 그것을 묘사할 능력을 지니고 있을지 모르지만, 그래도 거기에는 분석의 손길을 거부하는 어떤 자질이 있다. 산에는 분석을 거부하는 어떤 요소가 존재한다. 그것을 산의 영혼이라 해도 좋고, 무엇이라고 불러도 좋지만, 왜 산이 인간을 능가하는 힘을 지니고 있으며, 왜 시인과 화가는 그들의 시와 그림에 적절한 소재를 산에서 발견하는지 아직까지 아무도 설명하지 못한다.

이것은 물론 모든 아름다움과 추악함, 모든 선과 악에 적용된다. 우리는 결과를 평가할 수 있을 따름이다. 그 뿌리가 어디에 있으며 왜 우리는 그런 식으로 반응을 보이는지, 우리로서는 추측조차 할 수도 없다. 산은 행복을 가져다준다. 왜? 활기를 되찾은 신진대사를 통해서? 근육의 훈련과 발달을 통해서? 일반적인 삶의 온갖 짜증스러운 일과 근심걱정에서 벗어난 휴식을 통해서인가? 그것은 완전한 설명이 아니다. 육체적인 면들에 대해서

조차도 우리의 지식은 아주 제한되어 있다. 인간의 신경이 무엇이며 두뇌가 어떻게 활동하는지 아무도 알지 못하고, 전기에 대한 설명도 아직 이루어지지 않았다. 그렇다면 우리가 어디가 잘났다고 그토록 한심하게 제한된 지식을 가지고 어떤 육체적이거나 이성적인 현상에 대한 이론을 내세운다는 말인가? 내가 무엇이 잘났다고 나로서는 아무것도 알지 못하는 주제에 대해 글을 쓰겠다고 나선다는 말인가? 나는 내가 느끼는 바에 대해서만 글을 쓸 수 있고, 내가 느끼는 바가 곧 나의 존재이며 내가 생각하는 것은 — 모든 재치나 이해력을 동원해도 불가능한 일이지만 — 나의 느낌을 표현하려고 내가 짜내는 피상적인 수단에 지나지 않기 때문에 나에게는 내가 느끼는 바가 생각하는 바보다 한없이 중요하다.

따라서 내가 만약 주라의 산에서 동이 틀 무렵에 몽블랑의 풍경을 본다면 나는 다양하고도 이상한 감각을 경험하게 될 것이다. 영감을 불러일으키는 한 편의 산문이나 시나 음악이 어떤 사람들에게 눈물의 선이나 혈액의 순환이나 호흡기관에서 자극하는 바와 같은 육체적 반응을 나는 경험하게 될지도 모른다. 내가 왜 이런 감각을 경험하는지, 어떤 사람은 완전히 다른 종류의 감각을 느끼거나, 어쩌면 아무런 감각도 느끼지 못하는 반면 왜 나는 특정한 양상의 감각을 느껴야 하는지 아무도 나에게 이야기해줄 수 없다. 이것을 설명할 수만 있다면 우주의 중요한 문제 가운데 하나가 해결되는 셈이다. 아름다움이 무엇인지 우리는 알아야만 한다.

어떤 사람들은 인간의 감정을 주파운동과 에너지 발산에 의한 것이라고 설명하려 애쓴다. 모든 것이 어떤 형태로든지 에너지를 발산하는데, 이 에너지가 감각을 통해 두뇌에 영향을 끼치고, 그러면 두뇌는 이 에너지를 신경의 반응이라는 형태로 전환시킨다고 그들은 말한다. 만일 이 이야기가 사실이라면 한 발자국 더 나아가 다른 형태, 그리고 형태와 색채의 결합이 다른 파장을 발산한다고 말하기는 쉬운 일이다. 따라서 몽블랑은 동이 틀

산의 영혼

무렵 바로 그 특정한 새벽의 정확한 상황에 의존해 그 나름대로의 파장을 발산하고, 주파와 파장과 진폭 등에 따라 어떤 특정한 사람에게 그 영향력을 발휘한다. 마찬가지 방법으로, 그 특정한 사람은 갖가지 요소에 의존해 동이 틀 무렵 몽블랑을 '받아들이는' 과정을 거친다. 만일 어떤 사람이 장님이라면 새벽녘의 몽블랑이 그에게 어떤 영향을 끼친다는 것은 분명히 불가능한 반면, 심한 복통을 일으킨 사람이라면 받아들이는 기능들로 하여금 비명을 지르게 만들고, 그 풍경이 격렬하게 흔들려 공감을 느끼지 못하도록 만든다.

이것은 재미로 따져볼 만한 관념이며, 그들을 혼란에 빠뜨리는 사물을 물질적인 관점에 입각해 설명하고 난 다음에는 그들의 지능을 동원할 만한 가치가 있는 또 다른 문제로 멋지게 넘어가기를 좋아하는 사람들로서는 특히 받아들이고 싶어 할 만 한 것이다. 그러나 이 이론이 옳다고 가정하더라도 한 발자국 더 나아가서 문제의 파동이 정확히 무엇으로 이루어졌으며, 도대체 어떻게 그것이 존재하게 되었는지 정확히 설명하기는 이 사람들까지도 약간 어렵다고 느낄 것이다.

온갖 대상에 관한 갖가지 사고의 방향은 모든 긍정적 에너지가 발산되어야 하는 중심을 이루는 가장 높은 정점, 즉 사람들이 신이라 일컫는 순수한 지능의 정점을 파악하도록 이끌어준다. 따라서 아름다움에 의해서 자극받은 모든 감정은 신으로부터 직접 영감을 얻은 감정인 반면, 악에 뿌리박은 감정이란 신의 선물이기 때문에 신에 의한 직접적인 통제가 불가능하고 인간이 스스로 결정하는 힘의 어떤 상호작용으로 인해 특정한 어떤 여러 사람이나 한 사람에게만 작용한다. 선과 악 사이에서 결정을 내리는 유일한 요소는 양심뿐이다.

가설이라고 밖에 할 수 없는 이런 가상적인 추측은 산에서 사람들이 얻게 되는 육체적인 혜택 이외의 것은 설명할 수 없으며, 무미건조하기 짝이 없는 이 주장은 시작한 곳에서 그냥 끝날 수밖에 없음을 암시한다. 때때로 산에서는 생각하는 것보다 느끼는 것이 더 좋다. 행복으로 말할 것 같으면, 믿음이 쉽사리 성취할 수 없는 것은 그 어떤 것도 사고력으로 달성할 수 없다. 우리는 산에서 무한한 아름다움을 그리고 그 아름다움에 대한 반응을 통해 신의 개념으로 가도록 인도받는다. 눈에 보이지 않는 대상에 대한 믿음은 우리로 하여금 그렇게 믿도록 하려는 어떤 사람들의 생각처럼 삶의 실질적인 문제를 회피하려는 비겁한 태도가 아니며, 그것은 분명히 그 문제의 의미를 파악하려는 분명하고도 논리적인 길이다. 다른 여건들이 똑같다면 불행한 것보다는 행복한 쪽이 더 좋고, 만일 어떤 사람이 어느 한 가지 믿음 속에서 행복을 느낀다면, 그가 무엇을 믿느냐 하는 것이 무슨 문제가 되겠는가? 만일 그 참된 믿음이 무엇이든 만일 어떤 사람이 참된 믿음 속에서 불행해진다면, 우상 숭배를 통해 그가 행복해진다는 것이 그 사람 자신을 위해서, 그리고 그가 접촉하는 사람들을 위해서도 더 좋다. 현명한 자의 지옥보다는 어리석은 자의 낙원이 훨씬 바람직하다.

영혼이 죽지 않는다고 믿는 것 역시 문제의 회피는 아니다. 산에서 가끔 내가 직접 경험한 바에 의해 나는 지능도 죽지 않는다는 확신을 갖게 되었다. 이런 믿음 없이는 진화라는 관념 전체가 무너지고 만다. 어떤 창조적인 힘도 단순히 파괴하기 위해 창조하거나, 아무리 스스로 내린 결정의 직접적인 영향은 아니더라도, 그냥 일시적인 기분에 따라 어떤 사람들에게는 불행을 그리고 또 어떤 사람들에게는 행복을 가져다주리라고는 믿을 수 없다. 영생을 믿지 않는다는 것은 신에 대한 믿음이 없음을 의미하고, 신을 믿지 않는 자세는 조금이라도 사고력을 지닌 사람에게는 불행하거나, 적어도 행복하지 못한 삶을 의미한다.

과학은 물질을 파괴할 수 없다고 우리에게 가르친다. 그 가르침 자체는 어떤 형태로든 영생이 존재함을 암시한다. 순전히 개인적인 관점에서 이야기하자면, 산 위에 올라가 눈앞에 탁 트인 지평선을 바라보며 이런 말을 한 다는 것은 나에게 단순한 기쁨 이상의 그 무엇을 준다.

"이곳에 나는 존재한다. 내가 이 세상에서 생각하고 있는 바와 같은 삶은 언젠가 나에게서 떠나가지 않으면 안 된다. 흙에서 생겨난 나의 육신은 다시 흙의 한 부분을 이룰 것이며, 그 원자들은 지금 내 눈앞에 펼쳐진 이 아름다움의 창조에 기여한다. 기막힌 일을 해내기는 하지만 이 두 눈 그 자 체도 썩어서 먼지가 될 것이며, 창조의 아름다움과 영광을 나로 하여금 즐 기게 해주려고 나를 이곳까지 끌고 올라온 이 심장과 폐와 눈, 무엇을 잡고 끌어당기는 이 두 팔, 몸을 전진시키는 이 두 다리는 현재의 모습을 더 이상 유지하지 못하리라.

그것들은 나에게 더 이상 소용이 없으리라. 집은 산산조각 부서졌지만, 그 안에서 살던 사람은 다른 곳으로 그냥 거처를 옮겼을 따름이다. 이 아 름다움은 조금도 상실될 수 없다. 내 앞에 펼쳐진 이 산들, 내 위로 펼쳐진 이 하늘, 내 시선이 그 안에서 안식을 찾으려는 이 거리감, 내가 등반한 이 산은 기억과 경험과 한 부분, 즉 나의 한 부분이 되었다. 내가 무한대를 응 시하며 우주와 너무나 기분 좋게 결합할 수 있을 때는 시간도 공간도 죽음 도 아무 문제가 되지 않는다. 두려워할 것이 하나도 없다. 이해력이 부족 하기 때문에 나는 우주의 찬란함과 영광에 압도당하는지도 모른다. 나는 절벽이나 얼음 비탈 위에서 육체적인 두려움을 느낄지도 모른다. 그러나 궁 극적으로는 아무 두려움도 존재하지 않고 오직 사랑만이, 하느님의 사랑 만이 존재한다는 것을 나는 안다."

23
인연

어떤 두 사람도 산이 지닌 의미에 대해 똑같은 생각을 하는 경우가 없다는 사실을 나는 경험이 나에게 가르쳐주었기 때문에 나 자신의 즐거움과 이익만을 위해서 쓰인 이 책에서 표현한 견해와 느낌에 모두 다 공감해야 한다고 기대하지는 않았다. 그러나 만일 아직은 산을 '발견'하지 못했으며, 도대체 '이 친구가 산에 대해 왜 이런 식으로 글을 쓰는지' 그리고 '도대체 이 이야기가 무슨 소리인지' 직접 가서 스스로 보고 싶은 욕망에 사로잡히는 결과를 가져오는 종류의 사고를 몇몇 사람에게 내가 깨우쳐주기라도 했다면 나는 무척 만족할 터인데, 그 까닭은 인류의 평화와 행복은 창의력이 뛰어난 천재성의 응용을 통한 피상적인 안락의 확보와 천연자원의 개발에서만이 아니라, 아름다움의 음미, 특히 대자연이 지닌 아름다움의 음미로부터 얻을 수 있다는 것이 나의 굳은 확신이기 때문이다.

한 가지 자질을 발전시키기 위해서는 다른 한 가지 자질을 희생해야 하는 그런 활동들이 많다. 어떤 사람들은 두뇌보다 근육을 발달시키려는 경향이 있으며, 또 어떤 사람들은 이성의 민첩함을 발전시키지만, 육체적인 건강은 소홀히 하는 경우도 있다. 산은 인간의 육체적, 이성적, 정신적 요소들을 모두 하나로서 조화를 이루도록 융합시키는 능력을 지녔고, 아직은 중요하지 않은 사물들의 용광로에서 기본적이면서도 가장 소박한 것들이 낮은 차원에서 크게 보이도록 노출시키는 능력도 지녔다.

산이 지닌 가치는 한 가지 양상에서는 중심을 이루는 한 정점, 즉 행복으로 집약될 수도 있다. 산의 아름다움은 산을 사랑하는 사람들로 하여금 행복을 발견하도록 해준다. 사람들은 다양한 방법으로 행복을 발견하는데, 어떤 사람들은 산에서 그것을 발견한다. 왜 산은 행복을 느끼게 해주는 것일까?

나는 이 책에서 내가 산에서 돌아다니며 거두어들인 행복을 조금이나마, 보험과 친구와 건전한 운동과 교묘한 기술과 아름다운 환경과 추억을 조금이나마 이야기해보려 노력했다.

등산은 산을 오르고 명상을 함으로써 육체적인 요소들과 정신적인 요소들이 결합되도록 해주기 때문에 즐거운 활동이다. 우리가 종사하는 일반적인 직업에서 야기되는 짜증스러운 골칫거리들을 벗어나 건강한 운동과 이성의 휴식이라는 분명한 혜택을 얻는다는 것은 젖혀두더라도 등산은 끊임없는 분석과 처리와 경계를 요구함으로써 두뇌를 훈련시키며, 도시 생활의 정신없는 혼란을 겪고 난 다음 이성과 영혼이 목욕하는 듯한 평화의 삶을 가져다준다.

등산은 평상시에 우리가 살아가는 환경으로부터 벗어나고, 심지어는 평상시의 우리 자신으로부터 벗어나는 휴가를 마련해줄 뿐 아니라, 문명세계의 인공적인 환경과 긴박한 상황들이 촉진시키기는커녕 오히려 저해하는 경향을 보이는 자연스러운 기능들을 발전시킨다.

어떤 사람들은 휴식과 오락을 위해 산을 찾고, 어떤 사람들은 산을 단순히 자신들의 육체적인 에너지를 과시하는 터전이라고만 간주하고, 어떤 사람들은 산에 간다는 것이 삶의 한 가지 본질적인 조건이라는 사실을 안다. 따라서 그 접근 방법에 있어서, 그토록 많은 방법이 연관되는 주제이며, 그토록 복합적인 주제를 놓고 일반론을 이야기한다는 것이 불가능하다. 중요한 것은 즐거움뿐이다. 이점에 있어서 그 접근 방법이 무엇이든 산은 한

없이 많은 선물을 베풀어준다.

행복의 가장 훌륭한 척도는 기억력이다. 기억 속에서는 산이 줄기차게 지속된다. 산은 의심과 불만의 음침한 그림이다. 그리고 눈부시게 두드러진 채색을 해주고, 사람들의 삶에서 진실을 덮어버리는 경향이 있는 종교적, 정치적 그리고 심리적인 이념들을 뚫고 단 한 가닥 눈부신 광선처럼 비추어준다.

대자연을 사랑하는 사람들은 항상 대자연의 노래를 들으며 살아가고, 높고 야성적이며 고적한 곳들의 노래가 등산가의 귓전에 영원히 머물고, 우주의 아름다움과 리듬은 그의 인식 언저리에서 영원히 서성인다. 아름다움은 기억 속에 영원히 남아있어서, 한 번 보고 한 번 알게 된 아름다움은 성장하는 과정에서 영혼이 얻은 하나의 경험으로서 영원히 변할 줄 모른다.

완전한 산의 추억이란 시간이 패배하여 등산가로 하여금 찬란하게 아름다운 어떤 풍경을 다시 보거나, 머릿속에서 어떤 도전도 받지 않고 섬광처럼 스쳐지나가는 그 순간적이면서도 중대한 어느 장면에 나타나는 어느 친구의 목소리를 듣게 만드는 그런 추억이다.

활동하지 않는 명상의 순간 동안에는 가장 쉽게 추억을 되불러 일으킬 수 있다. 어떤 사람들은 명상을 비현실적인 인생관과 결부 짓는 경향이 있다. 시간의 노예가 되어 허둥거리는 이 서방세계에서는 사람들이 과다할 정도의 활동한다. 이런 차원의 삶에서는 부정적인 요소가 없다면 긍정적인 요소의 존재가 불가능하고, 활동은 무활동과 상반되는 개념으로서만 파악이 가능하다. 따라서 만물의 체계에 있어서는 무활동이 필요하다. 우리는 잠을 자는 동안 무활동을 경험하지만, 이것은 의식적인 무활동과는 같지 않다. 부정적인 요소는 그것이 지닌 기능을 제대로 파악하기 위해서는 그것을 보완하는 긍정적인 요소를 의식하지 않으면 안 된다.

육체적인 긴장을 풀면서 동시에 현재의 일상으로부터 생각을 이탈시켜 그것을 기억이 암시하는 어떤 곳에 적용시키거나, 육체적인 인식의 범주를 벗어난 정신적인 힘에 그것을 융화시키는 행위는 이성과 영혼의 목욕을 즐기는 행위와 마찬가지이다. 동양에서는 본질적이지 않은 과잉 생각을 제거하기 위해 이성을 훈련시키는 명상의 가치를 오래전부터 인정해왔다. 이성에 활력을 불어넣기 위해 하루에 반 시간씩이라도 그런 식으로 보낸다면, 그 가치는 엄청난 것이다. 산은 명상의 가치를 깨우쳐준다.

등산가는 육체적인 운동에서뿐 아니라 등산이 마련해주는 이성의 휴식에서도 혜택을 누린다. 등산 휴가에서 돌아오고 나면 그는 도시생활에서 여러 달 동안 삶을 지탱해나갈 수 있을 만큼 건전한 무엇을 휴가 자체에서뿐만 아니라 그 기억에서도 찾아낸다.

시간은 팔과 다리를 지치게 만들지 모르지만, 산을 오르겠다는 단순한 욕망 이외에도 만일 산에 대한 어떤 느낌을 지니고 있는 사람이라면, 시간이 아무리 흘러도 그는 산에 대해 싫증을 느끼지 않는다. 산을 사랑하는 사람은 산을 오르기보다는 그냥 산속에 있기를 더 좋아한다. 젊은 시절에는 그가 지닌 육체적인 에너지에 대한 노예나 마찬가지이지만, 시간이 흐름에 따라 그는 에너지와 애정 사이에서 균형을 찾는 길을 터득한다. 그는 육체적인 면에 대한 광신자에서 차츰 철학자로 변모한다. 그리고 나이를 먹게 되면 그가 산에 대해 느끼는 사랑은 그가 육체적인 힘을 상실함으로써 품게 될지도 모르는 헛된 아쉬움도 배제하도록 해준다.

내 생각이 옳은지 잘못인지는 오직 시간만이 나에게 증명할 수 있겠지만, 나는 오래 살게 되더라도 나의 신체적인 한계성에 대해 조바심을 내지 않으리라는 기분이 든다. 나는 터벅터벅 산으로 걸어가기에 충분할 만큼의 기운밖에는 요구하지 않겠다. 나는 높은 산 밑에서 물끄러미 올려다볼 수 있는 계곡 정도에서 스스로 만족해야만 할지 모르지만, 그래도 소나무에서는 늘 맡았던 향기가 날 것이고, 꽃들은 전처럼 신선하고 화려할 것이며, 개울은 변함없이 같은 노래를 부를 것이다. 늙어도 나는 다시 태어난 듯 보일

동이 틀 무렵의 몬테로사 MONTE ROSA AT DAWN

터이고, 팔다리가 나를 데리고 갈 수 없는 곳으로 환상이 나를 데리고 갈 것이며, 기억력이 나의 길잡이가 될 것이다.

산에 대한 사람들의 느낌을 보편화해서 이야기하기는 불가능하지만, 그래도 나는 자연의 아름다움을 후대 사람들이 더 깊이 음미하게 되리라 믿는다. 어쩌면 우주의 힘과 우리 사이의 관계와 육체와 이성과 영혼 사이의 관계에 대해 꿈도 못 꾸던 발견을 하게 될 고비에 우리가 처해 있는지도 모른다.

세계와 바다와 대지와 산은 진화의 변화에 따르기는 하지만 사람들의 발전을 이끄는 변화와는 아주 다른 면을 따르는 기본적인 요소들로서 두드러져 나타난다. 스스로 결정을 내리는 능력을 지닌 인간의 창조와 진화처럼 복잡한 실험이 비교적 거의 변형이 없는 환경 속에서 시도가 이루어진다는 것은 우주의 궁극적인 기적이다. 이것은 필요한 실험이며 섭리에 의해서 가능해진 실험이라는 사실을 우리는 추정해야만 하고, 일단 추정하고 나면 스스로 결정하는 우리의 재능을 가능한 한 가장 잘 사용해야 한다. 그리고 이것은 이 문제에 우리들이 결부 짓는 어려움과 이것이 지닌 내적이고 기본적인 요인들에 대한 소홀한 태도로 인해 더욱 짜증스럽게 된 문제를 위한 해결방법을 찾아내느라고 지쳐버린 우리의 사고력이 왜곡과 회전을 중단하고, 존재하는 줄은 알지만 우리로서는 명시할 수 없는 창조의 힘과 평화로운 조화를 이루며 머무를 수 있는 대자연의 소박함과 정적 속에서 우리가 스스로 이루어놓은 혼란을 보상해주는 위안과 영감을 찾도록 하라고 우리들에게 알려준다.

그래서 우리는 몸과 이성과 영혼이 새로워진 상태로 산에서 돌아와 일상의 문제들과 다시 투쟁을 계속한다. 얼마동안 단순하고 현명하고 행복한 삶을 살았고, 훌륭한 친구들을 사귀었으며, 멋진 모험을 했다. 산은 우리에게 산을 창조한 신에 대한 사랑과 우리의 믿음에서 만족을 구하도록 가르쳐주었다.

초판 옮긴이의 말

산을 걷는 명상가

안정효

나는 프랭크 스마이드Frank Sydeny Smythe의 책『산의 환상The Mountain Vi-
sion』을 번역한 적이 있는데, 역시 그는 명필가라는 생각이 든다. 등산을 운
동이나 도전이라고 생각하지 않고 명상하기 위한 산책이라고 생각하는 사
람인 그는 산을 걷는 명상가이다.

산을 다니며 삶과 인간과 우정과 우주 그리고 히틀러의 전쟁을 담담히
풀어내는 이 책을 우리말로 옮김에 있어서, 영어와 지리 외에는 모조리 낙제
만 하던 소년이 성장해 산의 사랑을 발견하는 과정을 거쳐 자연의 아름다
움과 조화와 평화로움을 노래하는 등산 문학인이 되는 스마이드의 문장이
제공하는 묘미에 대해서는『산의 환상』후기에서도 밝힌 바가 있으므로 여
기서 반복하고 싶지는 않지만, 어쨌든 더디고 힘든 작업이긴 했지만 그의
책을 번역하는 일은 기쁨이었음을 밝혀두고 싶다.

1900년에 출생한 영국 등산가 스마이드는 1949년에 사망했으며, 1930
년 칸첸중가 국제원정대에 영국 대표로 참가했다. 그는 영국의 에베레스트
원정등반도 1933년과 1936년 그리고 1938년 세 차례나 참가한 인물이다.

그가 문명文名을 날리기 시작한 것은 칸첸중가 등반 때《더 타임스》의
특파원을 맡아 그의 글이 외국어로 번역되어 널리 읽히는 등 세계의 산악인
들로부터 주목을 받게 된 무렵부터였는데, 그는 별로 길지 않은 생애를 살
았으면서도 무려 27권에 달하는 훌륭한 산악 저서를 남겼다.

30년 세월과 산

안정효

펄 S. 벅의 소설 『북경에서 온 편지*Letter from Peking*』(1957)에는 인간이 나타나는 바로 그 순간부터 아름다운 자연은 더러운 때를 타고 망가지기 시작한다는 대목이 나온다. 산과 강, 숲과 들은 인간의 손이 닿지 않아야 아름다움을 그대로 간직한다는 뜻이다. 산의 영혼은 그렇게 생겼다.

산수화나 풍경화를 아무리 잘 그려놓아도 그림 속의 나무와 바위는 콘크리트 도시를 벗어난 숲과 산의 울퉁불퉁한 바위나 푸른 나무의 아름다움을 버금하는 데서 그친다. 낙엽이 진 앙상한 나무 한 그루가 겨울 삭풍과 하얀 눈 속에서 홀로 비탈을 딛고 버티는 모습을 보면, 조금이라도 햇빛을 더 받기 위해 가지들이 밑동으로부터 점점 갈라지며 뻗어나간 구조가 오묘하기 이를 데 없다. 그리고 바위에 박힌 여러 빛깔의 무늬는 수천만 년, 수십억 년 쌓이고 눌려 굳어버린 우주와 땅의 파란만장한 역사를 어둠의 추상화처럼 보여준다.

그림은 아무리 잘 그려도 몇 시간이나 며칠 만에 완성된 작품이지만, 자연은 영겁의 세월이 빚어낸 명작이다. 잠시 어지러운 세상을 사는 촌음 동안에 인간은 오랜 세월 비바람과 햇살을 받으며 이루어진 자연의 아름다운 형상을 잠깐씩 가끔 구경만 하고 떠난다. 험악한 모양의 바위와 우람한 나무를 인간이 경배해야 하는 이유다.

인생에 대하여 많은 질문을 던지는 영화 「죽기 전에 꼭 하고 싶은 것들*The*

Bucket List」에서는 소리 없는 산의 소리를 언급한다. 험한 날씨 때문에 에베레스트 등반을 포기하고 잭 니콜슨과 함께 홍콩으로 간 모건 프리먼은 혼자 호텔 식당으로 술을 마시러 내려가서, 합석한 흑인 창녀와 에베레스트의 티베트어 이름 초모룽마Chomolungma가 '세상의 여신'이냐, 아니면 '눈의 여신'이냐를 놓고 따지면서 대화를 시작한다.

여자는 에베레스트를 8,000미터까지 올라갔었다며 그곳의 하늘 이야기를 한다. 에베레스트의 높은 곳에서 낮에 본 하늘은 푸르지 않고 검은 빛이라고 그녀가 알려준다. 햇빛을 반사할 공기가 부족하기 때문이라고도 한다. 그렇게 인간은 산과 자연의 신비에 대해 알지 못하는 구석이 많다.

그녀는 또한 밤하늘의 무수한 별을 이야기한다. 마치 하늘에 구멍이 뚫려 천국에서 별들이 소나기처럼 쏟아지는 듯한 광경이라고. 인간의 발길이 닿지 않는 곳의 자연은 먼지와 소음에 찌든 도시의 풍경과 그렇게 다르다.

서울의 하늘에서는 전깃불이 별빛을 지워버린다. 그러나 시골로 나가 겨울 하늘을 보면 유리처럼 와르르 부서져 백설이 덮인 하얀 들판으로 한꺼번에 쏟아질 듯 수많은 별들이 총총하다. 자연의 한가운데로 들어가기 전에는 볼 수가 없는 풍경이다.

1991년에 필자가 발표한 바다낚시 소설 『미늘』이 SBS-TV 개국 프로그램으로 제작되었을 때는 이런 신비가 나타났었다. 소설의 주인공으로 등장시킨 오랜 친구 한 전무, 동네 낚시꾼 몇 명과 함께 필자는 갯바위 현지 촬영을 도와주려고 남해 바다로 출동했다. 며칠 동안 나로도와 평도에서 촬영을 마치고 밤에 여수로 돌아오던 중이었는데, 배의 고물을 따라 거대한 다시마처럼 형광 초록빛 띠가 공포영화의 괴물 형상으로 우리들을 한없이 따라왔다. 섬뜩한 기분이 들어 선장에게 물어보니, 플랑크톤이 물살을 타고 떠올라 뿜어내는 빛이니까 무서워하지 말라는 것이었다. 이 생명의 빛깔 또한 도시인이 보지 못하는 자연의 모습이다.

모건 프리먼의 영화는 에베레스트 정상에서 들려오는 정적 소리도 언급한다. 모든 소리가 사라진 절대 침묵의 소리 말이다. 그런 적막한 고요함은 겪어보지 못했지만 필자는 빛이 완전히 사라진 공간 또한 체험했다. 1995년 《국제신문》에 연재했던 정치소설 『태풍의 소리』를 여섯 권으로 개작해 현암사에서 출판하려고 전남 고흥 도덕면 수문뒷개에서 4개월 동안 칩거하던 무렵이었다. 그곳 언덕 너머 외진 바닷가에는 집이 두 채뿐이었고, 약초를 재배하는 집의 가족 네 사람이 잠자리에 든 다음, 밤이 되면 득량만 바닷가에서는 빛과 소리가 모두 사라졌다. 그믐에 달이 없을 때 마당으로 나가면 내 발조차 보이지를 않았다.

산과 바다의 영혼은 너무나 순결해 바람조차 움직이지 않는 시간이면 그렇게 영혼이 아무 소리를 내지 않는다. 자연의 시인 프랭크 스마이드는 산에서 일어나는 이런 온갖 별천지 신비를 이야기한다.

*

사람들의 취향과 생활방식이 너무 빨리 바뀌어 이제는 겨우 5년이면 한 세대가 지나가는 듯 세상이 숨 가쁘게 달라진다. 하지만 정보통신 산업이 발달하고 인터넷이 등장하기 전에는 한 세대를 30년이라고 했다.

그 30년짜리 한 세대 전의 일이었다. 산악인이며 자연보호 운동가인 이수용 씨가 산과 자연 분야의 책을 전문으로 하는 출판사를 차리겠다며 찾아와서 번역을 청탁한 책이 『산의 영혼』이었다. 최근에야 기억이 되살아난 사실이지만, 『산의 영혼』은 수문출판사에서 펴낸 첫 작품이었다.

수영과 등산, 낚시와 여행을 두루 좋아했던 필자는 그렇게 이수용 사장과 인연을 맺었고, 겨우 한 살 터울이어서 30년을 꾸준히 만나는 친구가 되었다. 그 무렵에 나는 해마다 겨울 설악을 혼자 찾아가 용대리에서부터 걸어 들어가 백담사 건너편 서울여관에서 하룻밤 지내고는 마등령 깔딱고개를 넘어 비선대로 내려가는 단독 등반을 즐겨 했었다. 신년 연휴 직후인 1월 5일쯤에는 사람의 발길이 끊겨 참으로 호젓한 산행이었다. 그리고 지리산도 노고단에서 청학동으로 3박4일 종단을 하고, 여기저기 산을 찾아다니기는 했지만, 이상하게도 우리 두 사람은 평생 산행을 같이 한 적이 한 번도 없었다.

그러다가 1990년 가을, 문화재단 하버프런트 낭송회Harbourfront Reading Series의 초대를 받아 필자가 토론토를 가게 되었을 때 주최 측에서 동행자까지 숙식비를 내주겠다는 호의 덕택에 우리는 함께 캐나다로 떠났다. 『하얀 전쟁』 낭송을 마치고 우리는 시애틀을 들러 뉴욕과 시카고와 보스턴을 여행했고, 나다니엘 호돈과 루이사 메이 올콧이 글을 쓴 옛집들을 찾아보고, 콩코드로 가서 월든 호수를 둘러보았다.

평일이어서 그랬는지 월든에는 그날 우리 두 사람 그리고 우리를 안내해준 최경신과 짐 프리드먼 부부 말고는 나그네가 아무도 없었다. 최경신은 브리태니커 회사에서 필자가 부장으로 재직할 당시 편집부 직원이었고, 그녀가 프리드먼과 결혼할 때 작은 도움 하나를 준 인연으로 각별히 가까운 사이였다. 어쨌든 숲속에서 혼자 헤매기를 좋아했던 나에게는 고요한 월든의 쌀쌀한 적막함이 큰 추억으로 남았다.

그리고 언젠가 LA에 사는 친구 이상모 씨가 로키산맥을 종단하는 긴 여행을 함께 하자고 제안해왔을 때 나는 이수용 씨에게 나중에 로키 종단기를 『산의 영혼』 비슷한 책으로 엮어보겠다는 제안을 했었지만, 이 계획은 바쁜 나날의 번잡한 일상 속에 흐지부지 묻혀버렸다.

1992년 몬태나주립대학교의 초청으로 강연을 하러 미국으로 건너가 두주일 동안 미줄라에 머물던 무렵, 짬을 내어 막내여동생 영숙이와 매제 더그 디포이가 샌프란시스코에서 올라와 함께 로키산맥의 북단 글래시어국

립공원을 찾았지만, 로키 종단 산행은 끝내 무산되었다. 글래시어에서는 『흐르는 강물처럼』의 무대가 된 블랙풋강에서 사흘 동안 낚시를 즐겼는데, 몬태나 여행은 책 한 권을 엮어낼 만큼의 추억을 만들어내지는 못했다.

그렇게 세월은 흘러갔다. 이수용 씨가 강원도 정선으로 거처를 옮겨 전원 생활을 시작하자 몇 년씩 연락이 끊어지기도 하고, 저마다 바삐 시간에 쫓겨 살아가다가, 그래도 연말이면 무슨 신고식을 치르듯 간헐적으로 얼굴을 보고는 했는데, 금년 1월에 그가 다시 찾아왔다. 헨리 데이비드 소로의 『월든』을 수문출판사 창업 30주년 기념으로 펴내고 싶으니 새로 번역을 해 달라는 청탁을 하러 온 발길이었다.

어언 한 세대가 흘러가는 사이에 두 사람은 어느새 여든을 코앞에 둔 노인이 되었고, 이제 다리가 시원치 않아진 필자는 로키 종단은커녕 재작년까지만 해도 매주 한두 차례씩 올라가고는 했던 집 뒤편 북한산 둘레길조차 오르지 못하는 몸이 되었다.

이렇듯 세월은 흘러가지만 오대산과 지리산과 설악산은 모두 영겁에 거쳐 자기 자리를 그냥 지키고, 다시 찾아갈 기회가 없었던 월든 호수 또한 그 자리에 그대로 펼쳐져 햇살을 받고 잔물결이 반짝이겠건만, 지팡이를 짚고 다녀야 하는 요즘의 필자는 둘레길을 오르는 다른 젊은이들을 부엌 창문을 통해 물끄러미 올려다보는 몸이 되었다.

30년 세월은 그렇게 강물처럼 흘러가버렸다.

북한산 기슭 독박골에서

안정효

1941년 서울 출생

1965년 서강대학교 영문과 졸업

《코리아 헤럴드》 문화부 기자

《코리아 타임즈》 문화체육부장 역임

제1회 한국번역문학상 수상

장편소설 『전쟁과 도시』('하얀 전쟁'으로 개제)로 문단에 등단

『하얀 전쟁』을 영문판 『*White Badge*』로 뉴욕의 SOHO 출판사에서 펴내어

《뉴욕타임즈》, 《크리스천사이언스 모니터》 등에서 격찬을 받음

그 외에도 『헐리우드 키드의 생애』, 『은마는 오지 않는다』,

『미늘의 끝』, 『번역의 공격과 수비』 등을 저술하였음.

산의영혼
THE SPIRITS OF THE HILLS

초판 발행   1990년 3월 15일

개정판 재쇄   2023년 5월 18일(통합 7쇄)

지은이   프랭크 스마이드

옮긴이   안정효

펴낸이   이수용

편집   김동수

디자인   조동욱

펴낸곳   수문출판사

등록   1988년 1월 15일 제7-35호

주소   26136 강원도 정선군 신동읍 소골길 197

전화   02-904-4774, 033-378-4774

이메일   smmount@naver.com

카페   cafe.naver.com/smmount

블로그   blg.naver.com/smmount 수문출판사

ISBN   978-89-7301-000-4 (03840)